물의 연대기

물의 연대기

THE CHRONOLOGY OF WATER

리디아 유크나비치 지음

임슬애 옮김

문학사상

이 책은 앤디와 마일스 밍고를 위해,
그리고 그들을 통해 썼다.

감사의 말

당신이 인생을 제대로 조져본 적 있는 사람이라면, 우리 모두를 관통해 흐르는 거대한 슬픔의 강이 당신에게도 닿은 적 있다면, 이 책을 당신에게 바친다. 우리 모두의 에너지로 이 책을 쓸 수 있었고, 문화라는 것에 저항했다. 그러니 감사하다. 당신의 존재가 느껴진다.

에너지는 절대 죽지 않는다. 형태를 바꿀 뿐이다. 나의 사랑하는 친구이자 스승 켄 키지와 캐시 애커는 이제 우주 먼지와 DNA와 단어에 남아 있다.

뛰어난 편집자 론다 휴즈와 호손 북스의 일원들에게 내 글을 믿어주어 감사하다는 말을 전한다. 다들 용감하게 헤엄쳐줬다.

랜스와 앤디 올슨, 내 예술심장이자 영웅인 두 사람에게 고맙다. 그리고 저 멀리에 있는 라이언 스미스와 버지니아 패터슨에게도 고맙다.

20년 전 내 짧은 소설을 딱 한 편 읽고 "이걸로 책 한 권도 나오겠는데요"라고 말해준, 다이애나 아부 제이버에게 감사한다. 정말 오랜 시간이 걸렸지만 다이애나의 믿음대로 책을 써낼 수 있었다.

메리 프랭크스터스는 아니었던 친구들에게도, 특히 베넷 허프먼에게 고맙다. 편히 잠들기를, 베넷. 엉망진창 아름다운 천재 베넷, 넌 우리 중 최고였어.

수도 없이 많은 도움을 준 마이클 코너스에게도 고마운 마음을 폭포처럼 퍼붓고 싶다. 딘 하트에게도, 이 모든 것을 이루게 해주어 고맙다. 두 사람의 현관문을 두드리던 그 많은 리디아를 전부 다정하게 사랑해주어 고맙다.

문학사상 최고의 작가 집단인 첼시 케인, 모니카 드레이크, 셰릴 스트레이드, 메리 와이송, 다이애나 조던, 에린 레너드, 수지 비텔로, 척 팔라닉에게 고맙다. 짐 프로스트에게도.

미국 판본에 소개 글을 써준 첼시에게 특별히 감사의 인사를 전한다. 나를 초대해준 척에게, 초고를 읽어보고 내가 분별력을 잃지 않도록 도와준 척과 첼시에게 고맙다. 글쎄, 적어도 가끔은 도와줬지.

앞서준 언니가 아니었다면 나는 살아남아서 이 책을 쓰지 못했을 것이다. 클라우디아였던 브리지드에게. 평생을 끊임없이 사랑해준 언니에게 어떻게 이 고마움을 전할 수 있을까. 언니가 나를 끌고 여기까지 왔다. 자매. 친구. 또 다른 어머니. 부드러운 천둥 같은 시인.

어떤 말로 표현하든 내 진심에 비하면 보잘것없겠지만, 나의 박동하는 심장은 앤디와 마일스의 것이다. 두 사람이 나를 존재하게 했다. 글 쓰게 했다. 이 사랑. 삶. 전에는 몰랐다.

일러두기

본문 안에 작게 병기된 주와 페이지 하단의 각주는 모두 옮긴이 주입니다.

차례

모든 진실을 말하라, 다만 비스듬하게—

—에밀리 디킨슨

행복? 행복으로는 형편없는 이야기밖에 만들 수 없다.

—켄 키지

여기 물속에 이름이 새겨진 자가 잠들다.

—존 키츠

I

숨 참기

물의 연대기

나의 딸을 사산한 날, 나는 분홍색 장밋빛 입술의 미래를, 생명 없는 부드러움을 떨리는 팔로 끌어안았고, 아이의 얼굴에 눈물을 흘리며 입맞춤을 퍼부었다. 언니가 죽은 아이를 넘겨받아 입을 맞추었고, 첫 번째 남편도 넘겨받아 입을 맞추었으며, 어머니는 넘겨받았지만 차마 아이를 안고 있지 못했고, 포대기에 싸인 작고 생명 없는 아이는 병실 문밖으로 사라졌다. 간호사는 내게 안정제와 비누와 스펀지를 줬다. 그리고 특별 샤워실로 데려갔다. 샤워실 바닥에는 의자가 하나 있었고 위에서 물이 뿜어져 나왔다. 부드럽고 따뜻했다. 간호사가 말했다. 기분 좋죠, 그렇지 않나요. 물 말이에요. 그러고는 덧붙였다. 아직 출혈이 꽤 있어요. 그냥 그렇게 두세요. 질에서 항문까지 찢어져 다시 꿰맨 몸. 몸 위로 떨어지는 물.

의자에 앉아 작은 플라스틱 샤워 커튼을 쳤다. 간호사의 콧노래 소리가 들렸다. 피를 흘렸고, 눈물을 흘렸고, 오줌을 쌌고, 토했다. 나는 물이 되었다.

결국에는 간호사가 커튼 안쪽으로 들어와 "내가 물에 빠져 죽지 않도록" 구해줘야 했다. 농담이었다. 나는 미소 지었다.

삶의 작은 비극들을 이겨내고 살아가기란 고되다. 비극들은 뇌 속에 있는 커다란 싱크홀 안으로 푹 빠졌다가 다시 올라오고, 그 사이에서 부풀어 오르기도 한다. 삶의 수렁에 무릎까지 빠져 있을 때는 삶이라는 것을 어떻게 이해해야 할지 도무지 알 수가 없다. 거기서 헤엄쳐 나오고 싶고, 무언가 착오가 있었던 것 같다고 아우성치고 싶을 뿐이다. 게다가 당신이 수영에 능한 사람이라면, 더 말할 것도 없겠지. 그때 저기 파도가 보인다. 그 어떤 패턴도 없는 파도에 밀려 올라간 사람들은 머리만 둥둥 떠서 이쪽저쪽으로 부유하는데, 그 바보처럼 까딱거리는 머리들을 보며 할 수 있는 일은 흐느끼다가 웃는 것뿐이다. 웃음은 상실의 슬픔으로 착란 상태에 빠진 당신을 흔들어 깨워줄 수 있다.

내 안의 생명이 죽었다는 사실을 처음 알게 되었을 때, 그래도 자연분만이 최선이라는 이야기를 들었다. 자연분만을 하면 훗날을 위해 내 몸을 강하고 건강하게 유지할 수 있다고 했다. 나의 포궁. 나의 생식기관. 나의 질관. 나는 슬픔에 먹먹한 상태였으므로 사람들이 하라는 대로 했다.

진통은 38시간 동안 계속되었다. 뱃속의 아기가 움직이지 않으면 출산 과정은 더디어진다. 아무것도 내 안의 아기를 움직이게 만들 수 없었다. 유도제를 한참이나 맞아도 전혀 도움이 되지 않았다. 자기 차례가 되어 분만실에 들어왔다가 잠들어버린 첫 남편도, 그런 첫 남편을 끌고 나간 언니도 도움이 되지 않았다.

한창 진통이 심했을 때 나는 침대 가장자리에 앉아 있었고 언니가 나의 어깨를 잡아줬다. 아파하는 나를 자기 몸쪽으로 당겨 안고 말했다. "좋아, 계속 호흡해." 그때 언니에게서 느껴진 강한 힘은 그후로 다시는 느낄 수 없었다. 언니 안에서 어머니의 힘이 솟구치고 있었다.

고통이 그렇게 오랫동안 계속되면 몸은 완전히 지친 상태가 된다. 나는 25년 동안 수영을 했음에도 역부족이었다.

마침내 나의 딸이, 죽어버린 작은 소녀 물고기가 세상으로 나오자 의사와 간호사는 딸을 내 가슴 위에 올려줬다, 살아서 태어난 아기와 다를 것 없이.

나는 딸을 꼭 안고 딸에게 입을 맞추고 말을 걸었다, 살아서 태어난 아기와 다를 것 없이, 전혀 다를 것 없이.

그토록 긴 딸의 속눈썹.

여전히 발그레한 두 볼. 어떻게? 나는 모르겠다. 볼이 파리할 거라고 예상했다.

딸의 입술은 장미꽃 봉오리.

기어이 사람들은 아이를 데려가버렸고, 그때 마지막으로 나는 누군가가 이해할 수 있을 만한 생각을 했다. 그래, 이게 죽음이구나. 그렇다면 나는 죽음의 삶을 선택하겠다. 그리고 몇 개월 동안 아무 생각도 하지 않았다.

사람들은 나를 병원에서 퇴원시켜 집으로 데려왔고, 나는 이상한 상태에 접어들었다. 다른 사람들의 목소리를 듣고 그들을 볼 수는 있는데 누군가가 나를 건드리면 움츠러들었고 말도 나오지 않았다. 종일 침대에 누워 울다가 긴 신음을 뱉어내는 나날을 보냈다. 그때 내 눈에서 무언가가 사라져버렸던 것 같다. 나를 바라보는 사람들은 계속 리디아? 리디아? 하며 사라져버린 그것을 찾았다.

사람들이 나를 돌봐줘야 했던 어느 날—누군가 내게 밥을 떠먹여주고 있었다—부엌 창밖을 봤더니 웬 여자가 우편함에서 편지를 도둑질하고 있었다. 마치 산짐승처럼 은밀했다. 여자가 여기저기를 둘러보며—눈을 이쪽저쪽으로 굴리고 있었다—이웃집 우편함을 하나하나 털어본 후 훔칠 것과 놔둘 것을 추리는 모습을 보고 있자니 웃음이 나왔다. 여자는 우리 집 우편함에 와서 내 편지도 하나 슬쩍 챙겼다. 나는 배꼽을 잡고 웃었다. 먹고 있던 스크램블드에그를 다 뱉어내며 웃었지만 아무도 그 이유를 알지 못했다. 사람들은 머리를 갸우뚱하며 걱정했다. 다들 만화 캐릭터 같은 모습이었다. 하지만 이런 이야기를 입 밖으로 내지는 않았다.

내가 미친 것 같지는 않았고, 그저 내게서 영혼이 떠난 것 같았다. 짙은 파랑 카펫 위에 선물로 받았던 아기 옷들을 돌덩이와 함께 쭉 늘어놓고 보니, 내 상황을 정확히 설명해주는 듯했다. 하지만 주변 사람들은 또다시 나를 걱정했다. 언니. 첫 남편 필립. 일주일 동안 집에 와 있던 나의 부모. 낯선 사람들.

조용히 마트 바닥에 앉아 오줌을 싼 적도 있는데, 그때 나는 내 몸에 솔직하게 행동했다고 느꼈다. 계산원들의 반응이 어땠는지는 잘 기억나지 않는다. 그 사람들이 입고 있던, '앨버트슨스'라는 마트 이름이 적힌 파란 코듀로이 앞치마를 기억할 뿐이다. 옛날 코카콜라 캔처럼 빨간 입술에 1960년대식 비하이브 올림머리를 한 여자도 있었다. 과거로 순간이동이라도 하게 된 걸까, 의아했던 기억이 난다.

시간이 흘렀고, 당시 유진시에서 같이 살고 있던 언니와 쇼핑이나 수영을 하러 가거나 오리건대학에 갈 때면 사람들이 아기에 관해 물어봤다. 나는 한순간의 망설임도 없이 거짓말을 했다. "아, 제 딸은 정말 세상에서 제일 예쁜 아기예요! 속눈썹이 정말 길답니다!" 심지어 2년이 흐른 뒤에도, 도서관에서 만난 아는 사람이 딸의 소식을 묻자 이렇게 답했다. "정말 굉장한 아이예요. 제 삶의 빛이죠. 그 어린것이 어린이집에 가서 그림도 그린다니까요!"

거짓말을 그만두자는 생각은 하지 못했다. 내가 거짓말을 하고 있다는 자각도 없었다. 내가 보기에 나는 그저 이야기를 따라가고 있었다. 이야기 끝에 매달리고 있었다, 살기 위해.

나의 어린 시절, 내 삶의 시작점에서 이 책을 시작할까 고민도 했다. 하지만 나는 그런 식으로 삶을 기억하지 않는다. 내 삶을 복기하면 수많은 이미지가 순식간에 망막을 스쳐 지나간다. 질서는 없다. 삶에는 어떤 종류의 질서도 없다. 사건들 사이에 인과관계가 있으면 좋겠지만 인과 따윈 없다. 실제로 존재하는 것은 일련의 파편과 반복과 패턴 형성뿐이다. 이 점에서 언어와 물에는 공통점이 있다.

내 인생의 사건들은 모두 헤엄쳐 밀려들고 밀려 나가며 서로 스쳐 지나가기도 한다. 순차 없이. 마치 꿈처럼. 그러니 나의 기억들, 과거의 연인이나 처음 자전거를 타던 날, 나의 문학과 예술을 향한 사랑, 술이 처음으로 입술에 닿던 감촉, 언니를 동경하던 마음, 아버지가 처음 내 몸에 손을 대던 날에 관한 기억들에는 시간의 흐름이, 선형적 의미가 없다. 언어는 경험의 은유일 뿐이다. 언어는 기억이라고 부르는 혼란스러운 이미지 덩어리만큼이나 제멋대로다. 하지만 두려움을 극복하고 언어를 배열해 이야기로 만들어낼 수는 있다.

아기를 사산한 다음, "죽은 채 태어났다"라는 말은 오랫동안 내 안에 살았다. 주변 사람들의 눈에 비친 나는… 누구도 감당할 수 없을 정도로 슬퍼 보였다. 상실의 슬픔이 삶의 영역에 진입하면 사람들은 어쩔 줄을 모른다. 슬픔, 그 여자는 내가 어딜 가든 나와 함께했다, 마치 딸처럼. 아무도 우리와 함께하는 법을 몰랐다. 사람들은 바보 같은 말을 했다. "아기는 또 생길 거야." 아니면 나와 대화할 때 시선을 비끼면서 얼굴 위쪽을 바라봤다. 내 살결에 밴 슬픔을 피하기 위해서라면 무엇이든 했다.

어느 날 아침 샤워를 하면서 울고 있는데, 언니가 나의 울음소리를 들었다. 언니는 샤워 커튼을 젖힌 후 텅 비워진 배를 붙잡고 있는 나를 보더니 옆으로 와서 안아줬다. 옷을 입은 채로. 그렇게 20분 정도 흘렀을 것이다.

살면서 겪은 가장 애틋한 몸짓이었다.

나는 제왕절개로 태어났다. 어머니는 한쪽 다리가 다른 쪽보다 약 15센티미터 짧았기 때문에 골반이 뒤틀려 있었다. 심각하게. 의사들은 어머니가 아이를 낳을 수 없을 거라고 했다. 언니와 나를 낳기로 한 어머니의 강렬한 의지에 감탄해야 할까, 아니면 아기가 죽을 수도 있는 상황에서—뒤틀린 골반에 아기 머리가 뭉개질 수도 있었다—출산을 감행하려는 여자는 대체 어떤 인간인지 의아해해야 할까. 어머니는 자신이 "불구"라고는 꿈에도 생각지 않았다. 어머니는 언니와 나를 아버지의 세계로 데려왔다.

평범한 의사들이 우려 섞인 조언을 하자, 어머니는 다른 의사를 보러 갔다. 대체의학 접근법을 사용하는 산부인과 의사 데이비드 치크였다. 그는 최면술로 유명했는데, 최면에 걸린 환자들은 손가락을 이용해 잠재의식에 존재하는 정신적, 신체적 질병의 원인을 의사에게 알려줬다. 이것은 '관념운동'이라고 부르는 치료 과정이었다. (미리 의사나 환자가) 특정 손가락에

'네' 혹은 '아니요', '대답하기 싫습니다'라는 뜻을 지정해둔 다음, 의사가 환자에게 최면을 걸고 질문을 던지면 환자는 손가락으로 대답했다. 의식적으로 다른 답을 생각하거나, 의식이 없어 자신이 무슨 대답을 하는지 모르는 상태에서도.

어머니는 이 방법으로 제왕절개 분만을 했다. 치크 의사는 분만 과정에서 어머니에게 이런 질문을 했다. "도로시, 아픈 곳이 있나요?" 그러면 어머니는 손가락으로 대답했다. 다시 의사는 "아픈 곳이 여기인가요?"라고 물어보며 한 부위를 자극했다. 그러면 어머니는 손가락으로 대답했다. 의사가 "도로시, 포궁 경부를 30초 동안 이완할 수 있죠?"라고 말하면, 어머니는 의사 말대로 했다. "도로시, 출혈을 줄여줘야겠어요…. 여기 출혈이요." 이번에도 어머니는 의사 말대로 했다.

어머니는 중요한 연구 사례였다.

데이비드 치크에 의하면, 아기는 포궁에 있을 때도 특정 감정의 각인을 받는다. 그는 수많은 여성에게 텔레파시로 태아와 소통하는 방법을 가르쳐줬다고 주장했다.

내가 어떻게 태어났는지 이야기하던 어머니의 목소리에는 특유의 신비로운 분위기가 있었다. 마치 마법 같은 일이 일어났던 것처럼 말했다. 실제로 어머니는 마법 같은 일이 일어났다고 믿은 듯하다. 내가 어떻게 태어났는지 이야기하던 아버지의 목소리 역시 경이감으로 가득 차 있었다. 다른 세상에서나 일어날 법한 일이 일어났던 것처럼.

처음 통증을 느꼈을 때는 아직 해도 없는 아침이었다. 나는 뱃속에서 아무런 움직임도 느낄 수 없어 잠자리에서 일어났다. 한 세계를 품고 있는 내 배 여기저기를 손으로 더듬어봤지만, 아무것도 아무것도 아무것도 없었고 이상하고 팽팽한 불룩함뿐이었다. 화장실에 가서 오줌을 쌌더니 전기에 감전된 듯한 충격이 목까지 타고 올라왔다. 닦아 보니 선홍색 피가 묻어 있었다. 나는 언니를 깨웠다. 언니의 눈에 걱정하는 기색이 보였다. 나는 의사에게 전화했다. 의사는 별일 아닐 테니 문 여는 시간에 맞춰 병원에 오라고 했다. 내 배 안에서 움직이지 않는 무게감이 느껴졌다.

파도처럼 울음이 밀려오던 것을 기억한다. 목이 막히던 것을 기억한다. 아무런 말도 나오지 않는 입. 아무런 감각이 없는 손. 아이 같은 것들.

아침이 밝아오자 심지어 태양조차 어긋나 보였다.

내 몸에서 출생은 가장 나중에 왔다.

은유

당신에게 도움이 될 만한 이야기를 해주려 한다. 평범한 이야기는 아닐 것이다. 교과서나 안내서에서 읽을 수 있을 만한 것이 아니니까. 자기계발이나 호흡법, 산부인과 의자의 발 받침대, 진찰용 질경 같은 것과는 상관없다. 그런 건 각종 용어집이나 의학 연구에서 지겹도록 다뤘다. 임신 3개월, 6개월, 9개월, 태동, 경감감, 분만, 기대, 태아의 심장박동, 생식기관, 배아, 포궁, 진통, 발로, 포궁 경부 확장, 질관, 호흡. 가빠지는 숨, 배출, 힘주기, 그런 것들.

내가 하고 싶은 이야기는 그런 것과 다르다. 사실 여자의 임신은 소설을 만들어내는 것과 같다. 더 정확히 말하자면, 생명을 품어 배가 불룩한 여자는 이야기를 만들어내는 일을 상징하며 그것의 은유다. 모두가 살아낼 수 있는 이야기를 만드는 것. 이야기를 수정시키고, 잉태하고, 길러내고, 생산하는 것.

그러니 조언을 하나 해주려 한다. 이런 장엄한 서사성이, 이런 굉장한 상태가 도래하면 써먹을 수 있을 만한, 때가 됐을 때

견뎌낼 수 있을 만한 조언을.

돌을 모을 것.

그게 다다. 하지만 아무 돌이나 모으라는 말은 아니다. 당신은 똑똑한 여자니까, 평범한 것들을 헤집어 상상할 수도 없는 것을 찾아내야 한다. 혼자서는 웬만하면 가지 않을 곳에 가라. 강둑으로. 깊은 숲속으로. 사람들의 시선이 사라지는 해안으로. 모든 물속으로 걸어 들어가라. 돌무더기를 찾고 나면, 그 돌들을 오랫동안 바라본 후에 골라야 한다. 눈이 적응할 때까지, 오랜 기다림에 관한 지식을 활용해 기다려라. 그리고 상상력을 발휘해 기존의 지식을 바꿔라. 그러면 회색 돌은 갑자기 창백한 잿빛이 되거나 꿈으로 흐려진다. 둘레를 따라 선이 그어진 돌은 행운을 나타낸다. 붉은 돌을 발견한다면 그것은 대지의 피를 발견한 것이다. 파란 돌을 보면 그것에 믿음이 생긴다. 돌 위의 무늬와 얼룩은 다른 나라와 다른 영토에서 묻어난 것이고, 얼룩이 된 질문이다. 역암은 물의 자유 안에서 움직이는 땅이고, 매끄럽고 작아서 손에 쥐고 얼굴에 문지를 수 있다. 사암은 위안과 명료함을 준다. 셰일은 물론 이성적이다. 이런 평범한 손바닥 위의 세계 안에서 기쁨을 느껴라. 자신을 도와 새로운 생명이 올 것을 대비해야 한다. 고통을 표현할 말이 없을 때, 기쁨을 표현할 말이 없을 때, 돌이 있다는 것을 깨달아야 한다. 집에 있는 투명한 유리잔을 전부 돌로 채워라, 남편이나 애인이 뭐라고 생각하든. 부엌 조리대, 탁자, 창턱 위에 작은 돌무덤을 쌓을 것. 돌을 색, 질감, 크기, 모양에 따라 분류할 것. 그리고 더 큰 돌은 모아서 거실 바닥 한쪽을 따라 쭉 세워둘 것. 손님이 뭐라고 생각하든 신경 쓰지 말고 생명 없는 것들로 정교한 미로를 지어라. 그리고 굽이치는 물처럼 돌 사이로 움직여라. 종류에 따라 달라지는 돌의 냄새와 소리를 알아채야 한다. 돌에 이름을 붙여줄 것. 지리학적인 이름이 아닌, 직접 생각해낸 이름을. 돌의 위치를 기억해서 하나가 사라지거나 위치가 달라지면 알아채야 한다. 매주 한 번씩 목욕을 시켜주고 매일 다른 돌을 주머니에 넣고 다녀라. 정상적인 상태에서 멀어져야 하지만 괴리감을 느껴서는 안 된다. 지나치다 싶을 지경이겠지만 개의치 말 것. 옷보다, 그릇보다, 책보다 많은 돌을 가지고 있어야 한다. 바닥의 돌 옆에 눕고, 작은 돌은 가끔 입에도 넣어보라. 때때로 돌로 만들어지거나 돌이 되거나 돌에서 자라난 듯한 기분을 느껴라, 피곤하고 짜증스럽고 우울한 기분 대신. 밤이 오면, 홀로 맨몸 여기저기에 초록색 돌과 붉은 돌과 창백한 잿빛 돌을 올려놓을 것. 아무에게도 말하지 말 것.

그후.

몇 달 동안 돌을 모은 다음에는, 집이 가득 차 부풀어 오르고 몸이 진통과 포궁 경부의 확장을 경험하기 시작할 것이다. 너무나도 붉은 피가 비치고, 시계로 몇 분 몇 초가 걸리는지 기록하며 호흡을 조절하고, 생각을 멈춘 후 그간 들었던 이야기에 자신을 내맡기게 되고, 그리고, 아기가 죽은 채 태어나면—그간 들었던 이야기 속에는 한마디 예고도 없었음에도—, "죽은" 그리고 "태어나다"라는 단어를 병치하고 나면, 돌을 향해 가라. 돌을 향해 가서 바다의 소리를, 우크라이나만큼 먼 곳에서 메아리치는 바다의 소리를 들어라. 해초의 냄새를 맡고 소금을 맛보라. 곁을 스쳐 가는 바닷속의 동물들을 느껴라. 당신 몸의 조각들이 지구 곳곳의 물속에 흩어져 있음을 기억하라. 땅은 당신으로 만들어져 있음을 알아야 한다. 선물 혹은 원고로서 건네진 아기 옷을 바닥에 줄 세워 놓아라. 자그마한 옷과 돌 옆에 앉아 다른 것은 생각하지 말 것. 아무 생각도 하지 못하는 당신 옆에는 끝없는 패턴과 반복이 있게 하라. 그러면 그것들은 이렇게 말할 것이다. 발단과 전개와 결말과 결말 그후로 이루어진 선형적인 이야기는 버리라고, 버리라고, 우리는 시詩라고, 우리는 이렇게 긴 삶의 여정을 걸어왔다고, 당신에게 계속 살라고, 계속 살아야 한다고 말해주려 그 긴 여정을 버텨냈다고.

다른 사람이 당신의 삶을 두고 했던 이야기 밑에는 당신 자신만의 어조와 플롯이 있음을 알게 될 것이다. 한 바퀴 빙 돌아 이미지가 완성되고. 당신의 막을 수 없는 상상력이 무언가 비극적인 것을, 참을 수 없는 것을 포용해냈다는 것을 알게 된다. 당신이 아니었다면, 그래서 가변적인 원소와 만난 유기물질처럼 변신하는 능력이 없었다면, 누가 어떻게 당신만의 그것을 탄생시킬 수 있었을까. 돌. 돌은 물의 연대기를 품고 있다. 살아 있는 동시에 죽은 모든 것이 당신의 손안에 있다.

소리와 말하기에 관하여

우리 집 거실 한구석에는 울보 자리가 있었다. 누군가 울음을 터뜨리면 그 울보는 울보 자리에 가서 벽 쪽을 바라봐야 했다. 수치심에 기반한 훈육 방침이었다. 언니가 말하길, 어렸을 때 언니는 울보 자리에 가는 즉시 울음을 그쳤다고 한다. 나는 수녀처럼 완고한 얼굴로 그 자리를 떠나는 언니를 상상할 수 있다. 마치 어른 같은 얼굴의 언니를.

내가 태어났을 때는 언니가 태어나고도 8년이 지난 후라, 이미 집에 견고한 훈육 방침이 성립되어 있었다. 하지만 그 방침은 내게 먹히지 않았다. 네 살쯤 됐을 무렵, 나는 일단 울기 시작하면 오열을 했다. 굉장했다. 게다가 나는 툭하면 울었다. 잘 시간이 되면 울었다. 밤이 되면 울었다. 모르는 사람이 나를 쳐다보면 울었다. 아는 사람이 말을 걸어도 울었다. 누가 내 사진을 찍으려 하면 울었다. 학교에 데려다주면 울었다. 처음 보는 음식이 식사로 나오면 울었다. 슬픈 음악이 나와도 울었다. 가족들이 크리스마스트리에 장식을 달면 울었다. 핼러윈에 사탕

받으러 이웃집에 갔는데 이웃이 문을 열어주면 울었다. 공중화장실에 가야 하면 울었다. 다른 사람 집에 있는 화장실에 가야 해도 울었다. 학교 화장실에서도. 7학년이 될 때까지.

벌이 내 주변으로 날아오면 울었다. 바지에 오줌을 싸면 울었다. 유치원에 다닐 때도, 1학년, 2학년, 3학년, 6학년이 되고도 오줌을 쌌다. 멍이 들거나 살을 긁히거나 베이면 울었다. 어두운 방의 침대에 눕히면 울었다. 낯선 사람이 말을 걸면 울었다. 아이들이 못되게 굴거나 머리카락이 엉키거나 차가운 아이스크림을 먹어 머리가 아프거나 속옷을 뒤집어 입거나 덧신을 신어야 하면 울었다. 수영 강습 첫날에 아버지가 나를 워싱턴 호수에 집어넣었을 때도 울었다. 주사를 맞을 때도 울었다. 치과에서도. 마트에서 길을 잃었을 때도. 가족과 영화 보러 갔을 때도. 사실 나의 눈물에 얽힌 유명한 일화 하나는 온 가족이 함께 「바람과 함께 사라지다」를 보러 갔을 때 탄생했다. 영화에서 한 소녀가 망아지에서 떨어졌을 때, 레트가 스칼렛을 버리고 떠났을 때 내가 느낀 슬픔은 아무도 달랠 수 없었다. 일주일 동안.

아버지가 소리를 지르면 울었다. 가끔은 아버지가 나타나기만 해도 울었다.

어머니나 언니가 나를 데리러 오면 그 승리감은 자그마했다. 어린아이만큼.

떠난 것은 내 목소리였다.

집에서 언니의 벌거벗은 엉덩이에 가죽이 닿는 소리가 났고 그 소리가 내 목구멍에서 목소리를 앗아가 몇 년 동안 돌려주지 않았다. 먼저 태어난 언니 몸에서 나는 철썩 소리. 동생이 태어나기 전 모든 것을 참아낸 언니. 언니의 살갗을 때리는 벨트 소리에 나는 입술을 깨물었다. 눈을 감고 무릎을 안은 채 내 방 한구석에서 몸을 앞뒤로 흔들었다. 때로는 박자를 맞추며 머리를 벽에 찧기도 했다.

매 맞는 언니의 침묵을 떠올리면 지금도 견딜 수가 없다. 그때 언니는 열한 살이었을 것이다. 열두 살. 열세 살이었을 것이다. 그후에야 매질이 멈추었다. 나는 혼자 내 방에 들어가서 머리 위로 베개를 뒤집어썼다. 옷장에서 파카를 꺼내 그 안으로 머리통을 파묻었다. 혼자 내 방에서 벽에 그림을 그렸다, 나중에 혼날 것을 알면서도. 있는 힘껏 크레용을 벽에 대고 눌렀다. 크레용이 부러질 때까지. 매질이 멈출 때까지. 언니가 화장실에 들어가는 소리가 들릴 때까지. 그러면 나는 살며시 화장실로 따라 들어가 언니의 무릎을 안아주곤 했다. 조용한 어머니 유령도 나타나 거품 목욕을 준비해줬다. 그러면 언니와 나는 함께 욕조에 들어갔다. 아무 말 없이 등에 비누칠을 해주고 손톱으로 피부 위에 그림을 그렸다. 한 사람이 등에 그림을 그리면 다른 사람은 그림이 뭔지 맞혀야 했다. 나는 꽃을 그렸다. 웃는 얼굴을 그렸다. 크리스마스트리를 그렸고 언니가 울었다. 손으로 입을 막고 울었다. 아무도 언니의 울음소리를 들을 수 없었다. 어깨와 등만 움직였다. 어린아이의 손톱이 남긴 붉은 자국은 비누가 씻겨 나간 후에도 남아 있었다.

언니가 집을 나갔을 때 나는 열 살이었다.

나는 어머니, 아버지와 언니를 제외한 그 누구에게도 목소리를 들려주지 않았다. 열세 살이 될 때까지. 수업 시간에 담당 교사가 나를 불러도 대답하지 않았다. 앞을 바라보는 나의 목구멍은 빨대만큼 좁았고 눈에서 눈물이 차올랐다. 그 어떤 소리도. 그 어떤 소리도 나오지 않았다. 아니면 이런 식이었다. 어른이 내게 무언가 물어보면, 나는 학처럼 한 손으로 다리를 들고 다른 손을 머리 뒤로 뻗어 L 모양을 만든 다음 앞뒤로 몸을 흔들다가 결국 균형을 잃었다. 말하는 것 대신. 작은 새의 발레. 리디아의 L을 만들어 보인 작은 소녀. 말하기가 아니라면 뭐든. 내 앞에 언니가 있던 그 시절 나는 말하지 않았다. 언니가 떠난 후에도. 공포는 소녀의 목소리를 빼앗았다.

가끔 나는 내 목소리가 종이 위로 돌아왔다는 생각을 한다. 내겐 침대 밑에 숨겨둔 일기장이 있었다. 사실 나는 일기가 뭔지도 몰랐다. 그냥 빨간 노트를 펼치고 그림과 솔직한 이야기와 거짓말을 썼다. 솔직한 이야기를 거짓말처럼, 거짓말을 솔직한 이야기처럼 썼다. 그러면 다른 사람이 된 것 같았다. 나는 아버지의 분노 가득한 시끄러운 목소리에 관해 썼다. 얼마나 그 목소리가 싫은지도. 얼마나 그 목소리를 죽이고 싶은지도. 수영에 관해 썼다. 얼마나 수영이 좋은지도. 여자아이들이 얼마나 내 피부를 달아오르게 하는지 썼다. 남자아이들, 그리고 그 아이들이 주변에 있으면 얼마나 내 머리가 아픈지도. 라디오에서 나오는 노래와 영화와 친한 친구들에 관해 썼다. 크리스티, 샘나지만 핥아보고도 싶던 케이티에 관해서도. 나의 수영 코치인 론 코치를 얼마나 사랑하는지도.

나는 어머니에 관해 썼다…. 나를 차에 태워 수영 연습에 데려다주고 데려오는 어머니의 뒤통수. 어머니의 절뚝이는 다리. 어머니의 머리카락. 어머니가 건물을 파느라, 상을 타느라 항상 밖에 있는 것에 관해. 나는 집을 떠난 언니에게 보내지 못할 편지를 쓰기도 했다.

그리고 작은 소녀의 꿈을 썼다. 나는 올림픽에 출전하고 싶었다. 같은 팀 소속 선수들처럼.

열한 살에는 빨간 노트에 시도 한 편 썼다. 집에 있다/홀로 침대 속에 있다/팔이 아프다. 언니가 떠났다/어머니도 떠났다/아버지는 건물을 설계한다/내 방 옆 방에서/아버지는 담배를 피운다. 나는 새벽 다섯 시가 되기를 기다린다/집을 떠나고 싶다고 기도한다/수영하고 싶다고 기도한다.

나의 목소리, 그 여자는 다시 돌아오고 있었다. 아버지의 집에 관해 이야기하려고. 외로움과 물에 관해 이야기하려고.

베스트 프렌드

내가 열다섯 살이었을 때 아버지는 우리가 워싱턴주를 떠나 플로리다주에 있는 도시 게인즈빌로 이사할 거라고 말했다. 그곳에 미국 최고의 수영 코치, '플로리다 수영팀'의 코치 랜디 리스가 있기 때문이었다.

내 방에 혼자 앉아 생각하던 것이 기억난다. 뭐라고? 갑자기 이사하려는 이유가 고작, 뭐? 빠.른.기.록. 때문이라고? 그것 때문에 북서부의 나무와 산과 비와 초록을 버리고 모래와 악어가 득실대는 곳으로 가겠다고? 우리 가족은 플로리다에 아는 사람이 없었다. 플로리다는 한 번도 가본 적 없는 곳이었다. 내게 중요한 것은 전부 수영장에 있었다. 내가 신뢰하거나 사랑하는 사람들, 살면서 그럭저럭 기분이 괜찮았던 순간들은 전부 수영장에 있었고, 그곳은 내가 누군가의 딸이 아닌 다른 무언가라고 생각할 수 있는 유일한 장소였다. 그런데 왜 아버지는 나를 위해 이사한다고 말하는 걸까? 나는 이사 가고 싶다고 한 적이 없었다. 왜 떠나고 싶겠는가?

나는 수영 코치님을 정말 좋아했다. 내가 아는 남자 중 유일하게 내게 친절한 사람이었다. 수영 연습 도중 다리 사이에서 흐르는 피를 보고 내가 암에 걸려 죽는 줄 알았는데, 코치님은 왜 그런 일이 일어났고 어떻게 해야 하는지 설명해줬다. 나는 하루에 6시간, 일주일에 6일을 코치님과 함께 수영 연습하며 보냈다. 코치님은 내 팔놀림을 고쳐줬다. 내가 지쳤을 때 힘을 줬다. 경기에서 우승하면 나를 안아 올렸고, 우승하지 못하면 팔과 수건을 어깨에 둘러줬다. "그러면 론 코치님은요?" 아버지가 답했다. "그 사람은 유명하지 않잖아."

어머니에게 묻자 어머니 얼굴이 걱정으로 주름졌다. 자기 허벅지 위에 한 손을 올려놓고 그 손을 다른 손으로 도닥이며 내게 말했다. "그런데, 벨. 아빠 승진이 걸린 문제라 어쩔 수 없어. 월급도 훨씬 많거든."

나는 어머니에게 플로리다로 이사 가는 것이 좋은지 물어봤고, 어머니는 답했다. "아빠가 너한테 제일 좋은 코치를 붙여줘야 한다고 그랬어. 그리고 벨, 플로리다는 날씨가 좋아!"

사실 아버지는 남동부 해안 지역을 총괄하는 수석 건축가로 승진한 참이었다. 하지만 내겐 다르게 말했다. 아버지가 한 말에 의하면, 이사는 나를 위한 부모의 희생이었다.

우리 집에서는 항상 담배 냄새가 났다. 나는 침대에 누워 가장 친한 친구인 크리스티 생각을 했다. 우리는 다섯 살 때부터 친구였다. 크리스티는 고등학교 시절 내내 사물함이 늘어선 복도에서 같이 점심을 먹은 친구였다. 미술 시간이면 내 옆에 앉아 모든 수업 시간이 미술 시간이길 바라던 친구였다. 크리스티의 가족과 함께 휴가를 떠났을 때는 그 애의 가족이 나의 가족이길 바랐다. 베개를 악물고 펑펑 우는 바람에 베갯잇이 찢어졌다.

그렇게 나는 한 수영장의 물을 떠나 다른 수영장 물속으로 들어갔다. 물은 어디든 똑같다고 생각할지도 모르겠다. 하지만 그렇지 않다. 플로리다 수돗물은 늪지대 똥물 맛이다. 샤워기에서 나오는 물은 이상하게 미끌미끌하다. 하늘에서 떨어지는 물은 따뜻하고, 뒤에 진한 수증기를 남겨서 익숙하지 않은 사람들은 숨이 턱 막혀버린다. 바닷물은 오줌 같은 온도고 수영장 물은 12월에도 미지근하다. 거대한 욕조에 구정물을 채운 것처럼. 허리케인도 플로리다로 가지 않던가.

나는 플로리다가 싫었다.

랜디 리스는 내게 눈길만 가끔 던질 뿐이었다. 그의 팀에는 올림픽에 출전했던 선수들도 있었다. 나는 그 선수들만큼 잘해보려고, 그 수준에 맞춰보려 노력했고 가끔은 성공하기도 했다. 그러나 내가 얼마나 열심히 수영하든, 내 기록이나 몸무게가 얼마든, 내가 몇 등을 하든 나는 절대 느낄 수 없었다… 리스의 선수가 된 기분을. 내가 잘할 때는 클립보드에 내 중간 기록을 적어 보여줬다. 숫자들을. 나는 그 자리에 서서 바보처럼 물을 뚝뚝 떨어뜨리며 코치가 나를 안아주길 기다렸다. 그렇지만 그는 그런 사람이 아니었다. 중요한 수영 대회가 있으면? 여자 수영선수들을 모아놓고 몸무게를 쟀다. 목표 몸무게에 도달하지 못하면? '후려치기'를 당했다. 스티로폼 킥보드로 허벅지랑 엉덩이를 맞는 것이다. 0.5킬로그램 초과할 때마다 한 번 후려치기였다. 그렇게 수영장은 수치스러운 장소가 되었고, 집과 별반 다를 것 없는 곳이 되었다.

나의 수영선수로서의 잠재력, 내가 물속에서 품고 있던 희망은 그렇게 가라앉기 시작했다. 집에 가면 아버지의 무거운 존재감과 분노가 공기를 전부 빨아들여 숨이 막혔다. 수영장에 가면 물가에서 소리 지르고 선수들을 킥보드로 때리고 절대 웃지 않는 남자가 있었다.

고등학교 마지막 해에 플로리다주 수영 대회에 출전했는데, 200야드 메들리 릴레이에서 전국 최고 기록이 나왔다. 나는 다른 세 명의 여자아이들과 시상대에 서서 관중석을 봤다. 아버지는 없었다. 어머니는 보드카 냄새를 풍기고 있었다. 수영장 저 멀리에서 풍겨 오는 술 냄새를 맡을 수 있을 것만 같았다. 랜디 리스는 나를 봐주지도 않았다. 지미 카터 대통령이 올림픽을 보이콧해서* 우리의—랜디의 팀에 소속된 화려한 수상 경력의 선수들도 포함해서—꿈, 수영선수로서 성공하겠다는 작은

* 1980년 하계 올림픽 주최국인 소련이 아프가니스탄을 침공하자, 지미 카터 미 대통령은 이를 비판하며 올림픽에 참가하지 않기로 결정했다.

소녀들의 꿈을 앗아갔다. 내게 소속감을 주는 단어가 사라져버렸다. 나는 수영선수도, 딸도 아니었다.

나는 랜디 리스가 싫었다. 지미 카터도 싫었다. 신도 싫었다. 수학 교사 그로스도 싫었다. 하지만 누구보다도 아버지가 제일 싫었는데, 아버지를 향한 증오는 나를 떠나지 않고 그 형태만 바뀌었다. 그 시절 나의 인생은 남자들이 다 망쳐놓았다. 이제는 물마저 나를 저버리려는 것 같았다.

하지만 나는 물속에서 그 누구보다 특별한 소년을 만났다.

수영장 물속에서 그는 나와 함께했다. 우리는 호그 타운에서의 고통스러운 3년을 함께했다. 아름다운 소년. 긴 몸과 긴 팔과 긴 다리와 긴 속눈썹과 긴 머리카락을 가진 소년. 햇볕에 탄 어두운 피부. 짙은 눈동자. 그 소년 역시 비밀을 품고 있었다. 아버지에 관한 비밀은 아니었지만.

이 소년, 나의 친구는 단언컨대 학교에서 가장 재능 있는 예술가였다. 설명이 좀 바보 같다. 사실, 나의 친구는 그 어떤 학교에 가도 그 누구보다 재능이 뛰어났고, 세로로 800킬로미터 가로로 260킬로미터인 플로리다에서 '예술가'라고 자칭하는 그 누구보다도 빛나는 사람이었다. 그는 그림을 그렸다. 조각을 만들었다. 그 아이가 무언가를 만들어내면, 그 두 손에서 탄생한 것 중 기막히지 않은 게 없었다.

똥통 같은 게인즈빌로 이사 온 첫 주에 그 아이가 우리 집으로 전화했다. 이체터크니에 가서 튜브를 타고 놀자고 했다. 전화기로 듣고 있자니 참 이상한 단어였다. 이체터크니? 무슨 말인지 도무지 알 수 없었지만 어쨌든 좋다고 했다.

이체터크니강 물은 얼음장처럼 차가웠다. 강은 넓지 않고 깊었으며 물살이 강했다. 흰꼬리사슴, 너구리, 야생 칠면조, 원앙, 왜가리가 보였다. 그리고… 음, 뱀도 있었다. 하지만 뱀도 자기만의 아름다움을 지니고 있었다. 연한 파랑 크리스털 같은 이체터크니강은 차양 달린 해먹과 습지를 통과해 10킬로미터 이어진 뒤 샌타페이강에 합류했다. 나는 예술가 친구 옆에 둥둥 떠서 세 시간을 놀았다. 친구는 나의 삶에 관해 물어봤다. 나는 그의 삶에 관해 물어봤다. 우리는 웃었다. 파충류처럼 햇볕을 만끽했다. 훈련에서 해방된 수영선수로서 헤엄쳤다. 물에서 나올 때쯤에는 오랫동안 그 아이와 알고 지낸 듯한 느낌이었다.

그후로 3년 동안 일요일을 제외하면 거의 날마다 같이 있었던 것 같다. 대부분은 학교에서 만나 나는 영어 수업이나 프랑스어 수업에 갔고 그는 미술실에 갔으며 점심시간이 되면 있던 곳을 떠났다. 아니면 미술실에서 온종일 같이 있었다. 아니면 수영 연습이 없을 때 그 아이의 집에 가서 샌드위치를 먹고 팻 베네타의 음악을 들었다. 아니면 함께 낮잠을 잤다. 친구는 피부에 털이 거의 없어서 벨벳처럼 부드러웠다.

내가 그를 얼마나 사랑했는지 어떻게 표현해야 할까. 그러나 그 사랑은 어떻게 다뤄야 할지 도무지 알 수 없는 사랑이었다. 나는 친구를 유혹해보려고 애썼지만, 그는 내게 관심이 없는 듯했다. 다른 남자들은 틈만 나면 내 바지를 벗기려 들었는데 말이다. 심지어 세븐일레븐 같은 곳에서도. 하지만 그 아이는? 절대 그러지 않았다. 그래서 나는 다른 남자들과 잤다. 수영선수 여자아이들과도 잤다. 하지만 예술가 친구와는 아무 일도 없었다.

그래도 친구는 내가 학교 댄스파티에서 입을 수 있도록 세상에서 제일 멋진 버건디색 실크 드레스를 만들어줬다. 등이 깊이 파이고 앞부분과 엉덩이 근처에 작은 스트랩이 달린 드레스였다. 파티에서 내 드레스보다 멋진 옷을 입은 사람은 아무도 없었다. 온 역사를 통틀어도 없을 것이다. 미국 어디를 가도.

그리고 남성용 정장 재킷을 리폼해서, 길이가 짧고 어깨 부분이 널찍한 멋진 1950년대 스타일의 재킷을 만들어줬다. 학교에 가면 다들 내 재킷을 보고 침을 흘렸다.

그리고 내 머리를 멋진 보브컷 단발로 잘라주어 사람들의 시선을 한 몸에 받았다.

그리고 내 얼굴에 화장을 한 후(화장을 해본 건 이때가 유일하다) 패션 잡지 같은 사진을 찍어줬다.

그렇게 친구를 향한 사랑은 깊어지고 또 깊어졌지만, 그것은 어찌해야 할지 알 수 없는 사랑이었다. 사랑은 내 안에 그냥 쌓여만 갔다. 섹스 상대가 없는 남자들 몸 안에 그런 식으로 정액이 쌓이겠지. 그 아이와 있으면 때로는 정신을 잃을 것 같았지만, 친구는 종종 빵을 만들었고 전부 너무나 맛있었다. 그는 치즈케이크도 만들 줄 알았다. 세상에. 나의 바람은 그저 그 아이와 함께 있는 것이었다. 항상. 그의 피부에서는 코코아버터 향기가 났다.

그렇게 며칠이 지나고 또 지나고 또 지나고 또 지나고 또 지났다. 그때까지의 내 인생에서 가장 행복한 시기였을 것이다. 플로리다를 향한 증오 바로 밑에 행복이 있었다.

그러던 어느 날 나의 술 취한 어머니, 느릿느릿한 남부 사투리를 쓰는 어머니가 퍼블릭스 슈퍼마켓에서 지미 히니의 어머니를 만나 나의 예술가 친구가 게이라는 소문을 들었다고 했다. 그러니까, 나의 멍청한 어머니는 예술가가 커밍아웃 하기 전에 그의 정체성을 폭로한 것이다. 걔 동성애자야. 느린 남부 말투로.

그리고 그는 그만두었다.

내게 전화하길 그만두었다. 나를 보는 것을 그만두었다. 자기 삶에 나를 포함시키는 것을 완전히 그만두었다.

아름다운 게이가 더 이상 나를 사랑하지 않았다. 그게 어떤 기분인지 아는가?

죽을 것 같은 기분이다.

여행 가방

가끔은 내가 평생 헤엄치며 살아왔다는 생각이 든다. 내 기억 속에 모여 있는 것들은 전부 물처럼 굽이치며, 살면서 겪은 사건들 주변으로 에둘러 흐른다. 내게 일어난 일들이 전부 수영장에서, 커다랗고 푸르고 소독된 수영장에서 일어났다고 상상하면, 이해가 더 수월해지는 것 같기도 하다. 플로리다조차 헤엄치려는 나를 죽일 수는 없었다.

고등학교 마지막 해에 열린 학교 댄스파티에서 곧 남자로 자라날 소년 다섯 명과 팔씨름을 했다. 딱 한 번 졌다. 파티가 끝난 후에는 다 같이 술에 취해서 수영장 담벼락을 넘었다. 옷을 홀딱 벗고 50미터짜리 대회용 수영장에 들어갔다. 내가 매일 아침저녁으로 두 시간씩 연습하는 바로 그 수영장이었다. 그 시절 나의 몸은 그 어느 때보다 튼튼했다. 누군가의 아들 같은 모습이었다. 아들의 팔. 턱. 어깨. 나의 머리카락은 젠더를 희미하게 했다. 가슴도 없었다. 다른 아이들이 키스하며 뒹굴 시간에 나는 수영 훈련을 했다.

내게 그해의 여름은 다른 사람들이 느끼는 것과 다른 방식으로 길고 습했다. 습기 이상의 무언가가 공기를 답답하게 했다. 6월이 되자 우편함에 편지가 도착하기 시작했다. 장학금을 제안하는 편지였다. 수영선수에게 주는 장학금이었다. 그러니까, 출국 비자가 나온 것이었다.

저녁이 되면 우편함으로 갔다. 우편함을 열어보기 전에 숨을 쉬면 폐에 칼이 박히는 것 같았다. 도착한 우편물을 하나씩 넘겨보며 무언가 색다른 감촉을 기다렸다. 떠날 날을 기다렸다.

편지가 다섯 통 왔다.

첫 번째 장학금 제안서는 손에 드니 시원하고 묵직했다. 브라운대학에서 온 것이었다. 브라운대학의 빨갛고 까만 로고에서 충성심이 느껴졌다. 손가락 끝으로 봉투를 스치듯 만졌다. 봉투가 부드러웠는데, 종이에서 차별성이 드러났다. 봉투의 냄새를 맡아봤다. 눈을 감았다. 심장에 대봤다. 봉투를 들고 집으로 걸어가는 나의 내면에 무언가를 향한 믿음이 생길 뻔했다.

집에 들어와서 봉투를 부엌 탁자에 올려놓았다. 봉투는 저녁 먹는 내내 그 자리에 놓여 있었다. 우리 가족은 거실에서 TV를 보며 저녁을 먹었다. 시트콤 「바니 밀러」가 나오고 있었다. 귀에 피가 맺힐 듯했다.

저녁을 다 먹고 시트콤 「택시」도 끝나자, 아버지는 담배를 세 개비 피우더니 드디어 부엌으로 갔다. 어머니도. 나도.

우리는 부엌 식탁에 앉았다. 평범한 가족들은 아마 그렇게 모여 앉겠지. 어머니와 나는 숨을 쉬었다. 봉투를 여는 아버지의 손놀림이 저능아보다 느렸다. 아버지는 조용히 편지를 읽었다. 나는 아버지의 눈을 바라봤다. 내 눈처럼 파란색이었다. 나는 머릿속으로 수영을 했다. 어머니는 내 옆에 술 취한 바보처럼 앉아서 한 손으로 다른 손을 도닥였다. 나는 혓바닥을 깨물지 않으려고 애썼다.

마침내 아버지가 입을 열었다. 75퍼센트 장학금이라고. 속물학교 주제에. 금수저 계집애들이랑 돈만 많은 머저리들이 다니는 학교잖아. 어머니는 창문 너머 플로리다의 밤을 바라봤다. 나는 브라운대학 로고가 인쇄된 종이를 응시했다. 그리고 내 이름을. 돈이 문제는 아니라는 걸 알았다. 돈은 있었다. 아버지가 다음에 뱉은 말에서 문제가 뭔지 알 수 있었고, 담배 연기가 내 얼굴 주위를 감돌며 수치를 남겼다. 네가 그렇게 잘났냐? 누군가 내 목을 조르는 것 같았다. 나는 목구멍으로 올라오는 말을 삼켰다.

두 번째 우편은 노트르담대학에서 왔다. 다시금 우리는 부엌에 앉았다. 어머니, 아버지, 딸. 담배 연기는 거의 영화 속의 한 장면 같았다. 나는 아무 말 없이 앉아 있었다, 말한다는 것의 포악함을 알았으니까. 어머니는 머리카락을 한 타래 잡아 비비 꼬았는데, 저러다가 머리가 빠지겠다는 생각이 들 때쯤 그만두었다. 아버지는 왜 안 된다고 했을까? 그럴 수 있었으니까.

세 번째 우편은 코넬대학에서 왔다.

네 번째는 퍼듀대학에서.

안 돼.

플로리다의 한 부엌 식탁에서.

우리 집의 모든 방에서 아버지의 무거운 존재감을 느낄 수 있었다. 딱 한 곳만 빼고. 내 방은 내 몸의 촉촉함과 어두움을 담고 있었다. 내 피부와 수영장 소독약과 대마초 냄새가 났다. 오래전부터 나는 내 방의 창문을 열고 도망친 소녀들의 밤으로 진입하곤 했다. 7월이 오고, 나약한 소녀라면 질식할 만큼 땀 냄새로 공기가 텁텁해진 어느 밤, 나는 홀로 침대에 누워 떠나야겠다고 결심했다. 떠난다. 어떤 식으로든 떠난다. 그날 밤 어찌나 세게 자위를 했던지 피부가 까졌다. 잠이 들기 직전에는 여행 가방을 상상했다. 우리 집에 있는 가장 큰 가방을. 차고에 있는 큰 가방은, 아버지의 골프 가방과 과거의 삶이 담긴 박스 뒤에 조용히 자리 잡고 있었다. 검은색이었고 크기는 독일셰퍼드처럼 컸다. 소녀의 분노를 넣을 수 있을 만큼 컸다.

그해 플로리다주 수영 대회를 위한 예선 경기가 있던 날, 나는 시에나 토레스와 탈의실에 앉아 750밀리리터짜리 보드카 한 병을 마셨다. 만약 우리가 아들이라 곧 남자로 자라날 것이었다면, 분명 우리는 아버지의 차를 훔쳐 캐나다를 향해 달렸을 것이다. 아니면 처음으로 윗사람에게 주먹을 날렸을 것이다, 눈에 멍이 들까 봐 두려워하지도 않고. 대신 우리는 콘크리트 바닥에 앉아 있었고, 털을 말끔하게 깎은 행실 올바른 운동선수 소녀들의 경멸 섞인 시선을 받았고, 술을 마셨다.

술에 잔뜩 취했음에도 평영 경기에서 5등으로 들어와 결선에 진출했다. 결선이 끝나자 모르는 여자가 내게 와 말을 걸었다. 여자는 기름져 뭉친 금발 머리에 플로리다의 콜라병처럼 두꺼운 안경을 끼고 있었다. 내가 100미터 평영에서 1분 7초09를 기록하며 2위를 차지한 후였다. 그 여자는 평소에 약 좀 할 것 같은 외모였다. 자기가 텍사스테크대학의 코치라고 했고, 물과 미성년자의 분노를 뚝뚝 떨어뜨리며 서 있는 내 옆에서 할 만한 이야기는 아니라면서, 내일 전화할 테니 전액 장학금에 대해 논의해보자고 말했다. 나는 아무 말도 하지 않았다. 호흡이 안정되자 고개를 들어 관중석에 있는 술 취한 어머니를 봤다. 어머니는 몸을 흔들고 있었다. 나는 어머니가 계속 거기 있으면 좋겠다고 생각했다. 내가 텍사스에 관해 알고 있는 것이라곤 나의 어머니, 관중석에 앉아 술 취해 떠드는 어머니가 살았던 곳이라는 사실뿐이었다.

텍사스테크대학의 코치가 우리 집에 전화했을 때, 아버지는 직장에 있었다. 나는 머리가 지저분하고 안경을 낀 여자와 이야기했다. 그곳에는 어머니의 목소리가 있어서 남부의 달콤하고 느릿한 말투가 내 어깨를 동그랗게 감쌌다. 마치 꿀이 벌을 감싸듯. 그리고 그 여자의 목소리와 나의 목소리도 있었다. 나는 좋다고 말했다. 좋아요.

그게 이 이야기의 끝이었다면 얼마나 좋았을까? 어머니의 목소리가 딸이 떠날 수 있도록 힘을 주고. 금발의 소녀 수영선수는 비행기에 탄 채, 여러분 잘 있어요.

일주일이 지나고 서명할 서류가 도착했을 때, 아버지는 직장에 있었다. 어머니가 서류에 사인했다. 어머니의 손을 바라보던 것이 기억난다. 정신이 조금 멍했다. 어머니의 글씨체는 아름다웠다. 어머니는 서류를 봉투에 넣고 자동차 열쇠를 집어 들더니 내게 말했다. 가자. 알코올이 스며든 느릿한 남부 말투로. 어머니는 부동산 일을 하러 갈 때 타는 스테이션왜건에 올라탔다. 차는 나를 태우고 우체국으로 갔고, 나는 어머니가 파란 철제 우편함에 나의 자유를 넣는 것을 봤다. 어머니를 사랑하게 될 뻔했다.

남은 7월 내내 아버지는 분노했다. 8월에도. 매일 직장에서 돌아오면 어떻게든 방법을 찾아내 집을 분노로 채우고 벽을 수치심으로 흔들었다. 작은 여자들은 참고 또 참았다. 가끔은 아버지가 우리 둘 중 하나를 죽일 수도 있겠다고 생각했다. 그러나 두렵지는 않았다. 내 방바닥에서 맥박처럼 벽이 고동치는 것을 느낄 수 있었다.

그해 어느 여름날 아버지가 화를 내다가 유리로 된 미닫이문에 접시를 던졌다. 나는 뭔가 깨지는 소리를 기다렸지만 아무 일도 벌어지지 않았다. 또 하루는 내 수영 가방을 갈가리 찢고 수영복과 물안경을 망가뜨려 집어던졌다. 한번은 방으로 들어가는 내 뒤를 쫓아 문 앞까지 왔다. 아버지가 뱉은 단어들이 나의 이글거리는 어깨 위에 닿았다. 그는 문턱에서 발길을 멈추었다. 나는 뒤돌았고 분노로 부들부들 떠는 아버지를 봤다. 그가 말했다. "이게 자제라는 거다. 지금 난 자제하는 거야. 넌 날 건드리면 무슨 일이 일어날지 몰라." 우리는 서로를 바라봤다.

나는 생각하길, 이게 집 나가는 딸이라는 거다, 개새끼야.

아버지가 내면의 욕망이 뒤틀린 남자로 변하는 밤도 있었다. 내가 떠날 날이 가까워질수록 심해졌다. 내리는 비가 드럼 소리처럼 시끄럽던 8월의 밤, 아버지는 나를 거실 소파에 앉혀 놓았다. 그러고는 나의 어깨 위로 팔을 둘렀다. 엄지로 내 바깥쪽 팔을 문지르며 소름 끼치는 원을 그렸다. 아버지 목소리는 불가능하다 싶을 정도로 차분했다. 그런 목소리로 남자아이들이 내게 하고 싶어 할 행동에 관해 말하기 시작했다. 그들이 더러운 손을 내 치마 속에 넣을 거라고, 내 다리를 벌리고 손가락을 넣을 거라고 말했다. 내 셔츠 속에 손을 넣어 젖꼭지를 만지고 가슴을 움켜쥘 거라고 말했다. 가슴을 핥을 거라고. 남자아이들이 얼마나 역겨울지, 그 아이들의 손이, 뜨거운 하체와 호흡이, 안으로 위로 찌르고 싶은 욕구가 얼마나 혐오스러울지 말했다. 그리고 그 아이들이 좆으로 뭘 할지 말했는데, 나는 고개를 돌려 확인하지 않았음에도 자기 좆을 만지는 아버지 몸의 열기를 느낄 수 있었다. 피부가 따끔거렸고, 이를 악물었다. 아버지는 거절해야 한다고, 거절할 힘은 내가 아버지의 딸이란 사실을 기억하면 생길 거라고, 내게 남자는 아버지뿐이라고 했다.

나는 머릿속으로 생각하길, 이게 저 인간이 미친놈이라는 증거야. 이게 지금 떠나야 하는 이유지.

전에도 떠날 생각은 했었다. 가출 청소년 같은 심리로. 어머니가 자살 시도를 했던 해에는 언니가 대학원이라는 자신의 피난처에서 용감하게 귀환해 내게 떠나고 싶은지 물어봤다. 그때 나는 열여섯 살이었다. 언니가 집으로 돌아와 내게 같이 가자고 해줬고, 왜인지 나는 2년 더 버틸 힘을 얻게 되었다.

나는 내 몸 안에 쌓아놓은 비밀에 대해 생각했다. 내 방 창밖으로 나가 누군가의 차에 탔던 수많은 순간에 대해 생각했다. 내 다리 사이에서 멈추지 않고 타오르는 불꽃에 대해서도. 아버지의 것이 아닌 나만의 불꽃에 대해. 나는 보드카 생각도 했다. 거의 빠져 죽을 지경이었다. 아버지가 나를 소파에 앉혀놓고 내가 자기 것이라고 말했을 때, 나는 이미 딸이란 존재에서 멀리 떨어진 상태였다. 검은색 여행 가방은 내 꿈속에서 형체를 갖추고 이야기를 만들어냈다. 나는 가방과 나 사이에 근육 같은 힘이 있다고 느꼈다. 그 힘은 나의 성적 욕망이었다. 아버지의 것이 아닌.

아버지와 나의 마지막 결투는 내가 떠나기 일주일 전 차고에서 벌어졌다. 어머니의 스테이션왜건과 아버지의 카마로 베를리네타 옆에서. 그날 밤 나는 검은색 여행 가방을 가지러 차고에 갔다. 가방을 내 방으로 가져와 채우고 또 채울 계획이었다. 나는 가방을 찾은 다음 지퍼를 열어봤다. 담배 냄새가 났다. 안에는 아버지가 여행 후 그대로 남겨둔 셔츠 두 벌이 있었다. 나는 목이 분노로 따끔따끔 아플 때까지 그 셔츠 두 벌을 노려봤다. 그리고 셔츠를 찢어 입에 구겨 넣고는 있는 힘껏 깨물었다. 너무 세게 물어 머리가 바들바들 떨렸다. 그리고 옷 조각을 꺼내 쓰레기통에 버렸다.

다시 돌아와서 가방을 구석구석 살펴봤다. 서츠 박하사탕이 한 개 나왔다. 담뱃갑 포장지 조각. 빗. 콘돔 두 개. 나는 가방을 들어 올려 털어냈다. 마침내 가방에서 아버지의 흔적이 전부 사라졌다. 나는 가방의 지퍼를 닫았다. 일어서서 그 검은 여행 가방을 내 방으로 가져가려는데, 그곳에 아버지가 있었다. 아버지를 보기 전에 그의 소리를 들었고, 아버지를 바라보려고 고개를 들자 외롭게 매달린 전구 밑에 선 그의 모습이, 조명이 기이하게 드리워진 얼굴이 보였다. 아버지가 소리를 지르기 시작했다. 처음에 목소리는 깊은 곳에서 울리며 느릿느릿 말도 안 되는 이야기를 하더니, 곧 윙윙거리듯 높아졌고 고함으로 변했다. 카마로 베를리네타의 엔진 소리처럼. 그는 나를 걸레라고 불렀고, 나의 죄악에 이름을 붙였고, 내 실수와 결점과 수치스러운 행동을 전부 읊었다. 지금껏 저지른 모든 비뚜름한 행동으로 인해 딸은 결국 이 순간을 맞이하게 된 것이었다.

어쩌면 전부 사실이었을 수도 있다. 아버지가 옳았을 수도 있다. 아버지 말대로 나는 멍청한 걸레 같은 년이 될 운명일지도 몰랐다. 하지만 나는 뛰어난 수영선수이기도 했다. 아버지는 아니었고.

아버지가 내 팔을 움켜쥔 순간도 있었다. 나는 그 자리에 멍이 생길 것임을 직감했지만, 그래도 가방 손잡이를 놓지 않았다. 내가 원하면 언제든 가방을 휘둘러 아버지 머리를 후려칠 수 있을 것 같았다. 어떻게 그랬는지는 모르겠지만, 그날 밤 내가 소녀로서 느꼈던 수치와 공포는 그곳에서 사라져 온데간데없었다. 나는 누군가의 아들에 관한 생각을 생각했다. 넌 날 건드리면 무슨 일이 일어날지 몰라, 좆같은 새끼야.

나는 그의 눈을 똑바로 바라봤다. 파랑과 파랑.

내 어깨의 넓이와 강인한 턱을 인식했다. 경기 시작을 앞둔 듯 아드레날린이 솟구쳤다. 아버지가 하는 그 어떤 말도 내게 타격을 주지 못했다. 아버지도 그 사실을 알았던 것 같다. 기어를 바꾸고 내가 어머니한테 몹쓸 짓을 하는 거라고 울분을 터뜨리기 시작했기 때문이다. 네년이 니 엄마를 죽일 셈이구나, 그래서 행복하냐? 집을 떠나겠다고? 니 언니년처럼 이기적으로 살겠다고? 너는 어떻게 생겨 먹은 인간이냐? 니 엄마는 속이 썩어 문드러져도 상관없다는 거지? 씨발년들이 지들이 남들보다 낫다고 생각하지?

언니와 나, 우리는 이기적인 인간들이었다. 우리는 자아를 갖고자 했다. 그 어떤 분노나 사랑도 우리를 막을 수 없었다. 바로 그 사실이 내 입을 열었다.

좆.

까.

좆같은 새끼야.

나는 더 큰 소리로 그 말을 반복했다. 그렇게 계속 반복하다가 소리를 질렀다. 수영선수의 폐로 소리 질렀다. 그러고는 당장 비켜 이 좆같은 사디스트야,라고 외치고 가방을 뒤로 들어 올렸더니, 아버지는 몸을 있는 힘껏 펴고 손을 뒤로 들어 올려 주먹을 쥐었고 곧 주먹 쥔 손의 관절이 하얗게 변했고 그의 얼굴은 새빨개졌고 그는 이를 꽉 물었고 그 눈, 그 분노가 이글거리는 아버지의 눈… 그래서 나는 내가 태어난 목적을 실현했다. 내 얼굴을 아버지 얼굴에 최대한 가까이 붙이고 말했다. 때려봐. 여행 가방이 준비된 상태로.

그때 내가 사용한 것은 아버지의 목소리였다.

우리는 곧 죽을 것만 같았다. 하지만 그곳을 떠나기 위해선 내가 가진 몸이면 충분했다. 아버지의 숨소리가—헐떡거리고 있었다—나의 강인한 등 뒤로 느껴졌고, 나는 뒤통수를 주먹으로 맞으면 어떤 느낌일지 생각했다. 견딜 수 있을 것 같았다.

나는 가방을 내 방으로 가져왔다. 방 안으로 들어갔다. 등 뒤로 방문을 닫았다. 옷을 벗었다. 살결에서 수영장 소독약과 땀 냄새가 났다. 여름의 열기가 방충망을 통과해 안으로 들어왔다. 베개에 머리를 대고 누웠다. 기다렸다. 자동차가 지나가는 소리가 들렸다. 개 짖는 소리도 들렸다. 창밖의 수풀 속에서 바람이 몸을 떨고 있었다. 매미 소리도 들렸다. 개구리 소리도. 나는 기다리고 기다렸다. 그러다가 기다리지 않았다. 다리 사이로 손을 넣었다. 입을 벌렸다. 촉촉함 위에서 내 손가락이 빙글빙글 돌며 빠르고 강하게 미끄러졌다. 눈을 감았다. 시에나 토레스가 자기 손가락을 나의 활짝 벌린 다리 사이로, 좆같은 새끼야,라고 외치는 입처럼 활짝 벌린 사이로 밀어 넣는 상상을 했다. 오르가슴이 어찌나 강했던지 무언가 뿜어져 나왔다. 그날 밤 전까지는 소녀의 몸이 그런 걸 할 수 있다는 사실을 몰랐다. 소녀도 사정할 수 있다는 사실을.

검은 여행 가방에 제일 먼저 넣은 것은 휴대용 술병, 그리고 한때 어머니의 머리카락이었던 것이 담긴 상자였다.

구원

태어난다는 것에는 많은 의미가 있다. 얼마나 자주 우리는 한 생을 벗어나 새로운 생을 살게 되는지. 비행기를 타고 공항에 갔을 때, 가족의 집에서 벗어났을 때, 열여덟 살의 나는 어떤 기분이었을까. 공항이 점점 작아지고 땅이 점점 작아지고 거지 같은 모래벌판, 그러니까 플로리다가 작아지다가 아예 사라져버리는 장면을 볼 때 어땠을까. 물속에서 그랬듯 하늘에서도 무게 없이 가뿐한 소녀.

나의 목적지는 텍사스주, 러벅이었다. 러벅에 도착하자, 그곳이 어떤 곳인지는 전혀 몰랐지만, 일단 나는 그야말로 구원받은 기분이었다. 나만의 방 나만의 친구들 나만의 음식 나만의 술 나만의 음악 나만의 섹스 나만의 돈 나만의 생각 나만의 몸 나만의 나만의 나만의 자유로 누구든 될 수 있고 어디든 어떻게든 갈 수 있다고 생각하니, 내 안에서 자유의 화산이 폭발할 것만 같았다. 무언가가 내 안에 차곡차곡 쌓여 이제는 폭발해야 할 때가 된 듯했다. 모든 대학 신입생들이 느끼는 감정. 물론 살과 뼈 밑에 분노와 비밀을 품고 사는 딸들은 그중 일부겠지만. 비행기가 러벅에 착륙했을 때 수영 코치가 나를 데리러 공항에 와 있었다. 내 등록금을 내준 여자였다.

2주 정도 지나자 러벅의 공기를 온전히 흡수할 수 있었다.

2009년 5월이 되기 전까지 러벅은 바짝 말랐었다. 날씨가 건조하지는 않았다. 아니, 날씨도 건조했다. 숨 막힐 정도로 건조했다. 그것보다도, 그때까지 러벅에서는 술이 바짝 말랐었다. 특정한 시간에 레스토랑이나 바에 가지 않는 한 술을 살 수 없었다. '상품 포장된' 술을 사려면 25분 이상 운전해 헛간처럼 생긴 드라이브스루 주류 상점에서 술을 산 다음 먼 길을 돌아와야 했다. 밤에는 몰래 술을 들고 옆문을 통해 여자 기숙사로 들어가야 했다. 맥주가 가득한 여행 가방을 들거나 바지에 술병을 넣은 채 잽싸게 계단을 올라가야 했다.

러벅의 가축우리에서 풍겨 나오는 소똥 냄새는 정말 심각했는데, 냄새가 어찌나 역한지 눈에 눈물이 맺히고 독특한 구역질이 났다. 러벅의 뜨거운 오렌지색 먼지 폭풍도 극심했다. 먼지가 농밀한 바람 때문에 눈앞에서 손을 흔들어도 볼 수가 없었고, 용기를 내서 밖으로 나가면 마치 작은 러벅의 악마에게 공격을 받는 듯했다.

애비뉴 Q, 버디 홀리 플라자. 청동으로 된 커다란 버디 홀리*

* 텍사스주 러벅 출신의 싱어송라이터로, 1950년대 로큰롤을 주도하며 큰 영향을 끼쳤다.

의 동상. 구글에서 검색해보라. 버디는 웨일런 제닝스와 맥 데이비스 같은 거물들이 포함된 명예의 거리에 서 있다. 버디 홀리의 생일이 있는 9월 첫째 주에는 버드페스트라는 축제가 열린다. 버드페스트가 열리면 술 취한 서부 텍사스 사람들은 버디 홀리와 그의 아내처럼 차려입고… 소리를 지른다.

프레리도그 타운. 외딴곳에 널찍한 흙바닥이 펼쳐져 있고, 그 주변에 시멘트 펜스가 세워져 있는 모습을 상상하면 된다. 시멘트 펜스는 무릎 높이다. 그 안에는? 땅에 커다란 구멍이 숭숭 뚫려 있다. 그 안에는? 프레리도그가 있다. 그러니 술과 약에 취한 채 시멘트 펜스 위에 앉아 있는 한밤중에는, 그 땅에 손전등을 비춘 다음 솟아오르는 머리에 돌을 던지면 된다. 어른용 두더지 잡기 게임 같은 거다. 싫을 게 뭐 있나?

그렇다. 그리고 러벅이 평평하다는 말은? 점프하면 댈러스가 보인다는 뜻이다.

러벅. 좋은 곳이다. 정말이지 돈 모아서 가볼 만하다.

새벽 5시 30분이 되면 수영 훈련에 가고, 7시에 아침을 먹고, 10시부터 오후 3시까지 수업을 듣고, 3시 30분에 근력 운동을 하고, 4시 30분에는 수영 훈련을 하고, 7시에는 저녁을 먹었다. 일요일만 제외하고 매일을 매력적인 여자 수영선수들과 함께 보냈고, 밤은 우리의 것이었다.

모든 밤이. 매일 밤이. 새벽 5시 30분이 오기 전까지 즐길 수 있을 만큼의 밤이.

나는 룸메이트를 만나고 한 달이 채 지나지 않아 사랑 비스름한 것에 빠졌다. 룸메이트가 술을 잘 마셔서 혹은 욕을 잘해서 그랬을 수도 있고, 그 애의 로큰롤이나 보스 스피커나 끝내주는 스테레오 때문에 그랬을 수도 있고 시카고 출신이라 서부 텍사스 사람들이 전부 멍청이라고 생각해서 그랬을 수도 있고 나비가 새겨진 어깨나 큰 가슴이나 스카프나 찢어진 청바지나 담배 파이프 때문에 그랬을 수도 있다. 어쩌면 이름 때문일 수도 있다. 에이미. 에이미, 뭐 하고 싶어? 너한테 반할 수도 있겠는걸. 잠시, 아니면 오래도록.

수영선수들이 어떻게 노는지 아시려나. 그러니까, 정말 어마어마하게들 논다. 대학 수영선수들은 대부분 장학금으로 학교에 다닌다. 돈이 많은 거다. 우리 수영팀에는 탈색한 머리를 뾰족뾰족하게 세우고 다니는 영국인 쌍둥이가 있었다. 남부 사투리를 쓰고 머리에 스프레이를 뿌리는 바비 인형 같은 텍사스 여자들은 끝도 없이 많았다. 4학년에는 끝내주는 레즈비언이 있었고, 놀랄 만큼 아름다운 소년의 몸을 가진 아시아 여자도 있었고 신비로운 루마니아인도 있었다. 남자 중에는 나처럼 밝은 금색 머리카락을 가진 키가 멀쑥한 애가 있었는데 나는 성이 크리머인 그 금발 매력남에게 빠져들었다. 소 칼이라는 서퍼는 브루스 스프링스틴과 엘비스 코스텔로와 맥주에 빠삭했고, 투스텝 춤을 즐기는 댈러스 출신의 밝히는 남자도 있었고, 에이미의 고향에서 온 남자 기숙사 파티를 주최하는 사람도 있었고, 바지 속에 로켓을 품은 채 평범한 남자들은 모를 피부 곳곳을 면도하는 남자 수영선수도 한 무더기 있었다.

우리가 한바탕 놀았다는 말은, 정말 장관이었다는 뜻이다.

반년 정도 지나자 일과가 변해서, 5시 30분에 숙취로 무거운 머리를 끌고 수영 연습에 갔다가, 7시에 신에게도 버림받은 똥 같은 인스턴트 달걀 아침 식사를 건너뛰고, 10시에도 11시에도 수업을 째고, 정오에 해장술을 마시고 식어버린 피자와 하겐다즈 아이스크림을 먹고 레드제플린을 듣고 약에 취하고 일주일에 한 번 정도 시험을 보고, 3시 30분에 근력 운동을 하고, 4시 30분에 수영 연습을 하고 나면 기숙사 저녁 식사는 맛이 똥 같고 식당에는 서부 텍사스 멍청이들이 있으니까 그냥 밖에서 먹고 술 마시고 춤추고 춤추고 춤추고 마시고 토하고 섹스했다. 날마다, 밤마다.

2학년이 되자 장학금이 끊겼다. 3학년이 되자 낙제했다.

사랑 수류탄 I

나는 늘 제임스 테일러* 노래에 어울리는 여자가 되고 싶었다. "기분이 좋아, 그 여자가 내 주변에 있을 때면."「그 여자의 움직임은 왠지 특별해Something in the Way She Moves」라는 노래. 아마 들어본 적 있을 거다. 누군가 당신에게 그런 노래를 불러준다면 기분이 좋지 않을까?

애석하다, 그 시절의 내게 어울릴 만한 노래는 그 여자의 살갗에 묻은 피, 흘러내리는 죄악, 한 번 더 해줘, 살아 있는 시체 소녀일 테니까. 그렇다. 롭 좀비헤비메탈 밴드 화이트 좀비의 리더 노래. 대학 시절 나는 살아 있는 시체 소녀였다.

나의 첫 남편은 아름다운 소년 같은 남자였고, 보고 있으면 제임스 테일러가 떠올랐다. 손의 생김새도, 목소리도, 길고 가느다란 몸도 똑같았다. 내향적인 성격과 어쿠스틱기타의 천재라는 점도 똑같았고, 예술가적인 눈도, 날렵한 남자의 외형 안

* 미국의 싱어송라이터로, 사랑과 상처에 관한 감미롭고 아름다운 노래들을 불렀다.

에 있는 비대한 자아도 똑같았다. 나는 롭 좀비랑 사귀어야 했지만 그러지 않았다. 수영선수 장학금으로 왔던 텍사스 러벅에서, 제임스 테일러를 닮은 'JT맨' 필립과 몇 년을 함께했다.

내 모습은: 닥터마틴 전투화. 아이라이너를 잔뜩 발라 너구리 같은 눈. 찢어져 너덜너덜한 타이츠와 기독교 학교 교복 같은 체크무늬 치마에 검정 가죽 재킷. 스프레이도, 매니큐어도, 핸드백도 없었다. 텍사스 러벅과는 전혀 어울리지 않았다.

그 시절은 그림 그리고 기타를 연주하는 필립, 연주를 듣고 약을 하고 사랑을 나누는 나로 가득했다. 맞다, 학교도 갔다. 3년 차에 낙제했지만. 유일하게 A를 받은 과목은 철학이었다. 그 이유는 철학 교수가 항상 약에 취한 채 수업을 했고, 수업 시간에는 전부 빙 둘러앉아 철학과 관련된 개소리를 지껄이는 게 전부였으며, 나중에는 학생들도 취한 채 수업에 왔기 때문이었다. 나는 학교에 갔고, 필립과 잤다. 룸메이트 에이미를 사랑하지 않으려 노력하며. 그리고 수영도 했다. 그렇지만 달이 지나고 해가 넘어가며 내 안의 수영선수는 조금씩 알코올과 섹스의 바다에 빠져 죽어가고 있었다.

눈이 내리던 러벅의 밤에 우리는 처음으로 이별했다. 러벅의 눈은 이상하고 멍청하게 생겼다. 러벅의 땅은 세상에서 가장 평평하다. 산이라곤 없다. 나무도 없다. 언덕도 없다. 러벅에 눈이 오면 술을 잔뜩 마시고 여기저기로 드라이브해야 한다. 이런 말을 했다고 나를 나쁘게 생각하진 말길. 전에 했던 말, 러벅이 바싹 말랐다는 말을 기억할 것. 그래서 여자는… 갈증이 생기는 거다. 그리고 한밤중에는 '들이받을' 만한 것이 별로 없고, 있다 해도 땅이 평평하니 멀리서부터 볼 수 있다.

그래서 그 밤에도 드라이브했다. 한참 쏘다니다가 묘지처럼 생긴 공원에서 멈췄다. 나는 잔뜩 취해서 원숭이처럼 버디 홀리 동상의 어깨 위로 올라갔다.

덧붙이자면, 버디 홀리 동상은 그렇게 높진 않다. 어쨌든 나는 내가 세상의 왕인 듯 날뛰고 있었다.

그렇지만 주인공은 필립이었다. 필립은 장갑의 손가락 끝 부분을 자르더니 버디 홀리 동상 밑에서 기타를 쳤다. 핑크 플로이드의 「네가 여기 있으면 좋겠어Wish You Were Here」에 삽입된 어쿠스틱 전주 부분을 쳤는데, 악보 없이 귀로 익힌 노래였다. 제임스 테일러의 「스윗 베이비 제임스」도 연주했다. 그리고 「수잰」도 연주했다. 버디 홀리의 발치에서. 술 취한 금발 머리가 깊은 밤 영하 1도의 날씨에 윗도리를 들어 올리며 소리치는 와중에. "*뒤져라 새끼들아아아아아아아. 덤벼봐. 우우우우우우우우우우.*" 딱히 누군가를 겨냥한 말은 아니었다, 러벅 외에는.

그날은 내가 필립과 만난 지 1년쯤 지난 시점이었다. 어쩌다가 반했냐면, 기숙사 복도에서 필립의 옆을 막 지나는데 뒤에서 그의 목소리가 들렸다. 그때까지 들었던 백인 남자의 목소리 중 가장 깊었다. 그 목소리는 내 척추를 타고 올라와 뼈끝을 휘감으며 턱을 건드린 후 입까지 열게 했고, 갈구하게 했다. 머릿속에 떠오른 생각은, 나는 아버지에게서 멀리 떨어져 있다 나는 아버지에게서 멀리 떨어져 있다 나는 아버지에게서멀리 떨어져있다나는아버지에게서멀리떨어져있다.

고개를 돌리니 그곳에 필립이 있었다. 어깨를 스치는 머리카락, 진하디진한 속눈썹, 모카신 부츠, 그리고 기타.

그곳에 필립이 있었다. 깊은 밤, 하얀 눈밭에서 「수잰」을 연주하는 필립이. 그가 음악으로 밤을 활짝 열어 보였다. 나는 버디 홀리 위에 앉아서 살짝 돌아간 눈으로 별을 바라봤고 버디의 청동으로 된 머리에 침을 흘렸다. 잔뜩 화난 소녀들도 감동의 눈물을 흘릴 수 있는 법이다.

우리 관계가 파탄이 난 데는 두 가지 이유가 있다.

첫 번째 이유. 나는 1년 내내 불쌍하고 아름다운 필립을 부추겨서 남의 집에 무단침입했다. 그리고 그 집 바닥에서 섹스했다. 왜 그랬는지는 모르겠다. 필립은 큰 충격을 받았다. 정말이다. 필립은 잔뜩 겁에 질려 있었음에도 내가 하라는 대로 하긴 했는데, 내가 뛰어가서 전등이라도 켜면 필립의 190센티미터가 넘는 마른 몸은 거의 심장발작을 일으키며 끄라고 야단법석을 떨었다. 나는 손에 잡히는 대로 술을 마셨고, 필립은 술병에 물을 채운 후 뚜껑을 닫아서 새것처럼 있던 자리에 놓아두었다. 나는 약 서랍을 뒤졌고 필립은 어둠 속에서 내 꽁무니를 쫓아다니며 작은 흰색 알약들을 구해내려 애썼다.

그리고 우리는 섹스했다. 나는 필립 위로 올라가서 있는 힘껏 필립의 좆 위로 몸을 움직이며 내가 웬 망가진 여자아이가 아닌 필립의 기타이길, 그래서 그의 손가락이 나를 연주하면 죽게 되길, 깨끗해지길, 평온해지길, 그가 노래를 작곡해 바칠 만한 여자가 될 수 있길 바랐다. 내 상의가 벗겨졌고 가슴이 하얀 달 같았고 머리가 앞뒤로 흔들렸고 머리카락이 산발이 됐다. 필립이 사정하면 그 힘이 너무 강해 척추 뼈끝이 바스러질 것 같았다. 길고 마른 남자들은 좆이 크니까. 그후 우리는 숨을 몰아쉬고 우리가 무단침입한 집의 어둠 속에서 서로를 바라봤다. 그러다가 다시 두려움에 사로잡힌 필립은 벌떡 일어나 바지 지퍼를 빛의 속도보다 빠르게 채웠고, 내가 영화관 바닥에 묻은 끈끈한 때라도 되는 양 나를 그곳에 남겨두고 나갔다. 나는 부서진 소녀들의 웃음을 웃었고.

세상에. 가여운 필립. 그때로 돌아가 사과할 수 있다면 얼마나 좋을까. 필립은 나처럼 텍사스보다 큰 분노를 안고 사는 여자와 맞수가 될 만한 사람이 아니었다. 물론 나도 필립을 통해 극도의 수동성 역시 강력할 수 있다는 걸 배웠지만.

두 번째 이유. 필립은 너무 아름다웠다. 나보다 훨씬 아름다웠고 아름다운 여자보다도 훨씬 아름다웠다. 그런 남자를 만나본 적 있는가? 그의 너무 아름다운 목소리와 아름다운 손과 아름다운 성기. 하지만 그 아름다움은 그의 내면에서 뒤엉켜버렸는데, 자신이 쓰레기라고 생각했기 때문이다. 그리고 자신이 쓰레기라는 생각은? 필립을 나와 정반대인 무언가로 바꾸어놓았다. 지구에서 가장 수동적인 남자로. 필립의 수동성은 그 종류가 무엇이든 주변에 강한 에너지나 갈등이 있을 때 특히 심해졌다. 그리고 강한 에너지나 갈등에 사람의 육체를 입히면, 그게 바로 나였다.

그리고 나의 분노가 도래하면 필립은… 음, 그는 잠이 들곤 했다.

지금껏 만난 사람 중 오직 필립만이 싸우다가 잠에 빠졌다. 손으로 턱을 받친 채, 상대는 승리의 순간에 가까워지는데 자신은 눈을 감고 있다. 그런 사람은 필립 외에는 본 적이 없다. 정말 미칠 것 같았다. 나의 강력한 에너지가 향할 곳이 없었다. 나는 몇 번이나 폭발할 지경이 되거나 불붙은 듯 훨훨 타올랐다.

필립은 침례교를 믿는 남부의 대가족 출신이었고, 가족들은 전부 노래를 했다. 그렇다 보니 찬송가를 부르는 성대한 가족 모임이 잦았다. 가족들은 목소리를 높이고 낮추며 화음을 넣었다. 필립의 아버지는 신의 목소리였지만 목소리는 첫 번째로 없어졌고, 필립의 형도 신의 목소리였지만 목소리는 두 번째로 없어졌고, 필립을 제외하면 세 자매뿐이기에 세 번째로 없어질 신의 목소리는 필립의 몫이었다. 내 말은, 「나는 날아갈 겁니다 I'll Fly Away」라든가 그 지긋지긋한 「어메이징 그레이스」 같은 찬송가를 기껏해야 몇 번이나 부를 수 있겠는가? 필립이 그렇게 피곤해했던 것도 이해가 될 지경이다.

한 여자의 삶에서 섹스의 역사 속 세밀한 움직임들이 중요한 이유는 다음과 같다. 필립의 형은 다 겪어봤다. 신을 거부했고, 집을 떠났고, 대마초 피우는 음악가가 되었고, 가족도 일구었고, 동족에게 돌아와 남자의 임무를 수행하는 시기도 지났다. 하지만 필립은 이제 겨우 신을 거부한 후 집을 떠나 대마초를 피우는 예술가가 되었고, 텍사스보다 큰 죄책감을 지고 살았다. 필립은 버림받은 아들이었고, 찬송가 모임에 합류할 수 없었다.

그리고 나, 내가 지고 살던 건 비밀스러운 수치심이었다.

필립이 삽입 대신 손으로 해달라고 하면 나는 할 수 없었고 할 수 없었고 할 수 없었고, 내가 입으로 해주겠다고 하면 필립은 싫다고 했고 싫다고 했고 싫다고 했다. 그때 우리는 서로의 몸에서 자신의 상처를 만난 것이었다. 아름답고 부드러운 남자의 형태를 취한 죄책감, 그리고 화난 소녀의 형태를 취한 수치심, 그것이 우리의 성정체성이었다.

필립이 입으로 해도 된다고 허락한 그 밤에 우리는 핑크 플로이드의 「안락한 무감각Comfortably Numb」을 듣고 있었다. 필립은 혼자 연주를 시작하더니 둘 다 너무 취하자 멈추었다. 나는 입안에 있는 필립의 좆 때문에 용서받은 듯한 기분이 들었다. 왜 그랬는지는 모르겠다. 하지만 한번 필립의 마음을 돌려놓고 나니, 이제 그는 내가 어디를 가자고 해도 따라나섰다.

그곳에 우리가 있었다. 깊은 밤, 하얀 눈밭에서 헤어지는 우리가. 술 취한 분노가 부드러운 아름다움을 내려다보는 스틸

샷. 그러니까, 그때 나는 약간 돌아버린 상태였는데, 그 시절에는 자주 있는 일이었고, 나는 그 상태로 필립에게 싸움을 걸었다. 왜 그랬는지 모르겠다. 필립의 머리 위를 바라보며 생각했다. 이것 좀 봐, 천사다. 그리고 생각했다. 머리에 침을 뱉어주자. 말하지 않았나, 왜 그랬는지 모르겠다고. 어린 시절의 나는 왜 무서워지면 종이를 먹었을까? 내 속옷이 젖었고 머리가 빙빙 돌았고 추우면서 더웠고 그곳의 눈밭과 평평함과 고요함과 음악이 너무나 아름다웠다.

그래서 죽이기로 했다. 내 말은, 필립이 하늘에서 노래를 끌어내듯 나는 차갑고 어두운 공기에서 음악을 낚아채, 그것을 제자리를 잃은 분노와 보드카 섞인 숨결에 감싼 다음, 아무것도 눈치채지 못한 필립의 머리 위로 퍼붓고 퍼부어 필립의 목이 거의 부러질 뻔했다는 거다. 20대 여자들은 새로운 사람을 만날 때마다 그런 식으로 자기 상처를 이해해보려고 한다. 상처가 아물지 않은 소녀들. 주먹을 휘두르는 소녀들.

그리고 우리는 싸웠다. 적어도 나는 싸웠다. 필립은 몸을 웅크린 채 낮은 목소리로 툴툴거리며 자동차로 들어갔다. 자동차는 차체가 토사물처럼 노란 가짜 목재 패널로 되어 있는 핀토 스테이션왜건이었다. 나는 차에 탄 후에도 계속 싸움을 걸었다. 필립은 창문을 내리고 운전했는데, 돈이 하나도 없어서 고장 난 와이퍼를 고칠 수가 없었고 그날은 눈이 내렸기 때문이다. 필립은 공격에 방어하다가 창밖으로 머리를 내밀어 도로를 확인하기를 반복했고, 이런 상황도 나를 막을 수 없었기 때문에, 이 금발 머리 여자는 점점 더 시끄럽고 거대하고 꼴리고 끔찍하고 혼란스러워졌다. 아버지의 분노, 그의 존재가 마음대로 내 목소리와 손에, 내 살결에 침입한 것이었다.

필립. 필립이란 이름은 말馬을 사랑하는 사람이라는 뜻이다. 혹은 형제애를 뜻한다. 필립의 목소리는 소리를 지르기 위한 것이 아니었다.

그때였다.

내 분노의 오페라가 최고조에 이르렀을 때. 똥차 안에서. 나의 분노 오르가슴이 임박했을 때.

필립이 잠들었다.

자동차가 속도를 늦추더니 커브 길에서 약하게 활 모양을 그린 다음 멈추었다. 필립의 머리가 부드럽게 운전대 위로 떨어졌다.

잠시 필립을 바라봤던 것이 기억난다. 말문이 막혔고, 그의 얼굴이, 입이, 손가락이 길어 매혹적인 손이 얼마나 더럽게 아름다운지 똑똑히 봤고… 나는 죽었다 깨어나도 그런 남자를 가질 수 없다는 것을, 내 광속의 분노와 혼란이 그를 산 채로 잡아먹을 것이므로 가질 수 없다는 것을 알게 되었고… 또, 그런 남자를 절대 가질 수 없는 여자가 느낄 슬픔을 느꼈고… 울었고… 계속 이어지는 초록노랑빨강 신호등이 우리 위에서 깜빡였고… 그러다가 나는 정신을 차린 후 목청이 터지도록 소리

질렀다. "*일어나 개새끼야!!!!!!!!!!! 씨발 너 지금 잠들었잖아 우리 죽을 수도 있었다고!*"

나는 차에서 내려 문을 닫은 뒤, 닥터마틴 부츠를 신고 눈 내린 낯선 집 뒤편의 눈 내린 골목길을 뛰어 내려갔다. 눈 위를 걸을 때 으레 그렇듯 묵직한 발소리를 내며 뛰고 또 뛰었고 조금 울고 있었고 나의 아이라이너가 번져 볼 위로 흐르고 있었고 조금 웃고 있었고 검정 가죽 재킷 안주머니를 더듬어 보드카 병을 찾았고 고개를 돌려 목재 패널 핀토 스테이션왜건 안에 있는 그를 보는 일은 없었고, 그는 자고 있었고, 아니 노래하고 있었나….

멋진 이야기다, 그렇지 않나.

멋진 결말이다.

하지만 인생은 제임스 테일러 노래 같지 않고, 나 같은 여자아이들은 눈 속으로 도망쳐 사라지지 않는다.

나는 그날 밤 그와 헤어지지 않았다.

우리가 정말 헤어졌을 때는, 글쎄, 제임스 테일러 노래 같지는 않았다고만 해두겠다. 우리가 화내거나 사랑하거나 잠들지 않았을 때 만들었던 것, 우리 사이에서 살고 죽었던 것은 아직도 내 마음을 잡고 놔주지 않는다.

저 극적인 결말은 그저 시작일 뿐이었다.

결국, 나는 그 남자를 나와 결혼하게 만들었다.

또 다른 러백

텍사스테크대학 수영팀에는 몬티라는 마약 딜러가 있었다. 나는 몬티가 약에 취하지 않은 모습은 한 번도 본 적 없는 것 같다. 그의 피부는 잿빛이었고, 운동선수의 근육을 팽팽하게 감싸고 있었다. 눈 주변이 항상 거뭇거뭇했다. 얼굴에는 조그맣게 구멍들이 파여 있었다. 몬티는 기숙사에 살지 않았다. 수영팀이 아닌 사람 둘과 따로 집을 구해 살았다. 그 집에는 지하실이 있었는데, 지하실 문에는 마리화나 잎이 그려져 있고 중앙에 웃는 얼굴이 있었다. 문은 잠겨 있었다. 안으로 들어가려면 정해진 노크를 해야 했다.

똑똑.

똑똑똑.

똑.

처음으로 몬티의 지하실에 내려갔을 때 나는 에이미와 함께였다. 몬티가 문을 열어줬고 우리는 안으로 들어갔다. 그날 밤 여자는 우리 둘밖에 없었다. 우리는 조금 위험한 쾌락을 낚으려 했다. 잠시 나는 기분이 이상해졌다. 그러다가 이상하게도, 그런 기분이 사라졌다. 우리 둘 외에 남자 네 명 정도가 더 있었던 것 같다. 그중 한 명은 수영팀이었다. 그 사람을 바라봤는데, 눈을 뜨고 있는 건지 감고 있는 건지 알 수 없었다. 그는 미소 짓고 고개를 끄덕이고 손을 흔들었다.

방은 어두웠다. 벽을 새까맣게 칠해놓아서 어두운 것만은 아니었다. 어두운 벽에는 형형색색의 조명과 네온 장식이 붙어 있었다. 바닥의 카펫은 복슬복슬했고 짙은 빨간색이었다. 방에는 오래된 똥색 소파 하나, 라바 램프 세 개, 포스터 세 개가 있었다. 체 게바라와 지미 핸드릭스와 맬컴 엑스의 포스터. 구석에 있는 어항에는 커다란 에인절피시 한 마리와 수많은 테트라 물고기가 들어 있었고, 청록색 빛이 뿜어져 나왔다. 작은 냉장고와 물담뱃대 컬렉션도 있었고, 소파 앞 거대한 탁자 위에는 굳이 정체를 밝히고 싶지 않은 저급한 것들이 잔뜩 널려 있었다. 노래 「하나의 사랑One Love」이 흐르고 있었다.

몬티가 손에 약을 들고 와서 말했다. "하나 골라봐. 먹으면 어떻게 되는지 알려줄게." 나는 한쪽은 빨갛고 반대쪽은 노란 알약을 골랐다.

에이미는 고개를 저으며 안 먹겠다고 했다. "싫어, 헬렐레 아저씨." 그러고는 물담뱃대를 향해 손을 뻗었다.

몬티가 나를 바라봤고 약쟁이 특유의 웃음을 웃었다. "하하하하하하하하하하하하한꺼번에 두 개 먹어볼래?"

"어떻게 되는데?"

"뭔지 궁금하지 않아?"

"어떻게 되는지만 알면 돼." 나는 센 척하면서 말했다.

내가 대학 수영선수로서 쌓은 경력을 살펴보면, 그때쯤에는 근사한 사회의 일원이 되는 일에 전혀 관심이 없었다. 경기에 출전하면 끝까지 완주하지도 못했다. 사람들은 결승선에서 굳이 고개를 돌려 나를 바라보지도 않았다. 내가 빠져 죽지 않은 것만도 다행이었다. 그때 나는 입이 굳어버려 '좋아'라는 대답밖에 못 하는 여자였다. 내가 원한 건 경험뿐이었다, 특히 내 뇌를 마비시켜줄 수 있는 경험. 나만의 '나는 내가 누군지 모르겠어요' 주의였다. 나만의 '내게 무슨 문제가 있는지 모르겠어요'. 나만의 '누군가 제발 나를 사랑해줄 수 없나요'. 그때의 나라면 뭐든 입에 넣었을 것이다.

"음, 이 작고 예쁜 알약은 먹으면 진정 효과가 있고 꿈꾸는 듯한 기분이 들어."

나는 즉시 입을 열고 그 약을 먹었다.

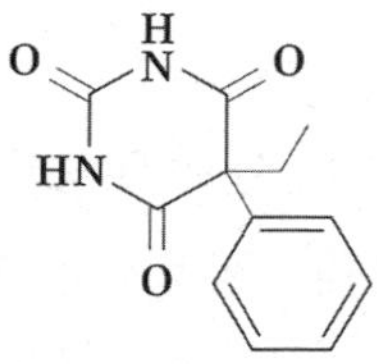

몬티 말이 맞았다. 잠이 왔다. 하지만 꿈꾸는 듯한 느낌은 없었

기 때문에 약을 하나 더 달라고 했다. 여자 두 명이 더 왔다. 수영선수 같은 외모는 아니었다. 너무 말랐다. 길고 떡진 머리. 반짝이 네일 폴리시. 튜브톱에 리바이스에 플립플롭 샌들 차림이었고, 낄낄 웃고 있었다. 두 사람은 LSD를 먹고 춤췄다.

그날 밤 에이미가 나를 데리고 기숙사에 가려 하는데 몬티가 나를 잡았다. "내가 데려다줄게, 내가 데려다준다니까." 그가 고집을 부렸다.

집에 오는 밤길은 평소보다 더 즐거웠다. 이상하게도 기억이 생생하다. 새벽 3시, 어쩌면 4시. 칠흑 같은 밤. 따뜻한 공기. 우리는 캠퍼스에 있는 빛나는 인공 연못에 잠시 멈추었고, 나는 옷을 입은 채 연못에 누워 웃고 또 웃었다. "나 좀 봐! 나 오필리아야!"

몬티가 말했다. "그럼 난 햄릿인가?"

"씨발 당연하지이이이이이이이이이이이이이이!!!!!!!!!!!!" 나는 소리 질렀고, 수중 조명이 반짝이는 25센티미터 깊이의 물속에서 뒹굴었다. 캠퍼스 경찰이 나타나 '난 진짜 경찰이 아니야' 종이 위에 뭔가를 써서 우리에게 건넨 뒤 집에 가라고 했다. 경찰이 떠나자 우리는 그 종이를 먹었다. 그리고 나무 밑에서 섹스했다. 나는 갑자기 내 바지가 낯설어 보였고 너무 정신이 없어서 할 마음이 안 생겼지만, 몬티는 개의치 않는 듯했다. 우리는 있는 힘껏 달려 관목 속으로 뛰어드는 게임도 했다. 다음날 수영 연습에 나타난 내 몸 여기저기에는 풀과 나무가 붙어 있었고 긁힌 상처도 있었고 머리는 솜으로 가득 찬 것 같았다.

한 번 더.

나는 한 번 더 하고 싶었다.

색색의 알약을 다 먹어보고 어떤 기분일지 알고 싶었다. 아니다. 색색의 알약을 다 먹어보고 아무 기분도 느끼지 않기를 바랐다. 하지만 그것조차 불타는 소녀에겐 충분하지 않았다.

어느 밤에는 몬티의 집에 가니 거울 위에 흰색 가루가 기다랗게 준비되어 있었다. "봐봐." 나는 웃으며 말했다. "난 「오즈의 마법사」 도로시야! 여기 양귀비 꽃밭이다!" 그 흰 가루를 들이마셨고, 지각과 감정을 내쉬었다.

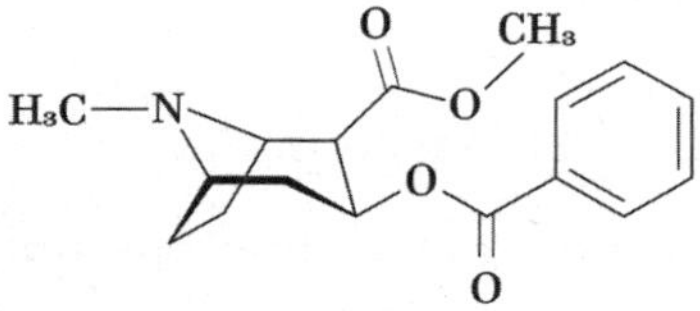

O CH_3
H_3C—N O
O
O

그 지하실에 같이 있던 사람들은 색다른 교육법으로 내게 러벅에 관해 알려줬다. 그들의 이야기에 의하면, 누군가의 아버지가 납치 살해되었다. 경찰이 가축우리의 말발굽과 소똥 밑에서 시체를 발견했다. 누군가의 형제는 마약 과다 복용으로 죽었는데, 죽기 전에 깨진 거울 조각으로 여자친구를 살해했다. 누군가의 어머니는 누군가의 일곱 살짜리 형제와 열두 살짜리 자매를 죽였다. 예수가 죽이라고 시켜서. 그 애들은 사악해, 예수가 어머니의 귓속에 속삭였다. 한 여자의 친척은 소아성애자였는데, 가족 중에 그를 감옥에 보내고 싶어 하는 사람이 없어서 대신 다락방에 살게 했다. 어떤 여자의 형제는 국경에서 마약 밀수를 했다. 한 남자의 절친은 멕시코 사람이었는데, 두 손과 성기가 잘린 채 기찻길 주변에서 발견되었다. 잘린 손과 성기는 비닐봉지에 들어 있었다. 몬티의 이복형제는 이웃에 사는 지적 장애인 소녀를 상습적으로 강간해서 주립 병원에 있었다.

이런 이야기는 있는 그대로 전하는 것 외에 어떻게 말해야 할지 모르겠다. 이런 극한의 이야기들… 피와 부도덕성이 들끓는, 너무나도 무서운 이야기들… 이런 것들은 나를 기분 좋게 했다. TV 같은 효과가 있었다. 망가진 딸 같은 기분이 줄어들었다. 실패한 학생 같은 기분도. 걸레 같은 기분도. 한물간 운동선수 같은 기분도. 그 지하실에 있던 것들로 인해 내 몸에서 온갖 감정이 빠져나갈 수 있었고, 내가 누군지 혹은 내가 왜 나인지, 그런 것들에 대해 알 필요가 사라졌다.

똑똑.

똑똑똑.

똑.

나는 2학년이 되었고, 그 지하실에 갈 때는 혼자일 때가 많았다. 그곳에 누가 있는지는 상관없었다. 그곳이 어떻게 생겼는지도 상관없었다. 벽에 어떤 포스터가 있는지도. 똥색 소파에 뭐가 묻어 있는지도. 내가 관심 있던 건 탁자 위에 준비된 약과

도구뿐이었다. 그곳에는 숟가락과 솜이 놓인 쟁반, 라이터, 주사기가 있었다. 나는 숟가락을 들어 입에 넣었다. 몬티가 말했다. "하하하하하하하하하하하하하하하 어디다 놔줄까?"

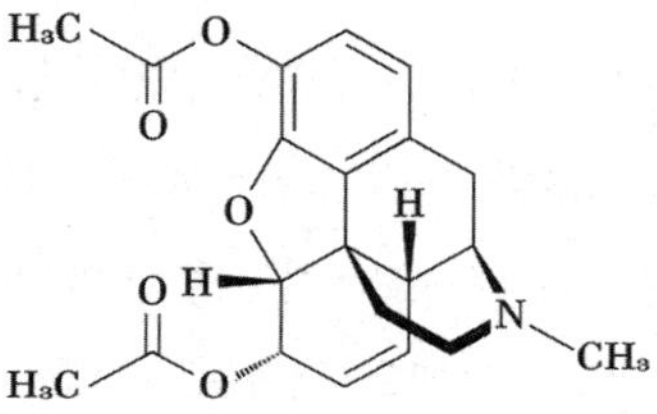

나는 답했다. "여기." 그리고 혈관이 보이도록 세게 팔을 때렸다.

좀비

러벅에 살던 시절 나는 잠시 좀비가 되었다. 살을 뜯어 먹는 좀비를 말하는 것이 아니다. 우웩. 나는 식인종이 아니다. 그때 나는 고기능 좀비*였다. 지금. 당장. 주변을 둘러보면 나 같은 사람을 잔뜩 발견할 수 있을 것이다. 우리는 어디에나 있다.

어느 날 밤에는 좀비랜드에서 의학 박사를 하나 만났는데, 코끼리도 못 버틸 만큼의 약을 들이마시는 사람이었다. 그의 자동차 번호판에는 '의사가 타고 있음'이라고 쓰여 있었다. 어떤 경찰은 총상 때문에 만성적인 허리 통증이 있었는데, 약을 작은 갈색 담배로 말아 피우곤 했다. 멕시코에서 온 조각가는 환각 성분이 있는 페요테 선인장으로 약을 만들었다. 어떤 여자는 낮에는 아이 돌보는 일을 하고 밤이 되면 현실을 떠났다가, 다음 날 아침에 다시 무거운 눈꺼풀로 아이를 돌봤다. 문예창작과 교수, 수영선수 두 명, 축구선수, 유명한 레스토랑 주인,

* 겉보기에는 평범하고 성공적인 삶을 살아가는 중독자를 뜻한다.

음악가, 예술가, 그렇다. 전부 약에 취한 좀비였다.

나는 송곳니처럼 뾰족한 바늘 끝이 좋았다. 약이 좋았다. 아직도 팔에 주사기를 꽂는 장면을 보면 기분이 좋다. 입에 침이 고인다. 영화에 나오는 장면이라도.

30초, 존재에서 무가 되기까지.

그리고 내 인생이 무엇이든 무엇이 아니든 그저 사라져버리는 감각이 좋았다.

좀비랜드에 들어서면 모든 것이 물속에 있는 듯 느껴진다. 움직임은 슬로모션 같고, 물속에서처럼 빽빽하다. 반면 다른 사람들은 어딘가 만화 속 인물 같은 모습이다. 다들 움직임이 너무 빠르고, 가끔 입과 눈의 모양이 이상해지고, 팔다리가 뱀이나 동물의 머리로 변하기도 한다. 웃으면 안 되는 순간에 나도 모르게 낄낄 웃게 될 때도 있다. 또, 사물에서 졸음기가 느껴진다. 자각몽을 꿀 때처럼.

사실, 좀비랜드는 자각몽과 정말 비슷하다. 신경생물학자들에 의하면, 자각몽을 꾸면 가장 먼저 자신이 꿈을 꾸고 있다는 사실을 인식하게 된다. 수면 중에는 보통 비활성화되는 뇌의 영역이 활성화되어 자신이 꿈꾸고 있다는 사실을 깨닫게 되는데, 이때 꿈속의 망상이 이어지도록 놓아둬야 하고 그 망상을 인식할 정도로 의식이 또렷해야 한다. 어떤 사람들은 이 과정이 이성과 감성의 영역 사이에서 일어난다는 이론을 내놓았다.

좀비 역시 이성과 감성의 영역 사이에 존재하지만, 그것이 전부는 아니다. 다른 고기능 좀비에게—아니면 중독을 극복한 좀비에게—물어보라. 그들은 인생 자체가 백일몽 같았다고 답해줄 것이다. 그것도 맞겠지. 하지만 어떤 사람들에게 인생이란 언어로 설명할 수 없는 악몽이다.

전반적으로 내게 좀비랜드는 멋진 곳이었다. 예를 들어, 어떤 날에는 온종일 한자리에 앉아 밤이 될 때까지 벽 위의 불빛이 변하는 모습을 보며 그 모습에 완전히 매료되었다. 또 한번은 손을 붓 삼아 파란 페인트에 담그고 또 담그며 흰 벽을 칠했다. 어느 시점에는 손이 무서워 보이고 나를 잡아먹으려고 달려드는 것처럼 느껴졌다는 것을 인정해야겠지만, 나중에 손은 다시 순한 모습으로 돌아갔고, 손 위에 작은 입이 생겨 자장가를 불러주기도 했다.

지금 생각해보니, 좀비 상태는 최면이나 명상과도 비슷하다. 최면 혹은 명상 상태일 때 사람의 의식은 실제 세상을 떠나 깊은 잠재의식의 세계로 접어든다. 때론 이 과정에서 몸이 마비되기도 한다. 좀비, 그리고 명상/최면 중인 사람 모두 이 과정에 놀라지 않는다. 좀비랜드에 진입하면 긴장이 느즈러지며 입이 물처럼 풀어지고 근육은 무너져 붉은 열기로 환원되고, 마음속에 있는 중요한 곳에 도달하게 된다. 아래로, 깊이. 꿈의 세계로.

좀비랜드에서 겪는 곤란한 일 하나는, 꿈의 여러 차원 속에서 신체 왜곡이나 진동, 떨림을 경험할 수 있다는 것이다. 이때

비결은 당황하지 않는 것이다. 몸이 떨린다고 퀘이커교도*가 되고 있다는 뜻은 아니다. 떨리는 것이 정상이다. 마음이 안내하는 곳으로 몸도 '떠날' 준비가 되었다는 뜻이다. 몸이 군말 없이 따라가고 있다는 뜻이다.

그곳에 시간 같은 것은 없었다. 과거도, 현재도, 미래도 없었다. 혹은 동시에 존재했다. 느려지고 불분명해지는 언어, 무거운 다리, 거대한 납덩어리처럼 변해 팔 끝에서 천천히 움직이는 손의 기이한 감각, 커다란 베개를 물고 있는 듯한 입, 전부 목적지에 도착하기 위해 몸을 조절하는 중이라 그런 것이다. 그렇지만 집 밖으로 나가지 않는 쪽이 더 나았던 것은 확실히 기억한다. 더 알맞은 표현을 생각해내지 못하겠는데, 그때 나는 야맹증이 있었고 멍청한 머리를 세상에 흔들고 있었다. 게다가 팔다리라는 곤란한 문제도 있었다.

아니면 세상을 있는 그대로 보고, 이곳이 나 같은 여자를 위한 곳은 아니라는 결론을 내렸던 건지도 모르겠다. 어떻게 될까… 세상을 떠나버리면?

멋지지 않은 순간도 있었다. 고가도로 밑에 있는 아스팔트 바닥에서 내 토사물에 얼굴을 처박은 채로 잠에서 깬 적도 있다. 바지가 발목까지 내려가 있었다. 또 한번은 정신을 차렸더니 웬 금발에 파란 눈을 한 가라테 선수의 침대 위였고, 목에 가

* 개신교의 일파인 퀘이커(Quaker)교도들은 영적인 경험을 하면 온몸이 떨린다(quake)고 믿었다.

죽끈이 묶여 있었다. 2층 베란다에서 떨어져 머리가 깨진 적도 있다. 라텍스 장갑을 낀 여자가 구급차에서 내 이마를 만지며 말했다. "리디아, 내가 보여요? 정신 붙들고 있어요, 리디아. 좋습니다." 물속에 사는 뽀얀 문어 아가씨 같았다. 예쁘기는 했다.

나는 건강한 몸을 가진 사람이다. 그리고 중요한 점은, 나를 죽일 거라고 생각했던 것들, 나를 죽였으면 좋겠다고 생각했던 것들이 나를 죽이지 않았다는 사실이다. 그때 내가 이렇게 생각했던 것이 똑똑히 기억난다. 대체 내게 잃을 것이 뭐가 있지? 나는 피와 뇌의 경계를 넘어서고 있었다. 마음과 몸의 경계를. 현실과 꿈의 경계를. 그 모든 희열감이 나라는 깊은 구멍을 가득 채웠다. 고통은 없었다. 생각도 없었다. 이미지만 있어 그 뒤를 쫓아갈 뿐이었다.

러벅에서 나는 잠시 좀비가 되었다. 오스틴에서도. 유진에서도.

내 삶의 다른 상처에 비하면 그렇게 대단한 일은 아니다.

마약중독 재활원과 중독 재발. 모두 '재'가 들어가는 단어들. 내가 만들어낸 잿더미들.

이것은 그런 이야기가 아니다

이것은 중독에 관한 숱한 이야기와 다르다.

이것은 『헤로인 다이어리』도, 『트레인스포팅』도, 윌리엄 버로스도, 염병할 『백만 개의 작은 조각들』도 아니다. 알겠지? 내가 오프라 윈프리 쇼에 나가 의미 있고 공감할 수 있는 이야기를 읊으며 마약중독자의 삶에 관한 수많은 다른 이야기들과 경쟁하는 일은 없을 것이다. 이것은 『크랭크』도, 『트위크』도, 『스맥』도 아니다. 마약중독에 관한 이야기가 요즘에 얼마나 잘 팔리든, 이것은 그런 이야기가 아니다. 나의 삶은 더 평범하다. 더… 범인의 삶에 가깝다.

중독, 그 여자는 분명 내 안에 있다. 하지만 다른 것을 설명해주고 싶다. 더 작은 것. 더 작은 낱말, 더 작은 무언가. 너무나 작아서 혈관을 타고 흐를 수 있는 그것.

어머니가 처음으로 자살 시도를 했을 때 나는 열여섯 살이었다. 어머니는 우리 가족이 살던 플로리다 집의 남는 방에 들어가 오랫동안 나오지 않았다. 나는 문을 두드렸다. 어머니가 말했다. "저리 가, 벨."

시간이 조금 흐른 뒤 어머니는 밖으로 나와 거실에 앉았다. 나는 어머니가 있던 방을 살펴봤고, 수면제 한 통을 발견했다. 약이 대부분 사라진 상태였다. 집에 어머니와 단둘이 있었던 나는 팔 가득 보드카 병과 수면제를 들고 어머니에게 갔다. 내 눈에는 눈물과 공포가 차올랐고, 심장이 두근거렸다. 어머니는 기억 속 그 어느 때보다 날카로운 시선으로 나를 바라봤고, 기억 속 그 어느 때보다 정신이 또렷해 보였다. 목소리가 이상하게 단호하고 두 옥타브 정도 낮았으며, 내가 아는 어머니 특유의 쾌활하고 느릿한 남부 사투리는 온데간데없었다. 어머니가 말했다. "저리 가. 네가 참견할 일이 아니야. 난 아무 말도 안 할 거다." 그러고는 TV를 바라봤다. 드라마 「종합병원」이 방영 중이었다.

나는 곧바로 화장실로 가서 변기에 앉아 휴지 한 뭉치를 먹었다. 얼굴에 불이 붙을 것처럼 열이 올랐다. 엉엉 울었다. 흐느낌이 아니라, 속에서 꺽꺽거리는 소리가 나올 정도로 처절한 울음이었다. 나는 팔 근육에 힘을 주고 화장실 벽을 주먹으로 쳤다. 작게 금이 갔다. 바로 손이 아프기 시작했다. 내가 느낀 것은 외로움이었다. 어머니가 없는 듯한 느낌이었다. 아버지도. 적어도 내가 원하는 어머니와 아버지는 없었다. 화장실에서 나올 때는 어머니를 죽일 수도 있을 것 같은 기분이었다.

그 기분에 깜짝 놀랐다. 나는 아버지에게 전화하지 않았다.

응급구조대에도 전화하지 않았다. 언니에게 전화했다. 보스턴에 사는 언니는 박사 학위를 따느라, 자신의 뿌리를 지워내느라 바빴다. 언니는 구급차를 부르고 아버지에게도 전화하라고 말했다. 어머니는 거실에서 드라마를 보고 있었다.

그때 나는 몰랐다. 어떤 사람의 몸속에서는 죽고 싶다는 생각이 핏속의 노래가 되어 그 사람과 평생을 함께한다는 것을. 어머니의 노래가 언니 안으로, 내 안으로 얼마나 깊이 흘러왔는지. 죽고 싶다는 생각이 어떤 딸 안에서는 조용히 모든 것을 놓아버리는 힘으로, 다른 딸 안에서는 죽음에 돌진하는 힘으로 변형될 수 있다는 것을. 우리는 결국 어머니의 딸이라는 것을.

어머니는 죽지 않았다. 적어도 그날에는. 결국 나는 구급차를 불렀고 어머니는 병원에 갔고 위세척을 받았다. 심각한 조울증이라는 진단을 받고 치료를 위해 대화 심리 상담을 처방받았다. 어머니는 심리 상담에 다섯 번 갔다. 그러던 어느 날 집에 와서 말했다. "이제는 안 갈 거다." 그렇지만 집에 온 어머니는 죽었으면서 살아 있는 척하는 여자였다. 어머니는 술을 마셨다. 천천히. 확실하게. 그다음에 어머니가 한 행동은. 글쎄, 때로 분노와 사랑은 구분하기가 어렵다.

내가 열일곱 살이었을 때 어머니는 나를 10대를 위한 마약 중독 센터에 외래환자로 등록했다. 어느 날 빨래를 하다가 내 바지 주머니에 있던 약을 발견한 것이다. 8주 동안 매일 치료를 받아야 했는데, 중독 센터는 조금 관대할 뿐 크메르루주 같았다. 거기서 "행동 치료"가 "선택과 희망으로 향하는 문"이라는 말을 들었다. 그게 그곳의 강령이었다. 나는 센터의 문 안쪽에서 선택권이나 희망을 발견하지는 못했다. 성경, 그리고 플로리다의 느릿한 말투를 쓰는, 피부암에 걸릴 정도로 살을 태운 기독교인들을 발견했다. 그 사람들이 내게 자존감과 목표 있는 삶에 대해 조언하는 것을 들었다. 그들은 내게 성경 구절을 떠먹였다. 나는 매일 메리 셸리의 『프랑켄슈타인』을 가져가 그 책에서 힘을 얻었다. 사람들이 책을 거둬서 앞에다 두었지만, 그곳에 책이 있다는 사실은 알 수 있었다. 책이 나를 응원하고 있다는 사실도 알았다. 어머니와는 달리.

선택과 희망으로 향하는 문 안쪽에, 내가 살면서 만났던 가장 슬픈 소녀들이 있었다. 누가 그들을 때려서가 아니고 추행해서도 아니고 가난하거나 아이를 가져서도 아니고 팔에 주사를 꽂거나 입에 약을 넣거나 폐로 대마를 들이마시거나 조여오는 목구멍으로 술을 넘겨서 그런 것도 아니었다. 그들이 가장 슬픈 소녀들인 이유는, 그들 모두 자아를 갖지 못한 채 자기 어머니가 되어버릴 가능성이 있기 때문이었다.

나의 분노는 핵무기처럼 강해졌다. 하지만 형기는 다 채웠다. 치료 프로그램을 다 마쳐 증명서도 받았다. 나는 보드카를 하루에 한 병씩 해치우는 위선자 어머니의 부석부석한 얼굴을 갈겨주고 싶었다. 하지만 1년 후 어머니는 나의 장학금 서류에 서명해줄 것이었다. 그래서 입이 돌아가도록 어머니 얼굴을 갈겨주는 일은 없었다. 나는 머릿속으로 생각했다. 떠나자. 죽은 듯 참다가 떠나자. 넌 참는 거 잘하잖아. 세상에서 제일 잘 참을지도 몰라. 저 여자의 고통 때문에 네가 죽을 수도 있어.

시간이 지나고 대학에서 낙제당한 후, 오스틴의 고속도로 주변에 있는 똥 같은 원룸에 혼자 살기 시작했다. 혼자 살다가 문제를 일으키는 바람에 또 6주 동안 강제로 약물 및 알코올 중독 치료를 위한 상담을 받게 되었다. 상담은 소외계층을 위한 의료시설 지하에 있는 굉장히 이상한 곳에서 이루어졌다. 그곳에는 가난한 사람들, 멕시코인, 미혼모, 아프리카계 미국인, 그리고 나도 있었다.

거기서 나는 "영혼의 장벽을 허물어뜨려 인생이란 여정의 의미를 찾을" 예정이었다. 또 다른 강령. 더 독선적이고 위선적인 기독교인들. 상담에는 '도로시'란 이름의 여자도 있었다. 어머니의 이름이었다. 「오즈의 마법사」 주인공이기도 하고. 나는 거기서도 형기를 채웠고, 또 증명서를 받았다. 장담하건대 나는 "인생이란 여정의 의미"를 찾았다. 결국에는.

그러니 이것은 중독에 관한 이야기가 아니다.

나는 단지 내게 언니가, 열다섯 살 때부터 열일곱 살 때까지 가방에 면도날을 들고 다녔던 언니가 있다는 이야기를 하려는 것이다. 언니는 가족에게서 벗어나는 순간을 기다리며, 과연 자신이 그 오랜 기다림보다 더 오래 살아남을 수 있을지 확인하려 했다.

여자의 첫 번째 시도.

나는 단지 내게 어머니가, 중년의 나이에 수면제 한 통을 집어삼킨 어머니가 있다는 이야기를 하려는 것이다. 오직 수영선수인 딸만 집에 남아 어머니의 의지를 똑똑히 목격했다.

여자의 첫 번째 시도.

이제 나는 그 의지에 대해 아주 잘 알고 있다. 그것은 어떤 어머니들과 딸들의 의지다. 그것은 생명을 품고 죽일 수 있는 몸으로 사는 생에서 기인한 의지다.

끝내고 싶은 의지.

비뚤어진 사랑 노래

필립은 나를 위해 노래를 만들었다. 정말이다. 그 노래에는 내가 당당한 수영선수의 삶에서 멀어져 안락한 무감각의 상태로 향하고 있다는 이야기가 없었다. 내가 스물한 살이 되기 전에 임신중절을 세 번이나 했다는 말도 없었다. 심지어 텍사스 사람들을 술로 이겨 돈을 얼마나 많이 땄는지에 대한 이야기도 없었다. 나의 아버지가 내 안으로 침입했던 것처럼 필립을 부추겨 모르는 사람들 집에 침입했던 밤에 대한 언급도 없었다.

필립이 내게 바친 노래는 주로 악기 연주로 이루어져 있었다. 하지만 이 점을 알아주길 바란다. 나의 대천사 마이클과 그의 연인도 내 말이 옳다고 해줄 것이다. 필립의 어쿠스틱기타 실력은… 그래, 제임스 테일러보다도 뛰어났다. 그 노래는 정말 대단했다. 윈드햄힐 음반사의 음악보다도 훨씬 앞서 있었다. 그런데 악기 연주 도중에 짧고 감미로운 후렴구 하나가 갑자기 튀어나왔다. 음악의 심장부에서, 내가 알지 못한 아주 깊은 지점에서 튀어나왔다. 후렴구의 가사는 다음과 같았다. 아이들은 꿈을 꾸고 그 꿈에 매달리지. 꿈은 날아가고, 우리를 달에 데려다주네. 꿈은 당신에게서 흘러나와. 당신에게서 흘러나와.

처음 이 노래를 들었을 때는? 바다에서 떠내려온 나무토막 위에 앉아 있었다. 그곳은 텍사스주 코퍼스크리스티에 있는 해변이었고, 우리의 결혼식이 진행 중이었다. 망할 목이 꽉 막혀서, 눈에서 짭짤한 눈물이 바다만큼 흘러내려서 숨을 쉬지 못하던 사람은 나뿐이 아니었다. 하객 전부가 엉엉 울고 있었다. 나란 사람에겐 그런 결혼식을 누릴 자격이 전혀 전혀 전혀 전혀 없었다. 하지만, 아주 작고 아주 불안한 나의 마음속 아주 깊은 곳에 작은 소녀가 있었다. 나는 그 소녀를 동굴에 가둬놓았지만, 그 동굴에서 소녀는 미소 짓고 있었다.

그것이 사랑일까? 그랬나? 나는 아직도 모르겠다. 그럴 수도 있다. 하지만 우리는 이름 붙이는 일에 능하지 않다. 사랑은 왔다가 다시 떠난다. 노래가 그러듯. 내가 확실하게 아는 사실은, 사랑은 이야기 속에서나 일어나는 일이라는 것이다.

필립과 나는 '결혼'이라 부르는 그것을 어떻게든 잘해보려 애썼다. 텍사스주 오스틴에서. 왜 우리 결혼이 파탄 났는지, 어떻게 설명해야 할지 모르겠다. 그래, 그건 새빨간 거짓말이다. 나는 왜 우리가 파탄 났는지 정확히 알고 있지만, 말하고 싶지 않다. 자, 그 이야기는 나중에 하려고 한다. 괜찮겠지?

우리가 오스틴에서 결혼 생활을 이어가려 애쓰는 와중에 필립은 간판 제작 회사에—필립이 일자리를 얻을 수 있는 유일한 곳이었다—취직했다. 필립 같은 예술가가 그딴 고초를 겪어야 했다. 예술사에서 가장 존경받는 화가들의 재능을 가진 남자가 간판 회사에서 일해야 했던 것이다. 나는 에이콘*이란 단체에서 일자리를 구했다. 맞다, 그 에이콘. 하지만 나는 인류애니 공동의 대의니 민중운동이니 하는 것에는 전혀 관심이 없었다. 그때 내겐 관심 가는 것이 많지 않았다. 선수/학생/아내/여자로서 대실패한 내가 동물의 토사물 같다는 생각만 했다. 인간 헤어볼.

내가 아는 것을 말해보겠다. 우리, 망가진 여자들은 자신에게 타인의 친절을 누릴 자격이 없다고 생각한다. 실제로 누군가가 친절을 베풀면 펄쩍 뛴다. 친절은 위협적이다. 굉장히. 왜냐하면, 내가 타인의 친절을 원한다는 사실을 인정한 다음에는? 내게 친절을 누릴 자격이 있음에도 자신을 저 깊은 곳, 슬픔의 우물 속에 숨겨놓았다는 사실도 인정해야 하기 때문이다. 진심이다. 마치 자식을 우물 속에 버리는 것과 같다. 우물 안에 갇혀 있는 쪽이 예정된 비극적인 삶보다 낫다는 이유로 버려버리는 것이다. 내 안의 작은 소녀를 죽였다고까지는 할 수 없지만, 죽인 것과 꽤 비슷하다.

그래서 나는 다 부수기 시작했다.

* 1970년에 결성되어 2010년에 해산된 지역 기반의 사회단체. 저소득층 가족을 중심으로 투표, 의료보험, 부동산 문제 같은 사회 이슈에 목소리를 냈다.

가장 먼저 저지른 짓은 어느 날 밤 술에 취해서 필립의 얼굴을 한 대 때려준 것이다. 그렇다, 세상에서 가장 아름답고 재능 있는 음악가이자 화가, 세상에서 가장 수동적이고 부드러운 남자의 얼굴을 때려줬다. 있는 힘껏. 그때 내가 뭐라고 했는지 알고 싶다고? 나는 이렇게 말했다. "넌 원하는 게 없어. 네가 원하는 게 없으니까 내가 죽을 것 같다고!" 우아하지 않은가. 영악하다. 성숙하고. 기막힌 감정 표현이다. 과연 나는 내 아버지의 딸이다.

두 번째로 저지른 짓은 에이콘에서 해고당한 것이다. 에이콘에서 해고당하기란 어려운 일이다. 그렇지만 그 일이 정말 싫었다. 뜨거운 텍사스 땡볕 아래서 집집이 돌아다니며 머저리들에게 돈을 달라고 애걸하는 일이 정말 싫었다. 그 머저리들 머릿속에는 다음에 마실 카페라테와 다음에 사들일 내 월세보다도 비싼 청바지 생각뿐이니까. 열 집 정도 방문하면 맥주를 사 마실 돈이 생겼다. 그러면 갓돌에 앉아 대마초를 피우며 맥주를 마셨다. 장부에는 가짜 주소와 이름을 지어내 적곤 했다.

세 번째로 일어난 일은 내가 임신한 것이다. 어떻게 아기를 갖게 되었는지 아직도 잘 모르겠다. 피임약을 정기적으로 먹고 있었으니까. 그리고 JT와 내가 사랑을 나누는 일도 드물어지고 있었다. 놀랍기도 하지. 어쨌든 씨앗 하나가 모든 역경을 이겨내고 위로 올라가, 버텼다. 그렇게 빌어먹을 내 마음을 아프게 했다.

솔직하게 말해보겠다. 필립이 없었다면 나는 어떻게 했을까? 아기를 지웠을 것이다. 하지만 필립 때문에, 그리고 내 마음 깊은 곳에 있는 무언가 때문에—그것은 마치 숨겨져 있던 파랗고 매끄러운 돌 같았다—나는 임신중절을 선택할 수 없었다. 그리고 필립과 나의 삶이 처량한 컨트리음악의 노랫말 같다는 사실을 외면할 수도 없었다. 그래서 볼록한 배가 언덕처럼 솟아오르는 사이, 내가 할 수 있을 단 하나의 선택을 했다. 그간 살아온 삶을 고려하면 내게 남은 유일한 선택지였다. 나는 유진시에 살며 오리건대학 영문학 교수로 일하던 언니에게 전화해 언니와 같이 살 수 있을지 물었다. 언니가 어린아이였던 나를 놔두고 떠났음에도, 우리 둘 사이에는 강처럼 깊은 나이 차이가 있음에도, 언니는 성공한 교수이고 나는 무모한 불덩이 같은 삶을 살았음에도. 중요한 점은, 이제 우리는 둘 다 성인이라는 사실이었다. 우리는 성인 여성으로서 살아가고 있었다. 그 말은 우리에게 깊은 공통점이 하나 있다는 뜻이었다. 여성에게 특정 방식의 삶을 강요하는 문화의 억압을 받고 있다는 것.

언니가 얼마나 빨리, 얼마나 진실하게 허락했는지 제대로 설명할 수 있을까. 어쩌면 언니는 내가 돌아오기를 기다리고 있었는지도 모르겠다. 내가 집채만 한 배를 끌고 오기를. 함께 아기를 낳고 기를 수 있기를, 원가족의 족보 밖에서 가족을 꾸리기를. 내 머릿속에서 계속 살아남을 수 있을 이야기는 그것뿐이었다. 언니는 자기 삶을 구하려고 나를 떠났지만 동생과 아이, 자아를 위해 자리를 마련하는 법을 알고 있었다. 하지만 나 역시 추운 밖에서 딸을 데려오는 일이 희생이라는 사실을 알았다.

필립은 결국 나를 따라 유진시로 왔다. 그리고 도시 반대편에 살았다. 우리는 거의 만나지 않았다. 필립은 스미스 패밀리 서점에서 일했고, 나는 영문학 공부를 시작했다. 가끔 우연히 만나 우리의 시선이 엮이면 나는 숨을 쉴 수가 없었다. 배 위에 손을 올리고 우리 사이에 있는 것을 느꼈다. 필립에게 줄 것은 그것밖에 없었다.

여기 있다. 전에 말하고 싶지 않았던 그 이야기가. 그것은 나다. 우리 관계가 파탄 난 이유는 바로 나다. 나는 필립의 친절을 받아들일 수 없었다. 하지만 죽일 수도 없었다.

무대 위의 우리 가족

언니가 열여섯 살이고 내가 여덟 살일 때, 언니는 내게 이것 저것 하라고 시켰다.

이런 식이었다. 자, 이 사과를 깨물고 가만히 있어봐. 그래, 그렇게. 자, 그대로 물고 있어, 물고 있어… 그러고는 언니가 내 입에 있는 사과를 쳐내서 저쪽으로 날려버리면, 나의 작은 금색 머리는 그 힘 때문에 왼쪽으로 돌아가며 이가 아랫입술을 꽉 깨물었다.

아니면 이런 식이었다. 저기 재떨이 보이지? 이렇게 해봐. 그 안에 대고 후, 부는 거야. 하나, 둘, 셋.

재가 날아올라 콧속으로 들어가고 온 얼굴에 묻었다.

아니면 이런 식이었다. 저기 매달린 고드름 멋있지 않아? 이리 와봐. 고드름에 혓바닥을 대보는 거야. 예쁘잖아!

나는 뭐든 했을 것이다.

처음부터 확실히 말해주겠다. 어렸을 때 나는 언니를 너무나 동경한 나머지 눈이 돌아가고 기절할 정도였다. 언니가 신화에

나 나오는 존재 같다고 생각했다. 일단 언니는 내가 듣도 보도 못한 풍성하고 길고 아름다운 적갈색 머리카락을 갖고 있었다. 어머니가 계속 사주던 바보 같은 인형들보다 언니가 더 예뻤다. 인형들 머리통에서 머리카락을 떼어낼 수 있었는데, 크리시는 적갈색 머리였고, 벨벳은 짧은 백금색 머리였다. 반면에 나는… 머리카락 대신 면봉이 달린 것 같은 모습이었다. 내 머리카락은 수영장 소독약에 탈색되어 보송보송했다. 아무리 노력해도 머리통에서 떼어낼 수가 없었다.

게다가 언니는 셰익스피어 희곡을 읽고 암송할 수 있었다. 청소년 관람 불가인 「로미오와 줄리엣」도 본 적 있었다. 앨범도 있었다. 진짜 그림도 그릴 줄 알아서, 언니가 그린 그림이 전시회에 걸리기도 했다. 언니는 내 몸집만큼 커다란 검은색 포트폴리오도 있었다(나는 그 포트폴리오로 썰매를 탈 수도 있을 거라고 혼자 생각했다). 언니는 시 쓰는 법을 알았고, 프랑스어도 할 줄 알았고, 기타와 리코더도 연주했고, 노래도 잘 불렀고, 스케이트도 탔다. 정말, 정말 잘했다. 나는 어땠냐고? 여덟 살 어린 내가 잘하는 거라곤 수영뿐, 수영 외에는 혼자서 옷만 입어도 장할 정도로 바보였다. 울지도 않고 오줌도 안 싸고 원숭이처럼 몸을 앞뒤로 흔들지도 않은 날에는 현수막을 걸어야 할 정도였다.

그리고 언니는 가슴이 있었다.

가슴은 여자들에게만 있는 마법 같은 것이었다. 하얗고 둥그런 모양에, 바라보고 있으면 말문이 막히고 침이 고였다.

하지만 뭐든 했을 것이라던 내 말은 그런 뜻이 아니었다. 무슨 뜻이었냐면, 내가 그런 사소한 창피함에서 순진한 기쁨을 느꼈다는 것, 창피함에 여성의 형태를 부여했다는 것이다. 언니가 내게 시킨 일을 하면 피부가 뜨겁고 따가웠다. 언니의 아름다움은 단호하고 당당했다.

언니가 점점 어른에 가까워지자, 아버지는 언니의 다양한 재능에 큰 관심을 보였다. 아버지는 언니를 자랑하고 다녔다. 직장에 언니의 사진을 걸어두었다. 언니의 사진만.

언니의 미술 교사는 조금씩 조금씩 언니를 바깥세상으로 이끌었다. 언니는 조지아 오키프 풍의 성적인 분위기가 느껴지는 커다란 꽃을 수채화로 그렸는데, 미술 교사는 언니를 도와 그림을 액자에 넣어서 지역 미술 전시회에 출품했다.

언니는 자기 방에 틀어박혀 기타를 치고 노래를 불렀고, 굳게 닫힌 문은 가족이라는 단어를 막아냈다. 밖으로 나가면 미술 교사의 도움도 받을 수 있었고, 친구와 함께 동네 여기저기서 마이크를 잡고 공연하면서 돈도 벌었다. 언니가 종이에 커다란 꽃을 그리는 법을 익히자, 교사는 그 그림을 팔 수 있도록 거들었다. 언니는 예술로 자기 길을 개척하고 있었다.

내가 여덟 살의 나이에 이 모든 것을 파악했다는 말은 아니다. 그 시절 내 눈에는 언니의 머리카락을 바라보는 아버지의 눈빛이 보였을 뿐이다. 내 귀에는 소녀에서 여자로 자라고 있는 언니에게 내지르는 아버지의 고함이 들렸을 뿐이다. 고함은 일련의 지진처럼 딸이 서 있는 바닥을 뒤흔들고 세상을 난타했다.

어쩌면 나이를 잘못 기억하는 것일 수도 있다. 그때 나는 열 살이었을지도 모르겠다. 여섯 살일지도. 어쩌면 서른다섯 살, 두 번째 이혼 절차를 밟던 중이었을지도 모르겠다. 우리가 몇 살이었는지 모르겠다. 내가 알고 있는 사실은 우리 집이 아버지의 분노로 지어졌다는 것뿐이다.

한번은 언니가 학교에 가려고 집을 나서는데 아버지가 소리를 질렀다. "세상에 그 노숙자 같은 꼴이 뭐냐! 네 청바지랑 포대 자루 같은 티셔츠 좀 봐라. 남자로 보이고 싶은 거야? 염병할 꼬락서니가 딱 남자잖아." 내 방문 뒤에 숨어 그 광경을 지켜봤는데, 아버지가 언니에게 얼굴을 들이밀고 있었다. 언니는 땅을 내려다보고 있었고, 적갈색 머리카락이 커튼처럼 드리웠다. 그후에 나는 언니가 얼굴을 들어 아버지의 눈을 똑바로 바라보는 것을, 문학과 미술책을 가슴에 방패처럼 안고 있는 것을 봤다. 두 사람은 거의 똑같은 모습이었다. 나는 오줌이 마려워 고통스러웠다.

언니는 조금 더 나이가 들자 오래된 회보라색 롱드레스를 입고 학교에 갔다. 가끔 자기보다 훨씬 나이가 많은 빅터와 파크라는 남자들과 데이트하기도 했다. 그들은 언니를 차에 태워 집에서 먼 곳으로 데려가 아주 오랫동안 돌아오지 않았고, 아버지는 거실에 앉아 굴뚝처럼 줄담배를 피우며 연기를 뿜어댔다. 시트콤 「올 인 더 패밀리」를 보면서. 솜이 빵빵한 소파 팔걸이를 내리치면서.

하지만 가장 대단했던 사건은 언니가 지하실로 방을 옮긴 것이었다. 아무도 쓰지 않던 으스스한 방이었다. 아버지가 방해할 수도 없었는데, 어머니가 은밀하게 진행한 일이었기 때문이다. 언니는 고등학교에 입학할 때부터 고졸인 어머니보다 똑똑했지만, 어머니에겐 생존자만의 영리함이 있었다. 눈치 빠른 짐승 같았다.

내가 보기에 이 작전은 정말 대단했다. 언니는 귀신 들린 집의 뱃속으로 이사한 것이었다. 그것이 언니의 바람이었다. 나는 어른이 동행하지 않는 이상 지하 세탁실의 칠하다 만 시멘트 바닥을 밟지도 못했다. 파란 카펫이 깔린 끔찍한 계단 밑, 위험이 도사리는 어둠 속 만들다 만 사이드보드가 있는 지하실 복도 끝으로. 뭐라 형용할 수 없는 냄새. 소름 끼치는 지하 감옥 같은, 파이프에서 물이 떨어지고 나무가 삐걱대는 소리. 우리 집 한쪽 끝, 나라면 가는 길에 분명 기절하고 말 방으로. 어머니에게 "숨이 가빠더서" 죽을 수도 있는지 물어봤던 기억이 난다.

때로는 파란 카펫이 깔린 계단 위에 서서 괴물의 입속처럼 까마득히 어두운 지하를 내려다보며 언니를 그리워했다. 발을 들어 한 걸음 내딛으려 하면 바로 현기증을 느꼈고, 아쉬움에 짧은 한숨을 내뱉은 후 목이 메어 포기하곤 했다. 혼자서 계단을 반 정도 내려가는 데 성공한다 해도, 곧 머리가 어지럽고 가슴이 화끈거리기 시작했다. 그러면 죽을힘을 다해 난간을 붙잡은 채 허공 속으로 언니의 이름을 외쳤다. 언니가 나를 데리러 와주길 바라며.

기어이 혼자서 계단 끝까지 내려가면 앞에 공포의 복도가—*빛이 전혀 들지 않았다*—펼쳐졌다. 언니에게 갈 수 있는 유일한 방법은 꽉 쥔 주먹만큼 눈을 꼭 감고 숨을 참은 채 달리는 것이었고… 언니 방에서 새어 나오는 불빛 앞에 도착하면 언제나 숨이 차서 *마아아아* 작고 처량한 소리를 냈다. 어떻게 벽에 부딪히지 않았던 것인지 나도 모르겠다.

하지만 언니 방은. 언니 방에 들어가면, 마치 그림 속으로 들어간 것 같았다. 침대에는 할머니가 직접 바느질해 만들어준 퀼트 이불이 있어서 그 위로 온갖 계절이 색색이 펼쳐졌다. 방에는 음악과 책과 양초가 있었고, 보석이나 조개, 깃털이 든 나무 상자가 있었다. 향과 솔과 빗과 말린 꽃도. 붓과 커다란 사각형 종이와 그림용 연필도. 벨벳 드레스와 가죽 모카신과 바지통이 A 모양인 청바지도. 기타도. 리코더도. 레코드플레이어도. 스피커도.

언니 방에 들어가면, 고문실 같은 세탁실이 바로 1미터 옆에 있다는 사실을 잊어버렸다.

언니는 내게 이불 속으로 들어오라고 했고, 이불 밑에서 움직이는 우리 몸의 열기로 포궁이 재현되었다. 언니는 그곳을 "수채화 이불"이라고 표현했고, 즐거운 나는 숨이 가빠져서 죽을 것 같았다. 때로는 숨을 참거나 엄지와 검지 사이의 손등에 작은 원을 그렸다. 잔뜩 신이 난 작은 도깨비처럼 미소 지으며. 소녀 살결의 향기에 잔뜩 취한 채.

다시 계단을 올라갈 때는 무서울 것이 없었다. 언니가 나를 데려다주어 금방 지상으로 돌아갈 수 있었기 때문에.

우리를 떠나 지하에 머물 생각을 하다니, 그해 언니는 굉장한 모험을 감행한 것이었다. 진정한 위험이 어디에 있는지 몰랐던 나는 얼마나 무지했던가.

어느 날 언니가 학교에 간 사이 집에 전화가 걸려 왔다. 미술실 책상 아래로 들어간 언니가 미술 교사 보데트에게 아주 차분하지만 단호한 목소리로 집에 가지 않을 거라고 했단다.

다시는.

어머니와 아버지는 학교에 가서 담당자들을 만나야 했고, 언니의 더 나은 가족이었던 미술 교사 보데트는 나의 멍청한 어머니에게 언니가 아버지 주변에 있으면 안 된다고 설명했다. 상담을 받아야 한다고도 했다. 나는 언니의 교사들 이름이 마법 같다고 생각했다. 푸베르. 사아리. 보데트. 나는 교무실 구석에 앉아 자그마한 종잇조각을 먹으며 눈물을 삼켰다.

나는 상담을 맡았던 의사의 이름을 아직도 기억한다. 아쿠다가와. 세 사람이 나를 부모 친구 집에 버려놓고 상담받으러 갔던 것을 기억한다. 아버지가 절대 지하실에 내려가지 않았던 것을 기억한다. 언니가 거의 올라오지 않았던 것을.

조금씩 조금씩 극이 결말로 치닫고, 언니가 대학에 입학하며 집을 떠났던 것을. 딸이 조용히 무대 밖으로 퇴장하던 것을.

아버지의 분노가 우리 집에 영원히 자리 잡게 된 것을.

언니가 내게 작별 선물로 머리카락 몇 가닥을 주고 떠난 뒤, 나는 언니의 잔상이 될 것이었다.

아버지의 눈길은 다른 곳을 향하게 될 것이었다.

이것은 나의 언니에 관한 이야기가 아니다

이것은 나의 언니에 관한 책이 아니다. 하지만 이것이 언니에 관한 책이었다면, 언니가 오이디푸스 이야기 같은 우리 가족을 떠나기 전 2년 동안 가방에 면도날을 들고 다녔다는 이야기를 한 번 더 했을 것이다.

언니의 장이 손쓸 수 없을 정도로 엉망진창이었다는 이야기도 했을 것이다. 어린 시절, 언니가 화장실 변기에 앉아 똥을 싸려고 애쓰고 있으면 나는 매번 그 옆에 앉아 손을 잡아줬다. 내 작은 손을 어찌나 세게 잡던지 손이 부서지는 줄 알았다. 똥 싸기가 그렇게나 힘들었던 것이다.

언니가 아기였을 때 사시가 있었다는 이야기도 했을 것이다. 나를 받아준 모 산부인과 의사가 쓴 글에 의하면, 어린아이들의 경우 사시는 유심히 지켜봐야 할 위험의 징후다. 아버지나 친척, 할아버지가 그런 특정한 안과 질환에 기여했을 가능성이 있다는 뜻이었는데, 어떤 성적 학대 사례에서는 성장기 아이의 눈앞에 성기를 너무 가까이 들이대 사시가 생겼다고 한다.

결국에는 언니가 내 마음속에서 부모를 대신하게 되었다는 이야기도 했을 것이다. 우리가 생존을 위한 연합을 만들어 지금껏 살아남았다는 이야기도 했을 것이다.

이것이 언니에 관한 책이었다면, 딸의 자리에서 벗어난 언니가 어떻게 살았는지도 이야기했을 것이다.

사진도 한 장 보여줬을 것이다.

사진에는 심카 스테이션왜건 자동차가 있다. 아마 흰색일 것이다. 아마 겉면이 목재 패널로 되어 있을 것이다.

아버지는 북서부를 사랑했다. 산과 강과 호수 탐험을 사랑했다. 낚시와 캠핑과 하이킹을 사랑했다. 하지만 그의 아내는 다리가 기형이라 잘 걷지 못했고 아들 대신 두 딸이 있었으니, 아버지의 실망감은 우리가 가는 곳마다 따라왔다. 우리는 아버지가 만족할 만큼 멀리 하이킹할 수 없었다. 만족할 만큼 짐을 들 수 없었다. 만족할 만큼 깊은 숲속까지 갈 수 없었다. 우리는 낚시도 제대로 못 했다. 오줌도 앉아서 싸야 했고 화장지를 써야 했다. 불구 아내와 두 딸. 우리는 숨도 제대로 쉬지 못했다. 한 번도.

내가 네 살, 언니가 열두 살이었던 크리스마스에 우리는 차에 올라타 달리고 또 달렸다. 5번 주간고속도로를 따라 퓨앨럽으로. 이넘클로를 지나. 7번 고속도로를 따라 동쪽으로 엘브까지. 706번 고속도로 동쪽으로 애시퍼드를 지나 알렉산더스 산장까지. 그러면 레이니어산 국립공원 입구가 나왔다. 나는 어른이 된 후 자주 이곳에 갔다. 그래서 길을 잘 기억하는 것이다. 아니면 그렇게 믿고 싶은 것일지도.

하얀 세상 위로 태양이 밝게 빛나던 것을 기억한다. 노출 과다로 찍어놓은 겨울 풍경 사진 같았다. 우리가 차에서 내려 눈사람을 만든 것을 기억한다. 언니와 아버지와 나. 차에 있던 플라스틱 부활절 달걀로 눈사람을 장식한 것을 기억한다. 어머니는 웃었고 선글라스를 썼고 트렁크 쪽에 앉아 있던 것을.

하지만 다시 차에 올라탄 뒤 나는 잠들고 언니는 책을 읽기 시작했을 때 들려온 아버지의 목소리도 기억한다. "너희는 뭐 하는 거야, 딸이라도 쳐? 세상에서 제일 멋진 곳으로 데려왔더니 자기들 몸이나 더듬고 있는 거냐. *망할 저 밖을 보라고.*" 그래서 우리는 창밖의 풍경을 봤다. 조용히. 언니의 옆얼굴이 돌처럼 굳어 있었다. 내 귀가 화끈거렸다.

그때 우리의 옷차림은 마당에 나가서 놀기에나 적합했다. 그런 옷으로는 이웃에 사는 아이들과 눈싸움을 하거나 썰매를 타다가 집 안으로 달려와 양말을 갈아 신고 핫초코를 마셔야 했다. 우리는 음식도 물도 이불도 라디오도, 그 어떤 것도 없었다. 체크무늬 보온병에 반쯤 남은 커피뿐이었다. 그리고 성냥이 있었다. 어머니와 아버지 모두 골초였으니까. 그때쯤 언니와 나는 죄수처럼 차 안에 앉아 있는 일에 익숙했다. 아버지는 크리스마스트리를 구하러 우리를 데리고 레이니어산에 가고 있었다. 망할 크리스마스트리. 망할 아름다운 북서부.

차를 세운 곳에는 인적이 전혀 없었다. '길'이라고 할 만한 것에는 점점 더 눈이 쌓이고 있었다. 길의 경사가 심해졌다. 지그재그 도로가 이어졌고, 비스듬한 각도로 젖혀진 스테이션왜건 속에서 나의 머리는 뒷좌석에 꾹 고정되었다. 자동차 히터가 있는 힘껏 따뜻한 바람을 뿜어냈다. 잘 보이지도 않는 도로 양쪽에 거대한 상록수와 전나무가 눈 덮인 보초병처럼 우뚝 서 있었다. 아름다웠지만 언뜻 불길한 느낌이 들었다. 적어도 내 눈에는 그랬다. 아무리 목을 길게 빼도 나무 꼭대기가 보이지 않았다. 아버지가 차를 세운 곳에도 나무들이 거대했다. 저렇게 큰 나무를 어떻게 집에 가져갈 것인지 의아했다… 거대한 밧줄이라도 있는 걸까?

아버지가 차를 세우고 시동을 끄자 어머니가 말했다. "마이크?"

아버지는 아무 말도 하지 않았다. 단지 밖으로 나갈 준비를 했을 뿐이다. 그래서 작은 여자들도 아버지를 따라나섰다.

어머니는 안감이 울로 된 기다란 회색 방수 코트를 입고 있었다. 목에 가짜 너구리 털 장식이 붙었고 금속 단추가 달린 코트였다. 선글라스는 영화배우들이 쓰는 것처럼 가장자리가 뾰족했다. 머리카락은 위로 돌돌 말아 올려 동그랗게 쪽진 모습이었다. 입술에는 빨간 립스틱을 발랐다. 언니는 가벼운 스키재킷과 빨간 바지, 눈송이가 달린 흰색 인조 털모자, 면장갑, K 마트에서 산 검은색 고무장화 차림이었다. 나는 빨간 코듀로이

바지와 언니 것처럼 눈송이가 달렸지만 더 작은 갈색 모자, 빨간 덧신, 검은색 면장갑 차림이었다. 우리의 빨간 바지가 하얀 눈밭과 대비를 이루던 기억이 선연하다. 피와 오줌처럼 눈에 띄었다. 바지는 어머니가 직접 만든 것이었다. 아버지는 청바지에 플리스 안감이 있는 스웨이드 재킷을 입고 노란색 가죽장갑을 끼고 있었다. 아버지는 스테이션왜건 트렁크에서 톱을 끌어냈다. 밧줄도. 그리고 언니의 손도.

우리는 눈 덮인 언덕을 올라가기 시작했고, 어머니와 나는 금방 뒤처졌다. 한번 생각해보라. 어머니는 다리 때문에 뒤뚱거리며 걸었다. 그리고 나는 겨우 네 살이었다. 5분이 채 지나지 않아 눈이 내 엉덩이 높이까지 쌓였다. 20분이 지나지 않아 턱까지 쌓였다. 어머니는 눈 속에 폭 빠져버린 나를 꺼내고 또 꺼냈지만 나는 또 눈에 파묻혔다. 날씨가 얼마나 추운지 체감하게 해준 것은 어머니의 목소리였다. 어머니는 저 멀리 언덕 위로 올라가며 점차 점처럼 작아지는 아버지와 언니를 향해 소리 질렀다. "마이크! 리디아가 새파래요!" 그 목소리, 그리고 덜덜 떨려오는 내 이.

내 기억 속에서, 아버지는 몸을 돌려 우리를 내려다봤다. 아버지가 뭐라고 소리쳤지만 나는 알아들을 수 없었고, 아버지는 그대로 등을 돌렸다. 그리고 언니의 팔을 움켜잡았다. 당시에는 깨닫지 못했지만, 그때 아버지가 언니를 붙잡고 더 멀리까지 갔다는 것을 이제는 안다.

"이런, 염병." 어머니의 느릿한 말투 때문에 웃음이 나왔다. 하지만 몸이 덜덜 떨렸고 축축했다. 온몸이.

어머니와 나는 여차여차해서 언덕 아래로 내려와 차에 들어갔다. 머리까지 눈 속에 쏙 빠지는 바람에 죽을 뻔했는데 어머니가 끄집어내서 다시금 공기와 하늘을 느낄 수 있었던 게 기억난다. 햇빛이 어찌나 강하던지 눈을 뜨고 있기도 힘들었다.

차 안에서 어머니가 말했다. "벨, 옷 홀딱 벗어." 그렇지만 나는 아이스크림이 된 것처럼 그냥 멍하니 앉아 있었다. 그래서 어머니가 내 옷을 벗겨줬다. 옷이 몽땅 푹 젖어 있었다. 어머니는 무거워진 빨간 옷을 좌석에 펼쳐놓았다. 차 시동을 켜서 히터 온도를 높였고, 발을 두는 차 밑바닥 자리에 앉으라고 했다. 그러고는 목에 가짜 너구리 털이 달린 그 이상한 코트를 벗어서 천막처럼 내 위에 덮어줬다. 나는 고개를 들어 어머니를 바라봤고, 그때 어머니는 내가 죽을 때까지 잊지 못할 말을 해줬다. "리디아 벨. 내가 베키 분이고, 네가 이스라엘 분*이라고 생각해. 우리는 모험 중인 거야."

나는 바로 상상에 돌입했다. 내가 드라마 「대니얼 분」을 정말 좋아했고 매일 봤던 것도 사실이지만, 실제로 나는 이스라엘 분과 완전히 닮은꼴이었다. 나는 깔깔 웃었고 미소 지었고

* 18세기에 미국 켄터키주를 개척한 탐험가 대니얼 분을 소재로 한 NBC 드라마의 주인공들. 베키(레베카)는 대니얼의 아내, 이스라엘은 그들의 아들이다.

얼마나 추운지 잊어버렸다. 나의 아버지가 나의 아버지라는 사실을 잊어버렸다. 세상 어딘가에 대니얼 분이 있었다. 남자가. 든든한 남자가.

어머니가 코트 주머니를 뒤져 스카치 사탕을 찾아냈고 우리는 함께 사탕을 먹었다. 어머니가 보온병에서 커피를 따라 건넸다. 내 입에 커피는 뜨거운 흙 맛 액체였다. 어머니가 말했다. "잊지 마, 네가 이스라엘 분이라는 걸! 넌 뭐든 할 수 있어! 집에 가면 사슴 가죽으로 옷을 만들어줄게!"

그것은 거짓말이었다. 아름답고, 기막히게 창의적이며, 나를 살려준 거짓말.

기분이 나아지자 아버지와 언니를 찾아보려고 자동차 앞유리창 밖을 내다봤다. 눈부신 파란 하늘밖에 보이지 않았다. 햇빛과 눈밭 때문에 자꾸 눈이 찡그려졌다. 게다가 계속 창문에 김이 서려서 밖을 보려면 손으로 창문을 닦아내야 했다. 어머니는 노래를 부르자고 했다. "달이 보여요." "그대는 나의 태양." "곰이 산을 넘어가네."

처음에 어떤 기분이었는지 알고 있다. 날아갈 듯한 기분이었다. 어머니와 단둘이 있는 것이 좋았다. 노래하는 것도. 어머니의 느릿한 남부 사투리에, 너구리 털 코트에, 우리가 베키와 이스라엘 분이라는 이야기에 폭 안겨 있는 것도. 하지만 나는 겨우 네 살 난 어린아이였음에도, 얼마 지나지 않아 마음이 켕기기 시작했다. 내 마음 한구석에서 언니의 존재가 느껴지지 않은 날은 살면서 단 하루도 없었다. 어디에. 있었을까. 언니는.

창문 밖으로 언덕 위를 바라보던 어머니의 눈이 씰룩거렸다.

나는 어린 나이에도 크리스마스가 어떤 식으로 흘러갈지 예상할 수 있었다. 아버지는 리클라이너 소파에 앉아 담배를 피우며 침묵에 잠겨 있을 것이었다. 우리를 내려다보며. 언니는 집안일을 도와주는 아이의 모양새로 선물을 열어보고, 나는 아무것도 모르는 아이의 명랑함으로 선물을 열어보고 가족을 둘러볼 것이었다. 어머니는 손뼉 치며 웃을 것이었다. 그러다가 무슨 일이—어떤 일이든 상관없다—터지면, 아버지의 분노가 부스러기로 남은 다정함까지 다 밟아 죽이고, 언니와 나 단둘이 거실에 남아 포장지를 치워야 할 것이었다. 잘린 지 얼마 되지 않은 전나무 향기와 담배 냄새만 부유할 것이었다.

커다란 남자와 여자아이의 형체가 흐릿하게 보이기 시작할 때쯤, 나는 잠에 취해 있었다. 그래서 두 사람이 꿈속의 등장인물처럼 보였다. 두 사람이 차로 다가왔고, 그 모습을 본 어머니가 말했다. "하느님, 감사합니다." 하지만 어머니의 목소리에서 무언가 다른 것이 들릴 것만 같았다.

내가 보여주고 싶은 사진은 바로 이것이다. 스테이션왜건 창밖을 바라보던 언니의 모습. 사과 같은 언니의 볼. 부어오른 언니의 눈. 아버지는 언니의 팔을 잡고 있었다. 언니는 다리가 제대로 작동하지 않는 것 같았다. 어머니가 창문을 내렸고, 나는 언니 코밑의 콧물을 봤다. 울고 있었던 걸까? 언니는 아무 소리도 내지 않았다. 하지만 몸이 덜덜 떨리고 있었다. 언니는 내 눈을 똑바로 바라봤다. 나는 입술을 깨물었다. 언니의 눈이 하얀 눈보다도 서늘했다. 바로 이것이 내가 보여주려는 사진이다.

집으로 돌아오는 길을 기억한다. 긴 침묵을. 내가 기억하기로, 우리는 결국 크리스마스트리를 가져오지 못했던 것 같다. 하지만 우리 가족에게 온당한 것들을 전부 가져왔다. 가득. 한 가득.

재

돈 내고 구매하지 않는 이상 병원에서는 죽은 아기를 위한 유골함을 주지 않는다. 그리고 유골함을 사면, 아기의 작음을 가리기 위해 재가 아닌 다른 것들도 마구잡이로 집어넣는다. 몇 년 전 그때는? 딸의 재가 작은 분홍색—여자아이니까 분홍색이다—상자에, 손안에 쏙 들어오는 작은 공만 한 크기의 상자에 담겨 있었다.

나는 상자를 가지고 헤세타 헤드로 갔다. 12월의 헤세타 헤드 해안은 장관이다. 나, 첫 번째 남편, 언니, 이상하게도 나의 부모까지 있었다. 낯선 사람이나 마찬가지인.

우리는 가족인 척하며 자갈밭 위를 디뎌 비틀비틀 물가로 갔다. 그 바다의 파도 소리는 정신을 쏙 빼놓을 정도로 시끄럽다. 어머니는 눈을 감고 느릿한 남부 말투로 기도했다. 필립은 「달이 보여요I See the Moon」를—어린 시절 어머니가 내게 자장가로 불러주던 노래를—불렀고, 나는 그 노랫소리 때문에 기절할 것 같았다. 언니는 에밀리 디킨슨의 시 「풍요로운 잠자리를 준비하라」를 낭송했고, 시를 듣는 우리는 마음이 아려 죽을 것 같았다. 건축가인 아버지도 주머니에서 무언가를 꺼냈다. 접힌 종이였다. 아버지는 그 위에 시를 적어놓았다. 일종의 시를. 운율이 있었다. 시를 낭송하는 아버지의 목소리가 떨렸다. 살면서 아버지의 떨리는 목소리를 들은 적은 그때뿐이었다.

차가운 비가 내렸다. 바람이 불었다. 오리건 날씨가 으레 그렇듯.

그후 나는 필립과 함께 작은 분홍색 상자를, 너무 꽉 쥐고 있던 나머지 거의 부숴버릴 뻔한 상자를 가지고 강어귀로 갔다. 내가 그 장소를 고른 이유가 그것이었다. 그곳에서는 강물에 실려 온 돌이 바다와 모래톱으로 이동하는 모습을 볼 수 있었고, 소금기 섞인 물의 냄새와 맛을 느낄 수 있었다. 내가 울고 있었는지는 모르겠다. 내 얼굴은 바다와 비로 촉촉했다. 등대가 보초를 서고 있었다. 그 좁은 곳에서 모든 생명의 물길이 모였다.

나는 작고 약한 상자를 필립에게 건넸다. 필립은 상자를 받아 손에 쥐었다. 나는 말했다. "최대한 멀리 던져봐." 그래서 필립은—달리 표현할 방법이 없다—상자를 집어 던졌다.

음, 말하지 않은 중요한 사실이 하나 있다. 바다와 만나는 작은 강줄기가 있다고 했잖은가? 헤세타 헤드에? 그곳에는 심한 역류가 있다. 그래서 필립과 내가 거기 서서 그 작은 상자가 떠내려가 우리 시야에서 사라지는 장면을 보고 있는데, 나중에 그 상자가… 지랄 같게도 다시 돌아와버렸다. 상자는 우리 발 밑까지 왔다. 와서 필립의 신발에 부딪혔다.

나는 어깨 너머로 나의 바보 같은 가족들, 하나같이 청승맞은 인간들이 서 있는 곳을 바라봤다. 그들은 멀리 있어서 점처럼 작아 보였다. 나는 필립을 바라봤다. 그리고 말했다. “한번 발로 차봐.” 아니, 내가 왜 그런 말을 했는지 모르겠다.

그래서 필립은, 음, 상자를 발로 찼다.

상자는 멀리 가지 못했고, 흠뻑 젖은 채 허공으로 떠올랐다가 다시 물에 처박혀서는 전보다 느린 속도로 우리에게 돌아왔다. 나는 웃기 시작했고, 멈출 수 없었다. 필립도 웃기 시작했다. 깔깔 웃었다. 나는 말했다. “염병할, 가서 가져와.” 필립은 시키는 대로 했다.

그때쯤에는 이미 상자가 찢어지기 시작한 뒤였다. 분홍색 상자는 싸구려라 형편없었다. 허접스러운 종이를 벗겨내고 보니 재가 비닐봉지에 담겨 있었다. 대마초 봉지 같았다. 나는 웃지 않으려 애썼지만 참을 수가 없었다. 필립이 말했다. “왜 그래?” 그러고는 어깨 너머로 봉지를 봤다. 우리는 웃음을 멈출 수 없었다.

나는 말했다. “염병할, 그만 웃어야 하는데. 안 웃긴다고. 웃긴 거랑은 존나 거리가 먼 상황이야.” 필립은 내 말에 동의했지만, 역시 웃음을 멈출 수 없었다. 내 얼굴은 온통 콧물 범벅이었다. 어찌나 심하게 웃었던지 배가—한때는 하나의 세계였던 배가—아팠다. 마침내 나는 어떻게 해야 할지 깨달았다.

나는 재를 감싸고 있는 가짜 양막을 조심스럽게 이로 물어 뜯었다. 동물처럼. 그리고 바닷속으로 걸어 들어갔다. 그때 나는 빨간색 빈티지 울 코트를 입고 있었다. 잔털 가공을 한 가죽 카우보이 부츠를 신고 있었다. 필립이 따라오려고 했지만 오지 못하게 막았다. 파도를 따라, 물이 배까지 오는 지점까지 걸어갔다. 꿰맨 상처에 닿는 물이 얼음장처럼 차가웠다. 아픔을 무디게 해줬다. 무게가 거의 없는 내 딸의 내용물을 오른손에 쏟았다. 재의 일부가 날아갔지만, 대부분 남아 있었다. 촉촉했다. 모래처럼. 오른손을 물속에 담근 후, 놓아줬다. 눈을 감았다.

나중에 아버지는 그것이 자기가 살면서 봤던 것 중 가장 용감한 행위라고 했다. 그 말을 어떻게 받아들여야 할지 알 수 없었다.

물에서 걸어 나와 나의 첫 남편에게 다가가자 그는 나를 꼭 안아줬다. 그때 우리는 이미 갈라선 상태였지만, 그래도 그는 나를 안아줬다. 그의 어깨가 떨리는 것이 느껴졌고, 나는 그가 울고 있다고 생각했지만, 아니, 그는 또 웃고 있었다. 그래서 나는 말했다. "왜 그래?" 그는 내 빨간색 빈티지 코트 옆부분을 가리켰는데 거기에 재가 진흙처럼 얼룩으로 묻어 있었다. 나도 또 웃기 시작했다. "알겠어. 알겠어." 서로를 껴안으며.

언니가 말하길 자기들이 서 있던 곳에서는 우리가 흐느끼는 것처럼 보였다고 한다.

어쩌면 우리는 흐느끼고 있었을까.

모르겠다.

나는 그 비닐봉지를 주머니에 넣고 몇 년 동안 가지고 다녔다. 내겐 아직도 그 빨간 코트가 있다. 그렇지만 코트 어딘가에 재가 묻어 있다 해도 당신은 볼 수 없을 것이다.

Ⅱ

파랑 속에서

세례

가족은 해변에 있었다. 원래 우리가 함께 해변에 놀러 다니는 화목한 가족이었던 것처럼.

성인이 된 언니와 나는 플로리다에 있는 어머니와 아버지를 보러 갔다. 우리가 부모를 보러 간 것은 죄책감 때문이었다. 우리가 부모를 보러 간 것은 수치심 때문이었다. 우리가 부모를 보러 간 것은 망상 때문이었다. 우리가 부모를 보러 간 것은 다 자란 여자들은 바보이기 때문이다. 왜 갔는지 잘 모르겠다. 기억이 나지 않는다. 어머니가 보고 싶다고 졸랐던 것 같다. 나는 스물여섯 살. 언니는 서른네 살이었다.

어머니는 한쪽이 더 짧은 다리로 모래사장을 지켰다. 아버지와 아버지의 두 딸은 세인트어거스틴의 바닷속으로 걸어 들어갔다. 우리는 물속에서 놀며 자신을 잊었다. 자매, 자아, 아버지, 기억상실을 잊었다. 플로리다의 물은 체온처럼 미지근하다. 날씨가 궂지 않으면 파도도 잔잔하다. 몸을 부드럽게 굴려낸다. 그런데 해변에서 소리가 들렸다. 어머니가 한쪽으로 기우뚱한 채 뛰어오는 모습이 보였다. 어머니의 팔과 손가락이 가리키는 곳을 보니, 아버지가 바닷물 속에 얼굴을 처박고 있었다. 내 입술에 묻은 소금 맛이 느껴졌다. 아버지가 있는 곳으로 가보니 무릎까지 오는 물 위에 둥둥 떠 있는 등이, 등에 난 점이 보였다. 물속에서 달리면 마치 젤리 속에서 달리기하는 것 같아서 웃음이 나올 지경이다. 아버지의 몸을 돌려 봤더니 얼굴이 고통으로 일그러져 있었다. 꽉 깨문 이, 튀어나온 두 눈, 얼굴 여기저기에 있는 시퍼렇고 새하얀 반점. 그때 언니가 옆에 왔다. 우리는 100킬로그램에 달하는 아버지의 몸을 끌고 나오며 소리 질렀다. "아빠." 어머니의 모습은, 모래 위에 지팡이를 버려두고 꽥꽥거리는 작은 펭귄이었다. 어머니는 두 딸로부터 너무 먼 곳에 있었다.

어떤 순간들은 기억 속에 묻혀 있다가 전혀 예상치 못한 때에 또렷이 떠오른다. 내가 보는 앞에서 죽을 뻔한 아버지. 있는 그대로 말해보겠다. 그때 나는 아버지를 죽일 수도 있었다. 나는 혈색이 사라지던 몸을, 돌출되어 앞을 응시하던 눈을, 내 눈과 쌍둥이처럼 닮은 그 파란 눈을, 짐승 같은 이를 내려다봤다. 그토록 익숙한 아버지의 얼굴이건만 알아볼 수 없었다. 나는 아버지의 코를 막았다. 내 입을 아버지 입 위에 댔다. 아버지의 혀, 이, 침이 느껴졌다. 입술은 따뜻했으나 반응이 없었다. 언니는 주먹으로 아버지의 가슴을 내리쳤다. 수영복이 반쯤 벗겨진 상태였다. 성기가 악의 없이 늘어져 있었다. 나는 내 입술을 아버지 입술에 고정했다. 아버지 입에 계속 숨을 불어 넣었고, 구급차가 도착했다.

물속에서 숨이 막혀 저산소혈증이 발생한다 해도 반드시 죽지는 않는다. 하지만 뇌 손상과 장기 부전으로 이어질 가능성은 있다. 아버지는 저산소혈증으로 기억을 잃었다.

나는 아버지를 죽이지 않았다. 나는 아버지를 살리지 않았다. 사람들은 대체 어떻게 육지에서 살아가는 걸까?

아마추어들과 수영하기

물속에서 어떤 모습인지 관찰하면 그 사람에 관해 많은 것을 알 수 있다. 어떤 사람들은 물속에 들어가면 어쩔 줄 모르며 커다란 곤충처럼 몸을 덜덜 떨지만, 물개처럼 자연스럽게 헤엄치며 몸을 뒤집고 잠수하는 사람들도 있다. 맹한 미소를 띤 채 선헤엄 치는 사람들도 있고, 팔이나 다리가 부러진 듯하거나 어딘가 굉장히 아픈 듯한 사람들도 있다.

한번은 켄 키지*와 수영했다. 폴 크리크 근처에 있는 인공 호수에서. 그의 커다란 몸은 술 때문에 부석부석했고, 한때의 명성에 살집이 둥글고 울퉁불퉁하게 붙어 있었다. 밤이었다. 다섯 명쯤 있었던 것 같다. 우리는 머리부터 발끝까지 완벽하고 당당하게, 날아가는 로켓처럼 약에 취한 상태였다.

구름의 움직임에 따라 달이 보였다가 사라지길 반복했다. 물

* 1960~70년대 히피 문화에 큰 영향을 끼친 작가. 영화로도 만들어진 소설 『뻐꾸기 둥지 위로 날아간 새』로 유명하다.

이 아직 따뜻했으니 늦여름이었을 테지만, 웬지 내 머릿속에는 맑은 가을의 청량함이 있다. 실제로 그때가 가을이었다면 젖꼭지까지 꽁꽁 얼어붙었을 것이다. 어쨌든 키지가 죽기까지 10년도 남지 않은 늦여름 밤, 우리는 물속으로 들어갔다. 인공 호수는 흙과 콘크리트, 조류 냄새를 풍긴다.

나는 까만 물속으로 들어가서 눈을 떴다. 밤에 호수 물속을 바라보면, 술에 취해 먼 우주를 바라보는 것 같다. 까맣고 흐릿하다. 나는 물 위로 올라와서 튼튼한 팔로 미끄러지듯 헤엄쳤고, 잠수했고, 다시 위로 올라왔고, 뒤를 바라봤다. 키지인 것이 확실한 머리통과 울룩불룩하고 넓은 어깨가 보였다. "세상에, 너 뭐야, 인어라도 돼?" 그가 말했다. 나는 물 한 줄기를 뱉어내며. 네, 맞아요.

까만 저수지 물속에서 우리는 서로의 주변을 맴돌며 수영했고, 하늘을 바라봤고, 선헤엄을 쳤고, 물에 등을 대고 둥둥 떠서 발로 물장구를 쳤다. 가끔은 키지의 배가 섬처럼 떠올랐다. 우리는 실없는 말을 주고받았고, 주로 키지가 이런저런 이야기를 늘어놓았다….

그건 뻔뻔한 거짓말이다. 조금 전에 나는 마치 우리가 가볍게 농담이나 주고받았던 것처럼 묘사했지만, 사실 그때 내 머릿속은 솜뭉치가 들어앉은 듯 빽빽했고 도무지 재미있는 이야기를 생각해낼 수 없었다. 그래서 키지 혼자 이야기하도록 내버려두었고 이제는 그가 무슨 말을 했는지 기억도 나지 않는다. 머리가 바보처럼 부풀었다가 쪼그라들고 있었으니까.

사실 키지는 나와 함께 물속에 들어가지 않았다.

물가에 있었다.

그렇지만 키지가 어떤 말을 했고, 분명 그 말이 내 안으로 깊이 침투했다. 왜냐하면 입을 열었는데 아무것도 아무것도 아무것도 나오지 않았고, 무언가 나오기 시작한 다음에는 아기가 죽은 후 사람들이 내게 했던 끔찍한 말들을 하나하나 읊고 있었기 때문이다.

이런 말. "있지, 정 붙기 전에 죽어서 차라리 다행이야." 아니면 "20대에는 역시 자유를 즐기며 놀아야지." 아니면 개인적으로 가장 좋아하는, 파시스트 천주교도인 고모가 했던 말. "제일 슬픈 사실은 아기가 지옥에 간다는 거야, 그렇지 않니. 세례를 못 받았잖아."

키지가 말했다. "제드가 죽었을 때, 다들 어찌나 멍청한 말을 하던지. 넌 그런 헛소리를 상상도 못 할 거야. 이젠 죽음이 뭔지 이해하는 사람이 아무도 없어. 과거에 죽음은 신성한 것이었는데. 『우파니샤드』를 읽어봐. 빌어먹을 종교가 죽음을 죽였어."

아들 제드가 죽은 후 키지가 친구 웬들 베리와 래리 맥머트리, 에드 매클래너핸, 밥 스톤, 거니 노먼에게 썼던 편지를 읽은 적이 있다. 『코에벌루션 쿼털리』라는 계간지의 1984년 여름호에 실려 있었다. 기사에는 그들이 직접 제드를 위한 관을 만들었다는 이야기가 있었다. 원주민 부족인 호피족 십자가가 붙어 있는 은 호루라기를 무덤에 던졌다는 이야기도. 삽으로 흙을 뿌리자 그 소리가 마치 "계시의 천둥소리"처럼 들렸다는 이야기도.

나는 숨을 죽였다. 물에 관해 생각했다. 오리건 해안을 따라 헤엄치고 있을 딸의 재에 관해 생각했다. 우리 아이들의 죽음이 우리와 함께 헤엄치며 주변으로 흐르고 있었다. 우리를 이어주고 물 위로 띄워주고 있었다.

키지가 내게 그런 말을 했다면, 그가 물속에 있었든 없었든 그것이 그렇게 중요할까? 죽음이 임박한 켄 키지와의 만남이 내 손에 글쓰기를 가져다줬다면, 내가 그 만남을 꿈같은 호수의 정경에 투영했다면, 켄이 정말로 물속에 있었는지 신경 쓸 사람이 있을까? 마음 넓은 켄의 레슬러다운 몸. 그의 불경스러운 입. 죽은 아들. 나의 텅 비워진 배. 더 나은 세상으로 간 나. 물속에서 나는 물가에 있는 그의 모습을 볼 수 있었다. 과거의 키지가 할 만한 행동을 그 자그마한 키지가 하고 있었다. 마트료시카처럼, 한 사람 안에 더 작은 사람이 있었다.

그날 밤 나는 호수에서 헤엄치며 물속으로 목소리들을 떠나보내려 했다.

아버지

아버지의 손이 우리 몸 위에서 움직이기 전 그는 건축가였고, 예술을 사랑했다.

아버지는 건축가가 되기 전 조종사로 한국전쟁에 참전했다.

아버지는 조종사가 되기 전 예술가였다.

아버지는 예술가가 되기 전 운동선수였다.

아버지는 운동선수가 되기 전 불행한 복사服事였다.

이것이 내가 할 수 있는 최선이다. 그런 것 같다.

젠장.

처음부터 다시 시작해야겠다.

아버지의 손이 우리 몸 위에서 움직이기 전 그는 건축가였고, 예술을 사랑했다.

아버지의 손. 아버지의 손이 희고 광활한 종이 위에서 작업에 열중하던 것을 기억한다. 죽 늘어선 펜과 연필과 정교한 지우개, 제도대의 와이어에 매달려 위아래로 미끄러지던 T 모양자, 아버지가 설계한 영토 위로 그의 큰 키가 기울어지던 것을 기억한다. 아버지 방에서 흘러나오던 클래식 음악을 기억한다. 오케스트라가 내 척추를 타고 올라왔고, 작곡가들의 이름이 내 머릿속으로 파고들었다. 커다랗고 두꺼운 건축이나 예술 잡지가 커피 테이블 위에 올려져 있던 광경이 아직도 눈에 선하다. 이 근사한 남자가 내게 그림 그리는 법을, 명암이 무엇인지, 구도와 원근법이 무엇인지 가르쳐주던 광경도. 나는 아버지와 함께 다른 건축가들이 설계한 공간을 거닐었고, 잠자리에 들기 전에는 동화책 대신 르코르뷔지에, 안토니오 가우디, 카를로 스카르파, 마키 후미히코에 관한 이야기를 들었다. 예술에 관해 이야기하는 아버지는 아름답고, 천천히, 담배 한끝이 천국을 가리키고, 연기의 곡선이 굽이치는 물살처럼 성스러운 목소리 주변을 맴돌고. 나는 아버지와 폴링워터 주택 박물관 안을 거닐었다.

아버지는 건축가가 되기 전 조종사로 한국전쟁에 참전했다.

이 시절에 찍은 사진은 전부 흑백이다. 사진을 손에 쥔 나는 실재하는 전쟁의 모습과 전쟁 한복판에 선 아버지의 몸을 직면해야 한다. 사진 속에는 막사와 라이플과 군복이 있다. 지프차와 헬리콥터와 군대의 풍경이 있다. 사진 속 아버지는 내가 만나본 적 없고 앞으로도 만날 일 없는 사람들과 함께다. 지금쯤 죽었을지도 모를 사람들, 내가 태어나기 전에, 베트남전쟁이 발발하기 전에 참전한 사람들.

사진은 두 종류로 나뉜다. 하나는 한국의 절이나 사당 같은 특이한 건축물 사진이다.

다른 하나는 인물 사진이다. 흑인 한 명이 사진 여러 장에 등장한다. 이 사진들을 손에 들고 있으면 아버지는 더 이상 좆같은 학대범이 아니다. 그는 다른 이야기가 된다. 아버지와 어머니와 친척들이 말하고 또 말했던 이야기, 절친한 친구이자 이름 모를 흑인 남자가 얽힌 이야기가 된다. 내용은 잘 기억나지 않는다. 그런 이야기를 들었을 때 나는 어렸다.

그 이야기는 다른 남자들이 밥 먹고 술 마시고 춤추러 다니는 동안 아버지는 어떤 남자랑 차를 타고 다녔다는 휴가에 관한 것이었다. 아버지가 들어가서 음식이나 맥주를 가지고 나오면 자동차나 갓돌이나 웬 건물 근처에 있는 빈 부지에서 같이 앉아 나눠 먹었다고 한다.

나는 사진 속에 있는 흑인을 바라본다. 그 사람에게 말을 걸 수 있으면 좋겠다. 그 시절의 아버지는 어땠는지 물어보고 싶다. 아버지는 재미있는 사람이었나요? 친절했어요? 아버지가 그림 그려준 적 있어요? 아버지는 뭘 두려워했나요? 무엇 때문에 상처받거나 행복했나요? 전쟁통에 아버지는 어땠나요? 인간이란 뭐죠?

아버지는 외모가 근사했다.

아버지는 군인이 되기 전 예술가였다.

나는 가끔 어머니와 둘이 있을 때면 처음 아버지를 만났을 때 어땠는지 물어보곤 했다. 그러면 어머니는 남는 방으로 들어가서 옷장 안에 있는 신발 상자를 꺼내 오곤 했다. 그리고 내 옆에 앉아 상자 속에 접혀 있는 종이를 꺼내 보였다. 종이에는 홍관조 그림이 있었다. 아름다운, 그러니까 기막히게 예술적인 홍관조 그림이었다. 어머니는 미소 짓고, 눈을 내리깔고, 부드럽고 느릿한 남부 사투리로, 소녀 같은 목소리로 말했다. "네 아버지는 이 그림으로 상도 받았어." 그림을 꺼낸 상자에서 노랗게 바랜, 예쁜 글씨로 가득한 종이도 여러 장 펼쳐 보였다. "난 이걸 써서 상을 받았지."

그러고는 종이를 다시 조심스럽게 접어 다시 상자에 넣은 뒤 다시 옷장 안에 두었다.

두 사람의 사진을 손에 쥐면 마음이 아리다. 소매에 담배를 꽂고 미러 선글라스를 낀 아버지, 한 단 접힌 청바지에 티셔츠를 입은 아버지는 제임스 딘 같은 모습이다. 어머니는 1950년대 스타일의 밑단이 넓은 원피스를 입고 있고, 머리를 뒤로 묶었다. 코카콜라 캔처럼 빨간 입술이 흑백 사진에서 까맣게 보인다. 둘 다 근사했다. 할리우드 스타들처럼. 어머니는 미소 짓고 있었다. 아버지는 여자들이 사랑에 빠질 것 같은 외모였다.

야외 테이블에 앉아 있는 아버지 사진도 있다. 아버지는 카키색 바지와 흰색 셔츠를 입고 있다. 앉아 있는 자세는? 꼬고 앉은 다리에 구부정한 허리, 풍성한 머리를 넘기는 긴 손가락은? 목을 감싼 반대편 손과 부드럽게 접힌 팔꿈치는? 그것은 예술가의 몸짓언어다. 내가 잘 안다. 그런 남자 세 명과 결혼했으니까.

아버지는 예술가가 되기 전 운동선수였다.

이 이야기를 어떻게 해야 할지 알고 있다. 나는 무엇보다도 이야기에 능한 사람이다.

아버지는 고등학교 3학년. 홈런을 친 곳은 천주교 미션스쿨. 클리블랜드, 오하이오, 잿빛 도로, 운명이 판가름 날 겨울. 까만 옷차림의 수녀와 신부들, 까만 코트와 부츠와 모자를 걸친 가족들의 몸. 경기장의 소년들답게 아름다운 경기장의 소년들, 이상한 천사들. 숨결은 입에서 안개를 빚어내고. 경기와 몸동작과 가장자리를 날카롭게 쫓는 눈. 9회 초. 전광판에 점수가 적혀 있지만, 아무도 그쪽을 볼 필요를 느끼지 못한다. 그의 윗입술에 땀이 맺히기 시작한 순간, 접혀 있던 팔이 풀리며 둔탁한 마찰음이 작은 세계를 경기장 밖으로 보내버린 순간, 모든 수녀와 신부들이 위를 올려다보는 순간. 마치 기도할 때처럼. 그때, 끝이라는 생각이 희망처럼 소년을 에워싼다. 그의 눈앞에 대학이 보인다. 집을 떠나는 자신의 모습이 보인다. 야구선수라는 단어 속에서 살 기회가 보인다. 그의 팔이 항복한다. 몸이 떨린다. 관중의 환호가 코러스처럼 치솟는다. 모든 사람이

단 하나의 목소리가 된다. 단 한 사람만 빼고. 그 순간 한 남자가 떠난다. 그의 뒤돌아선 등이 모든 것을 정지시킨다.

홈런. 가버린 아버지. 소년은 남자가 된다. 그의 모습은 분명… 아름다웠을 것이다.

여기까지다.

여기가 내가 갈 수 있는 가장 먼 지점이다.

그의 이야기 속으로 더 깊이 들어가려 했다가는, 밤새 수영한 것처럼 숨이 소진될 것이다.

그의 혓바닥이 잘렸다는 것을 안다. 내 아들을 보며 그 생각을 하면, 소년의 혓바닥을 잘라버린 사람을 죽여버릴 수도 있을 것 같다.

아버지는 나의 아버지가 되기 전 소년이었다.

그저 한 명의 소년.

나는 그를 증오하기 전 사랑했다.

자전거 타는 법

내가 열 살이었을 때 언니가 집을 떠났고, 아버지는 슬퍼하는 나를 위로하려고 핫핑크색 슈윈 자전거를 사왔다. 자전거는 바나나 모양의 안장이 있고 손잡이에 색 테이프가 붙어 있었다. 나는 아버지가 스테이션왜건 트렁크에서 자전거를 꺼내는 모습을 봤다. 현관 앞으로 끌고 오는 모습도 봤다. 발로 받침대를 툭 차서 세워놓는 모습도 봤다. 우리를 투명하게 차단하는 창문.

살면서 봤던 그 어떤 것보다 예쁘다고 생각했다. 자주 갖고 놀던 초록색 금속으로 된 군용 지프차 장난감을 제외하면. 그래도 대단했다. 그 자전거의 핫핑크색 찬란함은. 마치 머릿결 같은 색 테이프. 커다랗고 하얀 바나나 모양 안장. 숨이 턱 막힐 정도였다.

그렇지만, 중요한 사실은, 내가 자전거를 탈 줄 모른다는 것이었다. 전혀. 뭔가 해야 할 것이 있는 활동이라면, 수영 빼고 대부분 두려웠다. 심지어 세발자전거도 내겐 굴복시킬 수 없는 바퀴 세 개 달린 괴물이었다. 그래서 세발자전거를 탈 때는 그냥 발로 땅을 차며 앞으로 나아갔고, 내 실패를 참지 못한 아버지는 자전거를 차고에 숨겨두었다. 그래서 밖으로 나가 자전거를 만져보는 나의 마음속에는, 자전거가 아주 예쁜데도 온통 두려움뿐이었다. 아버지가 "이제 자전거 타는 법 배워야지"라고 했을 때 다리가 덜덜 떨리고 목이 아팠다.

아버지 말은 당장 배워야 한다는 뜻이었다. 지금 당장 자전거에 올라가 타보라는 뜻이었다.

어머니가 문간에 서서 느릿느릿 말했다. "마이크, 리디아는 자전거 못 타요." 하지만 아버지는 진지했다.

"어서." 아버지가 말했다. 그러고는 자전거를 끌고 골목 초입으로 갔다.

나는 그 즉시 눈물이 핑 도는 것을 느꼈지만 그래도 아버지 뒤를 따라갔다. 두려움과 아버지의 분노 중 나는 두려움을 선택했다.

아버지는 받침대를 차서 위로 젖힌 다음 손잡이를 잡고 내게 타라고 했다. 나는 자전거에 탔다. 아버지는 천천히 자전거를 앞으로 밀어줬고 페달 위에 발을 올리라고 했다. 하지만 내게 페달은 커다란 물음표 같았고, 나는 페달이 움직이는 방식을 이해할 수 없었다. 내 발은 빙글빙글 돌아가는 페달에 자꾸 막대기처럼 걸리적거리기만 했다.

"우라질, 페달 위에 발을 올리라고 했잖아."

두려움이 내 작은 가슴을 움켜쥐었지만, 아버지가 화를 낼까 봐 겁내는 마음이 여전히 더 컸다. 나는 페달 위에 발을 올렸고, 아래쪽을 보며 빙빙 도는 움직임을 따라잡으려 애썼다.

여전히 손잡이를 잡고 자전거를 밀어주고 있던 아버지가 말했다. "자, 이제 앞을 보고 손으로 손잡이를 잡아봐." 나는 내 손을 아버지의 손 옆에 놓았다. 아버지의 살덩이 옆에 놓인 내 손은 꼭 인형 같았다. "앞을 보라고 했잖아, 우라질. 앞에 뭐가 있는지 안 보면 그냥 들이박는 거야."

보조 바퀴. 그런 게 있지 않았나? 그런 걸 본 적 있었던 것 같은데?

나는 손잡이에 손을 올렸다. 앞을 봤다. 내 두 발은 저능아 같았다. 무거운 돌덩이를 누르고 당기는 것 같았다. 아버지는 손잡이를 놓고 자전거 뒷부분을 잡았다. 나는 잠깐 휘청거리다가 손잡이를 놓쳤고 옆으로 넘어졌다. 땅에 무릎을 찧고 넘어졌지만, 아버지는 내 옷을 잡고 들어 올려 바로 세웠다. "세상에, 그만 좀 징징 짜." 아버지가 말했다. "당장 그치지 못해."

나는 울지 않으려고 숨도 겨우 쉬고 있었다.

우리는 이 짓을 반복하며 골목길을 왕복했고, 결국 해가 지기 시작했다. 하느님께 해가 지게 해주셔서 감사하다고 기도했던 것이 기억난다. 곧 사위가 어두워지고 저녁 먹을 시간이 되어 어머니가 접시를 꺼내놓을 것이었다. 나는 밥 먹는 법은 확실히 알았다.

하지만 아버지가 원한 것은 그게 아니었다.

집으로 가는 길을 지나치며, 아버지는 나를 뒤로 돌려놓고 말했다. "이제 언덕길도 가보자."

우리는 막다른 길에 있었고, 언덕은 그 길이 위치한 블록 끝에 있었다. 언덕이 정확히 몇 도였는지 모르겠지만, 수영 연습이 끝나고 집으로 돌아오는 차 안에서 어머니가 브레이크를 밟아야 할 정도로 가팔랐다. 언덕 꼭대기에는 나의 사랑, 평평한 공터가 있었다. 그리고 언덕에서 내려와 오른쪽으로 돌면 집으로 가는 길이었다.

아버지는 언덕 위로 가기 위해 나를 밀어줘야 했다. "페달 좀 밟지 그래? 제기랄."

그때 나는 토할 것 같았는데, 이 말을 제대로 이해해주기 바란다. 내 입에서 나오려 했던 그 구토를 실제로 했다면 몸속에 있던 모든 것이 분출되었을 것이다. 끊임없이 토하다가 나 자신도 토했을 것이다. 그때 내가 왜 울지 않았는지, 지금 생각해봐도 모르겠다. 나는 조용했다. 자전거를 타고 언덕 위로 올라가는 여자아이는 숨소리만 내뱉었다.

언덕 꼭대기에 다다르자 아버지는 예쁜 자전거에 탄 나를 뒤로 돌려놓고 안장 뒷부분을 잡았다. 덜덜 떨며 아래를 보는 내 눈앞에는 곤두박질치기 직전의 롤러코스터와 비슷한 광경이 펼쳐져 있었다.

아버지가 말했다. "속도가 점점 빨라지면 페달을 조금씩 뒤로 밟아서 멈추면 돼."

아버지가 말했다. "밑으로 내려온 다음에는 충분히 속도를 줄여서 회전하는 거야. 왼쪽으로."

어린 내가 이해하기에는 설명이 부족했다.

나는 감히 생각지도 못할 말을 했다. "아빠, 못 하겠어요."

떨리는 아랫입술.

"못 하긴 왜 못 해." 아버지는 그렇게 말한 뒤 나를 밀었다.

환각제를 삼키면, 언어로 형용할 수 없는 감정의 영역에 진입하게 된다. 나는 이 사실을 어른이 되고 나서 알았다. 떠오르는 생각, 느껴지는 감각, 몸에—머리, 팔다리, 손에—일어나는 일들이 전부 외계의 꿈속으로 접어든다. 몸이 해체된다. 정신은 안으로 접혀 뇌 속 미지의 영역에 들어간다. 아버지가 나를 언덕에서 밀었을 때 내가 어떤 상태였는지 가장 잘 설명해주는 이야기다. 두려움으로 인한 엔도르핀이 몸속에서 어떤 변화된 상태를 불러일으켰다.

처음에는 있는 힘껏 손잡이를 잡아 손바닥이 아팠다. 나는 내려가는 내내 소리를 질렀다. 페달을 뒤로 밟았으나 속도가 느려지는 것 같지 않았다. 꿈속에서라도 멈출 수 없을 것 같았다. 갑작스레 꺾이는 길은 중국으로 가는 길처럼 멀어 보였다.

얼굴에 바람이 스쳤고 손바닥이 따가웠고 무릎이 아팠고 페달을 뒤로 밟아도 속도는 빠르고 빠르고빠르고빠르고빠르고 숨을 참고 나무 위에 올라간 것처럼 피부가 따끔거리고 높은 협곡 위에 올라간 것처럼 끔찍한 거미가 피부 위를 돌아다니고 머리가 너무 뜨겁고 회전회전회전회전회전 나는 회전하고 브레이크를 잡고 발에 감각이 없고 다리에 감각이 없고 팔에 감각이 없고 손에 감각이 없고 나의 머리 나의 심장 나의 아버지 목소리는 잘한다고 외치고 나의 아버지는 언덕 내리막길을 달리고 아버지는 이 모든 것의 원인이고 그가 나를 밀었고 나의 눈이 감기고 사지가 먹먹해지고 나는 놓아버리고 많이 졸리고 아주 가볍고 떠오르고 떠오르는 물체들 빠른 속도 감긴 눈 격렬하고 충돌하는 물체들 충돌하고 아무것도 없었고.

나는 아버지의 팔에 안겨 집으로 갔다. 아버지가 나를 안고 갔다. 어머니의 걱정 어린 목소리가 들렸다. "마이크? 마이크?" 아버지는 나를 안고 내 방으로 갔다. 어머니가 뒤따랐다.

아버지가 외쳤다. "손전등 좀 가져와."

어머니가 외쳤다. "왜요? 무슨 일인데?"

아버지가 외쳤다. "가져오라면 가져와, 우라질. 밑을 다친 것 같아."

어머니가 손전등을 가지러 갔다. 아버지는 나를 공주풍 캐노피 침대 위에 눕혔다. 하얀 레이스가 보였다. 손은 다리 사이에 있었다. 어머니가 손전등을 가져왔다. 아버지는 내 손을 치우고 바지를 내렸다.

어머니가 말했다. "마이크?"

나는 울기 시작했다. 오줌 있는 곳이 아팠다. 아버지가 속옷을 내렸다. 어머니가 말했다. "마이크."

아버지가 내 다리를 벌리고 손전등을 켠 뒤 말했다. "피가 나잖아." 어머니가 울었고 아버지가 말했다. "도로시, 밖으로 나가. 왜 그렇게 난리야." 어머니가 나갔다. 아버지가 말하길, "문 좀 닫아 제기랄."

의사라는 사람들이 있지 않나? 병원은?

내가 탄 자전거는 우편함을 잇달아 들이받았다.

음막이 찢어졌다.

아버지의 손.

손전등.

피.

여자아이.

다음 날 퇴근하고 돌아온 아버지는 나를 또다시 자전거 위에 앉혔다. 또다시 언덕 위로 올라가게 했다. 자전거에 앉아 있기가 너무 아파서 볼 안쪽을 깨물었다. 하지만 울지는 않았다. 아버지가 말했다. "다시 도전해서 두려움을 이겨내야 한다. 그래야 해." 또다시 아버지는 나를 밀었다. 자신의 분노와 두려움과 몸을 이해하기엔 아직 어린 여자아이가, 핫핑크색 슈윈 자전거를 타고 언덕을 미끄러져 내려갔다. 색 테이프가 펄럭거렸다.

두려움과 분노 중에서 나는 분노를 택했다.

언덕을 내려오다가 나는 아버지를 생각했고 담뱃재 냄새가 나는 아버지의 피부 노란 피부와 손가락의 담배 얼룩과 커다란 건축가 손이 얼마나 싫은지, 나를 밀어버린 아버지가 얼마나 싫은지 생각했고 눈을 감았다… 눈을 감았다, 그랬다, 손잡이를 놓아버리고 팔을 몸 양옆으로 뻗었다. 손바닥과 손가락을 스치는 바람이 느껴졌다. 바람은 내 얼굴 위로. 내 가슴 위로. 어쩌면 피부를 뚫고 심장까지 들어왔다. 나는 속도를 늦추려 애쓰지 않았다. 발의 무게가 사라진 듯했다.

나는 집으로 향하는 커브 길에도 진입하지 못하고 넘어졌다. 뼈가 부러지지는 않았으나 여기저기를 긁혔다. 얼굴. 팔꿈치와 팔. 무릎과 다리. 남자아이 같은 튼튼한 수영선수 어깨. 나는 그저 몸이었다. 피 흘리고. 피 흘리는.

하지만 울지는 않았다.

그후로, 아주 오랫동안.

메리 프랭크스터스*는 아니지만

베넷 허프먼

제프 포레스터

로버트 블루처

벤 보크너

제임스 핀리

린 제프리스

닐 리드스트롬

할 파워스

제인 세이더

찰스 바라니

메러디스 워들리

켄 지머만

* 작가 켄 키지의 추종자들. 키지와 메리 프랭크스터스는 1964년 스쿨버스를 타고 미국 전역을 여행한 것으로 유명하다.

리디아

최후의 학생 열두 명과 나.

내가 1988~89년에 켄 키지가 이끌던 공동 소설 창작 워크숍에 들어가게 된 것은 나의 작가 친구 메러디스 워들리가 내 손을 잡고 허락도 없이 교실로 쳐들어갔기 때문이다. 메러디스는 윌리엄 포크너의 소설에 나올 법한 아름답고 복잡하며 어렴풋하게 남부 사투리를 쓰는 캐릭터와 부유한 영국인 승마 챔피언을 섞어놓은 것 같은 여자였다. 풍성한 머리는 짙은 색이었고 눈은 머리보다 더 짙은 색이었다. 눈동자 속에서 전기가 번쩍이는 듯했다. 첫 수업이 있던 날, 우리는 메러디스의 아파트에서 맥주를 마시고 있었다. 그래, 인정한다. 그때 나는 샘났다. 맥주에 목이 막힐 정도로 샘났다. 메러디스는 수업에 가야 할 시간이 되자 내게 말했다. "네 인생은 충분히 소설 같잖아. 나랑 같이 가자."

나는 대꾸했다. "뭐? 너 미쳤어. 난 문예창작과가 아니야. 심지어 대학원생도 아니라고. 학교에서 그 수업 듣게 해주지 않을걸."

위키피디아에서 우리가 쓴 책을 검색하면, 키지와 "대학원생 13명"이 공동으로 그 책을 집필했다고 나온다. 하지만 나는 문예창작과 대학원생이 아니었다. 영문학과 학부 과정을 설렁설렁 다니며 많은 사람과 잠자리하고 신나게 마약을 하고 술을 마시고 술을 마시고 술을 마셨다. 운동선수 시절의 몸은 이제 사라지고 없었다. 가슴이 커지고 '골반'이라는 것도 생겼다. 금색 머리털을 파마해서 커다랗게 부풀렸다. 나는 성공한 작가가 아니었다. 성공한 그 무엇도 아니었다. 내가 잘하는 거라곤 술이나 약에 취한 채 섹스하고 싶은 척하며 남자들을 애태우는 일, 아슬아슬하게 골려주는 일이었다. 그러니 그들이 왜 나를 받아들여주겠는가? 키지가 왜?

"절대 아냐." 메러디스가 말했다. "키지가 널 엄청나게 좋아할걸. 믿어봐. 그리고 넌 글 잘 쓰잖아. 그 수업 수강생 중 반은 구면이고. 생각해봐, 키지가 교칙에 쥐뿔이나 신경 쓰겠어?"

나는 바보처럼 얼굴을 붉히며 메러디스가 내 손을 잡아끌고 오리건대학에서 키지의 집까지 행진하도록, 1년 동안 교실로 사용될 키지의 집 대문으로 쳐들어가도록 내버려두었다.

거대한 책상에 제자들이 앉아 있었다.

내 목구멍은 쪼그라들어 빨대처럼 좁아졌다. 토할 것만 같았다.

"여러분, 이 친구는 리디아예요." 메러디스가 말했다.

잘됐네. 이제 일어나서 바보처럼 쭈뼛거리며 자기소개를 해야 하잖아. 어색하게 서 있는 내 머릿속에는 이렇게 적힌 종이쪼가리가 날아다녔다. 이사람이켄키지다이사람이켄키지다. 아버지가 내게 줬던 키지의 책들. 아버지와 어두운 영화관에서 감상했던 키지 원작의 영화들. 폴 뉴먼이 나오는 「스탬퍼가의 대결」. 「뻐꾸기 둥지 위로 날아간 새」.

저쪽 끝에 있던 키지가 드럼통 같은 몸으로 걸어와서 의자를 하나 빼준 뒤 말했다. "안녕하신가. 이것 봐라? 톱클래스 파티 걸이 오셨네." 오리건에서 열린 문학 관련 행사나 사진 속에서가 아니라 실제로 키지를 만난 것은 그때가 처음이었다. 그가 가까이 오면 올수록 속이 울렁거렸다. 내 바로 앞에 선 그의 어깨와 가슴을 보고 있자니 그가 한때 레슬러였다는 것을 납득할 수 있었다. 키지의 얼굴은 초코파이처럼 둥글둥글했고, 희미하게 핏줄이 비치는 붉은 뺨은 술 때문에 부석부석했다. 머리통 군데군데 풀로 솜뭉치를 붙여놓은 듯 헤어스타일이 이상했다. 미소는, 정말 굉장했다. 눈동자는 투명한 파랑이었다. 나처럼.

얼굴이 화끈거리고 머리 꼭대기가 간질간질했다. 그곳에 있는 사람들은 전부 작가 같은 모습에 문예창작과 배지를 달고 있었고, 나는 성냥이 된 듯한 기분이었다. 그대로 불이 붙어 초라한 주황색 불꽃으로 타오를 것만 같았다. 전부 파티 걸 운운에 킥킥대고 있는 와중에 키지가 몸을 숙이더니 귓속말을 했다. "리디아가 무슨 일 겪었는지 알아. 죽음은 좆같은 일이지."

1984년에 키지의 아들, 오리건대학의 레슬러였던 제드는 경기를 마친 뒤 닳고 닳은 타이어가 달린 레슬링팀의 밴을 타고 귀가하다가 추돌사고로 죽었다. 내 딸도 같은 해에 죽었다. 키지의 얼굴이 있던 귓가에서 보드카 냄새가 났다. 익숙한 냄새였다.

그는 내게 술병을 건넸고 우리는 함께 어울리며 급속도로 친해졌다. 외계인을 목격한 사람들이 초면이어도 금방 친해지듯이. 그게 전부였다. 아무도 내가 왜 그 자리에 있는지 따지지 않았다. 특히 키지가. 정말 굉장하고 이해할 수 없는 일이었다. 그래서 좋았다.

그때 나는 스물다섯 살이었다.

공동 소설 창작 워크숍의 첫째 날에 키지는 갈색 담배 상자를 꺼내더니 제프 포레스터에게 대마초를 말아달라고 했다. 아름다운 황갈색 곱슬머리를 가진 제프 포레스터는 눈동자가 투명했고 피부는 햇볕에 그을린 빛깔이었다. 외모를 보면 평소에 서핑을 즐기는 것 같았다. 게다가 어휘력이 끝내줬고 언어 감각도 굉장했다. 제프는 눈 하나 깜빡하지 않고 완벽하고 통통하게 대마초를 말아냈다. 키지는 키지다운 이야기를 시작했는데, 시작은 이러했다. “난 작가들이랑 앉아 있는 게 항상 싫더라구.”

베넷 허프먼이 처음으로 대마초를 깊게 빨아들인 뒤 옆 사람에게 건넸다. 베넷은 키가 크고 마른 체구에 피부가 밝았다. 나는 그의 말 없음에 매료되었다. 돌아가며 마리화나를 피우는데 베넷이 눈을 감았다. 그의 얼굴에서 혈색이 사라지더니 땅에 쓰러졌다. 슬로모션처럼 느리게. 완전히 기절한 것이다. 처음에 걱정 섞인 말을 했던 사람이 누구였는지 기억나지 않는다. 여자 목소리였던 것 같다. 응급구조대에 전화하거나 뭔가 해야 한다고 말했던 것 같다. 바닥에 쓰러진 아름다운 베넷.

키지는 이야기를 계속하며 베넷이 있는 곳으로 가더니 "괜찮아"라고 겨우 한마디 한 다음 우리를 바라봤는데, 그의 얼굴은 이렇게 말하는 듯했다. 너네 이런 거 처음 봐? 항상 있는 일이라구. 1960년대와 1988년 사이에 바다라도 놓인 듯 까마득한 거리감이 느껴졌다. 우리가 입고 있는 옷, 마시는 맥주, '나는 오리건대학 학생이에요'라고 쓰여 있는 새끼 오리 같은 우리 얼굴을 보면 그 차이가 분명했다. 우리의 살갗에는 실로사이빈이나 메스칼린, LSD의 반짝이는 흔적이 없었다. CIA는 더 이상 향정신성 약물 연구 같은 것을 하지 않았다. 내가 알기로는 우리 중에 중독 재활원이나 감옥에 갔던 경험이 있는 사람은 한 명뿐이었고, 나는 절대 그 이야기를 입 밖에 내지 않았다.

그 자리에 앉아서 창피할 일 없도록 이상한 문장을 써보려 애쓰는 동안 머릿속으로는 깔깔대고 웃었다. 살면서 그런 '수업'은 단 한 번도 들어본 적 없었다. 나는 낙제한 수업이 많았고, 대학에서 성적 불량으로 퇴학도 당했으며, 행동 불량과 불안정한 정신 상태를 이유로 보호시설에 들어간 적도 있었다. 그러니, 적어도 다른 억압적인 장소들에 비해 그곳은 내게 안전한 곳이었다.

첫째 날에 자유 글쓰기를 하는데 누군가가—아마도 보크너였던 것 같다—한심한 말을 했다. "난 갑자기 쓰라고 하면 아무것도 못 쓴다구." 보크너는 약간 공격적인 히피 스타일이었다. 무기를 든 환경운동가처럼. 그러자 키지가 말했다. "그럼 조금 전에 테러리스트가 쳐들어와서, 글을 쓰지 않으면 너희 다 죽여버린다고 했다고 상상해봐. 네 머리에 기관총을 대고 있다고 말이야." 그러고는 이런 것쯤은 다 알고 있어야 한다는 듯 우리를 바라봤다.

키지는 두 가지 규칙을 세웠다. 첫째, 수업을 듣지 않는 사람에게 소설의 플롯을 이야기해서는 안 된다. 둘째, 키지는 수업의 반만 담당한다. 나중에 세 번째 규칙도 생겼다. 수업 시간 외에는 글을 쓰면 안 된다. 왜냐고? 그랬다가는 다른 오리건 작가들처럼 자기만의 목소리를 내려고 할 테니까.

컬트적인 인기를 누리는 사람들 주변에서 흔히 그러듯, 워크숍 사람들도 키지가 가장 좋아하는 학생이 되고 싶어 했다. 하지만 1년 내내 같이 있었기 때문에 그런 에너지는 적어도 조금은 약해졌다. 우리는 키지가 처방 약을 얼마나 많이 먹는지 알게 되었다. 그의 배가 얼마나 거대한지도 알게 되었다. 그의 알레르기가 얼마나 심해질 수 있는지도 알게 되었다. 그가 잠을 얼마나 많이 자는지도 알게 되었다. 그의 냄새도. 그가 얼마나 무기력해 보이는지도. 술을 마실 때면—그는 항상 술을 마셨다—그의 눈이 부어오른 보드카 구슬 같다는 것도.

그래도 키지는 어디를 가든 그곳을 자신의 아우라로 가득 채우는 사람이었다. 그해 오리건대학에서 열린 낭독회에 참가한 키지는 탁자 위로 올라가서 마이크에 대고 외쳤다. "*신이시여, 좆이나 까세요! 좆까라고!*" 500명 정도 되는 관중이 환호성을 내질렀다. 키지는 보여주는 것이 중요하다고 믿었다. 사람들에게 쇼를 선사해야 한다고.

키지와 함께했던 가을 대부분을 나는 멍청이가 된 것 같은 불편함 속에서 살았다. 다 같이 모여 있으면 귀가 뜨거워지고 땀이 나서 다리 사이에는 기다란 자국이, 가슴 밑에는 둥그런 자국이 남았다. 나는 집단에 친밀감을 느끼는 법을 몰랐다. 관계를 맺어본 집단이라곤, 죽음의 집에 사는 끔찍한 오이디푸스 이야기 같은 가족뿐이었다. 그리고 수영팀. 물속에서는 대화할 필요가 없다. 그때 나는 내가 가슴과 엉덩이와 금발이라는 특징밖에 없는 더러운 존재 같다고 느꼈다. 성적인 것들. 그게 내가 가진 전부라고.

테러리스트가 쳐들어와서 나를 죽일 거라는 생각은 안 했지만, 학교에서 출동한 일종의 가짜 적발 경찰이 내게 수갑을 채울까 봐 두렵긴 했다. 너, 넌 여기 학생 아니잖아. 넌 등록 안 되어 있는데. 문예창작과 학생도 아니네. 세상에… 저 머리 꼴 좀 봐. 하지만 그런 일은 없었다. 나는 다른 사람들과 똑같이 종이에 글을 썼을 뿐이다.

나는 제프, 베넷과 제일 친해졌다. 어쩌면 첫날 본 장면이 내 머릿속에 각인되었던 것일지도 모르겠다. 제프가 공들여 마리화나를 말고, 베넷이 기절했던 장면. 악재가 기적으로 이어진 것처럼.

나머지 사람들에 관한 기억은 망막을 스치는 이미지로 남아 있을 뿐이다. 할의 하얀 머리. 로버트의 부드러운 걸음걸이. 나를 주눅 들게 하던 제인의 날카로운 녹색 시선과 생각들. 내 어머니면 좋겠다고 생각한 린. 린은 어머니보다 더 나은, 더 멋진 애주가였다. 메러디스의 환상적인 엉덩이. 유다가 된 보크너, 경찰이 된 찰스. 타오르는 듯한 빨간 머리만큼 어휘력도 인상 깊었던 제임스. 이 책의 다른 페이지에도 등장할 지머만.

키지와 함께했던 겨울, 우리는 야하츠 근방의 해변에 있는 키지의 집으로 갔다. 목재 패널로 된 낡은 집이었다. 형편없는 샤워 부스에 탁자와 의자 몇 개가 전부고 난방도 되지 않았다. 하지만 집 앞쪽으로 난 창문을 통해 바다가 보였다. 그리고 당연한 말이지만 방마다 키지가 가득했다. 우리는 술을 마시고 해변을 산책하고 키지의 이야기를 들었다. 그 이야기를 당신에게도 해주고 싶지만 전부 잘 알려져 있어서 새롭지 않을 것이다. 키지는 같은 이야기를 계속 반복하곤 했다. 간단히 말하자면, 우리는 한 무리의 새로운 귀였을 뿐이다. 그 집에서 우리는 티모시 리어리와 메이슨 윌리엄스와 제리 가르시아와 닐 캐서디에 관한 이야기를 들었다. 그 집에서 우리는 약을 했고 작은 노트에 글을 썼고 우리 중 몇몇은 다른 몇몇과 섹스했다. 우리는 바닥에 침낭을 펴고 잤다. 무엇이든 사건이 터지기를 기다렸다.

이 이야기가 사실이라고 확신하지는 못하겠다. 다른 열두 명에게 전부 전화해서 설문 조사라도 해야 할 것이다. 하지만 키지와 함께한 1년 동안 우리는 멍청한 희망을 품었다. 그 희망은 우리가 공동으로 집필한 전혀 훌륭하지 않은 책과 아무런 관련이 없다. 내 생각에 우리는 켄 키지가 또 하나의 완벽한 작품을 쓸 수 있기를 바라고 있었다. 키지의 머릿속에 아직 쓰이지 않은 책이 있어서 우리가 어떻게든 그 책을 끌어낼 수 있기를 바랐다. 그렇지만 키지는 술만 마셨다. 아무리 그와 약을 하고 해변을 산책하고 그의 이야기를 들어도 키지 안에 있는 키지를 살려낼 수는 없었다.

내 책장에서 키지의 소설 『때로는 위대한 생각』과 『뻐꾸기 둥지 위로 날아간 새』는 포크너의 소설 『내가 죽어 누워 있을 때』, 『소리와 분노』, 『압살롬, 압살롬!』 옆자리를 차지하고 있다. 어떤 책들은 숨이 멎을 정도로 대단하다. 그것은 책 때문일까, 아니면 그 작가들 때문일까? 키지의 책을 손에 쥐면, 그 책장을 넘기면, 키지의 목소리가 들린다. 그의 얼굴이 보인다. 냄새가 느껴진다. 그를 느낄 수 있다. 하지만 숨이 멎을 정도로 대단한 것은 무엇보다 책 속의 언어다. 그거면 충분하지 않나?

키지와 함께했던 봄, 우리는 부활절을 맞아 피스가산에 있는 제드의 무덤에 갔다. 대마초에 취한 사람도 있었고 LSD를 삼킨 사람도 있었고 환각버섯을 먹은 사람도 있었다. 키지는 계속 병에 담긴 술을 마셨다. 머리 위에서는 바람이 불어 나뭇잎이 흔들렸다. 풀이 뒤덮인 언덕은 키지의 어깨 같았다. 나는 그곳이 마음에 들었다. 우리 발밑에 제드가 묻혀 있었다. 사실 나는 죽음 곁에 있을 때 살아 있다는 감각이 가장 생생해진다. 그 이야기를 자주 하지 않을 뿐이다. 키지와 있을 때는 몇 번 말했다. 우리는 산 위에서 서로를 안아줬다.

키지와 함께했던 1년이 끝나갈 때쯤 우리는 플레전트 힐에 있는 키지의 집에 있었다. 그는 우리 열세 명을 앉혀놓고 닐 캐서디가 나오는 비디오 클립을 보여줬다. 켄 뱁스가 영상을 가져왔던 것 같다. 대마초에 취한 사람도 있었고 LSD를 삼킨 사람도 있었고 환각버섯을 먹은 사람도 있었다. 키지는 계속 술을 마셨다. 키지의 아내 페이는 부엌에 머물다가 교회에 갔다. 우리는 바닥에 앉았다가 오래되고 푹신한 의자에 앉았다가 푹 꺼진 소파에 앉았다.

닐 캐서디가 화면에 등장하자 가슴이 두근거렸다. 그의 외모와 행동은 정말 케루악의 문장과 똑 닮았다. 닐 캐서디의 클로즈업된 얼굴… 그 황당하고 말도 안 되고 환상적인 헛소리와 움직이는 눈동자와 끄덕거리는 머리와 움찔거리는 얼굴… 아름다웠다. 비현실적, 혹은 초현실적으로 보이긴 했지만. 그 역사에 남을 얼굴 앞에 앉아 있는 우리는 그저 소원이 이루어지길 기다리는 오리 떼였다. 누군가가 연못에 떠 있는 우리를 하나씩 건져낼 수도 있었을 것이다. 나는 거기 앉아서 그렇게 영상을 보는 일에 더 많은 의미가 있기를 바랐다.

나는 고개를 돌려 닐 캐서디를 바라보는 키지를 바라봤다. 키지 얼굴에 떠오른 표정을. 어둠 속에서 최후의 제자들과 앉아 있는 키지를. 그는 비뚤어진 미소를 지었다. 자기들끼리 하던 농담을 알아들은 것 같았다. 눈을 가늘게 뜨고 있었다. 한두 번 웃기도 했다. 그러고는 이마를 문지르는 모습도 봤다. 분명 편두통 때문이었겠지만, 닐 캐서디의 빛 앞에 앉은 그는 마치 몸에 묻은 시간을 문질러 닦으려는 것 같았다.

나는 이상한 나라의 앨리스가 된 듯한 기분이었다. 대체 뭐였을까? 내가 켄 키지와, '작가'라는 사람들 무리와 한 방에 앉아 닐 캐서디의 영상을 봤다니? 우리는 대체 누구였을까? 영상이 끝난 뒤 켄이 이야기를 조금 했고 우리는 질문을 몇 개 던졌다. 그다음에 켄은 자러 가야겠다고 했다. 그때는 오후 4시 30분이었다. 우리가 무언가에 실패한 듯한 느낌이 들었지만, 정확히 무엇에 실패했는지 알 수 없었다.

키지와 함께했던 한 해는 오리건대학의 걸링거 홀에서 열린 낭독회 행사로 끝났다. 우리는 모두 책에 등장하는 인물들처럼 1930년대 빈티지 옷을 입었다. 차례대로 키지의 술병에 담긴 페퍼민트 슈냅스를 마셨는데, 술병은 마치 키지를 상징하는 깃발처럼 연단 위에 놓여 있었다. 『피플』지에서 우리를 인터뷰하러 왔다. 『롤링스톤』에는 우리의 사진이 실렸다. 그후에도 파티가 몇 번 있었다. 그 파티들은 기억이 잘 나지 않는다.

아버지는 플로리다에서 유진까지 비행기를 타고 와서 낭독회에 참가했다. 400달러짜리 회색 능직 정장을 입고 관객석에 앉아 있었다. 키지의 존재감 속에서. 무언가에. 자부심을 느끼는 것 같았다. 내가 태어났을 때 우리 가족은 스틴슨 비치 뒤쪽 언덕에 있는 집에 살았다. 1963년이었다. 라 혼다, 키지가 수많은 파티를 열고 LSD를 시험했던 그곳은 오토바이를 타고 갈 수 있을 정도로 가까웠다.

내가 낭독할 차례가 되자 나는 술을 한 모금 마시고 관객 쪽을 내다봤다. 아버지의 건축가다운 강철 같은 시선. 그의 용서할 수 없는 손. 그후 나는 키지를 봤다. 키지는 자기 젖꼭지를 꼬집고 미소 지어 나를 웃겨줬다. 낭독회가 끝나자 아버지는 키지와 악수하며 말했다. "굉장한 팬입니다." 나는 그 말이 사실임을 알았다. 나는 그들의 손이 합해지는 모습을 봤다.

키지를 만난 아버지의 목소리는 가볍게 떨렸다. 헤어질 때 키지는 아버지에게 말했다. "있죠, 리디아는 홈런 한 방 제대로 칠 겁니다." 아버지는 클리블랜드 인디언스 야구팀의 입단 시험을 치른 적이 있으니 그 말이 무슨 뜻인지 알았을 것이다. 그 표현 말이다.

우리가 쓴 형편없는 소설 『동굴』은 실제 뉴스 기사에서 영감을 받은 작품이다. 1964년 10월 31일 AP통신이 '찰스 오즈월드 로치, 신지학 박사이자 1928년 고고학계에 논란을 일으킨 이른바 *고대 미국인의 비밀* 동굴을 발견한 장본인'이라는 제목으로 보도한 기사였다. 소설의 배경은 1930년대고, 등장인물 로치는 샌 쿠엔틴 교도소에서 출소한 살인범으로, 신부의 보호 아래 동굴을 발견하기 위한 탐험대를 이끌게 된다.

딱히 잘 쓰인 소설은 아니다. 우리가 내놓은 것이 무엇인지 정확히는 모르겠지만, 소설은 아니다. 그리고 만약 우리가 전과자 탐험대장을 따라 동굴에 가는 일이 있었다면, 그곳에는 바다사자의 배설물밖에 없었을 것이다.

다들 이 말에 동의할지 모르겠지만, 내가 보기에 그해 우리가 만들어낸 것은 하나의 결말이었다. 무언가의 마지막 부분 혹은 지점. 아니면 어떤 것을 다 사용한 후에 남은 작은 조각. 아니면 우리가 만들어낸 것은 그저 키지의 마지막 몸짓이었을지도 모른다. 자신의 최후를 재촉하고자 하는 몸짓.

오리건 출신 작가들에겐 키지와 관련된 이야기가 하나씩 있다. 정말이다. 오리건에서 열리는 문학 행사에 가면 85퍼센트의 확률로 키지의 이름을 듣게 된다. 키지 이야기를 꺼내는 사람이 실제로 키지를 알든 모르든. 때로는 플레전트 힐에 있는 키지의 집에 관한 이야기다. 때로는 그 유명한 스쿨버스에 관한 이야기다. 때로는 글쓰기에 관한 이야기다. 때로는 그의 '자유로운 영혼'에 관한 이야기다. 종종, 관객석에 앉아 그의 이름이 그렇게… 유약하고 무력한 방식으로 사용되는 것을 듣고 나면 배가 쿡쿡 쑤신다.

내 생각에 키지를 알았던 사람들은 각자 다른 방식으로 그를 알았던 것 같다. 어쩌면 이는 모든 유명인에게 해당하는 말일 수도 있고, 어쩌면 그들을 제대로 아는 사람은 아무도 없을 수도 있다. 사람들은 그저 그들 주변에서 어떤 경험을 하고 그 경험이 자기 것이라 주장하는 것이다. 그들의 이름을 말하고 뭔가 친밀함이 느껴지는 말을 뱉어낼 수 있기를 바라는 것이다. 하지만 친밀한 관계는 책이나 영화에 나오는 것과는 다르다.

공동 소설 창작 워크숍이 열렸던 해가 아닌, 우리가 함께 쓴 썩 훌륭하지 못한 책이 발표되어 내가 키지에게 실망을 안겨준 듯했던 해가 아닌, 키지가 보드카라는 연인과의 사랑 끝에 메이요 클리닉에 실려 간 해가 아닌 그다음 해에 키지와 나는 단둘이 해변에 있는 키지의 집에서 만났다.

그날 밤 우리는 물을 끓여 파스타를 만들었고 그 위에 라구 소스를 한 병 부은 뒤 그것을 오래되고 휘어진 포크로 먹었다. 양철 컵에 위스키를 따라 마셨다. 키지는 인생 이야기를 했다. 키지가 가장 잘하는 일이었다. 나? 나는 인생 이야기 같은 것이 없었다. 있었나? 사위가 어두워지자 키지가 오래되고 꼬질꼬질한 촛불을 켰다. 우리는 나무 의자 두 개를 나란히 놓고 앉아 달빛이 비치는 바닷물을 바라봤다. 더 오래된 의자에 앉으려고 했던 것을 똑똑히 기억한다. 내가 역사의 일부인 것처럼. 다리를 쭉 뻗고 한쪽 발목에 다른 쪽 발목을 올린 뒤 팔짱을 끼기도 했다. 나는 링컨 대통령 같은 모습이었다.

그때 키지가 말했다. "네 인생 최고의 사건이 뭐야?"

나는 바보처럼 앉아서 내 인생 최고의 사건을 떠올리려 애썼다. 우리 둘 다 최악의 사건은 무엇인지 알고 있었다. 최고의 사건은 없었다. 있었나? 최악의 사건만 떠올랐다. 나는 바다를 바라봤다.

마침내 대답했다. "수영을 시작한 거요."

"왜 수영인데?" 키지가 고개를 돌려 나를 바라봤다.

"잘하는 건 그것뿐이었으니까요." 이 말이 내 입에서 나왔다.

"잘하는 게 수영밖에 없진 않잖아." 키지는 그렇게 말하고 커다란 레슬러 팔뚝을 내 어깨 위로 둘렀다.

씨발. 이거구나. 결국엔 이렇게 되는군. 키지의 피부에서 나는 냄새는… 누군가의 아버지에게서 날 만한 냄새였다. 애프터 셰이브와 땀과 위스키와 라구 소스가 섞인 냄새. 이제 키지는 내가 섹스를 잘한다고 할 것이다. 나를 '파티 걸'이라고—창작 수업이 열린 한 해 동안 키지가 나를 부르던 별명이었다—부를 것이다. 그러면 나는 켄 키지를 위해 다리를 벌릴 것이다. 아무것도 모르는 멍청한 금발이 하는 짓이란 그런 것이다. 나는 눈을 감았고, 나 같은 여자에게 남자들이 으레 하는 짓을 기다리고 있었다.

하지만 키지는 그런 이야기를 하지 않았다. 이렇게 말했다. "난 작가들이 도전하고 실패하는 걸 정말 많이도 봤거든. 네겐 재능이 있어. 네 손안에 있다고. 다음엔 뭘 할 생각이야?"

나는 눈을 뜨고 내 손을 바라봤다. 손은 끔찍이도 멍청해 보였다. "다음요?"

"무슨 말인지 알잖아. 뭘 하며 살 거냐고. 다음 할 일은 뭐야?"

내겐 계획이 없었다. 슬픔은 있었다. 분노도 있었다. 성욕도 있었다. 사람보다 책을 좋아했다. 술과 마약에 취하고 섹스하는 것이 좋았다. 그러면 이런 질문에 답할 필요가 없기 때문이었다.

나는 방금 이 이야기를 쓰며, 이것을 다른 방식으로 서술할 수도 있다는 사실을 깨달았다. 더 부드럽게. 조용하고 작은 소리로. 그가 내게 했던 질문. 그건 자식을 사랑하는 아버지가 할 만한 질문이었다.

어쩌면 나는 거짓말을 늘어놓을 수도 있을 것이다. 어마어마한 사이키델릭 로맨스를 꾸며낼 수도 있다. 아니면 섹시한 연상의 남자와 연하의 여자가 벌이는 성적인 모험을 꾸며낼 수도 있고. 뭐든 쓸 수 있다. 이 이야기는 수백만 가지의 방식으로 말할 수 있을 것이다.

키지는 내 생애 최고의 거짓말쟁이였다.

집에 돌아온 나는 가르마 왼쪽에 있는 머리를 전부 밀어버렸다. 거울 속에는 두 명의 여자가 있었다. 한 여자는 등 위로 긴 금발 머리를 늘어뜨리고 있었다. 다른 여자는 머리를 바싹 깎았고 얼굴 위로 아름다운 남자의 골격을 드러냈다.

나는.

누구.

일까.

오리건대학으로 돌아가 수업을 들었다. 한번은 문예창작과에 갔는데, 레슬러처럼 덩치 큰 남자가 내 옆을 지나가며 짝짝이가 된 머리카락을 보다가 어깨를 부딪쳤다. 분명 작가였던 것 같다. 그렇지만 작가 같은 것에 누가 관심을 두겠어. 난 관심 없어. 계속 걸어가자. 하지만 내 심장은 가슴속에서 터질 듯 두근거리고 있었다.

그후로 키지를 다시 만나지 못했다. 키지는 간이 완전히 망가졌고, 결국 C형 간염에 걸렸다. 1997년에는 뇌졸중을 앓았다. 그리고 암에 걸려 죽었다. 하지만 내 생각에 키지는 물에 빠져 죽었다.

물에 빠져 죽는 데는 여러 가지 방법이 있다.

Ⅲ

촉촉한 것들

행복한 어린 시절

나는 여섯 살.

친구 케이티가 물속에 있고 친구 크리스티가 물속에 있고 그곳은 팬텀 레이크 배스 & 테니스 클럽이고 여름이 매일 매일같이 물속에서 흘러가고 우리는 아침에 수영하고 낮에 수영하고 오후에 수영하고 밤에 수영하고 매일 수영하고 우리는 무지개색 아이스바를 먹고 초콜릿 아이스바를 먹고 크림이 들어간 아이스바를 먹고 수영장 물속으로 들어가고 들어가고 몇 바퀴씩 돌고 숨을 참아 뒤로 앞으로 다시 뒤로 세 번씩 남자아이는 없고 우리는 물속에 남아 수경을 끼고 서로를 바라보고 공기방울을 불고 바닥에 앉고 낮은 곳에서 다이빙하고 높은 곳에서 다이빙하고 깊은 곳 바닥에서 동전을 발견하고 우리는 웃고 또 웃고 수영 대회에 출전해 저녁에 경기하고 우리는 우승하고 작은 금메달과 파랗고 예쁜 리본을 받고 시작점에서 다이빙해 출발하고 허공을 가르고 신이 난 소녀들은 물을 튀기며 물속에 들어간다.

나는 여덟 살.

내 언니 내 사랑 언니 내 동경의 대상 언니의 방 예술의 세계 음악의 세계 시와 말린 꽃과 수채화 이불과 긴 적갈색 머리의 세계.

나는 열 살.

살리샨 리조트에서 보내는 휴가. 평온한 아버지의 머리를 담배 연기가 휘감고, 아버지의 시선은 오리건의 바다를 내다본다. 어머니는 콧노래를 부르고. 언니와 나는 리조트 수영장에서 수영하며 웃는다, 마치 다른 사람들의 아이들처럼.

나는 열한 살.

나는 친구 브로디와 클라리넷을 연주하고 우리는 4분의 3박자에 맞춰 발을 구르고 우리의 입이 악기를 동그랗게 감싸고 우리의 손가락이 연습의 힘겨움 사이로 끼어들고 음악의 춤 우리의 무릎 우리의 삶이 거의 맞닿는다.

나는 열세 살.

나의 친구 크리스티 나의 가장 친한 친구 나의 세계 기적이 일어나 크리스티의 가족이 나를 거대한 위니베이고 캠핑카에 태워 캠핑에 데려가기로 하고 밤이 되자 캠핑카의 작은 다락방에서 우리는 침낭을 깔고 잠자리에 들고 나는 잠든 크리스티를 바라보고 피부가 뜨겁고 간질거리고 나는 오줌이 마렵고 나는 잔뜩 긴장한 작은 원숭이처럼 다리 사이에 손을 넣고 잠들고 옷에 오줌을 싸고 잠옷을 캠핑카 찬장에 숨겨놓고 크리스티의 어머니 아버지가 온종일 "어디서 생선 냄새가 나는 거지?" 하며 의아해하는 것을 듣고 크리스티는 미소 짓고 우리는 뜀박질하고 풀 속에 있는 개구리와 놀고 우리 삶의 물속에 무릎까지 빠진다.

나는 열다섯 살.

수영 연습이 끝난 뒤 여자 탈의실에는 살결과 촉촉함. 어린 소녀들은 V 모양의 토르소에 젊음을 담아두고. 여자가 다 된 소녀들은 다리를 면도한다. 열기와 증기와 늘어뜨린 머리카락으로 가득한 방에서 안전한 여자들과 소녀들의 몸. 내 머리는 헤엄치고, 헤엄친다. 나는 여기에 남고 싶다. 가족이 아닌 다른 것에 속하고 싶다.

은유로서의 질병

한 소녀에게 키스했고 나를 울렸다.

애니 반 리완에게 키스하고 단핵구증에 걸렸을 때 나는 열한 살이었다. 피부가 노란빛 섞인 창백한 색깔로 바뀌었고 손에는 파란 혈관이 비쳐 마치 아버지의 건축용 펠트펜으로 칠해놓은 것 같았다. 처음 열흘 동안 몸무게가 4.5킬로그램 줄었다. 시야가 흐릿해졌다. 수영선수의 힘은 사라지고 없었다. 그 힘이 다 어디로 갔는지 의아했던 기억이 난다. 왜 팔을 들 수가 없는 거지? 다리에 무슨 일이 일어난 거야? 침대 밖으로 나오려고 해도, 똑바로 일어서려고 해도 바로 쓰러지고 말았다. 혼자서는 먹지도, 걷지도, 화장실에 가지도, 옷을 입지도, 벗지도 못했다. 목욕도 할 수 없었다. 물에 들어갈 수도 없었다.

당시 어머니는 공인중개사로서 승승장구하고 있었다. 아버지는 프리랜서 건축가의 모험을 시작한 참이었다. 아버지의 작업실은 내 방 옆, 한때 언니의 방이었던 곳. 언니가 떠나기 전에. 다시 말하면, 나는 아버지와 집에 있었다. 4주 동안.

4주라는 기간이 어떻게 몇 년으로 늘어날 수 있는지 설명할 방법을 찾고 있다. 불가능한 일이다, 나도 안다. 하지만 정말 그랬다. 나는 언어를 사용해 하루하루가 연장되었다고, 태양과 달이 나를 저버린 것 같았다고 말할 수 있다. 글을 쓸 때는 모든 것을 터놓고 말하게 된다. 흰 페이지가 펼쳐 보이는 유연하고 광활한 세계다.

나는 앓아누웠고, 아버지는 나의 땀에 젖은 옷을 벗겨냈다. 그리고 속옷과 예쁜 잠옷을 다시 입혀줬다. 내 머리를 쓰다듬어줬다. 내 살에 입 맞췄다. 나를 욕조로 안고 가서 그 안에 내려놓고 씻겨줬다. 내 몸 구석구석을. 아버지는 나를 팔로 안아 물기를 닦고 다시 옷을 입혀 침대로 안고 갔다. 아버지의 피부에서 담배와 올드 스파이스 향수 냄새가 났다. 손가락이 노랬다. 오랜 세월 동안 펜이나 연필을 잡고 있던 탓에 가운뎃손가락에 산 같은 굳은살이 박여 있었다. 차갑고 파란 눈동자. 나와 쌍둥이처럼 닮은 눈. '아가'라는 말.

늦은 밤이 되면, 사람들에게 아름다운 집을 팔던 어머니가 집에 돌아왔다. 어머니는 내 방에 들어와서 「달이 보여요」를 불러줬다. 내게 뽀뽀했고 이렇게 말했다. "울지 마, 벨. 다 괜찮아질 거야. 기다려보렴." 그러고는 다음 날 아침이 밝으면 일찍 집을 떠났다.

그 몇 주 동안 내가 경험했던 착란 상태는 살면서 딱 한 번 더 겪어봤다. 왜냐하면 영혼이 몸을 떠나야 할 때가, 그렇지만 죽음이 온 것은 아닐 때가 있기 때문이다. 어떤 사람들은 찬송가를 알듯이 이 사실을 안다. 나는 몸, 그 여자가 아직 살아 있다는 것을 알았지만, 생명 없는 여자를 아버지의 팔에 두고 떠났다.

나는 백색 세계로 들어갔다. 백색 세계에는 해바라기가 있었다. 그리고 청금석 같은 색깔의 유리가 있었다. 깊고 푸른 수영장이 있었다. 여기저기에 아름다운 돌이 있었다. 하지만 돌은 숨어 있어서 열심히 찾아내야 했다. 짤막하고 정교한 여정들로 하루가 지나갔다. 기분 좋은 꿈을 꾸는 것처럼. 백색 세계에는 이야기도 있었다. 백색 세계의 벽이나 바닥이나 하늘에 이야기가 쓰여 있었다. 단어들. 단어들을 볼 수 있었다. 손을 뻗어 만질 수도 있었다. 돌처럼. 돌이나 단어를 집어 올려 가져갈 수 있었다. 가끔은 단어의 돌들이 노래했다. 시간이 지나자 나는 내 삶보다 그 돌들을 믿게 되었다. 나는 내가 죽을 수도 있다고, 죽는 것은 아름다울 수도 있다고 생각했다.

그렇지만 힘을 잃어버린 소녀들도 결국에는 제자리로 돌아오게 된다. 그래서 나는 다시 먹기 시작했다. 아버지의 손이 건네준 포크와 숟가락을 들고. 침대에서 나와 걷기 시작했을 때, 내겐 궁금한 것이 생겼다. 소녀 시절에 몸에 붕대를 감고 몇 달을 보낸 어머니가 마침내 바닥에 발을 딛고 의지라 불리는 것을 들이마시며 다리를 움직였을 때도 그런 기분이었을까? 그리고 다행히도. 나는 다시 물속에 들어갔다. 수영했다. 아버지의 집에서 멀리 떨어진 곳에서 수영하며 매일 조금씩 회복했다. 나 자신을. 그리고 힘을… 소녀의 힘을.

아버지의 모든 것은 그의 손안에 있었다.

타오르다

열세 살 때, 하느님 아버지의 집에 있는 까만 천주교 상자 안에서 나의 아버지에 대한 비밀을 다른 아버지에게 말했고, 그는 내게 거짓말하면 안 된다고 했다.

아버지를 공경할 것.

일곱 성모송을 암송할 것.

거짓말은 사악한 짓.

사흘 밤낮 동안 하느님이라 불리는 존재에게 열심히 기도하느라 입속에 고인 침에 목이 막힐 뻔했다. 손이 빨개질 정도로 세게 주먹을 쥐었다. 손톱이 손바닥을 깊이 파고들어 그 자리에 작은 선홍색 초승달이 생겼다. 꼭 감은 눈 때문에 이마에서 피가 날 것 같았다. 머리, 심장, 내 안의 모든 것들이 타오르고 있었다.

몇 번이나 수영장의 찬물에 들어가도, 물을 떠나는 내 안에는 불이 있었다.

자비는 하늘에 계신 아버지에게서 오지 않았다. 책 속에서 왔다. 그해에 나는 비타 색빌웨스트가 쓴 『성녀 잔 다르크』를 읽었다. 언니는 아버지의 집을 떠나며 내게 그 책을 남겼다.

열세 살인 내게 그 책의 내용은 대부분 무서웠다. 그리고 이해할 수 없는 단어와 페이지가 많아서 그냥 넘겨가며 읽어야 했다. 그렇지만 언니가 설명해준 적이 있기 때문에 잔 다르크가 누군지는 알았다. 자기 안에 전쟁을 품었던 소녀이자 여성. 그의 머릿속에는 아버지의 목소리가 있었다. 나는 계속 책을 읽다 보면 결국 잔 다르크가 불타는 장면에 다다르게 되리라는 것을 알았다. 그 장면은 읽고 싶지 않았고 읽을 수 없었다.

잔 다르크가 불에 타는 장면은 341페이지에 있었다. 사람들은 잔 다르크의 머리에 가시 면류관 대신 기다란 종이 모자를 씌웠다. 그는 불이 머리까지 닿은 후에야 죽었다. 사람들은 제각각 다른 광경을 봤다. 한 사람은 잔 다르크의 머리 위로 비둘기가 솟는 모습을 봤다. 기름과 유황과 연료를 부었음에도 그의 내장과 심장은 재가 되지 않았다. 처형 집행인은 그것을 센강에 던져야 했다.

눈앞에 잔 다르크가 보일 것만 같았다. 그의 화형 장면이. 그 냄새도 생생했다. 그의 머리카락이 불길에 사로잡히는 광경도. 얼굴뼈가 드러나고, 턱과 이가 보이고, 끔찍한 미소 혹은 비명이 이어지고, 불타올라 쓰레기로 남은 잔 다르크.

나는 열세 살에 그 책을 읽었다. 아버지를 공경할 것. 거짓말은 사악한 짓.

그때부터 나는 평생 불타는 소녀다.

불 속에서 타오르는 잔 다르크의 이미지는 새로운 종교처럼 내 안에서 타올랐다. 하늘을 바라보는 잔 다르크의 얼굴. 성전으로 단단해진 신념. 그리고 머릿속에는 항상 아버지의 목소리가 있었다. 나처럼. 예수처럼. 불타오르는 전사의 이미지에 비하면, 나무에 못 박힌 깡마른 남자의 모습은 얼마나 초라한가? 나는 타오르는 여자의 이미지를 마음속에 새기고 믿음은 아버지의 집에 버려두었다. 영원히.

불은 싫지 않았다. 잔 다르크를 믿지 않은 사람들이 싫었다. 그를 타게 내버려둔 하느님이 싫었다. 그리고 남자들이 싫었는데… 그냥 싫었다. 남자들 주변에 오래 머무를수록 갑자기 타버릴 것 같은 느낌이 강해졌다. 그렇게 내가 그들을 화염 속으로, 아슬아슬할 정도로 가까이 끌고 가게 될 것 같았다.

털이 부숭부숭한 소녀들

여자 수영선수들은 털이 부숭부숭하다.

당신이 이런 것에 대해 얼마나 알고 있는지 모르겠지만, 프로 수영선수들은 큰 경기, 그러니까 지역이나 주 단위로 열리는 경기나 전국적인 대회가 아니라면 다리털을 면도하지 않는다. 그래서 몸에 털이 몇 가닥밖에 없는 어린아이였던 나는 수영장 구석에 숨어 낸시 호그스헤드의 우뚝 선 몸을 올려다봤다. 다른 선수들의 다리털을 보고 경악했다. 허벅지 위로, 수영복 밖으로도 털이 삐져나와 제멋대로 구불거렸다. 세상에. 그렇게 무서운 것이 없었다.

그래, 다 거짓말이다. 무섭지 않았다. 매혹적이었다. 나는 보는 것을 멈출 수 없었다. 바보처럼 입을 헤벌리고 바라봤다.

조 하시바거가 탈의실에서 샤워하고 있는 모습을 보고 있으면 내 눈에 비친 조의 다리는 쓰다듬고 싶은 무언가였다. 그의 그것은 털이 보송한 특별한 자리였다. 어렸을 때 나는 다른 여자들의 가슴이나 다리 사이는 물론 얼굴도 제대로 바라볼 수 없는 겁 많은 여자아이였다.

그것도 거짓말이다. 사실 나는 주정뱅이가 보드카 병에 눈독 들이듯 여자들의 가슴과 다리 사이를 뚫어지게 쳐다봤다.

털이 부숭부숭한 여자들, 그들은… 그들은 신화 속의 생명체 같았다. 그들이 실제로 어떤 삶을 살고 있는지는 몰랐지만—그들은 학생이거나 무언가의 여자친구이거나 드라이기를 사용하거나 핸드백을 든 채 쇼핑몰에서 쇼핑하고 운전하는 사람들이었다—수영장과 탈의실에서 그들은 신화적이었다. 아이의 눈에는 너무나도 멋진 여자들이었기 때문에 지금까지도 이름이 많이 기억나는 것 같다. 조 하시버거와 에비 코젠크라니우스와 캐런 모와 셜리 바바쇼프.

린 콜렐라 벨.

탈의실을 돌아다니는 나, 하늘에 시선을 고정한 채 꿈꾸듯 아장거리며 엄마 차로 향하는 나의 머릿속에는 린콜렐라벨린콜렐라벨린콜렐라벨, 하는 노랫소리가 반복되었다. 린 콜렐라 벨에겐 그때까지 한 번도 본 적 없는 넓은 어깨와 작은 엉덩이가 있었다. 보고 있으면 숨이 가빠졌다.

열두 살이 될 무렵 내가 누구든 붙잡고 깨물고 싶은 마음을 겨우 참고 있었다면, 놀라운가? 수영장에는 살결과 물이 가득했다. 나는 뜨거운 물로 끝도 없는 샤워를 하며 바라보고 또 바라보고 분명 침도 흘렸을 것이다… 몽롱한 증기 속에서 정신을 잃고 쓰러져 머리통을 깨먹지 않은 것이 놀라운 일이다.

오랫동안 나는 내게 뭔가 문제가 있다고 생각했다. 그들에게 달려들어 작은 원숭이처럼 몸을 들썩이고 싶었기 때문이다. 집에서, 침대에서, 혼자 있을 때면, 나는 배를 깔고 누워 미칠 듯이 접영하듯 발을 굴렀다. 아니면 베개를 무릎 사이에 꽉 끼우고 앉아 거칠게 몸을 흔들었다. 결국에는 그 불만이—내 안에 있는 것이 무엇이든 만족시킬 수 없었다—너무 커져서 브러시나 빗이나 고무줄 같은 도구를 사용해야 했다. 찰싹.

뭐라고? 직접 해보기는 했나? 아니라면 닥치길.

글쎄, 지금 와서 돌이켜 보니 그 안에 무언가를 넣어야겠다는 생각은 전혀 떠오르지 않았다. 나는 운동선수다운 몸매 때문에 월경이 한참 늦었고, 아무도, 어머니도 언니도 친구들도 수영 코치도 남자와 여자의 섹스에 관해 설명해주는 수고를 들이지 않았다. 물론 나중에는 알게 되었다. TV나 영화 등을 봤고, 야한 걸 좋아하는 친구 켈리 게이츠가 설명해줘서 목구멍으로 구토가 밀려 나온 적도 있었다. 하지만 오랜 시간 동안 여자 옆에 앉아 있으면 내 맨몸을 비비고 싶어 죽을 것 같았다. 이건 요즘에도 마찬가지다.

그러니까 내 말은, 내 어린 시절의 경험이 당신들이 상상하는 걸 크러시 같은 게 아니라는 말이다. 수영선수들은 전부 레즈비언이라는 그런 클리셰 같은 말을 하려는 것도 아니다. 많은 여자 수영선수들이 어린 여자 엉덩이 때리길 좋아한다는 사실을 나중에 알게 되었지만, 내 경우는 그보다 훨씬 더 심각했다. 고통스러웠다. 남자들은 욕구 불만일 때 불알이 시퍼렇다고 한다는데, 그게 무슨 뜻이든 나도 같은 상태였다. 매일 연습 시간과 샤워 시간 동안 많은 소녀의 몸이 내 얼굴 앞을 스쳤다. 비누가 묻은 몸과 가슴, 거리낌 없이 씻기는 그곳, 거품이 미끄러지는 엉덩이와 다리. 아이도 욕망 때문에 심장마비를 겪을 수 있다면, 나는 이미 죽었을 것이다.

아니, 나는 파마자 파티를 하고 싶지 않았다. 쇼핑몰에 가고 싶지 않았다.

나는 브러시와 고무줄을 쓰고 싶었고 누군가를… 흐느끼게 하고 싶었다.

또래의 여자아이들을 고려해보기도 했다. 에비 코젠크라니우스에겐 내 나이대의 동생이 있었다. 티나 코젠크라니우스. 난… 세상에. 저 이름 좀 한번 봐. 지금도 나는 저 이름을 보면 야한 생각을 멈출 수가 없다. 에비 코젠크라니우스에겐 동생이 있었다. 내 말은, 대체 왜 나는 호르몬이 날뛰는 열여섯 살짜리 금발 소년, 다들 그 위에 앉고 싶어 하는 깃대가 달린 소년일 수 없었을까?

어쨌든 나는 그런 소년이 아니었다. 나는 나였다. 속옷 속에 폭탄을 숨겨놓은, 그 폭탄을 어찌해야 할지 모르는, 고통스러울 정도로 부끄러움이 많은 여자아이. 누군가를 정말 정말… 먹고 싶은 아이.

물론 이웃에 사는 또래 여자아이들에게 시도해보기도 했다.

나는 그 아이들을 집으로 초대해서 병원놀이를 하자고 하고 내가 의사 역할을 맡았다. 그 아이들은 그냥 거기 누워서 내가 뭘 하든 내버려두었고, 가끔은 깔깔거렸고, 그러다가 다리를 닫아버렸다. 내가 얻어낼 수 있는 최선은 함께 이불을 뒤집어쓰고 증폭되는 향기를 맡는 것이었다. 밀짚과 사과 같은 향. 그러면 그 아이들은 옷을 입고 여자아이들이 하는 멍청한 짓을 하고 싶어 했다. 스케이트를 타거나 전화하거나 쇼핑몰에 가는 그런 멍청한 짓.

내게 필요한 것은 나보다 나이 많은 소녀였다. 나보다 큰 소녀였다.

시에나 토레스는 문제아 소녀였는데, 문제 많은 집안 출신이었고 어딜 가나 문제를 일으켰다. 학교에서 규칙을 어기고, 집에서 규칙을 어기고, 앨버트슨스와 노드스트롬과 세븐일레븐에서도 규칙을 어기고, 수영 연습에 와서도 규칙을 어겼다. 지각하고, 연습을 덜 하고, 반항적인 태도 때문에 '후려치기'라고 알려진, 킥보드로 때리는 변태 같은 체벌을 당했다.

나는 시에나가 두려웠다. 시에나야말로 내 삶에 필요한 존재였다.

시에나 토레스는 항상 연습에 늦었는데, 그보다 훨씬 중요한 사실은 항상 가장 늦게 옷을 입는다는 것이었다. 내가 늑장 부리며 옷을 입고 머리를 빗고 하얗고 부글부글한 머리카락 같지도 않은 머리카락을 (20초 만에) 말려도, 언제나 시에나보다는 몇 광년이나 빨리 끝냈다. 그러니까, 엄마 차 룸미러를 통해 시에나 토레스가 느긋한 걸음걸이로 수영장에서 나와 남자아이들이 어슬렁거리는 곳으로 가는 모습을 지켜보는 것이 전부였다는 뜻이다. 거울에 비친 시에나 토레스는 조금씩 조금씩 작아지다가 결국 사라졌고, 나는 직접 운전할 수도 없는 차 뒷좌석에 앉은 멍청한 아이로 남았다. 손이 다리 사이로 파고들었다. 얼굴이 빨개졌다.

열일곱 살이던 시에나 토레스는 날숨에서 보드카 냄새를 풍기며 수영 연습에 왔다. 어머니가 에스티 로더를 바르지 않았을 때 풍기던 향기가 시에나의 얼굴과 살결에서 느껴졌기 때문에 그 정체가 보드카라는 것을 알 수 있었다. 게다가 시에나의 수영 가방에서 가끔 술병을 본 적도 있었다. 가방에는 검은색 레이스 팬티와 검은색 실크 브래지어와 고데기와 마스카라와 자동차 열쇠와 담배와 다이어트 펩시와 탐폰과 립글로스와 워크맨과 서츠 박하사탕과 아주 커다란… 브러시도 있었다. 그때 나는 열두 살이었다. 열세 살이었다. 열다섯 살이었다. 서른다섯 살이었다. 봤지? 나는 시에나에 관해 글을 쓰는 것만으로도 기억력이 엉망이 된다. 그때 나는 시에나 옆으로 가기만 해도 호흡에 날이 섰다. 입에 침이 고였다. 머리가 어지러웠다.

그러다가 기적이 일어났다. 어느 날 저녁, 나는 수영장에서 나와 탈의실로 가다가 미끄러져 넘어지는 바람에 엉덩방아를 찧고 발목을 접질렀다. 의사를 부를 정도는 아니었으나 다들 난리를 피울 정도로 심각하기는 했다. 정말 야단법석이었다. 잘 생각해보시라. 탈의실 천국의 모든 소녀 수영선수들이 내가 샤워하고 옷을 입을 수 있도록 도와주고 돌봐주려 했을뿐더러, 이제 나 혼자서도 괜찮겠다고 생각한 그들이 나를 두고 떠났을 때는, 탈의실에 나를 포함해 딱 두 사람이 남아 있었다.

그래, 정답이다. 나와 시에나 토레스.

시에나 토레스는 여전히 샤워 중이었고, 나는 신발만 신으면 끝이었다. 그래서 한쪽 운동화 끈으로 저능아처럼 최대한 천천히, 최대한 공들여 커다란 리본을 묶고, 묶고 또 묶고, 시에나 토레스가 샤워하며 다리 사이를 면도하는 모습을 봤다.

시에나는 다리 사이에 비누를 묻혔고, 내가 얼굴을 묻고 싶은 곳을 손으로 둥글게 문질렀다. 한쪽 발은 샤워기 위에 놓여 발가락이 수도꼭지를 감싸고 있었고, 다리 사이에는 손바닥 크기의 복숭앗빛 살결이 있었다. 면도기가 하얀 비누 거품 위로 길을 트고 난 후에는 어둡고 위험한 또 하나의 입속으로 접힌 피부만 남았다.

분명 어느 순간 내 눈은 홱 돌아갔을 것이다.

흥분한 소녀의 내면에서 두려움은 기이한 형태를 취한다. 두려움은 소녀의 소년 같은 엉덩이를 훑고 V 모양의 상체로 올라가 소녀의 어깨와 턱에 자리 잡는다. 그러면 소녀는 제대로 몸을 움직이지 못하고, 얼굴을 씰룩거리지 않고는 말도 하지 못한다. 시에나가 샤워를 마치고 몸을 닦고 옷을 거의 다 입고 머리를 말리고 손가락에 반지를 끼자, 나는 한쪽 운동화 끈을 다 묶고 다른 쪽 끈도 운동화 안으로 넣었다. 그리고 수영 가방에 무언가 아리송한 것이 있는 척하다가 한쪽 다리를 절룩거리며 시에나에게 갔다. 시에나는 검은색 브래지어 위로 후드티를 입고 있었다. 반지 낀 손가락으로 보송한 깃털 같은 머리카락을 빗어내고 있었다. 그러고는 고개를 돌려 나를, 겨우 몇 센티미터 아래에 있는 나를 바라봤다. 구멍이 네 개 뚫린 귀가 나를 바라보며 말했다. 왜?

나는 가슴 아플 정도로 부끄러움이 많은 아이였지만, 내 안에는 수영장만큼 거대한 욕망이 있었다. 그리고 밖에서 어슬렁거리는 망할 놈의 남자아이들만큼은—문득 나는 그들이 죽었으면 좋겠다고 생각했다—똑똑했다. 그래서 시에나에게 말했다, 내 입이 말을 할 수 있다는 사실을 믿지 못하며. "저기, 나 좀 도와줄래?" 한쪽 발을 바닥에서 살짝 들어 올렸다.

시에나는 가방에 자기 물건을 넣느라 나를 바라보지 않았다.

시간이 멈춘 듯 조용했고, 나는 길을 잃어버린 작은 쉼표처럼 서 있었다.

시에나는 술병을 꺼내 한 모금 마시더니 어떤 경고도 없이 내 쪽으로 건네며 말했다. "이걸 마시면 분명 덜 아플걸." 시에나 토레스다운 미소를 짓고 있었다. "술 마실 줄 알아?"

그때 시에나의 다리에 달려들어 작은 원숭이처럼 몸을 비벼대고 싶은 욕망이 얼마나 컸는지 당신은 모를 것이다. 얼마나 시에나의 골반을 핥고 싶었는지 모를 것이다.

하지만 그런 짓은 저지르지 않았다. 때때로 사람은 1분이라는 짧은 시간 동안에도 성장한다.

나는 꽤 침착하게 술병에 입을 댄 뒤 독사 같은 보드카를 크게 한 모금 마셨는데, 내 유전자는 내게 그럴 만한 담력이 있다는 것을 알았을 터였다. 그리고 술을 마시는 나를 바라보는 시에나의 시선을 피하지 않았는데, 그것이, 그러니까 나를 바라보는 시에나의 시선이 좋았다. 반면 표정 관리를 완벽하게 해내긴 했어도 보드카의 맛은 정말 별로였다. 에스티 로더를 마시면 그런 맛이 날 것 같았다.

시에나가 말했다. "나쁜 짓 하니까 좋지." 그러고는 웃었다. 나는 기침하거나 토하지 않으려고 볼 안쪽을 씹었다. 나쁜 짓을 하려고, 좋으려고.

시에나 토레스가 내 허리에 팔을 둘렀다. 나는 내 팔을 시에나의 어깨와 목에 둘렀다. 시에나의 살냄새가 났다. 시에나를 깨무는 일은 없었다. 원숭이처럼 위에 올라타지도 않았다. 시에나는 나를 부축하며 여느 때처럼 자기를 기다리는 남자아이들을 지나 어머니가 차를 세워놓은 곳까지 데려다줬고, 부끄러워 죽고 싶은 일은 일어나지 않았으니 내겐 기적이었다.

엄마 차 뒷좌석에 앉은 나는 너무나 행복한 나머지 바지에 물똥이라도 지릴 것 같은 기분이었다. 거울로 시에나를 바라봤는데, 이번에는 시에나도 나를 바라봤다. 나는 나를 만지던 시에나의 감각에 취해 있었다. 아직도 시에나의 냄새를 맡을 수 있었다. 수영장의 소독약과 보드카와 니베아와 셰 셰 셰 셰이빙 크림과 수아브 컨디셔너 냄새. 그날 밤새도록, 한 주 내내, 한 해 내내 머릿속에는 시에나 외에 아무것도, 아무것도 아무것도 아무것도 없었다. 그런데 그날 저녁 집에 가는 길에 나는 운동복 주머니에서 무언가를 발견했다. 나는 운전하는 어머니의 머리 뒤에서 몰래 주머니 속으로 손을 넣었다.

시에나의 술병이었다.

네메시스

분노란 우스운 것이다.

분노는 평생 사람의 마음속에서 똬리를 틀고 있다가 완벽한 아이러니의 순간을 포착하면 밖으로 튀어 나간다. 내가 왜 문학박사 학위를 땄는지 알고 싶은가? 오리건대학 대학원의 소설 창작 워크숍에서 이창래*가 내 글을 두고 "진부하다"고 했기 때문이다. 나는 문학을 전공하는 대학원생인 척하고 창작 워크숍에 잠입했다. 키지를 만나고 난 후로 글을 쓰고 싶은 마음을 버릴 수가 없었기 때문에. 이창래가 내 글과 내 글의 정서가 진부하다고 했을 때 무슨 생각을 했는지 알려줄까? 이런 생각을 했다. 너, 깜깜한 술집 뒷골목에서 한번 보자. 우쭐대는 면상을 제대로 갈겨줄 테니까. 이 재수 없는 새끼야.

이런 생각을 했던 것이 자랑스럽다는 말은 아니다. 내 말은,

* 『영원한 이방인』, 『제스처 라이프』 등 이민자의 삶에 관한 작품으로 유명한 한국계 미국인 작가. 오리건대학에서 석사 학위를 받고 교수로도 재직한 바 있다.

생각한 것을 전부 종이에 쏟았다가는 결국… 잡혀가게 될 거라는 말이다.

온종일 나는 자신의 지적 수준을 인정하지 못하고 다른 사람을 탓하는 여자의 분노를 내뿜으며 씩씩거렸다. 내겐 노랫소리 같은 문장을 써낼 능력이 있었다. 그러나, 인정하긴 싫어도, 키지의 제자였다는 사실은 그럴듯한 보증이 되지 못했다. 키지의 자유분방하고 환상적인 '수업'에 참여하지 못한 대학 사람들은 대부분 그 수업에 참여한 우리를 싫어했고, 깎아내리려 했다. 망할 놈들. 게다가 우리의 '소설'은 쓰레기였으니 내겐 내 문학성을 증명할 증거가 없었다. 이창래의 잘난 입에서 똥 같은 악평을 끌어내고야 만 나의 글은, 포크너의 『소리와 분노』에 나오는 캐디의 관점에서 쓴 소설이었다. 키지에게 마지막으로 했던 말 중에는 그 소설을 쓰고 싶다는 이야기도 있었다. 『소리와 분노』를 읽어본 적 있는 젊은 여성이라면 누구나 그러고 싶을 것이다. 그래서 나는 그 글을 썼고, 문예창작과 워크숍에 가져갔다. 그리고 이창래는 그 소설을 "진부하다"고 평했다.

문학을 전공하는 새끼 오리 대학원생으로서 앞길을 개척해 나가던 시절, 나는 도라의 관점을 취한 소설을 썼다. 잔 다르크. 보바리 부인. 헤스터 프린. 트로이의 헬레네. 사드 후작의 연인. 메두사. 이브. 자유의 여신상 관점에서도 썼다. 공통점이 보이는가?

내 소설의 배경은 현대다. 캐디의 이웃집에는 저능아 청년이 있다. 캐디는 욕구 불만이기 때문에, 그 이웃 청년의 새하얀 피부와 몸에 비해 지나치게 커다란 머리, 바지 앞으로 불룩한 그것, 언어 대신 괴성을 내뱉는 입, 짐승 같은 완력이 무서웠기 때문에, 어느 날 청년의 집으로 가서는 그 앞에서 옷을 벗는다.

그는 벤지처럼 괴성을 지른다.

그러고는 캐디에게 달려들어 섹스한 뒤 캐디를 때린다.

캐디는 만족한다. 깔깔 웃다가 눈물을 흘리고 곧 구급차가 도착한다.

진부하다고?

그날, 술집 뒷골목을 상상하고 씩씩거리고 이창래의 모든 것을 저주하고 난 후, 박사 학위를 따겠다고 결심했다.

'작가' 놈들은 다 엿이나 먹으라지. 야호.

나는 창작 워크숍을 그만두었다. 그렇지만 이 말은 해야겠는데, 그후로도 *지박령처럼* 문예창작과 건물에 출몰했다. 왜 그랬는지는 모르겠다. 정신 차려보면 그곳에서 게시판을 바라보거나 낭독회 일정을 확인하거나 사무실의 범생이들에게서 마구잡이로 전단을 받고 있었다. 말런 브랜도를 똑 닮은 데다 머리를 묶은 키 크고 잘생긴 남자와 두 번 마주쳤지만, 말을 걸지는 않았다. 문예창작과 학생이었다.

우리가 내리는 결정은 종종 옹졸하고 초라한 질투에서 비롯한다. 하지만 그런 결정은 무엇보다 진실한 것이다.

나는 박사 과정을 시작했다. 데리다와 라캉과 크리스테바와

푸코의 영광에 흠뻑 빠져들었다. 호미 바바와 에드워드 사이드와 거침없는 가야트리 스피박에게 빠졌다. 디킨슨과 휘트먼과 플라스와 섹스턴과 에이드리언 맛 좀 볼래 리치와 아이와 엘리엇과 파운드베케트스토파드뒤라스포크너울프조이스(조이스의 무덤에는 오줌을 싸주고 싶었지만)싱코르타사르보르헤스마르케스클라리시리스펙토르헨리밀러아나이스관능적인닌데릭월컷베르톨트브레히트핀천실코윈터슨주나반스오스카와일드거트루드더맨스타인플래너리끝내주지오코너리처드라이트볼드윈토니모리슨레이먼드카버존치버맥신홍킹스턴사파이어데니스쿠퍼캐시당신덕에피부가뜯겨나가는것같아애커. 이창래의 말라빠진 엉덩이를 걷어차줄 수많은 작가를 공부했다. 그러니 덤벼보시지.

그렇다. 1996년에 이창래가 펜헤밍웨이문학상을 받기 전까지 나는 수업에서 이창래의 책도 읽었다. 얼마나 즐거웠는지 설명하기도 힘들다. 그렇지만 마음에 걸렸던 것은, 아무리 깊이 문학의 지식 속으로 파고들어도, 그 강 속에서 아무리 잘 헤엄쳐도, 내게 아직 쓰지 못한 이야기가 남아 있다는 사실이었다. 그 이야기가 불꽃처럼 내 손가락 끝을 간질였다.

2학기가 지나고 나는 다시 도전했다. 대학원의 소설 창작 워크숍이었다. 이번에는 문학사에 등장하는 목소리 없는 여성 인물들에 관한 글을 제출하지 않았다. 이번에는 내 삶에 관한 글을 썼다. 아버지들과 수영과 섹스와 죽은 아기들과 익사에 관해. 조각 같은 짧은 글을 써서 두서없이 배열했다. 내가 이해하는 내 삶은 그런 모양이었다. 가장 적확하게 느껴지는 언어로, 이미지와 글 조각과 비선형적이고 시적인 구절로. 내가 제출한 글의 제목은 '물의 연대기'였다.

내 손에서 무언가가 탄생하고 있었다. 욕망과 언어와 연결된 무언가가.

작가 이창래에게. 그런 생각을 해서 미안하다. 그리고 오래 전 나를 화나게 해줘서 감사하다. 내 멋대로 만들어낸, 아름다운 네메시스.

사랑 수류탄 II

대학원에서 처음으로 해나를 만났을 때 나는 마비된 여자였다. 뭐든 할 준비가 되어 있었다. 언제든. 어디서든.

나는 내 몸을 마치 섹스를 위한 무기처럼 사용했다. 상대만 해주면 누구에게든, 무엇에든 나를 사용했다. 실은 내 존재 자체를 성애화했다고 말할 수도 있을 것이다. 그 효과는 술이나 마약과 비슷했다. 충분히만 한다면, 무언가를 생각하거나 느낄 필요도 없이 그저 으으으음 괜찮았다.

해나는 아름다운 소년처럼 생긴 레즈비언이었다. 녹갈색 눈동자, 뒤쪽은 짧고 앞쪽은 커튼처럼 한쪽 눈 위를 덮는 멋진 헤어스타일, 넓은 어깨, 작은 엉덩이. 없는 듯한 가슴은 엠앤엠 초콜릿 같았다. 해나는 유진에 사는 레즈비언이자 영문학과 대학원생이 아닐 때는 농구와 소프트볼과 축구를 했다. 수업이 없을 때는 내 파란색 도요타 픽업트럭 옆에서 기다리고 있다가 나를 납치해 해변으로 데려가곤 했다. 그러면 우리는 밤새 트럭 뒤편에서 섹스하고 하이네켄을 마시고 태양이 뜨기를 기다렸다. 그후에 우리는 다시 차를 끌고 학교로 왔다. 나 혼자 올 때도 있었다. 해나는 대학원이 구리다고 생각했다. 섹스나 클럽에서 춤추는 것을 더 좋아했다.

그래서 나와 나의 절친 클레어가 18세기 여성 작가 세미나를 마치고 복도로 나가자마자 해나가 우리 손목을 움켜잡고 벽 쪽으로 끌고 갔을 때, 나는 뭔가 은밀한 계획이 있음을 눈치챘다. 해나는 해나만의 비밀스러운 웃음을 지었고 속삭였다. "해변에 갈래? 방 잡아놨어."

멍한 표정으로 깜빡이는 클레어의 눈은 마치 인형 같았고, 나는 학구적인 기침을 했던 것 같다. 그렇지만 이건 인정한다. 그 말을 듣는 즉시 속옷이 축축해졌다.

당신은 아마도 아니라고 하겠지만 나는 장담할 수 있는데, 해나가 음흉하고 얇은 눈썹을 추켜올린 채 손으로 가슴 바로 밑, 갈비뼈가 시작되는 곳을 감싸며 같이 해변에 가자, 어디 한 번 싫다고 해봐, 하면 분명 당신은 따라나서게 될 것이다.

여자들이 시뷰 호텔에 가는 이유는 테마 방 때문이다. '비밀의 정원 스위트룸'에는 전용 정원이 있었다. '까마귀 둥지'는 바다 위의 배처럼 꾸며져 있었다. '살리시'는 원주민 스타일이었다. '공주님과 완두콩'은 이상하게도 중세풍이었다. '산기슭'은 전원풍이었다. '멀고 먼 서부'는 카우걸 스타일이었다. '오두막'은 독채였다.

우리는 오두막으로 들어갔다.

작은 오두막에는 멋진 벽난로가 있어서, 나는 나 빼고 아무 것도 하지 말라고 한 뒤 장작을 구하러 갔다. 돌아와 보니 문이 열려 있었다. 안으로 들어갔다. 두 사람은 침대에 들어가 가슴 밑까지만 이불을 덮고 있었다. 해나의 엠앤엠 같은 가슴과 클레어의 둥그렇고 풍만한 가슴이 체셔 고양이처럼 웃고 있었다. 다리 사이를 핥아본 체셔 고양이처럼. 침대 한가운데에는 해나가 가져온 작은 가방이 있었다. 안에는 장난감이 가득했다.

나는 바로 장작을 바닥에 내려놓고 문을 닫은 후, 옷을 벗고 슈퍼우먼처럼 침대로 뛰어들었다.

공주님과 완두콩 혹은 살리시 혹은 멀고 먼 서부에 머물던 사람들이 누구였는지 모르겠지만, 분명 소음으로 고생깨나 했을 것이다. 몇 시간 동안, 평소에는 그런 자유로운 일탈이 불가능한 여자 위에 여자 위에 여자가 있었으니까. 해나의 손이 통째로 내 안에 들어가기도 했고 클레어와 내 입이 겹쳐지기도 했고 내 입이 클레어의 가슴을 빨기도 했다. 때로 해나가 바닥에 배를 대고 있으면 나는 스트랩온 딜도를 차고 뒤에서 박았고 클레어는 나를 뒤에서 안고 다리 사이로 손을 뻗었다. 클레어가 직감적으로 생각해낸 기술이었다. 때로 클레어가 기는 자세를 하면 나와 해나가 모든 구멍을 채우고 모든 입을 핥고 클리토리스를 문지르고 클레어는 소리를 질렀고 온몸을 떨었고 머리를 앞뒤로 흔들었고 여자의 울부짖는 소리를 내뱉었고 원초적인 체액과 얼룩과 침과 눈물이 남았다. 해나가 새로운 신화에 나오는 여신처럼 내 다리 사이에 얼굴을 묻었고, 나는 해나의 입속에서 오르가슴을 느꼈다. 클레어는 해나의 손가락이 박힌 채로 절정을 느꼈고, 몸을 떨다가 침대에서 떨어졌고, 나는 클레어를 끌어안고 웃다가 벽에 머리를 박았다. 해나는 내가 해나의 클리토리스에 얼굴을 묻은 사이 딜도가 박힌 채로 오르가슴을 느꼈다. 해나는 내 머리카락을 잡아당겼다. 내 머리를 밀쳤다. 클레어는 내 밑에서 몸을 웅크리고 핥아대며 컥컥거렸지만 절대 절대 절대 멈추지 않았다. 오르가슴을 몇 번이나 느꼈는지 모르겠다. 영원히 끝나지 않을 것 같았다.

우리는 서로를 먹었고 절인 청어를 먹었고 그뤼에르 치즈를 먹었다. 서로의 몸에서 짐승을 먹어냈고 스테이크를 먹었고 초콜릿을 먹었고 두 여자는 내게 초콜릿이었다. 우리는 서로를 마셨고 맥주를 모조리 마셨고 포도주를 모조리 마셨고 밖에서 오줌을 쌌다. 우리는 살과 체액과 땀에 취했고 대마초에 취했다. 우리는 파도처럼 오르가슴을 느꼈고 달려 나가 파도로 뛰어들었다.

영원히 그렇게 살고 싶었다. 내가 맺었던 모든 '관계'를 벗어나, 명명되지 않은 성적 욕망의 촉촉함 속에서 살고 싶었다. 달이라는 거대한 관중 앞에서. 문박의 바다처럼 생명을 가득 품은 채. 그날 밤 내내 누구의 몸이 누구의 것인지 구별하기 힘들었다. 여자라는 바다가 나를 집어삼켰다. 그리고 내 마음을 도려낼 뻔했다. 다시. 또다시. 파도.

왜 여자들은 자기 마음대로 이야기를 지어낼 수 없는 것인지 모르겠다.

정말 모르겠다.

우리는 일상으로 돌아갔고, 클레어는 내게 사랑한다고 했다. 아무리 노력해도 내 안에서는 찾아낼 수 없는, 갚을 수 없는 감정이었다. 다시 그때로 돌아가 노력할 수 있다면 얼마나 좋을까. 클레어가 내게 준 것, 그것은 진실한 감정이었다. 그렇지만 그때 나는 타인의 친절을 알아볼 수조차 없었다.

카약 안의 몸

해나를 만나고 몇 주 동안 나는 해나가 나를 좋아하는 것인지, 그저 화난 것인지 알 수 없었다. 해나의 농담은 항상 심술궂은 구석이 있었고, 나는 그런 농담을 듣고 나면 굼벵이처럼 답답한 여자가 된 듯한 기분이었다. 가끔 해나가 내 팔이나 허벅지를 때려서 때린 자리가 저리거나 혹이 생기기도 했다. 하지만 그런 것을 이상하다고 생각하진 않았다. 다른 것과 달리 아픔은 느낄 수 있었다.

한번은 해나가 내 뺨을 세게 물었다. 다음 날 교실에 앉아 있는 나는 침팬지에게 물어뜯긴 듯한 모습이었다. 해나가 뺨을 물었을 때? 어찌나 웃음이 나오던지, 눈물까지 흘렀다.

해나가 재미 삼아 나를 벽에 밀어붙여 어깨뼈가 아렸을 때도, 해나가 나를 다치게 한다고는 생각하지 않았다. 내 안에 아픔이 있어 그 아픔이 밖으로 나와야만 한다고 생각했다. 나는 점점 더 해나의 힘을 원하게 되었다. 해나는 내 보드카를 병째 마셨고, 우리는 밤이면 대학교 옆에 있는 묘지에서 오랫동안 산책하고 죽은 사람들의 비석 위에서 섹스했다. 그후 등을 바닥에 대고 누워 있으면 해나가 1달러짜리 은색 동전을 허공으로 던졌고, 우리는 튀어 오른 동전에 박쥐가 달려드는 모습을 봤다. 나는 죽은 것에 관해 이야기했다. 해나는 내가 이야기하도록 내버려두었다.

우리 사이는 한마디로 정의하기 힘들었다. 그렇게 몇 개월이 흘렀고, 어느 날 해나가 내 귀에 속삭였다. "카약 강좌에 등록했어."

?

오리건대학은 내가 10대일 때 처음으로 참가한 주니어 전국체전이 열렸던 곳이다. 수영장은 달라진 것이 없었다. 벽에 디즈니 오리 캐릭터가 그려진, 미끌미끌하고 소독약 냄새가 나는 지옥. 카약 강좌에는 여자가 세 명 있었는데, 그중 두 명이 해나와 나였다. 다른 여자는 키가 188센티미터에, 사자 갈기처럼 풍성한 빨간 머리를 엉덩이까지 늘어뜨리고 있었다. 나는 머리카락을 만져보고 싶은 마음을 참느라 혼났다. 우리는 유리 섬유로 된 커다란 카약에 앉아 제프라는 선생에게서 카약과 관련된 것들을 배웠다. 조종석에 앉아서. 물에 빠져도 살아남기 위한 에스키모 롤 같은 것을. 엔더에 통달하기를 바라며. 프라이 스트로크. 입수. 배가 뒤집혔을 때 탈출하는 방법. 해나는 톰보이여서 빨리 배웠고, 나는 물에서 하는 것은 뭐든 편안하니 빨리 배웠다.

수영장에서 진행된 마지막 수업 시간에 제프는 다이빙대에 카약을 놓고 그 안에 우리를 한 명씩 앉힌 다음, 머리부터 물속으로 고꾸라지도록 카약 끝을 밀었다. 실제로 배가 뒤집히면 바로 물속에 거꾸러질 테니 그 상태에서 에스키모 롤을 연습해야 한다고 했다. 정말 재미있었다. 물속에서 살아나오는 부분 말고. 다이빙대 끝에서 밀쳐져 물에 거꾸로 처박히는 부분이 재미있었다. 나는 제프에게 다시, 또다시 해보겠다고 했다. 더 세게 해주세요, 내가 말하면 제프는 힘껏 밀었다. 나는 물속에서 숨을 참고 최대한 버텼다. 가끔은 제프나 해나가 내 이름을 소리칠 때까지.

5주짜리 카약 수업이 막바지에 이르자, 제프는 "최종 시험"을 치르자며 학생들을 매켄지강으로 데려갔다. 뒷골목에서 속도를, 급류에서 짜릿함을 즐겨보자고. 시험 당일, 나는 강가에서 해나를 만나기 전 약에 잔뜩 취해야겠다고 결심했다.

강으로 이어지는 숲길을 걸어가는 동안 해나가 짜증을 냈던 이유는 내가 구명조끼를 입고 카약에 노를 고정하고 카약을 들고 걸어가는 데 너무 오랜 시간을 들였기 때문이고 나는 멈춰 서서 주위를 둘러보며 이것저것 구경했고 그 와중에 카약 꼭대기는 덤불에 끼어버렸으며 우와 이것 좀 봐 내 새빨간 컨버스 운동화가 나보다 한 발짝씩 앞서가고 있어 리듬도 타고 있어 미루나무 잎이 너울거리는 광경이 꼭 여름에 눈이 내리는 것 같아 저것 봐 나무에 신기한 모자가 매달려 있는 줄 알았는데 모자가 아니라 *새*였네, 줄곧 멈춰 서서 웃고 있는 나 때문에 해나가 가던 길을 돌아와서 *대체 지금 뭐 하는 거야?*라고 물었다. 내 카약은 바닥에서 뒹굴고 있었다.

눈과 눈이 마주쳤고, 해나가 눈치챘다. 세상에, 리디아, 너 약했지. 씨발, 뭐야? 너 카약 타야 한다고. 나는 허허허허허허, 계속 웃기만 했다.

해나가 나의 뺨을 세게, 따끔하게 후려쳤다.

시간이 멈췄다. 분명 내 동공이 수축했을 것이다. 별이 보였다. 마음에 들었다. 그 찰나 동안 나는 살아 있는 느낌이었다. 해나가 또 나를 때려주길 바랐다. 더 세게. 하지만 아무 말도 하지 않았다.

해나가 홱 뒤돌아 카약을 집어 들고는 나무 사이로 난 오솔길을 벗어났고, 바위가 있는 강가 방향으로 갔다. 같이 카약 강좌를 듣는 학생들의 모습이 보였다. 바위에 앉아 있거나 물속에 몸을 담그고 있었다. 여전히 충격이 가시지 않아 정신을 집중하려 애쓰는데, 바위와 강물이 만나는 지점에서 죽은 무지개송어 한 마리를 봤다. 송어의 몸이 반은 물속에, 반은 물 밖에 있었다. 죽은 물고기였지만 무언가 대단한 기운이 느껴졌다. 은색, 검은색, 파란색으로 빛나는 암컷 물고기의 몸, 하얀 배. 물고기에서 바다 내음이 풍겼다. 암컷이라고 한 이유는 갈라진 배 사이에서 흘러나온 알이 햇빛 때문에 바위 위에 말라붙어 젤리 같았기 때문이다. 시선을 떼기 힘들었다.

"리디아." 해나가 나를 불렀다.

사람들은 우리가 지각했다는 사실도 모르는 듯했다. 다들 잔잔한 연못 위의 오리 떼처럼 물속에 몸을 담그고 노를 저었고, 그들의 반짝이는 밝은색 헬멧은 부활절 달걀 같았다. 키 큰 빨간 머리 여자의 머리카락이 여느 때처럼 잠시 내 눈길을 사로잡았고, 한번 만져보려고 손을 뻗자 해나가 내 팔의 말랑말랑한 살을 꽉 꼬집어서 정신이 번쩍 들었다. 우리도 물속으로 들어갔다. 해나가 먼저 들어갔고, 나는 내 노의 끝부분에 그려진 까만 줄이 너무 흥미로워서 조금 지체했다. 허허허허허허. 나는 바보처럼 새파란 헬멧을 거꾸로 쓰고 있었지만 아무도 알아채지 못했다.

내 쭉 뻗은 다리와 발이 카약 뱃머리에 있다는 것을 자꾸 잊어버렸다. 잔잔한 물살이 길게 왼쪽으로 휘어지다가 천천히 오른쪽으로 꺾였고, 나는 그 물살의 중심에 커다란 바위가, 그 위에는 무지개송어가 있다는 것을 알았다. 수면 위로 드리워진 나뭇잎이 흔들렸다. 강 내음이 풍겼다. 흙과 물고기와 물과 해조 냄새. 나는 카약 스커트 위, 무릎 위에 연습용 노를 올려놓은 다음 손으로 차갑고 어두운 강물을 훑었다. 눈을 감았다. 머리를 뒤로 젖혔다. 태양을 향한 얼굴이 뜨거웠고, 물에 담근 손은 차가웠다. 천상의 행복에 가닿은 기분이었다. 강물에 손을 담근 것도 몇 년 만이었다. 그때, 내 이름을 부르는 시끄러운 소리가 들려서 고개를 내렸더니 해나와 눈이 마주쳤다. "리디아. 집

중해." 그러기엔 너무 늦었어, 해나. 너무 늦었다고.

배가 급류를 만나자 나는 정해준 경로 대신 훨씬 물살이 거센, 우리 수준으로 감당할 수 없는 물길로 갔다. 저 하얗고 예쁜 물 좀 봐. 레이스 같아. 나는 미소 지었다. 수업에서 배운 노 젓기는 단 한 번도 써먹지 않았다. 그대신 공중으로 노를 들어 올리고 웃었다. 제프가 *리디아!* 외쳤고 해나도 *리디아!* 외쳤지만 나는 계속 웃고 있었고, 배가 물살의 소용돌이에 휘말렸다가 뒤로 밀려나다가 아래로 내려가다가 옆으로 움직이다가 결국 전복되어, 반짝이는 파란색 헬멧을 쓴 나의 머리가 아래로, 아래로 가라앉았다. 물에 빠지기 전 크게 숨을 들이쉬는 것은 굳이 기억하려 하지 않았음에도 잊을 수 없었다. 내 DNA에 각인된 것이었다.

물 밑에서 머리부터 처박힌 채로 숨을 참고 있으니 이상하게도 모든 것이 평화로워 보였다. 물속에서는 아무것도 안 보일 거라고 생각할 수도 있지만, 매켄지강의 얼음처럼 차가운 강물은 푸르고 맑아서 앞이 투명했다. 그리고 뿌연 물조차 생각만큼 거추장스럽지는 않다. 눈알이 얼음 조각처럼 시리긴 해도.

내 몸보다 큰 짙은 청록색 바위가 강바닥에 우뚝 서 있었고, 물을 관통해 강 깊은 곳까지 도달한 햇빛을 받으며 반짝였다. 강바닥이 보였다. 돌과 모래, 식물이 움직이며 옆을 스쳐 갔다. 멋지게 헤엄치는 무지개송어들의 어두운 그림자가 꼬리만 움직이며 물살 속에서 빙빙 돌았다. 차가운 물 때문에 관자놀이가 욱신거렸다. 가슴속에서, 귓속에서 쿵쿵 뛰는 심장박동은 분명 숨이 찼을 때 느껴지는 박동이었다. 폐가 뜨거웠다. 손에 감각이 없었다. 눈을 감았다.

무언가가—돌이었던 것 같다—노를 긁고 지나갔다. 아. 맞다. 노가 있었지.

빨리 똑바로 자세를 잡아, 바보야, 같은 생각은 안 했다. 팔을 들어 올려 연습용 노에 그려진 줄을—줄의 모양은 완벽했다—바라봤을 뿐이다. 내가 노를 잡고 있던 자세는 몸을 똑바로 하기에 딱 알맞았고, 팔의 각도도 딱 좋았다. 하지만 나는 그냥 천천히… 노를 놓아버렸다.

나는 거꾸러진 상태로 강물과 태양과 하늘이 만나는 수면에서 은색과 파란색 전기가 지글대는 광경을 봤다. 세차게 흐르는 물살의 힘이 내 팔을 잡아당기고 머리를 흔들었다. 거꾸러진 머릿속에 피가 몰려 두통이 생겼다. 눈을 감았다. 계속 미소를 짓고 있었다. 내 삶 같은 차가운 물. 깊은 물속에 빠진 내 몸. 무게가 없고. 공기도 없고. 딸도 없는 공허.

그때 내게 익사란 불가능한 일이었을지도 모르겠다.

세차게 휘몰아치는 급류에서 빠져나온 후에는 카약 스커트를 느슨하게 풀고 밖으로 나왔다. 카약을 계속 타고 있어야겠다는 생각은 하지도 않았다. 나는 물살을 타고 빙글빙글 돌다가 무릎과 어깨와 또 다른 곳을 바위에 부딪혔고 코에서 미친 듯이 공기 방울이 나오는 모습을 봤다. 결국에는 수면 위로 올라갔다. 내 생애 가장 깊은 들숨을 쉬었다. 콜록거렸다. 콧물 범벅이었다. 광대뼈 위에 무언가 따뜻한 것이 있었다. 피였다. 차가운 물에 마침내 몸이 떨리기 시작했다.

사람들이 전부 강가에 서서 소리를 지르고 손을 흔들고 어딘가를 가리키고 있었다. 그때 잔뜩 화가 난 제프가 노를 저으며 내 옆으로 와서는 내 구명조끼를 움켜잡았다. "꺼내줄게. 너 때문에 다들 놀랐어. 숨넘어갈 뻔했다고!" 목소리에서 억누른 분노가 느껴졌다.

"제프, 놔요. 나 수영할 줄 알아요. 이거 놔요."

사실이었다. 나는 약한 물살을 유유히 가로질렀다. 몸에 남은 힘이 거의 없었지만 헤엄쳐서 상류를 건널 수 있었다.

결국에는 키 큰 빨간 머리가 헤엄쳐서 내 카약을 꺼내 왔다. 실력이 대단했다. 해나는 별말 없었다. 내 옆에 앉아 오렌지를 먹었다. 창백했다. 내게도 오렌지를 몇 조각 줬다. 대단히 진지해 보였고 약에 취했다는 느낌은 저어어어어어어어언혀 없었다. 나는 물속에서 약 기운이 다 사라진 후였다. 제프는 성질을 부렸다. 내가 카약과 노를 잃어버릴 뻔했을 뿐만 아니라 별다른 저항도 하지 않고 급류 속으로 빠져들었으니까. 학생이 물에 빠져 죽을지도 모르는 상황을 견디기가 힘들었을 것이다. 이런 일이 얼마나 자주 일어나는지 궁금했다. 일어나긴 할까. 트럭에 카약 장비를 싣고 있는데 제프가 나를 끌고 갔다. 너 죽으려고 그랬어? 농담 같은 말투였다. 아버지뻘인 남자가 불안한 듯 긴장된 웃음을 웃고 있었다.

나는 죽으려고 그랬을까. 그래서 깊은 물속에서 노를 놓아버린 걸까. 그래서 어렸을 때 자전거 손잡이를 놓아버린 걸까. 그래서 운전대를 놓아버린 걸까. 전부 내가 답을 알고 있는 질문이 아니다.

우리는 집으로 돌아갔고 현관 앞에서 해나가 내 허리에 팔을 둘렀다. 내 볼에 속삭이듯 가벼운 키스를 남겼다. 해나는 여자만의 다정함을 보여주려 애썼지만, 내가 원하는 것은 그런 것이 아니었다. 눈이 따끔거렸다. 가슴이 아팠다. 별이 보고 싶었다.

해나는 내 어깨에 손을 얹고 부드럽게 집 안으로 데려가려 했다. 나는 걸음을 멈추고 고개를 돌려 해나를 바라봤다. "싫어." 나는 말했다. "더 세게." 나는 문 위에 내 손을 올려놓았다. 해나는 내 손에 자기 손을 올렸다. 나무문에 대고 세게 내 손을 짓이겼다. 더 세게. 입술로도 손처럼 세게 눌러, 골반으로도.

나는 해나가 문에 대고 나를 밀어붙이길 바랐다. 무릎부터 바닥에 찧고 엎어져서 팔꿈치는 등 뒤로 묶인 채, 다친 뺨이 목재 바닥에 닿고 엉덩이를 공중에 든 채 멀쩡한 뺨으로 그다음에 일어날 일을 기다리는 것이다. 그러면 해나가 내 귀에 얼굴을 대고 말한다. 너 오늘 죽을 수도 있었어.

사실을 말하자면, 나는 죽은 것들을 생각하는 여자였다. 항상. 어쩔 수가 없었다. 죽은 딸들. 죽은 아버지들. 죽은 무지개송어. 나는 몸과 몸이 충돌하길, 해나가 내 안에 있는 생각을 부숴 없애주길 원했다. 그 결과로 내가 죽는다 해도 상관없었지만, 나는 죽지 않았다.

어쩌면 어부에게 잡힌 무지개송어가 수면에, 이내 땅에 몸을 내던지고 팔딱거리며 생사의 사투를 벌일 때도 이런 기분을 느낄까. 기어이 도망쳐 물로 돌아가는 물고기도 있고, 잡아먹히는 물고기도 있고, 살아남기엔 너무 약해서 그저 물에 떠내려가는 물고기도 있다. 두들겨 맞고 상처 입은 몸들. 아니면 어떤 물고기는 상류로 거슬러 올라가 알을 낳고 죽기도 한다. 이건 자살일까? 아니면 새로운 삶을 만드는 것일까?

해나는 집으로 들어가 녹차를 끓여줬다.

하지만 그때의 내겐 다정함이 닿을 수 없었다.

그 주 내내 나는 밤마다 홀로 강에 가서 수영했다. 불량배와 10대 아이들이 모여 술을 마시고 급류로 뛰어드는 곳이었다. 나의 존재에 신경 쓰는 사람은 없었다. 내가 나이가 많다는 사실에, 내가 혼자라는 사실에 신경 쓰는 사람도 없었다. 밤의 물속에서는 사람이면 느껴야 하는 것들을 느낄 필요가 없었다. 그곳에는 어두운 평화가 있었다. 급류가 끝나는 곳에 모든 것이 정지한 듯한 지점이 있다.

물속에 들어갈 때는, 책에 빠져들 때처럼, 삶을 땅에 버려두어도 된다.

글쓰기

어머니가 수면제를 먹고 자살 시도를 한 후, 우리는 기이하고 꿈같은 시간을 보냈다. 매일 학교가 끝나고 집에 오면 수영 연습에 가기 전까지 어머니와 거실에 앉아 있었다. 어머니는 TV를 보며 술을 마셨다. 좀비 같은 꼴이었다. 그러던 어느 날, 어머니는 마시고 있던 커다란 보드카 토닉 잔을 내려놓았다. 핸드백을 뒤지더니 나를 불렀다. "리디아." 그러고는 신문에 실린 글쓰기 공모전 광고를 보여줬다. 난데없이.

응모작에는 어른과 아이 사이에 형성된 중요한 관계에 관한 묘사가 있어야 한다고 했다.

우리는 몇 시간 동안 무슨 이야기를 쓸 수 있을지 논의했다. 나는 이런저런 아이디어를 늘어놓았고, 어머니는 텀블러를 들고 소파에 앉아 느릿느릿 남부 사투리로 말했다. "그래. 그거 좋은 생각이네." 아니면 "그다음엔 어떻게 되는데? 잘 생각해 봐, 벨."

나는 상을 탔다. 어머니가 어렸을 때 그랬던 것처럼. 어머니의 수상작은 오래된 사진, 아버지가 처음 데이트했을 때 선물한 홍관조 그림과 함께 신발 상자 속에 보관되어 있었다. 신문에 내 사진이 실리게 되었다. 사진을 찍는 날 어머니는 나를 미용실에 데려가 머리를 잘라주었다. 이야기가 실린 신문이 나오는 날 우리는 세븐일레븐에 가서 신문을 샀다. 함께 차 안에 앉아 내 사진을 봤고, 상을 탄 "작가들"에 관한 짤막한 기사를 읽었다. 어머니는 내가 꼭 다 큰 아가씨 같다고 했다. 사진에 실린 내 모습은 꼭… 한 번도 만나본 적 없는 여자 같았다.

내가 쓴 소설은 도시의 공원에서 범죄를 목격한 아이에 관한 이야기였다. 한 소아성애자가 어린이를 꼬여내 상습적으로 성추행을 한다. 주인공인 여자아이 외에 다른 목격자는 벤치에 앉아 있던 시각장애인밖에 없다. 그는 아이가 없다. 아내도 없다. 그저 친절한 아저씨다. 아이와 시각장애인은 소아성애자가 잡힐 수 있도록 같이 이야기를 맞춰나가야 한다. 그런데 경찰이 조사를 위해 아이를 불러들이자, 겁에 질린 아이는 아무 말도 할 수 없다. 하지만 시각장애인과 단둘이 남게 되자 다시 말을 하게 된다. 시력을 잃어버린 아저씨와 목소리를 잃어버린 아이는 함께 힘을 합해 어린이들을 구할 수 있는 정보를 제공한다. 경찰은 소아성애자가 아이를 추행하기 전 항상 엉덩이를 벨트로 때린다는 사실을 알게 된다. 그래서 철썩 소리를 듣고 범인을 잡는다.

신문에 실린 글쓰기 대회 심사평에는 내 글의 내용이 성숙하다고 적혀 있었다.

어머니와 아버지는 나를 브라운 더비 레스토랑에 데려갔다.

우리는 대화를 나누지 않았다. 먹기만 했다.

그것이 내가 쓴 첫 번째 소설이었다.

머리카락과 피부에 관하여

머리카락과 피부에는 무언가 특별한 힘이 있다.

나는 예쁜 나무 상자에 내가 사랑하는 사람의 머리카락을 보관하고 있다.

상자 안에는 언니의 머리카락이 있다. 어린 시절의 내 머리카락도 있다. 아들 머리카락도. 죽은 아기의 머리카락이 될 뻔했던 솜털도. 고등학교 시절 가장 친했던 친구의 머리카락도. 대학교 친구의 머리카락도. 캐시 애커*의 머리카락도 있다. 켄 키지의 머리카락도. 첫 번째 남편의 머리카락도. 오랜 시간을 함께한 여자친구들의 형형색색 머리카락도. 두 번째 남편의 머리카락도. 세 번째 남편의 머리카락도. 길렀던 강아지 두 마리의 털도. 고양이 털도. 조금 뜬금없긴 하지만, 고등학교 때 영어 선생님의 머리카락도 있다. 그는 독실한 기독교 신자였으니 기

* 미국의 포스트모던 페미니스트 작가. 어린 시절의 트라우마, 성욕, 반항 등의 주제를 다룬 전위적인 글로 유명하다.

독교 신자의 머리카락도 있는 셈이다. 불교 신자의 머리카락도 있다. 무신론자의 머리카락도 있다. 동성애자의 머리카락, 이성애자의 머리카락, 한때 사이언톨로지를 믿었던 수술한 트랜스젠더의 머리카락도 있다. 하얀 늑대의 털도 있다. 정말이다.

어머니의 머리카락도 있다.

왜냐고?

그냥 그렇게 되더라. 내게 중요한 사람의 머리카락을 갖게 될 기회가 생기면, 나는 조금 지나칠 정도의 열정을 품고 달려든다.

켄 키지의 머리카락을 손가락 사이에 쥐고 있으면 느낌이 꼭 새끼 양의 털 같다. 밝은 곳에서 들고 있으면 몽글몽글한 것이 꼭 구름 같다. 아이들이 꾸는 꿈속에서는 하늘을 보면 딱 그런 촉감의 구름이 있다.

인류학에서 페티시라는 용어는 프랑스 작가 샤를 드 브로스의 『물신 숭배』로 명성을 얻었다. 이 책을 통해 영어에도 페티시라는 단어가 생겼고, 집착적인 욕망이라는 개념도 알려졌다.

페티시를 좋은 말로 표현해보자면 '무언가를 비이성적으로 숭배하는 것'이라고 할 수 있겠다.

심리성적인 관점에서 페티시즘이라는 개념이 처음 등장한 것은 1897년에 출판된 해블록 엘리스라는, 주로 성에 관한 글을 썼던 작가의 저작에서였다. 해블록 엘리스를 읽어본 적 있는지? 그 작자는 약이라도 빨고 글을 썼던 걸까?

캐시 애커의 머리카락은 탈색한 풀잎처럼 날카롭고 뻣뻣하며, 수영장 냄새가 난다.

머리카락이 전부는 아니다.

물론 머리카락도 중요해서, 지금까지도 나는 아름다운 머리카락을 가진 사람을 만나면 그 속에 얼굴을 묻은 채 정신을 놓아버리고 싶다. 그렇지만 중요한 것이 하나 더 있다.

흉터.

나는 흉터 핥는 것을 좋아한다. 마치 입으로 점자를 읽는 것처럼.

불교 신자의 머리카락에서는 강에서 주워 온 부드러운 돌 같은 향기가 난다. 반면 기독교 신자의 머리카락에서는 새 자동차 냄새, 지폐 냄새, 애프터셰이브 향이 섞여 있다. 초코칩쿠키 같은 냄새도 난다.

한 여자에 관해 이야기하고 싶다.

하지만 어머니에 관해 말한 다음에 이야기할 것이다. 어머니야말로 모든 것이 태어나는 곳이니까.

어머니는 선천적 장애가 있어서 한쪽 다리가 다른 쪽보다 15센티미터쯤 짧았다. 어머니의 삶에서 중대한 의미를 지닌 사실이었고, 내 삶에서도 다른 방식으로 중대한 의미를 지녔다.

어린 시절의 내게 그것은 어머니의 진줏빛 흉터가 딱 내 눈높이에 있다는 뜻이었다. 정말 하얗고. 정말 아름다웠다. 만져보고 싶었다. 입을 대보고 싶었다. 어머니가 목욕을 마치고 나오면 나는 어머니의 다리를 껴안고 눈을 감았고 흉터를 보고 보고 또 봤다. 십자 모양의 흰 자국을, 이상한 다리 위에 너무나 하얗게 돋아난 피부 아닌 무언가를, 어둡게 엉겨 있는 어머니의 음모를 봤다. 어지러워서 별이 보일 정도였다.

그게 전부가 아니다. 어머니는 머리를 끝없는 소용돌이처럼 돌돌 말아 쪽졌는데, 그 머리를 풀어 늘어뜨리면 종아리까지 닿았다. 머리카락에서는 전나무 향기가 났다.

어린 내 안에 살아 빛나던 모든 욕망은 그 두 개의 이미지에서 탄생한 것이었다.

어머니가 말하길, 어렸을 때 머리를 기른 것은 자신의 몸을, 기형인 다리를, 흉터를 감추기 위한 것이었다. 불구인 소녀를 감출 만한 아름다운 무언가를 갖기 위한 것이었다.

내가 열세 살이었을 때 어머니는 수상 경력까지 있는 공인중개사였다. 집을 비우는 시간이 조금씩 길어졌다. 알코올의 자리도 조금씩 커졌다. 화장실 찬장에는 보드카 병이 잔뜩 있었다. 어머니는 일만 하는 1970년대 공인중개사 같은 스타일로 머리를 잘랐다. 어머니의 머리카락이 남긴 긴 자취가 옷장 속의 고양이처럼 상자 안에 돌돌 말려 보관되었다. 가끔 나는 어머니의 옷장 속, 어둠 속에 앉아서 머리카락 향기를 맡으며 울었다.

더 세계

"이제 원하는 걸 말해봐."

1년에 세 번밖에 만날 수 없어서 그랬을까. 그 여자는 뉴욕에 살았고, 나는 오리건 유진에 살았다. 어쩌면 그의 명성 때문이었을까. 학계에서 굉장히 저명한 인물이라, 함께 있으면 권위 있는 상이라도 받는 듯한 기분이었다. 아니면 그가 나의 거칠고 제멋대로인 글을 좋아해줘서 그랬을까. 아니면 그의 일상에 나를 위한 자리가 없어서. 어쩌면 그의 흉터, 그의 머리카락, 나의 병적인 집착 때문에. 하지만 무엇보다도 그가 고통에 관해 알려준 것들 때문이었을 것이다.

내가 스물여섯 살이었을 때, 오리건대학에서 굉장히 유명한 학자의 강연회가 열렸다. 까놓고 말하자면 나는 전혀 준비된 상태가 아니었다. 나는 그저 똑똑한 척하는 대학원생 애송이에 지나지 않았다. 수전 손택이니 베냐민, 들뢰즈, 푸코 같은 이름을 들먹였고, 바버라 크루거와 롤랑 바르트의 이야기를 늘어놓았고… 누가 이런 것에 신경이나 쓰겠는가. 내 말의 요점은, 나는 앉은 자리에 웅덩이가 생길 정도로 강력하고 신속한 심리성적 퇴행기에 준비된 상태가 아니었다는 것이다.

그가 강당의 무대 위로 올라가자, 나는 무대에서 꽤 먼 좌석에 앉아 있었음에도 그의 은발 섞인 검은색 땋은 머리가 등허리를 타고 내려와 엉덩이를 지나는 모습을 확인할 수 있었다. 얼굴과 손은 앨버커키 같은 색깔이었다. 그가 관객의 멍청한 박수 소리에 몸을 돌렸을 때, 나는 무언가를 발견했다. 아기 피부처럼 얇은 왼쪽 눈꺼풀 바로 밑에서 시작하는, 작고 흰 빛줄기였다. 나는 집중해서 보기 위해 눈에 잔뜩 힘을 줬다. 몸을 앞으로 쭉 뺀 채 의자 끝에 걸터앉았다.

천장의 조명이 흐려지자, 바닥에서 쏘아 올린 조명이 그의 얼굴을 밑에서부터 비추었다. 그때 나는 거미줄처럼 얽힌 얇고 흰 흉터를, 광대뼈의 곡선을 타고 휘어져 내려가 턱을 감싼 후 목을 훑으며 셔츠 네크라인 속으로 사라지는 흉터를 봤다.

그 즉시 나는 귀가 먹었다. 그러니까, 한 시간 동안 이어진 그의 저명한 사진 이야기는 하나도 듣지 않았다는 말이다. 물속에 있는 듯한 느낌이었다. 가끔 나는 그에게서 시선을 떼고 그의 뒤에서 흘러가고 있는 사진을 바라보기도 했지만, 자주 그러진 못했다. 폐 속의 호흡이 엉키기 시작했다. 가슴 밑, 다리 사이에 땀이 찼다. 얼굴이 화끈거렸다. 두피가 머리통에서 벗겨지는 듯했다. 입에 침이 가득 고였다. 그 공간에 있는 모든 사람이 죽기를 바랐다.

강연이 끝날 때쯤 나는 바글거리는 멍청이 아첨꾼들 사이를 헤집고 앞으로 나아갔다. 그 떼거지를 뚫고 나가 그에게 손을 뻗어 악수를 청하고, 내가 누군지 소개하고, 내 몸이 간절히 원하는 것을 봤을 때, 나는 이미 알고 있었다.

그는 어머니와 동갑이었다.

그와 나 사이에 손이 몇 개 남아 있던 시점에, 나는 그가 열심히 바지에 손을 닦는 모습을 봤다. 그 자리에 생긴 어렴풋한 땀 자국은 호텔에 도착하고 나면 선명한 얼룩으로 변해 있을 것이었다. 수많은 탐욕스러운 손 때문에 생긴 허벅지 위의 얼룩. 내 안에서 부끄러움이 고개를 들었다.

그때 악수를 너무 세게 했던 것 같다, 기억하기로는. 머릿속에 떠오른 절박한 생각은. 절박해 보이면 안 돼 절박해 보이면 안 돼 씨발 절박해 보이면 안 돼.

나를 바라보는 그는 자신을 숭배하는 멍청이들을 상대하느라 얼이 빠져버린 얼굴이었다. 그가 내 손을 놨을 때 나는 생각했다. 그렇네, 나도 멍청이구나. 침도 흘리고 있겠지.

내 손을 잡은 그의 손이 축축했다. 허기진 관중에게 수고로운 강연을 선보이느라 축축한 손. 그 시간은 유일한 연인, 즉 카메라와 단둘이서 찬란하고 당당하게 써야 했다. 초점을 맞추고, 찰칵. 관객은 자신이 원하는 것을 그에게 투영했고, 그의 손에 그 질퍽한 투영이 묻어 축축했다. 나 같은 얼간이들 수백 명의 땀이 묻어 축축했다.

왜 그랬는지 모르겠다. 그러지 않을 수 없었다는 것만 안다. 나는 악수 도중에 그의 얼굴 가까이 고개를 숙이고 말했다. 제 이름은 리디아예요. 저는 작가입니다. 나는 이 말을 그의 눈 밑에 있는 흉터에 대고 했다. 내 눈과 목소리가 그의 살결 위를 떠돌 수 있도록. 나는 손을 놓으며 별을 봤다. 그의 머리카락에서 촉촉한 비 냄새가 났다.

캠퍼스를 떠나며 내가 다른 사람들과 별반 다를 것 없다고 생각했던 기억이 난다.

하지만 그의 살결을 느낀 것은 그날이 마지막이 아니었다.

욕망은 자기가 원하는 곳이면 어디든 오고 간다는 것을 그때는 아직 몰랐다.

성적 욕망은 하나의 대륙이라는 것을 그때는 아직 몰랐다.

한 사람이 몇 번이고 다시 태어날 수 있다는 것을 그때는 아직 몰랐다.

어머니.

강연회에서 그를 만나기 전, 나는 유진시에서 열린 SM 파티에 정확히 세 번 참가했다. 어떻게 그런 데에 가게 되었냐고? 전에 가장 친했던 친구의 초대를 받았다. 바다 여행을 즐기는 친구였다. 나는 그 파티에서 굉장한 일들을 목격했다. 한번은 입과 성기만 내놓고 몸을 비닐 랩으로 칭칭 감은 남자를 봤다. 그 남자는 가끔 사람들이 주는 물을 받아먹기도 했지만, 주로 자지러지게 우는 아이처럼 새빨개질 때까지 채찍으로 성기를 맞고 있었다.

미켈란젤로 그림 속의 아기 천사들처럼 풍만한 여자가 거꾸로 매달린 채 한 시간이 넘게 성기를 채찍으로 맞는 모습도 봤다. 음부가 빨갛게 부풀다가 시퍼레졌고, 나중에는 사위의 공기마저 헐떡이고 혼미해졌다.

그후에도 또 갔다.

파란 덮개가 달린 바늘을 허벅지에 꽂고 있는 여자를—한쪽 허벅지에 스무 개, 다른 쪽에 스무 개 꽂혀 있었다—봤다. 여자의 눈에서 눈물이 흘러내렸고, 그의 몸에서 솟구치는 엔도르핀이 쓰나미처럼 주위 사람들을 휩쓸었으며, 다리 사이에 액체가 흥건했다.

매질을 당한 여자의 엉덩이에 남은 빨간 기찻길 같은 자국을 봤고, 한 트랜스젠더가 바비큐 꼬치 같은 도구로 눈 한 번 깜빡이지 않고 한쪽 뺨을 뚫은 뒤 다른 쪽 뺨까지 꿰어내는 광경도 봤으며, 등에 갈고리를 끼운 채 매달려 있는 남자도 봤다. 300가지 이상의 본디지를 봤고, 질에 주먹을 넣는 여자들, 상처에서 솟구치는 피, 지하 감옥, 기둥, 원한다면 어디에든 전기를 방출하는 특이한 막대기도 봤다.

나는 그중 어떤 것을 내 몸에도 허락하기 시작했다.

내 몸의 고통을 바라보고 느끼는 일은 어린 시절 이후로 그 무엇보다 중요했다. 고통은 술과 달랐다. 마약과도 달랐다. 고통은 느낄 수 있었다. 느끼는 것 이상이었다.

그렇지만 더 느끼고 싶었다. 더 세게.

"뭘 원하는지 말해."

그렇게 시작되곤 했다. 만약 내가 바보 같은 말을 하면, 예를 들어 키스해달라고 하면, 그는 이렇게 말했다. "아냐, 그게 아니지, 나의 천사." 그러고는 승마용 채찍이나, 장식용 술 대신 가시 같은 것이 달린 채찍으로 살짝 때렸다. "다른 걸 말해."

나는 다른 원하는 것을 말했다. 또 다른 것을. 진정으로 원하는 것을 말할 때까지 문답은 반복되었다.

내가 진정으로 원했던 것은 나 자신의 끝을 경험하는 것이었다. 죽음 근처에 가고 싶었다. 정말로 죽음 근처에 가고 싶지는 않았겠지. 어쩌면 그랬을지도.

프로의 손에 맡겨져 다행이었다고 생각한다. 침착한 사디스트. 지식인. 왜냐하면, 그는 내 요청을 받아들여 더 깊이 파고들었기 때문이다.

"이 고통으로 어디까지 갈 수 있을까? 이 고통을 여행이라고 생각할 수 있겠어?"

이유는 모르겠으나 어머니 생각이 났다. 최면 상태에서 나를 낳았던 어머니. "도로시? 아픈 곳이 있나요? 아픈 곳이 어디죠?"

처음에는 "여행"이 무슨 뜻인지 알 수 없었다. 나는 그저 그와 같이 있고 싶었다. 그가 나를 아프고 즐겁게 해주길 바랐다. 그래서 그런 질문을 받으면 신경질이 났다. 그런 질문은 생각을 요구하기 때문이었다. 그냥 하던 걸 하면 안 될까?

그는 나보다 스물다섯 살 연상이었다. 이성애라는 이름의 종교를 떠받치는 기둥과도 같은 섹스는 내가 태어나기도 훨씬 전에 그만두었다. 그러니 그의 손안에서 내가 다른 존재로 거듭났다는 말은 진실이리라. 나는 다시금 딸이 되었다. 다시 학생이 되었다. 운동선수가. 어린 자매가. 연인이. 그리고 가장 어려운 존재, 어머니가 되었다. 살면서 겪었던 모든 시련을 내 몸의 표면 위에서 경험할 수 있었다. 그와 함께.

내게 정신적인 고통을 줬던 영역을, 이제는 고통… 나를 물처럼 정화해주는 고통을 통해 다시 육체적으로 건너가게 된 것이다.

그동안 만났던 여자들과 달리 그는 관계를 원하지 않았다. 여기서 '관계'라는 말은, 누군가와 함께 사는 것, 사람들이 손가락으로 가리키며 "저기, 커플이다" 하고 말할 수 있는 두 사람으로서 사회적 영역에 진입한다는 것을 뜻한다. 아니면 동거나 장기간의 친밀한 관계로 형성된 가정적인 생활을 뜻한다. 사실 내가 그를 보고 그를 만나고 그와 할 기회는 그가 서부로 왔을 때, 혹은 내가 동부로 갔을 때뿐이었다. 만나지 못하는 그리움? 몇 주 동안 내 피부에 남은 멍과 베이고 부풀어 오른 상처를 느끼며 견딜 수 있었다. 내 살갗에 남은 이야기.

지금 나는 당신에게 겁을 주려는 것이 아니다. 놀라게 하려는 것도 아니다. 정확하게 이야기하고 싶은 것뿐이다. 내가 하고 싶은 말은, 나 같은 여자들에게 치유는 다른 형태를 취한다는 것이다.

그는 내가 쓴 글을 전부 읽었다. 나는 글 속에, 거친 여성 캐릭터들의—마약중독자, 성매매자, 어린 도둑, 불타는 머리를 가진 소녀들의—몸에 내 진실을 담았다. 그래서 만난 지 3년째 되던 해 그는 자신을 '어머니'라고 부르라고 했다. 내 진짜 어머니? 진짜 어머니는 내가 당신을 필요로 할 때마다 술에 취해 마비된 몸으로 자신의 고통 속에 빠져들었다. 반면 이 어머니는 행동으로 보여줬다. 이 어머니라면 아버지를 죽일 수 있었을 것이다. 나는 이 여자가 나를 파괴하길 바랐다.

기둥이 있는 곳은 지하 감옥이 아니었다. SM 플레이용 지하실은 전혀 어울리지 않는 사람들 집에 있기 마련이다. 기둥은 그의 다락방에 있어서 한낮에도 하얗고 노란 햇빛을 받으며 서 있었다. 비가 내리는 날에는 검고 파란 빛깔에 감싸였다. 똑바로 세워져 있지 않아서 약간 비스듬했다. 헬스장 운동기구처럼 폭신한 의자가 달려 있었다. 발 받침대도 있었다. 그가 예수 같은 자세로 선 내 팔목을 얇은 검은색 가죽으로 묶어 나를 기둥에 고정하면, 나는 눈물을 흘리기 시작했다.

"어머니, 채찍으로 때려주세요."

그러면 그는 꼬리가 아홉 개 달린 기다란 고양이 같은 것을 꺼냈다. 끝에 달린 진한 빨간색 가죽끈은 핏빛이었다. "어디를 맞고 싶은지 말해, 나의 천사."

나는 대답했다. 그리고 간청했다. 그는 내 가슴에 채찍을 휘둘렀다. 배에도 휘둘렀다. 골반에도. 하루가 저물 때까지. 나는 아무런 소리도 내지 않았지만, 정화의 눈물을 흘렸다. 아, 정말 많이도 울었다. 내 몸을 떠나는 무언가의 울음. 그러면 그는 내 수치가 탄생한 곳, 내 아이가 죽었던 곳에 채찍을 휘둘러 내 몸이 새빨개졌고, 나는 다리를 있는 힘껏 벌려 채찍질을 견뎌냈다. 고통으로 척추까지 아렸다.

그다음에 그는 나를 품에 안았고 내게 노래를 불러줬다. 거품 목욕을 준비해 나를 씻겨줬다. 그리고 부드러운 면옷을 입혀준 뒤 침대로 포도주와 저녁 식사를 가져다줬다. 그런 후에야 우리는 사랑을 나누었다. 그리고 잠들었다. 10년이 지난 후 비로소 나 자신을 되찾을 수 있었다. 그와 떨어져 있을 때는 대학교 수영장에서 수영했다. 영문학 속에서 헤엄쳤다. 물과 언어와 몸속에서.

나의 세이프 워드*는 '벨'이었다.

그렇지만 한 번도 사용한 적 없었다.

* SM 플레이에서 고통이 과도해질 때 상대방에게 멈춰달라는 의미로 사용하는 단어.

나의 어머니 악마학

대학원생 시절에 나는 비주류 책들을 가장 좋아하게 되었다. 문학의 은밀한 구석에 있는 작품들이었다. 조르주 바타유와 사드 후작과 데니스 쿠퍼와 윌리엄 버로스. 이것을 알고 나면 내가 캐시 애커의 작품에서 나의 문학적 어머니를 발견했다는 이야기를 이해하기 쉬울 것이다.

캐시 애커의 책을 읽어본 적 없다면, 그 안에 딸을 강간하는 아버지가 얼마나 자주 등장하는지 모를 것이다. 어떤 계략도, 효과도 없다. 강간은 서정적인 표현이나 상징, 가장을 위한 문학적 전략이 아니다. 갑자기 아버지가 등장해 딸을 강간하면 딸이 화자로서 그 사건에 관해 이야기할 것이고, 딸은 상상할 수 있는 그 어떤 희생자 유형에도 맞지 않을 것이다. 당신은 읽으면서, 세상에, 이거 정말 끔찍한데,라고 말하게 되겠지만, 딸은 그러지 않을 것이다. 아버지의 강간에 대한 딸의 서술은 거칠기는 하지만 굉장히 유려할 것이다. 그리고 그 이야기는 갑자기 급격하게 전환되어 소녀라든가 여자 로봇이나 해적이 등장하는 모험이 펼쳐질 것이다. 분노가 그의 동력이 될 것이다. 죄악이 그의 몸을 써나갈 것이다.

다른 대학원 사람들은 캐시 애커의 책을 읽고 충격을 받았다. 기분 나빠 했다. 특히 어린 신예 페미니스트들은 대부분 이 책을 싫어했다. 실제로 나는 캐시 애커의 책을 읽고 보이는 반응에 따라 친구를 걸러내기도 했다. 이해한다는 듯 음흉하게 빛나는 눈을 내리깔고 미소 짓고 자기 몸을 매만지던 사람들과는 친하게 지냈다. 기분 나빠 하던 사람들은, 말하자면, 멍청이들이었다. 한번은 젠더 이론 수업 시간에 『무감각의 제국』에 나오는 구절을 읽었는데, 한 여자가 울면서 밖으로 뛰쳐나가 토했다. 왜 저래? 겁쟁이잖아,라고 나는 생각했다.

캐시 애커의 책, 특히 아버지가 딸을 성추행하거나 강간하거나 억압하거나 모욕하거나 학대하는 대목을 읽을 때 내 머릿속에 떠오르는 문장은, 그래, 이거야.

나는 충격받지 않았다. 기분 나쁘지도 않았다. 나는… 존재한다고 느꼈다.

그러니 캐시 애커가 가부장의 법률을 해체하고 있다는 사실을 이해하기까지 많은 시간이 걸리지 않았다. 가부장제와 자본주의. 더 정확히 말하자면 가부장제와 자본주의가 여성과 소녀들의 몸에 끼치는 효과를 파헤치는 것이다. 재미있는 이야기 하나 해줄까? 방금 이 문장을 쓰면서 혼자 웃음을 터뜨렸다. 캐시 애커의 『고등학교의 피와 내장』을 아직 읽어본 적 없다면,

정말 좋은 경험이 될 것이다. 나는 매년 그 책으로 강의하는데 이러다가 잘리겠구나 싶다.

여성 작가가 이런 주제 의식을 가지고 쓴 책은 한 손으로도 헤아릴 수 있다. 물론 그 손은 윌리엄 버로스의 총에 맞아 손가락 네 개가 날아갔을 테지만.

하지만 캐시 애커가 쓴 글은 글 자체로도, 문자 그대로도 의미가 있었다. 문자 그대로의 아버지와 문자 그대로의 딸, 그것을 명명하기 위한 솔직한 언어. 책을 읽다가 멈추고 주변을 둘러본 적도 있었다. 누군가에게 잡혀가거나 제대로 한 대 맞을 것만 같았다. 이런 말을 해도 된단 말이야? 이런 글을 써도 출판이 된다고?

이렇게 캐시 애커의 책은 나를 살렸다.

그러니 실제로 캐시와 만나 함께했을 때 얼마나 영광이었을지 상상할 수 있을 것이다. 여자 대 여자로.

많고 많고 많은 사람이 나보다 캐시 애커를 더 잘 '알았다'. 그중에는 내 친구도 여럿이다. 내가 하려는 이야기는 그런 것이 아니다. 나는 그보다 훨씬 평범한 이야기를 하려고 한다. 하지만 가끔은 평범한 이야기가 더 믿기 어려운 법이다.

나는 캐시 애커와 수영했다.

내가 캐시 애커와 수영했던 곳은 베스트 웨스턴 호텔의 조붓한 실내 수영장이었다. 물에 소독약이 너무 많았다. 정말이다. 나는 수영장 소독약에 관해 빠삭하다. 캐시의 수영복은 검은색과 파란색이 섞여 있었다. 내 수영복은 진한 빨간색이었다. 캐시의 몸 여기저기에 타투가 있었다. 머리는 백금색이었고 갓 깎은 잔디처럼 짧았다. 온갖 은붙이가 얼굴과 귀에 볼록하게 붙어 있었다. 나는 한쪽 머리는 바짝 깎고 다른 쪽은 브렉 샴푸 광고에 나오는 여자들처럼 금발을 길게 늘어뜨렸다. 아마 우리는 예쁜 소녀의 상처 같은 모습이었을 것이다.

캐시 애커와 수영할 수 있었던 것은 내가 유진에서 『투 걸스 리뷰』라는 잡지를 만든 덕분이었다. 유진에서는 모두가 잡지를 만든다. 당시에 나는 두 번째 남편과 철길 옆의 임대주택에 살고 있었다. 어느 날 나는 남편과 술과 약에 취해서 나란히 앉아 있다가 말했다. "캐시 애커를 불러서 낭독회나 해볼까." 그는 느릿느릿한 시선으로 나를 바라보며 말했다. "좋지." 유진에서는 모든 일이 그렇게 쉽게 진행될 수 있을 것 같았다.

보통은 유명인이라고 인식되는 사람에게 이런 식으로 연락하지 않을 것이다. 내가 대표번호를 눌렀고, 남편이 전화기를 잡았다. 나는 대본을 적었고, 남편은 그대로 말했다. 그리고, 짜잔. 나는 베스트 웨스턴의 수영장에서 캐시 애커와 수영하게 되었다.

캐시 애커를 만나보려고 전화를 걸어 야단법석 떨 사람이 많지는 않을 것이다. 사실 캐시 애커가 누군지 모르는 사람도 많다. 그렇지만 내게 캐시 애커는 진짜배기다. 그는 문화와 젠더 속으로, 언어의 감옥 안으로 침투해서 그것들을 통째로 폭파한 작가다. 여자 윌리엄 버로스.

캐시 애커는 수영을 마친 후 스팽킹에 관해 이야기했다.

아직 안 해본 사람들을 위해 말하자면, 성기 스팽킹은 단순한 전희가 아니다. 세상에, 내가 아는 여자들 대부분은 이 기쁨을 느껴본 적 없지만, 착한 여자라면 경험해봤을 테지.

우리는 귀신이 나올 것 같은 베스트 웨스턴의 초록색 수영장 레인을 왕복했다. 그전에 캐시 애커는 한 시간 정도 무산소 운동을 했다. 그는 힘껏 수영했다. 실력이 뛰어나진 않았지만 나쁘지도 않았다. 물속에 있는 그의 모습은 수영장 물을 두들겨 패는 근육의 형상이었다. 호흡하려고 고개를 들면, 딱 알맞은 시간에 그쪽으로 고개를 돌려 숨을 쉬면, 온갖 은붙이가 반짝이는 그의 얼굴을 볼 수 있었다.

스팽킹의 즐거움을 깨닫게 된 곳은 수영장이 아니었다. 우리가 수영장에서 나와 올라탄 내 파란색 도요타 픽업트럭도 아니었다. 우리는 라이트에이드 약국에 가서 캐시 애커의 이비인후과 약을 샀고, 차 안에 앉아 이야기했다. 내가 수영하는 것을 본 그는 내 몸에 관해 물어봤다. 사실 캐시 애커가 내 몸에 관해 질문한다는 사실 자체만으로도 충분히 흥분할 만했다. 그후, 열네 명이 합류해 함께 밥을 먹은 저녁 식사 자리에서 스팽킹의 즐거움을 알게 되었다. 음식을 먹고 포도주를 홀짝이는 사이사이 그는 삽입 섹스로는 오르가슴을 느낀 적이 많지 않고 스팽킹으로 절정에 도달하는 것을 좋아한다는 이야기를 했다. 나는 바로 옆에 앉아 있었다. 누군가의 옆에 앉아 있다는 것만으로 그렇게 젖은 적은 살면서 처음이었다. 그대로 의자에서 미끄러져 바닥으로 흘러내릴 것 같았다. 그의 발목을 핥으며, 훌쩍이며, 탁자 밑으로 내려와 내 옆에 있어달라고 조를 수도 있을 것 같았다.

그후에도 함께 이야기를 나눴다. 그를 알던 사람들은 내 말에 동의할 텐데, 캐시는 전통적으로 성적이라고 여겨지는 것들에 관해서는 솔직하고 대담하게 이야기하는 사람이었다. 적확하고 명확하며 묘사가 풍부한 언어로 이야기했다. 반면 더 작고, 평범하고, 인간적인 것에 관한 이야기가 나오면 그때는 입을 다물거나 부끄러워하거나 어린아이처럼 굴었다. 거꾸로 된 여자였다. 빨갛고 축축하고 짭짤하고 부풀어 오른 복잡한 여자는 겉모습일 뿐이었다. 나처럼.

베스트 웨스턴에서 함께 수영하고 난 다음, 사람이 꽉꽉 들어찬 낭독회가 끝난 다음, 작가를 술집에 데려가 사람들이 침을 흘리고 작가가 폐소공포증을 느끼게 만든 다음, 새벽 4시 23분경이었다. 무슨 일이 일어났는지 알겠지.

스팽킹 당한 내 다리 사이에서 홍수가 날 정도로 액체가 흘렀다. 사진작가와 했던 것과는 달랐다. 웃음이 터져 나왔다. 쾌락으로 웃음이 나왔다.

캐시 애커와는 그후로도 몇 번 연락했다. 성적 욕망에 관한 편지를 두 번 주고받았다. 트랜스젠더와 사랑에 빠졌다고 생각했을 때 캐시에게 전화했다. 그게 다다. 캐시가 이런 말을 한 적도 있다. 내 글을 읽고 난 후였다. "계속 글을 써야 해. 모든 사람이 글을 쓸 필요는 없어. 하지만 리디아는 써야 해."

캐시는 1997년 유방암으로 죽었다.

키지는 2001년 간암으로 죽었다.

가끔 내 머릿속에서 캐시는 좋은 어머니가 된다. 키지는 좋은 아버지다. 나는 언어의 강에서 헤엄친다.

Ⅳ

다시 살아나기

물에 빠지는 장면

두 번째 남편은 카리스마 있는 나르시시스트에 마음이 여리고 무서울 정도로 매력적인 술고래 예술가였다. 아름다운 검은 곱슬머리가 등허리 한가운데까지 왔다. 눈은 검은색이었다. 그렇게 보였다. 왼쪽 손목 위에는 작은 지퍼 모양의 흉터가 있었다. 데빈은 시인 중에서도 대단한 시인이었다. 그와 헤어지기까지 11년이 걸렸다. 우라질.

평소에 알고 지내는 여성들, 믿을 수 없을 정도로 지적이고 흥미롭고 아름다운 여성들을 대상으로 비공식적인 설문 조사를 했다. 왜 우리는 불 속으로 달려드는 나방처럼 우리를 망치는 남자들에게 덤벼드는 것인지 물어봤다. 답변은 다음과 같았다. "그 남자의 어둠을 사랑하면서 내 어둠을 발견했기 때문이지." 아니면, "어렸을 때 알게 된 사실이 있는데, 느낌이 좋지 않으면 사실은 좋은 거고, 느낌이 좋으면 사실은 나쁜 짓이더라고." 가장 많은 답변은 이런 것이었다. "착한 여자와 나쁜 여자 중에 골라야 한다면 나쁜 여자가 될 거야." 이런 답변도 전형적이었다. "나쁜 남자가 착한 남자보다 더 재미있잖아. 견딜 수만 있다면. 지금도 그렇게 생각해." 또, "사랑보다는 고생이 많아야 사이가 더 끈끈해져." 그리고 "죽은 것처럼 살기보다는 살아있다고 느끼다가 죽겠어." 다음 답변은 나를 울릴 뻔했다. "그 남자랑 같이 있으면, 내가 위험을 감수해서라도 손에 넣고 싶은 사람이 된 것 같아." 개인적으로 가장 공감했던 답변은, "내 안에 있는 죽음의 충동을 함께 즐길 수 있으니까."

처음 데빈과 잤던 날, 우리는 기네스 스물다섯 병과 커다란 포도주 두 병을 마셨다. 실제 섹스가 어땠는지는 거의 기억나지 않지만 어떤 술을 마셨는지는 정확히 기억한다. 우리는 밤새 데빈의 방에서 짐 모리슨록밴드 도어스의 리더을 들었다. 「스트레인지 데이즈」와 「LA 우먼」을 살결에서 노래가 느껴질 때까지 들었다. 다음 날 일어나서 침대 건너편에 있는 책상을 봤더니 술병의 개수가 내 나이만큼 많았다. 나는 웃었고 트림했고 다시 잠들었다. 데빈의 팔이 나를 침대에 붙들어두었다.

나 자신에 관해 고민해도 아무런 감정이 생기지 않았다.

그런 무의 상태에 점령당하니 세상을 다 가진 듯했다.

데빈을 처음 만난 곳은 오리건대학 대학원생 예비교육장이었다. 나는 2학년이었고, 데빈은 1학년이었다.

나는 예비교육에 참가한 열의 가득한 대학원생들을 둘러봤고, 우여곡절 많았던 과거의 학교생활 때문에 내 가슴에 주홍글자를 달고 있는 듯한 기분이었다. 러벅에서의 학부 생활은 낙제를 당해 쫓겨나는 것으로 끝났다. 유진에서의 학부 생활은 내가 그만두었다. 나는 D와 F가 산더미 같은 성적표를 가지고 악착같이 매달려서 이곳의 아름다운 사람들과 함께하게 된 것이었다.

그때 나만큼이나 그곳과 어울리지 않는, 아주 불편해 보이는 남자를 발견했다. 놀랄 만큼 아름다운 긴 검은색 머리카락과 속눈썹을 가진 남자였다. 나는 그를 지켜봤다. 그는 계속 문간을 흘긋거렸다. 의자가 불편한 듯 내내 몸을 꼼지락거렸다. 나는 예비교육에 집중하지 않았다. 다 끝난 후에는 그의 옆자리로 느릿느릿 걸어갔고, 그는 나를 보지도 않고 말했다. "경찰이 나를 잡으러 올 것 같아." 나 역시 그를 보지 않고 답했다. "내가 속옷 안 입었다는 걸 알아챌 사람이 있을까." 우리는 예비교육장에서 나와 술집으로 갔고 그후 11년 동안 멈추지 않고 술을 마셨다. 그러니 나는 그와 엮일 운명이었다고 할 수도 있을 것이다.

그는 아름다웠다. 이 말을 하는 이유는, 여자들은 자신의 삶이 영화가 되기를 은밀히 기다리고 있으니까. 우리는 남자란 단순해서 끊임없이 아름다운 여자가 인생으로 흘러들기를 바란다고 믿는 척하지만, 실제로 카리스마 있고 아름다운 나르시시스트 나쁜 남자가 우리를 욕망하면, 그가 우리를 선택하면, 몸과 마음이 녹아내려버린다. 그제야 현실을 벗어나 영화로 들어왔다고 느끼게 된다. 항상 원했던 것. 그곳에 있는 가장 잘생긴 남자에게 선택받기. 레트 버틀러 같은 남자에게. 물론 우리는 이런 것을 원하기엔, 혹은 이런 욕망을 인정하기엔 너무 똑똑하고 성숙하고 빈틈없는 사람들이긴 하다.

정말이다. 데빈이 내 도요타 픽업트럭으로 걸어와 차에 탈 때마다 매번 놀랐던 기억이 있다. 항상 나는 그가 마지막 순간에 경로를 바꿔 다른 차에 탈 거라고 생각했다. 아니면 다른 사람의 침대로 갈 거라고. 아니면 다른 집으로. 아니면 다른 인생으로.

우리의 사랑은, 액체였다. 알고 보니 우리는 세상 그 무엇보다 술을 좋아했다. 세상 그 무엇보다,라는 말은 섹스보다,라는 뜻이다. 우리는 화장실과 부엌과 뒷골목과 복도와 술집과 차에서 술을 마셨다. 해변으로 달리는 차 안에서 마셨고, 술집에서 밤새워 마셨고, 아침이 오면 허름한 모텔에서 달걀과 오이스터 슈터 칵테일을 마셨고, 유진으로 돌아오면서도 마셨다. 수업 전에도, 중에도, 후에도 마셨다. 침대와 욕조와 강가와 장미 정원과 오리건대학 옆에 있는 묘지에서, 프린스 루시엔 캠벨 홀 위에서도 마셨다.

우리는 기네스 맥주를 마셨다.

우리는 마시면 이가 보라색으로 물드는 싸구려 포도주를 마셨다.

우리는 시바스 리갈을 마셨는데, 데빈이 짐 모리슨을 좋아했기 때문이다.

우리는 보드카를 마셨는데, 그건··· 뭐, 나 때문이다.

우리는 데빈이 좋아하는 시인 찰스 부코스키가 마셨던 술을 전부 마셨고, 부코스키의 여자들처럼 나 역시 데빈의 술 상대가 되었다.

우리는 서로의 눈이 멀도록 마셨다.

정신이 나가도록 마셨다. 인생을 마셔서 없애버렸다.

잠깐 마시는 것을 멈춘 사이 데빈은 화가가 되고 싶다고 말했다. 나는 작가가 되고 싶다고 말했다. 그래서 우리는 그 꿈을 위해 마셨다. 그리고 그림을 그렸다. 글을 썼다. 매시간을 술로 기념했다. 레즈비언들과 춤을 추었다. 히피들과 LSD를 했다. 예술가들과 환각버섯을 먹었다. 공화당원들의 자동차 타이어를 칼로 그었다. 고가도로 밑이나 기찻길에 사는 노숙자들과 술을 마셨다. 친구와 적과 전과자와 타투이스트와 한때 성직자였던 누군가와 폭주족과 한때 유명했던 배우와 데빈의 술고래 아버지와 나의 술고래 어머니와 처음 만나본 모든 사람과 마셨다. 우리는 알코올에 젖은 채 꿈꿨다.

우리가 물속에 잠긴 사이 내 손가락 끝에서 이야기가 움찔거리기 시작했다.

우리가 술을 마시는 동안 그는 괴괴한 얼굴 그림을 그렸다. 그것이 누군지, 왜 그런 모습인지 전혀 알 수 없는 추상화였다.

우리가 술을 마시는 동안 우리 안에서 예술의 혼돈이 형성되기 시작했다. 우리는 자신의 그 어떤 부분도 통제할 수 없었다.

항상 우리는 무언가를 만들었다. 사랑을 만들고 문제를 만들고 예술을 만들었다. 함께 행위예술을 만들었다. 그는 그림을 만들었고 나는 이야기를 만들었다. 그는 저녁 식사를 만들었고 나는 생활비를 만들었다. 그런 만드는 행위에는 우리의 바보 같은 인생보다 더 큰 힘이 있는 듯했다. 만들고 또 만들고.

예술. 인간의 상상력을 표현하는 일. 혹은 몸 안에 갇혀 있던 감정이 밖으로 흘러나와 여기저기를 지랄같이 어지럽히는 일.

그는 항상 나를 웃겼다. 나는 열 살 이후로 웃은 적이 없었다. 아이였을 때는 안전하지 않아 웃을 수 없었고, 시간이 지나 딸을 잃고 나니 너무 아파 웃을 수 없었다. 하지만 술 취한 남자가 나를 웃겼다. 언제나. 가끔은 그게 최고였다는 생각도 든다.

데빈을 위해서라면 뭐든 했을 것이다. 죽을 때까지 사랑했을 것이다. 그리고…

젠장.

나는 지금 거짓말을 늘어놓고 있다. 그럴듯한 글을 써내려고 꾸며내고 있다.

우리의 관계는 그보다 훨씬 지저분했다. 훨씬 더.

우리는 이런 모습이었다. 잔뜩 술에 취한 데빈은 공항 벽에 등을 기대고 앉아 고꾸라지기 직전이었고, 나는 네바다주 리노에서 집으로 가는 비행기 표를 사고 있었다. 그때쯤 나는 술에 취해 죽은 것이나 마찬가지였다. 나는 그를 오랫동안 바라봤다. 데빈의 표를 주머니에 넣어주고 짐을 그의 주변에 늘어놓은 다음 혼자서 비행기에 탔다.

처음부터 다시 시작해야겠다.

증류

1년 차 우리는 거의 매일 기네스를 마시고 밤에는 산악자전거를 타고 유진시를 돌아다니고 베츠 클럽에 가고 베츠 클럽에 가고 베츠 클럽에 가고 하이 스트리트 카페에 가고 우리랑 술 마시려고 합석한 저 남자와 키스하면 학자금 대출로 받은 700달러를 줄게 그는 내 말대로 하고 우리는 웃고 마시고 섹스한다. 우리는 기찻길 근처에 있는 집에 세를 들고 기네스를 마시고 서로의 몸에 색칠하고 벽에 색칠하고 방 전체에 색칠하고 섹스한다. 우리는 미친 듯이 사랑하고 미친 듯이 섹스하고 미친 듯이 마시고 유진에서 행위예술을 하고 그는 발가벗은 채 피 묻은 돼지머리와 무대에 서고 나는 랩을 몸에 두른 채 무대에 서고 우리는 무대에서 공연하고 학교에서 공연하고 인생을 공연하고 그의 긴 흑발 머리 나의 긴 금발 머리 아름답고 과한 사람들 과하게 술을 마시고 처음으로 소리 지르며 싸우고 나는 문이 닫힌 화장실 안쪽에서 스위스 아미 나이프를 들고 그는 화장실 밖에서 식칼을 들고 우리는 팔에 서로의 이름을 새기고 우리는 그런 짓을 하고 나는 변기 위로 넘어지고 박살 난 변기에서 물이 여기저기로 넘치고 그는 화장실 문을 부수고 들어오고 우리는 피를 흘리고 오염된 물에서 뒹굴며 섹스한다. 2년차 우리는 부쉬밀 위스키를 마시고 여름밤이면 자전거를 타고 장미 정원으로 가서 꽃봉오리만 따서 훔치고 옷을 벗고 매켄지강의 물살을 타고 오리건에서 플로리다로 자동차 여행을 떠나고 삼나무 숲에서 환각버섯 차를 마시고 환각을 보고 길에서 한 남자가 죽는 모습을 보고 사고로 여기저기에 끔찍한 핏자국이 널려 있고 들것에 사체가 실리고 길가로 해안 절벽의 절경이 펼쳐져 있고 피와 길이 붉게 빛나고 구급차와 사체 너는 죽음 쪽으로 가기를 좋아했던 것처럼 바라보는 것을 사랑했고 나는 짐 모리슨 너의 불에 들어가고 싶어 우리는 엑스터시를 삼키고 자전거를 타고 고속도로를 차로 달리고 달려서 남부의 모든 주와 그 시골에 사는 수구 꼴통 놈들을 돌아보고 웃고 뱀 가죽 부츠와 카우보이모자를 쓰고 앨라배마에 있는 그의 집에 갔다가 플로리다에 있는 내 부모에게 갔다가 최대한 빨리 서쪽으로 우리가 우리 자신일 수 있는 오리건으로 돌아오고 서부 타호호湖에 있는 하비스 카지노 옥상에서 우리는 결혼하고 내 가장 친한 친구이자 연인 마이크와 딘과 내 언니와 오이디푸스 이야기 같은 가짜 부모와 남부 출신 침례교 파시스트인 그의 부모가 참석하고 우리는 게이들과 술을 마시고 레코드처럼 까만 머리카락을 빗어 넘긴 카지노 목사가 결혼식 주례를 서고 원주민식으로 기도를 드리고 그곳은 타호호가 보이는 하비스 카지노 옥상이고 우리는 엘리베이터를 타고 내려오는 내내 웃고 그해 내내 웃고 내내 손가락에는 반지가 끼워져 있고 마음은 명랑하다. 3년 차 사랑은 그리스에 있는 제도諸島 같은 것 키클라데스가 파란 바닷물 위로 솟아 있어 멍청하고 순진하고 술에 취한 미국 배낭여행자에게 디딤돌이 되어주고 우리는 페리를 타고 치푸로를 마시고 마브로다프니를 마시고 레치나를 마시고 메탁사 메탁사 메탁사를 마시고 하얀 석조건물 끝없는 암석 해변 산 올리브 언덕 피부가 갈색이고 머리도 눈도 짙은 색인 사람들 활짝 벌린 팔 활짝 벌린 손 어부들 제빵사들 포도주 양조업자들 가슴 큰 여자들 우리는 웃고 나는 사랑에 취해 머리가 텅 비고 그리스에 취해 머리가 텅 비고 취해 머리가 텅 빈 금발 여자는 잠들고 그사이에 그는 그리스와 자려고 밖으로 나간다. 4년 차 런던과 존 키츠의 집 우리는 누우면 안 되는 작은 침대에 눕고 술 취한 관광객은 쫓겨나고 하이드파크에서 낮잠을 자고 테이트갤러리에 가고 웨스트민스터사원 성가대 소년들이 커다란 나무문 뒤에서 나타나고 나는 울고 또 울고 너무 아름다워 저 노래하는 아이들 하지만 우리 목적지는 런던이 아니고 음식은 똥 같고 사람들은 못생겼고 셰익스피어의 전통이 세상천지에 널려 있고 우리는 도버 절벽 근처에 있는 커다란 조수 웅덩이에서 섹스하고 괜찮은 정말 괜찮은 미국인 없는 펍 그런데 미국인들이 등장하고 못생겼고 한바탕 몸싸움이 벌어질 뻔 뻔 뻔하고 그는 술 취해서 자기가 부코스키라고 생각하고 도망가자 내가 말하고 도망가자 이 새끼들 완전 영국 깡패잖아 우리는 가고 싶은 곳으로 아일랜드로 도망간다. 베케트와 싱과 조이스 그리고 예이츠의 집에서 우리는 섹스하고 성의 벽에 대고 섹스하고 이니시모어의 돌 위에서 섹스하고 조이스의 나라에서 술을 마신 후 정신을 잃고 데빈의 신발이 강물을 따라 떠내려가고 내 머리카락은 비에 푹 젖고 우리는 책을 읽고 우리가 역사의 일부이기를 술 마시기의 일부이기를 우리 자신이 아닌 어떤 것의 일부이기를 바라고 우리는 걷고 또 걷고 그렇지만 왜 서로를 찍어준 사진 속에서 우리는 웃고 있지 않은 걸까. 우리는 베케트의 연극이 된 걸까? 5년 차 프랑스에 있는 개조한 농가에 사랑하는 마이클이 우리와 함께하고 그의 연인도 우리와 함께하고 우리는 거기서 한 달 동안 같이 살고 5달러에서 500달러까지 하는 프랑스 포도주를 모조리 마셔버리고 샴페인을 마시고 토끼 고기를 먹고 크레이프를 먹고 에스카르고를 먹고 웃고 음식은 흙 맛이고 우리는 먹고 또 먹고 마시고 레스토랑에 샤갈이 디자인한 벽과 메뉴판이 있고 루브르에서 우리는 길을 잃고 온갖 예술과 높은 천장에 잔뜩 취해 화장실로 숨어들고 구석에서 작은 괴물처럼 웅크린 채 앞뒤로 몸을 흔들고 프랑스 여자 하나가 물어보길 송 비엥 부? 송 비엥 부? 다시 밖으로 나왔을 때는 심지어 모나리자도 바보 같은 모습이고 다시 농가로 파리가 아닌 곳으로 빠른 기차에 타자 기차 속도가 올라가고 빠른 기차에 타자 농가로 노르망디 해안 근처 에 있는 곳으로 가다가; 잠깐 멈춰, 전쟁을 기억해야지, 다시 농가로 100년이나 된 오래된 개조 농가로 벽난로로 가서 요리하고 마시고 불을 붙인다. 다음 날 밤은 악몽 우리는 술에 취해 운전하고 경찰이 우리 차를 세우고 나는 사랑하는 친구가 경찰을 상대하길 바라고 바라지만 아름다운 게이들은 차에 남아 있고 데빈 부코스키가 프랑스 경찰과 싸우기 시작하고 우리가 전부 감옥에 갇히지 않은 것이 기적이다. 게이들은 프랑스 농가에서 싸우고 다른 사람들이 사랑과 싸우자 우리의 외로움이 줄어든다. 6년 차 고함은 리듬이 되고 나의 책 집필이 시작되고 그의 그림 그리기가 시작되고 고함은 더 커지고 마시는 소리가 더 커지고 그는 내가 아는 여자들과 키스하고 내가 모르는 여자들과 키스하고 어떻게 사람들은 계속 함께하는 걸까 어떻게 그럴까 커플이란 나란히 서 있는 사람들일 뿐이지 아니면 뭘까 나는 글을 더 많이 쓰고 그는 그림을 그리고 내 첫 책이 나오고 그의 첫 그림이 소호갤러리에 걸리지만 아무것도 집을 점령한 고함을 막을 수 없고 우리는 동물처럼 절박하게 술을 마시고 키스하고 여행은 갈 수 없고 대학원에서 읽을 게 너무 많고 쓸 게 너무 많고 나는 읽고 쓰고 언어와 지적인 싸움의 술 사랑의 술 여행은 가지 못하고 더 많은 글을 쓰고 열정을 관통해 달려 나가는 두 몸의 거리 그렇지만 달려 나가는 방식은 다르고 갈라져서 화염 속으로 진입하고 하나의 정신과 하나의 몸이 갈라진다. 7년 차 나는 논문을 쓰기 시작하고 그는 대학원을 그만두고 술을 마시고 고함을 지른다. 우리는 완전히 쪼개진다. 8년 차 나는 박사 학위를 따고 번듯한 직장을 구하고 여기 누군가가 누군가가 이 망가진 커플을 보살펴줘야 할 텐데 엉망이 된 아름다운 아이들은 잠재력으로 가득하고 자기혐오로 가득하고 알코올로 가득하고 우리는 계속 결혼한 상태고 결혼한 상태고 결혼한 상태고 고함을 지르고 술을 마시고 그는 술 취해 구석에 오줌을 싸고 계단에서 굴러떨어지고 잔디밭에서 기절하고 운전하다 기절하고 이런 걸 어떻게 계속해 어떻게 내 사랑은 어디로 가고 있지? 9년 차 우리 사무실에 자리가 났대 어른 흉내 좀 내봐 같이 연극 하는 동료와 여행 다녀와 네게 내 사랑을 줄게 베트남에 다녀와 다녀와 여기 인생을 줄게 나는 그에게 포틀랜드 강기슭에 있는 다락방을 사주고 술을 사주고 나는 애쓰고 애써서 우리의 사랑을 다시 돈으로 사보려 애쓰고 또 애쓰지만 아무리 돈을 써도 베트남으로 간 그를 멈출 수 없고 그는 투하와 사랑에 빠지고 거짓말하고 또 거짓말하고 집에 돌아오고 투하에게 다시 돌아가고 나는 밤마다 침대에서 그를 기다리고 그는 베트남에 투하 옆에 남아 있고 나는 날마다 침대에 누워 있고 먹지 않고 혼자 마시는 술을 마시고 침대에 오줌 싸고 움직이지 않고 오줌과 보드카와 슬프고 슬프며 생명도 아이도 없는 여자는 일자리와 집과 첫 번째 책과 고양이와 강아지와 돈이 있고 남편은 없다 투하. 10년 차 우리는 잘 지내는 척한다. 10년 차 우리는 타호호로 돌아가고 기억하려 노력하고 잘 지내는 척한다. 10년 차 우리는 하비스 카지노 옥상에서 술을 마시고 엘리베이터에서 마시고 섹스하는 대신 술 마시고 볼 수도 들을 수도 느낄 수도 없을 때까지 마시고 심지어 공항 가는 택시 안에서도 마시고 공항에 도착하고 나는 오리건으로 돌아가는 비행기 표를 사러 가지만 나는 오리건이라는 곳에 가는 것일 뿐 그곳에 나를 반겨줄 집은 없다는 사실을 알고 비행기 표를 들고 뒤를 돌아보니 그는 벽에 기대 잠들어 있고 술 취한 사람이 그러듯 코를 골고 있고 우리 짐가방이 그의 주변에 우리가 갖지 못한 아이들처럼 놓여 있고 나는 비행기 표를 술 취해 잠든 그의 손에 쥐여주고 그는 바지에 오줌을 쌌고 나는 이 남자를 돌봐줄 수 없고. 10년 차 그는 우리 두 사람에게 수업을 받는 학생과 잠자리하고 여자는 내게 이메일을 보내 자신이 좋은 사람이라 말하고 이메일을 보내 그가 좋은 사람이라 말하고 이메일을 보내 내가 좋은 사람이라 말하고 그들은 섹스하고 섹스하고 나는 일하러 나갔다 와서 그 여자가 기절한 채 검은 가죽 소파에 누워 있는 모습을 그도 기절한 채 바닥에 누워 있는 모습을 본다. 10년 차 너는 내게 죽을 때까지 사랑한다고 했는데 너는 우리가 서로 사랑하며 같이 죽을 거라고 했는데 너는 내가 일흔다섯 살이 되어도 우리는 늘어진 피부로 같이 웃으며 우리의 늙어빠진 사랑을 위해 건배할 거라고 했는데 그렇게 말했는데 매년 그랬는데 그러다가 그 말을 그만두었고 너는 어디에 있니 나 같은 여자를 사랑해주려 했던 그 남자는 어디에 있니 너 아니면 그런 사람은 없는데 하지만 나를 위한 사람은 애초에 없었고 심지어 아버지도 없고 나는 더 이상 먹지 않고 11킬로그램이 빠지고 모든 사람이 말하길 모든 사람이 말하길 너 정말 예쁘다. 영화배우처럼. 리디아 예쁘지 않아?

내가 예쁜가?

사랑은 삶죽음.

내 사랑, 글쓰기

이 말은 별로 하고 싶지 않다.

그러니까, 이 책을 구상할 때도 이 말은 하지 않으려 했다는 뜻이다. 나는 어떤 이야기들은 빼놓고 하지 않았다. 의도적으로. 하지만 왜 그것들을 숨겨놓았는지는 알고 있다.

성애화된, 젠더화된 몸으로 살았던 내 삶에 관해 물어본다면, 잔뜩 이야기해줄 수 있다. 나였던 여자에 관한, 그리고 우리 모두인 여자에 관한 끝없는 이야기를. 우리의 몸, 인간의 모든 경험에 관한 은유. 이것. 이것이 내게 일어났다. 나는 여기서 실패했다. 여기서 눈이 멀었다. 여기서 다리를 벌렸다. 여기서 손을 씹어 뜯어버렸다. 여기서 자살하려 했다, 아니면 나를 유용한 제물로 바치려 했다, 아니면 자존심을 버리고 사랑을 구하려 했다, 아니면 쾌락이나 고통 속을 탐험했다. 아니면 그저 술에 취해 문제를 일으켰을 뿐이다. 또다시. 여기 흉터가 있다. 나는 수영선수다. 내 어깨는 넓다. 내 눈은, 파랑이다. 이런 이야기 말이다.

글쓰기에 관해 물어본다면, 글쎄, 그 주제는 굉장히 사적이다. 글쓰기, 그 여자는 내 불꽃이다. 이야기가 태어나는 곳은 그곳, 내게 삶과 죽음이 발생했던 곳이다. 글쓰기는 나를 실어 나르고 내 죽음이 될 것이다.

그러니 이 이야기를 할 때, 나는 듣게 될 당신을 깨물고 싶어진다.

아주 세게.

어떤 사람들은 당신에게 언어가 갑자기 '발생할' 수는 없다고 말한다. 내가 보기엔 가능한 일이다.

데빈과의 삶도 막바지에 다다른 어느 밤, 나는 환각버섯에 무진장 취해서는 기찻길로 산책하러 나갔다. 우리는 유진의 기찻길 옆에 살았는데, 동네를 돌아다니다 보면 주삿바늘이 굴러다니는 뒷골목도 있었지만 돈으로 삶을 손써보려는 여피족도 볼 수 있었다. 나는 논문을 써야 했다. 그날 밤 우리는 땅에 앉았다. 휴대용 술병에 담긴 시바스 리갈을 마셨다. 그때 기차가 천천히 들어왔고, 나는 벌떡 일어나 웃으며 그 뒤를 따라가다가 기차에 올라탔다. 왜 그랬는지 모르겠다. 뒤를 돌아보니 남편의 모습이 작아지고 작아지다가 보이지 않았다. 나는 그렇게 작아지고 있는 그의 모습이 좋았다. 어쩌면 그 밤은 우리가 함께 행복을 느낀 마지막 밤이었을 수도 있다. 몸에 닿는 바람의 느낌이 황홀했다. 목적지도 없이 있는 힘껏 달려 나가는 나 자신의 움직임에 숨이 멎을 지경이었다.

물론 5분쯤 지나자 나는 정신을 차렸고 머릿속에는 *아아아아 지금 무슨 짓을 벌인 거야 뛰어내려 이 바보야* 하는 생각이 들어 뛰어내렸다. 군인처럼 자갈밭을 데굴데굴 구르던 내 몸은 여기저기 긁힌 후 움직임을 멈췄고, 환각버섯에 취해 정신을 놓은 나는 웃고 또 웃었다. 그렇게 집으로 걸어갔다. 데빈은 여전히 그 자리에 있었는데, 정신이 나간 그의 모습은 술에 취한 거대한 백인 부처상 같았다.

자갈밭을 구른 다음 날 밤, 나는 컴퓨터 앞에 앉아 키보드에 손을 올렸다. 돌에 긁힌 손은 상처투성이였다. 팔과 팔꿈치도 마찬가지였다. 턱과 볼도. 그렇지만 논문에 넣을 캐시 애커에 관한 글을 써야 했다. 그때는 이미 그를 만난 후였다. 나는 비평에 포함하기 위해 미리 입력해두었던 화면 위 캐시 애커의 문장을 바라봤다.

> *당신에게 이야기할 때면, 마치 박제된 나 자신의 껍데기를 한 꺼풀씩 벗겨내는 것 같다. 박제된 내 몸은 아직 아물지 않아 피가 고인 검은색 갈색 빨간색 흉터가 겹겹이 쌓여 있고, 그것을 한 겹씩 뜯어낼 때마다 많은, 더 많은 피가 당신의 얼굴로 분출되지. 나란 여자에게 글쓰기란 이런 것이다.* (『무감각의 제국』, 210쪽)

캐시 애커의 글 위에 단어들을 쓰기 시작하니 왠지 토할 것 같은 기분이 들었다. 나는 논문을 쓰는 대신 이야기를 쓰기 시작했다. 그때 내게서 탄생한 첫 문장은 다음과 같았다. "나는 혼잣말로 거짓을 말하는 여자다."

이해해달라. 나는 문학 이론 읽는 것을 사랑했고—나는 1차 텍스트를 로맨스 소설처럼 읽어치웠다—마치 그곳이 나만의 영역인 듯 담론의 물속으로 뛰어들었다. 내 몸의 노래는 언어와 생각의 물살 사이로 헤엄쳤다. 하지만 비평적으로, 학문적으로 글을 쓰려고 노력하기란 고통스러웠다.

많이.

왜 소설에 그런 짓을 하는 걸까? 예술을 지우고, 침묵시키고, 가두려는 사디스트 같은 목적이 아니라면, 무슨 목적으로? 문학에 관해 그런 식으로 글 쓰는 행위는 내게 폭력처럼 느껴졌다. 그런 시도는 기껏해야 거짓이었고 최악의 경우 비열했다. 살인이나 마찬가지라고 할 수도 있었다.

내가 논문을 쓰려고 선택한 소설들은 입이 떡 벌어질 만큼 대단하고 요란한 작품이었다. 『화이트 노이즈』와 『죽은 자들의 책력』과 『무감각의 제국』. 『무감각의 제국』을 읽지 않은 사람들에게 장담하는데, 이 책을 읽다 보면 눈알이 튀어나올 것이다. 이 작품들 안에서 문화가 세워지고 붕괴했으며, 경계에 선 존재들이 '선량한 시민의식'이라는 사이비 종교에 저항했고, 머리카락 대신 불이 달린 혁명가들이 해방자에게서 등을 돌렸다. 군국주의의 전쟁과 인종의 전쟁과 젠더의 전쟁과 아버지와 언어와 힘의 전쟁과 그저 인간 마음의 전쟁이 책장마다 펼쳐졌고, 나는 숨이 멎을 정도로 감동했다.

문에 비평을—지극히 백인 남성적인 지식에 의해 정당화된 글쓰기다—하려고 하니 내가 마치 고문자 같았다. 살인자 같았다. 배신자 같았다. 학대자 같았다. 나는 교수 세 명과—두 명은 남자였고 한 명은 여자였다—잤는데, 그때 나는 우리의 담론에 몸을 포함하고 싶었던 것 같다. *저기요!* 몸에 관한 이야기는 안 할 건가요? 시끄럽고 축축하고 규칙 따윈 지키지 않는 몸, 고매한 사상 때문에 전부 지워져버린 몸에 관한 이야기요. 내 시도는 먹히지 않았다.

물론 대학원을 그만둘 생각도 했다. 돈도 냈고, 맛도 봤으니까. 그렇지 않은가? 함께 대학원 과정을 시작한 사람 중 반이 그만두었다. 나는 계속 학자의 길을 걷지 않는다고 해도 괜찮았다. 그렇지만 내 안의 무언가가 그만두기를 허락하지 않았다. 내 몸통 안에서, 내 회백질 안에서 어떤 끈덕진 싸움이 일어나고 있었다. 내 안에 만나본 적 없는 여자가 살고 있었다. 누군지 아는가? 내 지성이었다. 문을 열었더니, 건방진 빨간 안경을 쓴 여자가 몸에 딱 맞는 스커트를 입고 가죽 가방을 든 채 서 있었다. 나는 물었다. 너는 대체 누구야? 방어적인 자세로 몸을 구부리고 조심스럽게 눈을 흘겨보면서. 야, 너 조심해.

내 질문에 여자가 대답하기를, 난 리디아인데. 내겐 너를 깜짝 놀라게 해줄 언어와 지식을 향한 욕망이 있어. 난 논문을 쓰러 왔어.

그래. 그렇겠지. 관심 없어. 그런데, 넌 어디서 온 거야?

아, 너도 알 텐데. 난 네 아버지에게서 태어났지. 이제 이 망할 놈의 문 좀 열어.

나의 아버지. 예술과 건축과 클래식 음악과 영화 사이로 굽이치는 영혼을 가졌던 사람. 내 몸속 피의 강물을 따라 아버지의 지성이 흘렀다. 그때 내 안에 있는 두 명의 나는 전면전을 벌였다. 하나는 가족과 몸을 떠나기 위해, 세상으로 가는 길을 닦아내기 위해 구축했던 나였고, 또 하나는 만난 적 없고 존재하는지도 몰랐던, 어쩌면 손가락 사이에서 웅크린 꿈처럼 숨어 있던 나였다. 내 아버지의 딸이었다.

"나는 혼잣말로 거짓을 말하는 여자다."

기차에서 뛰어내린 다음 날 밤, 컴퓨터 앞에 앉은 나의 심장이 두근거렸다. 내 첫 번째 책은 억압받은 자들이 해방되듯, 혈전이 풀어지듯 내 몸에서 흘러나와 탄생했다. 내 손은 미친 듯이 글을 썼다. 낱말들이 온몸에서, 내 삶에서 솟구쳤고, 목구멍에 이야기가 막혀 있는 여자들과 소녀들의 삶에서도 솟구쳐 나왔다.

아무것도 내게서 쏟아져 나오는 이야기를 막을 수 없었다. 손과 팔과 얼굴이 아팠지만—기차에서 떨어져 생긴 멍과 상처 때문에, 혹은 결혼 생활 때문에, 혹은 밤의 자아 때문에—이야기를 쓰고 또 썼다. 안팎이 뒤바뀌지는 않았다. 낱말이 있었고 내 몸이 있었다. 나는 내 살갗을 뚫고 그 안을 볼 수 있었다. 몸속에 있는 것을 꺼내 글로 써냈다. 책이 탄생할 때까지.

내 살갗이 괴성의 노래를 만들어낼 때까지.

단편소설

내 첫 소설집은 박사 논문보다 먼저 발표되었다. 독립출판사에서 출간했다. 내가 문단의 주류로부터 얼마나 멀리 떨어져 있든 개의치 않는 출판사였다. 책 제목은 '그 여자의 다른 입들'이었다. 책에 실린 모든 소설에서, 몸에 심각한 사건들이 발생한다. 왜냐하면, 글쎄, 실제로 발생하니까. 발생했으니까. 나는 그런 이야기를 어떻게 써야 하는지 알았다. 단어는 나의 몸이었다.

결국에는 논문도 완성했다. 불 속을 걷는 것 같았다. 가혹한 시련. 논문 제목은 '폭력의 알레고리'였다. 무슨 운명의 장난인지 논문 역시 출판되었다. 아직도 이 모든 일이 내게 일어났다는 사실을 믿을 수 없다. 그런데 그 결과로 이상하지만 좋은 일이 생겼다. 내 안에 있는 두 명의 나? 우리는 친해지기 시작했다. 지적인 나, 그리고 몸에 피 칠갑을 한 나는 함께 어울리기 시작했다. 서로의 머리카락을 빗겨줬다. 함께 거품 목욕을 하고 등에 비누 그림을 그려주고 밤이 깊도록 술잔을 기울였다.

하지만 대가가 있었다.

그때 나는 데빈과 결혼 11년 차였다. 박사 학위와 출판을 경력으로 여기저기에 출강하고 있었다. 하지만 내가 집에 들인 그 여자는 그간의 나를 부숴버렸다. 그 괴짜 같고 똑똑한 두뇌는 나를 떠날 생각이 없었다. 이제 나는 섹스를 원하지 않았다. 책을 읽고 싶었다. 밤마다 들었던 생각, 나를 마비시키고 싶다는 생각도 사라졌다. 나는 관념의 나라를 여행하고 싶었고 생각을 체감하고 싶었고 내 머리 꼭대기를 터뜨려 열어젖히고 싶었다. 정신 나갈 때까지 술 마시고 싶지 않았다. 글을 쓰고 싶었다. 또 한 권의 완전한 책을. 남편은 고집 세고 다루기 힘든 아이가 되었다. 물속에 잠겨버린 아이가. 내 사랑은 떠나지 않았지만, 더 깊고 어두운 곳으로 가라앉았다.

데빈의 삶은 알코올과 여자를 연료 삼아 잠자리로 갔다. 그는 처음으로 나 없이 혼자 간 외국 여행에서 이국의 잠자리를 발견했다. 그가 베트남에 있는 동안 나는 '남편'이라는 단어가 내게 돌아오길 기다렸다. 밤낮으로. 몇 주 동안. 그러던 어느 날 아침, 나는 침대에서 일어나지 않았다. 그렇게 며칠이 지났다. 오줌이 마려우면 그냥 쌌다. 배가 고프면 울었다. 잠에서 깨면 아무것도 없이 백색뿐이었다. 밤이면 작은 흰색 수면제를 먹었다. 어머니에게서 배운 것이었다. 더, 더 많이 먹었다. 잠들 때는 죽길 바랐다.

결국에는 나를 걱정해준 다정한 친구가 강제로 문을 열고 들어왔다. 내가 계속 결근하자 그와 로렐이라는 레즈비언 친구가 대문을 부수고 들어온 것이다. 그는 씻으라고 나를 화장실에 밀어 넣었다. 그리고 담요로 감싸줬다. 음식도 먹여줬다. 말 그대로 떠먹여줬다. 그후 우리는 사흘 내내 고전 영화를 봤고, 마침내 나는 그를 보며 말했다. 이제 괜찮아.

나는 브로디와 그의 클라리넷과 까맣고 아름다운 어린 손을 생각했다. 플로리다 시절에 제일 친했던 친구, 어머니가 아웃팅하는 바람에 인연이 끊긴 친구를 생각했다. 나의 대천사 마이클, 그리고 마이클과 내가 러벅을 떠나 새 삶을 쌓아 올린 것에 대해 생각했다. 소년과 남자를 사랑하는 방법에는 여러 가지가 있다. 그들의 당신을 향한 사랑을 허락하는 방법에도.

데빈은 결국 돌아왔지만, 우리는 그후로 함께하지 않았다.

그는 자신에게 술을 들이부으며 여자에게로 갔다. 나는 우리 집안 여자들의 팔자를 이어받게 되었다. 고통을 내 것으로 끌어안고 나니 어머니처럼 친숙하게 느껴졌다. 딸처럼. 언니처럼. 집처럼. 그 고통의 이름은, 우울.

그 길고 빽빽한 물속에서의 생활 동안 나는 가치가 깎인 여자의 삶을 살았다. 나는 아내가 아니었다. 어머니도 아니었다. 그 누구의 연인도 아니었다. 일도, 책도 내게 가치를 부여하지 못했다. 나는 쭉정이 같은 여자가 된 듯했다. 몸을 나눌 사람이 없어 살이 빠졌다. 내 옷은 다른 사람 옷처럼 몸에 헐렁하게 걸려 있었다. 다른 여자들은 내가 고의로 어떤 여성스러운 변신을 감행했다고 생각해 나를 칭찬했고, 나는 웃어 보였지만, 속으로는 벌레가 된 듯했다. 아침에 머리를 감거나 양치질할 때면 문득 이런 짓을 왜 해야 하지, 싶을 때도 있었다. 그러다가 정신을 차리면 물이 뚝뚝 흐르는 벌거벗은 몸으로 바닥을 멍하니 보고 있거나, 입에 거품을 문 채 칫솔을 들고 가만히 서 있는 상태일 때도 있었다.

수업 중이거나 학교 혹은 집으로 이동할 때 외에는 항상 집에 있었다. 아니, 그곳은 집이 아니었다. 나는 집처럼 생긴 건물에 텅 빈 여자로 존재했다. 거실에 혼자 앉아 학생들의 과제를 채점하다가 커다란 창문 밖의 거리를 바라보곤 했다. 채점할 과제는 항상 있었다. 그렇게 영원한 시간이 흐를 수도 있을 것 같았다. 아무 생각도 없는 작은 몸으로, 펜을 들고 일만 하면 그만이었다. 아무것도 느껴지지 않을 정도로만 술을 마셨다. 매일. 하루에 한 병 정도였다. 대략. 평균적으로. 때로는 포도주였고, 때로는 보드카였다. 밤에는 TV를 보다가 잠의 구원을 받았다. 받지 못할 때도 있었다. 이것이 내 삶이다,라고 생각했다. 삶은 잔잔한 물살처럼 흐름이 느렸다. 귓속에 단조로운 멜로디가 맴돌았고, 멍한 머리로는 낮잠이나 자고 커피나 끓이면 제격이었다. 동네와 집과 냉장고가 있었다. 기계를 쓰고 주유소에 가는 일은 위로였다. 직장에 갈 때, 집으로 돌아올 때 타는 자동차가 있었다. 선형적이고 이해하기 쉬운 이야기가 있었다. 무언가를 할 필요가 없었다. 무언가가 될 필요도.

그런데 유리창 반대편에 다른 여자가 있었다.

신성한 거실 한 면에 붙은 유리창 밖을 멍하니 바라보고 있던 어느 날, 잿빛 안색에 지저분한 금발의 한 여자가 걸어가는 모습을 봤다. 올이 풀어진 청반바지에 튜브톱을 입었고 카우보이 부츠를 신고 있었다. 팔에 지도가 그려져 있는 것 같았다. 세 걸음쯤 걸을 때마다 오른쪽 어깨에 짧은 경련이 일어났다. 지나가는 여자. 그때 청바지와 레너드 스키너드 티셔츠를 입은 앙상한 남자가 여자 뒤를 따라가는 모습이 보였다. 등이 굽어 있었다. 부지런히 여기저기로 시선을 던졌다. 담배를 피웠다. 쥐 꼬리처럼 묶은 머리가 등 중간까지 내려왔다.

사실 이 두 사람은 전에도 본 적 있었다. 그것도 자주. 지난 2년 동안. 여자는 남자의 소유였다. 남자는 여자의 포주였다. 이곳이 그들의 구역이었다. 내가 사는 집 뒷골목. 우리의 삶은 이런 식이었다. 나는 집 안에서 안전한 부르주아적 삶을 살았다. 그리고 그들은 살갗과 머리에 내 과거의 흔적을 묻힌 채 밖에서 있었다.

그렇지만 이번에는 그 여자를 보자 가슴속 어딘가가 아렸다. 나는 다른 사람 때문에 어떤 감정이 촉발되었다는 사실이 좋았다. 그 감정이 고통일지라도. 어쩌면 고통이라 더 좋았을 수도 있다. 그들은 내 시야에서 사라졌고, 그 자리에 앉은 내 입속에서 무언가 따뜻한 맛이 느껴졌다. 줄곧 볼 안쪽을 깨물고 있었던 것이다.

그날, 나는 과제 채점 외에는 아무것도 하지 않았다. 가슴과 볼이 아팠다. 밤에는 별다른 이유도 없이 토했다. 그 시절의 내겐 드문 일도 아니었다.

하지만 그다음에 그 여자를 봤을 때는 아주 작고 특정한 무언가가 내 시선을 끌었다. 중요한 디테일이었다. 콧대에 있는 멍. 멍 그 자체로 중요한 것은 아니었고, 멍 때문에 알게 된 사실이었다… 여자의 눈동자가 파랑이라는 것. 내 눈처럼. 나는 채점하던 과제물을 바닥으로 밀어버렸다. 걸어가는 여자의 모습을 보며 몸무게가 얼마나 나갈지 어림해봤다. 나이는 몇일지도 궁금했다. 짐작이 가지 않았다. 그가 과거에 어떤 직업을 시도했다가 실패했을지 궁금했다. 올 풀린 청반바지를 입은, 팔 대신 지도를 대롱거리는, 멍든 몸으로 걸어가는 파랑 눈의 여자. 현관 옆에 놓인 내 가방 속 지갑에 돈이 얼마나 들어 있는지 기억하려 애썼다. 바지 밑으로 빠져나온 여자의 엉덩이를, 힘없이 매달린 살덩이를, 두 개의 작은 쉼표를 봤다. 그때 여자는 우리 집 바로 앞에 있었다. 나는 여자의 댄스 파트너가 나타날 때까지 기다렸다. 그리고 생각 없이 창문을 두드렸다. 생각 없이 일어나서 현관문 쪽으로 걸어가 문을 열고 밖으로 나간 뒤 남자에게 다가가 말했다. "얼마?"

이 사건을 소재로 한 단편소설에서, 나는 여자를 집 안으로 들인 후 앉으라고 말한다. 여자가 앉는다. 담배를 피우는 그의 무릎이 기계처럼 까딱거린다. 손도 떨린다. 매일 밤낮으로 좇을 빨아야 하는 여자가 소파에 앉아 담배를 피우는 모습을 내려다보는 나, 영문학을 가르치는 여자 교수로 산다는 건 이런 거구나,라고 소설 속의 내가 말한다. 언어라는 작은 것을 받아 믿으며 살아가는 내가, 신분 상승한 마약중독자인 내가 여자를 바라보며 했던 생각은 다음과 같다. 저 여자, 마리아 같아. 예수를 낳은 마리아는 아마 저런 모습이었을 거야. 저 몸으로 그런 기적을, 그런 부담을 견딜 수 없었을 테지. 마리아는 자신의 몸에 대한 배려 없이 세계를 바꾸는 일에만 혈안이 된 역사라는 존재를 믿을 수도, 견딜 수도 없었을 거야. 나는 예수의 이미지를 볼 때마다 핼쑥하고 여위었으며 피곤하고 화가 나서 온몸이 바싹 마른 마리아를, 어떤 표정도 지을 수 없는 마리아를 떠올린다.

소설 속의 내가 말하길, 뭘 할 작정이야? 강의라도 할 거야?

사람들은 종종 내 이야기에 나오는 사건이 실제로도 일어났는지 묻는다. 나는 삶에 대해서도 같은 질문을 할 수 있다고 생각한다. 정말 내 삶에 이런 일이 있었나? 몸은 거짓말하지 않는다. 그렇지만 몸에 언어를 가져오면, 이미 그것은 허구적인 행위가 아닐까? 그 구성과 채도와 패턴까지, 전부 즐겁게 설계한 것이니까. 과거를 돌아보며 형식을 구성했으니까. 유일한 목격자는 오직 몸밖에 없다는 잔인하고 가감 없는 진실에도 불구하고, 기억력이라는 정신의 강압적인 힘만을 고집하니까. 그렇지 않나?

거래는 이루어졌다. 여자 대 여자로. 그 여자가 아직 살아 있다면, 내 말이 맞는다고 해줄 것이다.

내게도 다른 사람에게 줄 만한 것이 있었을까? 내 삶은 아무것도 아니었음에도? 진심이다. 젠장, 대체 내게 줄 만한 것이 뭐가 있단 말인가? 나는 속에 구멍이 뻥뻥 뚫린 여자인데. 그렇지만 줄 것이 있었다.

언어.

나는 내 안에 있는 그 여자를 데리고 수업하러 갔고, 학생들과 이런저런 아이디어에 관해 이야기했다. 그중 어떤 것들은 내 심장 속으로 침투했다. 그리고 내 심장이 두근거리기 시작했다. 학생들과 아이디어에 관해 이야기하는 행위에는 고유의 맥박이 있었다. 열심히 하는 학생들도 있고 전혀 관심 없는 학생들도 있었지만, 그런 것은 중요하지 않았다. 나는 언어와 아이디어가 있는 방에 설 수 있다는 사실에 너무나도 행복했기 때문에 교실에서 혼자 강의하라고 해도 했을 것이다. 그렇지만 나는 혼자가 아니었다. 내 옆에는 젊음다운 젊음이 함께하고 있었다. 나는 예술가와 작가와 학자와 바텐더와 음악가와 간호사와 스트리퍼와 변호사와 어머니와 함께였다. 그들 중 일부는 부자이자 유명인이 되고 일부는 감옥에 가고 일부는 회계사가 되고 일부는 평화봉사단에 들어가거나 프랑스로 가고 일부는 사랑에 빠지고 일부는 자살할 것이었다. 우리에게 잘못한 사람들, 그리고 과거의 우리와 미래의 우리가 책에서 다 같이 만날 것이었다. 함께 언어의 살결을 만질 것이었다. 가족이란 그런 것일까.

가족이 대체 뭐든, 그곳에는 언어가 있었다. 나의 언어만 있는 것은 아니었다. 나는 이야기를 쓰고 책을 썼다. 글을 쓰면 쓸수록 내 뒤에 있는 문이 더 활짝 열릴 것 같았고, 내 발을 그 문틈에 밀어 넣고 있으면 더 많은 사람이 비집고 들어올 수 있을 것 같았다. 그리고 무언가를 만들 수 있을 것 같았다. 함께. 그 무언가는, 예술이었다. 그것은 중요한 작업이었다. 나는 다른 사람들과 그림을 그렸다. 다른 사람들과 행위예술을 했다. 이야기를 만들었고 낭독을 했다. 괴짜들을 위한 예술 행사를 기획해서, 나무에 브래지어와 가공하지 않은 작은 이야기들을 잔뜩 걸어놓거나 자동차에 채워진 클램프를 해체하거나 통신사 벨에서 일하는 친구와 함께 가난한 사람들에게 공짜로 케이블을 설치해주거나 대기업 주차장에 세워진 차 유리에 지렁이나 여자의 성기에 관한 하이쿠를 써서 붙여놓기도 했다.

그리고 나는 두 번째 단편집을 썼다.

내 결혼이 끝난 뒤 출간된 단편집의 제목은 '자유 과잉'이었다. 그 책을 읽게 된다면 그 안에 실린 이야기들이 낯익을 것이다. 그 이야기들에는 우리 손에 대본처럼 주어지는 관계를 수행해내는 사람들이 등장한다. 딸. 어머니. 남편. 아내. 결혼. 등장인물들은 사랑하려 노력하고 실패한다. 그리고 또 실패한다. 그들은 우리가 문화라고 부르는 것의 주변부에서 살아가는 사람들이고, 그들 대부분의 삶은 결국 개판이 된다. 그래도 우리는 아직 살아 있지 않은가? 더 이상 살아 있지 않은 사람들을 위해 계속 살아가고 있지 않은가? 나는 알고 싶다. 우리가 우리의 삶을 엉망으로 만드는 걸까? 아니면 우리에게 주어진 대본 때문에 엉망이 되는 걸까?

내 안의 한 자아를 떠나 다른 자아를 포용하는 일은 쉽지 않다. 당신의 자유는 당신에게 상처를 남길 것이다. 어쩌면 죽일 수도 있다. 당신 혹은 당신 내면의 한 자아를. 그래도 괜찮다. 더 많은 자아가 남아 있으니까.

우리는 몇 번을 죽어야 하는 걸까?

언어에는, 자아처럼, 죽음을 감내할 가치가 있다.

회백질

나는 가정을 일구는 일에는 젬병이었을지 모르지만, 어떻게 하면 가정의 빈자리에 다른 무언가를 채워 넣을 수 있을지 알아냈다. 내 인생이라는 슬픔 가득한 슬픈 포대 자루로, 나는 언어의 집을 만들었다.

내가 처음으로 건축한 언어의 집은 문예지였다. 누군가가 '문예지'라는 말을 꺼내면 당신의 머릿속에는 자그맣고 하얗고 깨끗한, 『버지니아 쿼털리 리뷰』 같은 책이 떠오를 것이다. 그런 것 말고. 우리는 아주 커다란 책을 만들었다. 가로 23센티미터, 세로 30센티미터의 깔끔하게 제본된 4색 인쇄본을 만들어 세상에 내놓았다. 반문화적이었다. 그 문예지의 모든 호는 '문예지'라는 개념을 해체하는—내가 학자로서 배운 개념 중 가장 좋아하는 것이 바로 그 해체다—것이었다. 주제는 외설-신성 같은 것이었다. 마약. 여러 종류의 폭력. 외계인. 작업의 주축은 나, 미친 지능과 죽여주는 재능을 가진 친구들이었다. 우리는 창고에서 연습하는 아마추어 밴드 같았지만, 악기 대신 종이와 컴퓨터가 있는 셈이었다. 잡지 제작에 필요한 모든 것을—편집, 디자인, 레이아웃, 조판 등—독학했다. 배운 것을 활용하고 모든 페이지를 지평으로 삼아 새로운 일을 벌였다. 이미지와 텍스트가 전쟁을 일으켰고 함께 춤을 췄다. 소설에 시를 삽입했고 흰 지면이나 서정시의 시구 중간에 커다란 가슴 사진을 넣었다. 순수예술과 대중문화가 동침했다. 시인 유세프 코무냐카가 한 말을, 전혀 유명하지 않은 웬 여성 노숙자나 그라피티 예술가나 비혼모가 한 말 옆에 병치했다. 그 괴리감을 책 속에서 죽일 수 있었다. 글쓰기는, 우리가 내린 결론에 의하면, 어디에나 있었다. 우리가 원하면 모든 것이 예술이 됐다.

우리는 그 커다란 흰색 페이지에 애니 스프링클과 안드레스 세라노와 캐시 애커와 안드레이 코드레스쿠와 조엘-피터 위트킨의 작품을 실었다. 전과자와 회복 중인 마약중독자와 주정뱅이의 이야기를 그 작품 옆에 넣었다. 우리는 문학의 신성함을 파괴하며 예술의 소음과 열기를 해방했다. 다들 돈벌이를 위해 다른 일을 병행했다. 다들 커다란 책을 만드느라 너무 늦게까지 깨어 있었다. 다들 킨코스 인쇄소의 파란 앞치마 두른 점원들을 달달 볶느라 너무 많은 시간을 썼다. 나는 우리의 커다랗고 불경스러운 입에 식비와 월세를 들이부었다. 우리는 상을 탔다. 지원금도 받았다. 우리 작업은 정확히 뭐라고 표현할 수는 없었지만, 정말 대단했다. 지금 돌아봐도 잘했다는 생각이 든다. 그것은 빠르게 타오르는 초신성이었다.

나는 그 작업이 존나 좋았다.

왜냐고?

처음으로 다리를 벌리지 않아도 되는 사랑을 만났으니까. 당신이 이 말을 믿을 수도 있고, 꾸며낸 말이라고 생각할 수도 있겠지. 어느 쪽이든 이는 사실이다.

언어의 집을 통해 다른 경험도 했다. 언어의 집을 통해 나는 이런저런 경로로 내 글을 읽어본 작가들을 만났다. 언어의 집을 통해, 내가 내 안의 목소리와 핏속의 노래를 느꼈던 것처럼 다른 사람들도 그런 목소리와 노래를 품고 산다는 것을 알게 되었다. 나는 나만 그렇다고 생각했다. 그런데 나 같은 사람이 있었다. 음, 그것도 아주 많았다. 그들은 글쓰기의 규칙을 깼다. 글쓰기에서 불가능한 것들을 이뤄내려 했다. 새로 발견한 지성을 생경한 영역으로 끌고 갔다. 새로운 것들을 만들었다. 어쩌면 삶까지도. 새로운 자아까지도.

나는 이 사람들을 콘퍼런스와 낭독회와 퍼포먼스와 예술전에서 만났다. 우리는 구석에 모여 앉아 마시고 웃고 비밀스러운 작전을 짰다. 우리는 비주류 작품을 읽는 일종의 지하조직처럼 소통하며 정신을 잃을 때까지 금기를 겨냥하는 예술을 바라봤고, 출판되지는 못할지라도 얼굴을 찢어낼 듯 충격적인 글들을 마주하며 침을 흘렸다. 이 사람들이 내게 어떤 의미였는지, 지금까지도 어떤 의미인지 설명해줄 단어 두 개는?

동족.

신성한.

어째서 사람들이 갱단에 가입하거나 감옥에서 어울릴 무리를 만들거나 같이 규칙을 어길 사람들만 신뢰하는지, 나는 이해한다. 어째서 사람들이 대학에서 낙제하거나 직장을 그만두거나 바람을 피우거나 법을 어기거나 벽에 스프레이 페인트를 뿌리는지 이해하는 데 나는 아무 문제가 없다. 어떤 사람들은 세상의 주변부로 가야 서로를 느낄 수 있다. 우리는 가족이라는 틀을 대체하기 위해 그렇게 행동한다. 기존의 뿌리를 지우고, 자기 자신을 제대로 반영하는 새로운 뿌리를 만들기 위해 그렇게 행동한다. 나 역시 이곳에 있었다,라고 말하기 위해.

또 무슨 일이 있었는지 말해줄까? 알고 보니 내게 쌍둥이가 있었다.

내가 쌍둥이자리라는 말을 했던가?

여기서 '쌍둥이'라는 말은 생물학적인 쌍둥이를 뜻하는 것은 아니다… 그렇지만 또 모르는 일이지. 유전자가 피와 세포의 고속도로를 타고 이동하는 것을 생각해보면 말이다. 같은 부족에 속한 내 쌍둥이는 금발이다. 눈은 파랑이다. 문장과 특이한 관계를 맺고 있다. 문화와 스토리텔링에 관해 이상한 관점을 갖고 있다. 불꽃이 그의 손가락에 머물고 그의 머리 꼭대기에서 솟구친다.

나는 기적처럼 샌디에이고주립대학에서 열린 낭독회에 초대되었고, 그곳에서 쌍둥이를 만났다. 쌍둥이도 초대된 것이다. 우리가 초대된 이유는 우리가 쓴 글이, 그러니까, 이상했기 때문이다. 우리의 글쓰기를 설명하기에 적당한 단어는 하나도 없었다. '실험적'이란 말은 멍청하고, '혁신적'이란 말은 묘하게 잘난 척하는 것 같다. 캐릭터와 플롯, 줄거리 형성에 관한 기존의 지식을 전부 가져다가 내가 어렸을 때 바비 인형 머리에 폭죽을 넣어 폭파했던 것처럼 깡그리 날려버리는 작업을 뜻하는 단어가 있는지 모르겠지만, 그것이 우리가 하는 일이다. 언어에 대한 관습과 규칙이 아닌 언어 그 자체를 사랑하는 자들을 정의하는 단어가 있는지 모르겠지만, 그것이 바로 우리다.

랜스 올슨과 나, 우리 두 사람은 언어의 강도다. 이 말에는 어느 정도 근거가 있다.

당신이 속한 곳에 쌍둥이가 없다면, 진지하게 말하건대 지금 하는 일을 당장 멈추고 쌍둥이를 찾아 떠나라. 쌍둥이와 동족을 찾아 떠나라. 진심이다. 왜냐하면, 언어와 피로 맺어진 관계와 동족이 있었기에 나를 나 자신으로부터 구할 수 있었으니까. 만약 내가 1년이라도 더 내 주변 사람들처럼 살려고 노력했다면, 나는 살아남을 수 없었을 것이다.

구글에서 랜스 올슨을 검색해보면, 우리가 활동하는 부족적 반경에서 그가 록스타 같은 존재라는 사실을 알게 될 것이다. 하지만 그 사실이 내가 그를 사랑하고 영원히 그를 지지하기로 작정한 이유는 아니다. 진짜 이유는, 그의 언어 덕에 내 언어의 가능성이 더욱 강해졌기 때문이다. 그의 언어 안에서 내 머리는 터져버리고 새로운 아이디어가 샘솟는다. 그의 책 안에서 니체의 입술에 키스하는 순간, 미국이라는 상점가의 영화관에서 영화가 시작되는 순간, 전쟁 중인 마음들 간의 차이점을 원자화하는 돌풍이 일어나는 순간, 그동안 알고 있던 발단과 전개와 결말은 전부 잊어버리게 된다.

그리고 랜스 올슨이 픽션 컬렉티브 투FC2라는 출판사의 저자이자 편집자라는 사실을 알게 될 것이다. 나처럼. 구글에서 FC2를 검색하면 출판사의 미션을 읽어볼 수 있다. 'FC2는 미국의 대형 출판사에서 상업적으로 출간하기에 너무 도전적이거나 혁신적이거나 비정통적인 소설을 출간하는 일에 전념하는 소수의 대안 출판사 중 하나입니다.'

당신에겐 어떻게 들릴지 모르겠지만, 내게 '비정통적인'이라는 말은 약간 지적인 느낌이다. 그러니 이렇게 말하겠다. 나는 언어의 집을 부수고 만드는 사람이다. 나와 내 쌍둥이는 서로를 지지한다. 그리고 우리는 당신의 여자들과 아이들을 훔치러 갈 것이다.

세속적인 기적

모든 기적이 신을 통해, 혹은 하늘을 바라봄으로써 일어나는 것은 아니다.

내가 30대 초반이었던 겨울에 일어난 일을 기적이라고 표현한다면, 현실에 비해 초라한 표현일 것이다. 시작은 정말 미미했다. 시작은 내 손에서 이루어졌다. 그해 겨울, 나는 짤막한 소설 하나를 샘플 원고로 보냈다. 그 이야기의 제목은 '물의 연대기'였다. 총 네 군데에 보냈는데, 컬럼비아대학의 문예창작과 석사과정 입학위원회, 정교수로 임용될 수도 있는 강사직의 채용위원회, 지원금 신청을 받고 있던 비영리단체 '오리건 문학예술', 교환 작가 프로그램을 운영하는 비영리단체 '시인과 작가들'이었다.

그후 한 달 사이 우리 집 우편함에는 어린 내가 수영선수로서 대학에 입학하기를 꿈꾸던 플로리다에서 받았던 것과 똑같이 생긴 우편물이 도착했다. 물론 이번에는 나 혼자, 엉망진창이 된 자기 자신을 솔직하게 세상에 내보인 성인 여성으로서 그 편지들을 읽어야 했다. 우편물은 하나씩 도착했다. 하얗고 기하학적이고 기회의 냄새가 났다.

컬럼비아대학 석사과정에 합격했다.

강사직에 합격했다.

지원금 3천 달러를 받게 되었다.

교환 작가 지원 프로그램에 선발되었다.

모두 같은 달에 일어난 일이다.

살면서 그런 것은 한 번도 겪어보지 못했다. 앞으로도 겪어보지 못할 확률이 높다. 내 인생이란 바다가 물길을 열어 보이는 것 같았다. 내 상처에서 고통 외에 다른 것도 탄생했다고 생각하게 되었다.

나는 나답게도 문예창작과 입학 대신 일자리를 선택했다. 이것은 정말 중요한 이야기인데, 나는 그 어떤 것보다 문예창작과에 들어가 공부하고 싶었다. 얼마나 간절히 원했는지 절대 모를걸. 내 부서진 마음으로 간절하게 바라고 바랐다. 그렇지만 그 길을 택할 수는 없었다. 나는 살아가야 해,가 나의 마음이었다. 나는 나 자신을 먹여 살려야 했다. 나 말고는 아무도 그 일을 하려 하지 않았다. 그래서 나는 자신을 컬럼비아에 다니는 작가라고 명명하고 싶은 욕망을 삼켜버렸다. 수영선수로서 컬럼비아대학에 입학할 수 없었던 것처럼.

나는 지원금으로 차를 샀다. 파리로 여행을 떠나고 싶었지만, 그대신 차를 샀다. 나를 직장까지 실어다 주고 실어 올 수 있는 믿음직한 차였다. 나는 기념으로 저녁을 먹으러 나가지도 않았고, 샴페인을 마시지도 않았고, 초콜릿을 먹지도 않았다.

교환 작가 프로그램에는 뉴욕 방문이라는 상 외에 자기 파괴적인 사람들을 위한 실용적인 대안이 없었으니 신에게 감사할 일이었다. 대안이 있었다면 나는 그 프로그램도 포기했을 테니까. 나는 자신에게 반항하다시피 하며 뉴욕으로 갔다. 작가들이 있는 곳으로.

'시인과 작가들'의 교환 작가 프로그램에 선발되면 '상'으로 자기가 사는 주를 벗어나 다른 주로 여행을 떠나게 된다. 나는 오리건에서 뉴욕으로 가게 되었다. 만나고 싶은 작가를 선택하면 주최 측에서 열심히 노력해 그 작가와 만나게 해준다. 미국시협회에서 낭독회를 하고, 그래머시 파크 호텔에서 머물며, 밤이 깊어가면 똑똑하고 멋진 사람들 속에서 나도 똑똑하고 멋진 사람인 것처럼 함께 스카치위스키를 마실 수 있다. 편집자와 출판사 관계자, 작가, 에이전트를 만나 함께 근사한 점심과 저녁 식사를 즐길 수 있다. 얼마나 근사하냐고? 그때 훔쳐 온 냅킨과 영수증 조각을 아직도 가지고 있을 정도다. 1996년부터 지금까지.

소설 분야의 응모작을 심사한 사람은 캐럴 메이소였다. 애초에 내가 응모한 이유가 캐럴 메이소 때문이었다. 그의 글은 "실험적"이고 "혁신적"이고 "비정통적"이라는 평가를 받았다. 나로서는 그의 이상함 덕분에 내 이상함이 편안해졌다고 말할 수 있을 뿐이다. 내가 만나고 싶었던 작가는 린 틸먼, 페기 펠런, 유리디시였다. 당신이 나만큼 그들을 잘 아는지 모르겠지만, 내겐 그들이야말로 진짜배기 지성인들이었다. 사실 그들을 진짜로 만나게 될 거라곤 생각하지 않았고, 그저 술에 취한 채 보내준 양식에 그 이름들을 적은 다음 웃고 방귀도 한 번 뀐 후 다시 우편으로 부쳤을 뿐이다. 혼자 생각하기를, 만날 수 있을 리가 없지. 웃기지 말라고. 하지만 프레이저 러셀이 그들을 전부 불러들였다. 내 인생을 통틀어 가장 황송하고 행복했던 나흘 밤은 이렇게 흘러갔다. 내 월세보다 비싼 저녁 식사. 정신을 잃을 정도로 맛있는 음식. 치아가 녹아내릴 것 같은 포도주. 그토록 지적이고 창의적이고 멋진 여자들의 정신과 몸이 함께하고… 나는 토하고 오줌을 지리는 동시에 오르가슴까지 느낄 것 같은 기분이었다. 하느님이니, 천국이니, 좆까라지. 지금 여기가 천국인걸. 그들은 내 두뇌 인생의 사랑이었다.

이 여성 작가 네 명은 관습을 벗어난 글을 썼다. 일부러 관습을 벗어난 것이다. 자유롭게, 열정적으로, 피 칠갑한 몸으로, 용서를 구하지도 않고, 관습을 벗어난 방식으로, 안에서부터 언어의 집을 폭파해냈다. 그리고 네 작가 모두 글쓰기에서 '몸'이 중요한 소재임을 강조했다. 그들은 주류 작가는 아니었다. 그들은 자기들만의 경이로운 길을 직접 개척하고 있었다. 주류 바깥쪽에서, 멍청한 주류에 저항하며, 마치 그랜드캐니언을 가르는 물줄기처럼. 나는 내 글이 그들의 글 같기를 바랐다. 그 뒤를 따르기를 바랐다. 그들의 글은 바다를 갈라서 나 같은 사람들에게 길을 내줬다.

목이 얼마나 자주 멨는지 모른다. 그들과 이야기하며. 눈을 바라보며. '나'를 확인하려 애쓰며. 내가 말을 많이 하진 않은 것 같다. 아무 말도 안 했을 가능성도 있다. 그때 내가 어땠는지 기억하기 힘들다. 그들이 했던 말은 거의 다 기억하고 있지만. 이것만은 확신한다. 처음이었다, 그렇게… 행복한 적은.

그 여행에서 마법 같은 일은 또 일어났다. 나와 함께 오리건에서 뉴욕으로 온 시인이 있었다. 그는 시 부문에서 선정된 사람이었는데, 알고 보니 유진에 살 때 알고 지내던 사람이었다. 놀랄 만큼 멋진 남자인 데다 기가 막히는 시인, 존 캠벨. 그가 요청한 시인 중에는 제럴드 스턴이 있었는데, 그와 식사하고 이야기한 날을 절대 잊지 못할 것이다. 그는 어깨가 탈골되어 저녁 내내 팔걸이 붕대를 하고 있었고, 한 손으로만 손동작을 곁들이며 이야기했다. 그러거나 말거나 대단한 사람이었다. 우리는 빌리 콜린스, 앨프리드 콘과도 점심을 먹었다. 후자는 정말 마음에 들었다. 전자는 이야기하는 내내 내 가슴만 봤다. 내 시인 친구는 작가를 한 명 더 만나는 대신 재즈 클럽에 보내달라고 했다. 그래서 나는 어느 재즈 클럽에서 해미엇 블루엣으로부터 약 5미터 떨어진 자리에 앉아 있다가, 다른 클럽에 가서 매코이 타이너로부터 약 2미터 떨어진 자리에 앉을 수 있었다. 그날 밤 호텔로 돌아왔을 때 분명 내 속옷은 기쁨으로 질척했을 것이다. 영원한 감사를, 존 캠벨에게.

참, 얼마나 대단한 기회인가? 대도시에 진출한 오리건 작가들. 아직도 그때를 생각하면 웃음이 나고 오줌을 지릴 정도로 행복하다.

하지만 내 목에서는 달콤씁쓸한 맛도 느껴진다. 내 목 안에 작은 돌이 있다. 네,라고 말하지 못하는 무능력에서 생긴 작고 슬픈 돌이다. 그때 나는 출판사 '패러, 스트로스 앤드 지루'의 편집자와 만날 기회가 있었다. 편집자는 내 수영선수로서의 삶에 관해 물어봤고, 내게 그 삶에 관한 책을 써낼 만한 잠재력이 있다고 말했다. 글쎄, 예를 들면, 회고록 같은 것 말이에요. 나는 얼빠진 바보가 되어 그 자리에 멍하니 서 있었다. 미소를 머금고 가슴 위로 팔짱을 낀 채 머리를 설레설레 저었다. 그는 내가 자신의 제안에 기뻐서 펄쩍 뛰기를 기다리고 있었다. 하지만 아무것도 아무것도 아무것도 내 목에서는 나오지 않았다. 그러자 그는 나와 악수하고 행운을 빌어줬다. 공짜로 책도 몇 권 줬다.

나는 린 틸먼, 그리고 사랑하는 W. W. 노턴 출판사의 편집자 캐럴 하우크 스미스—슬프게도 이 만남 후에 사망했다—사이에 앉아 저녁을 먹었는데, 린이 캐럴에게 내 책을 출판해달라고 설득하고 있었다. 캐럴은 몸을 기울이더니 말하길, 그럼 나한테 뭐라도 좀 보내봐요. 그의 밝고 강렬한 작은 눈이 내 아무것도 모르는 머리통을 바로 관통했다. 사람들 대부분은 이런 제안을 받았다면 당장 오리건행 비행기에서 내리자마자 우체국으로 달려갔을 것이다. 나는 10년이 지난 후에야 봉투에 무언가를 넣고 침을 바를 생각이나마 할 수 있게 되었다.

미국시협회에서 낭독회를 마친 후, 당시 출판 에이전시 '키다, 호이트 앤드 피카르드'에서 일하던 캐서린 키다가 혹시 에이전트가 필요하지 않은지 물었다. 낭독회를 마친 바로 그 자리에서. 내 작고 슬픈 목구멍 속의 돌. 나는 귀가 먹먹해졌고 미소 지으며 그와 악수했다. 멋지게 차려입은 그 많은 사람 앞에서 울음을 터뜨릴 것만 같았다. 내 입에서 나온 말은 이것이 전부였다. "모르겠네요."

캐서린이 답했다. "그렇군요."

나를 향해 손을 내밀어준 사람들이 그렇게 많았다.

이것을 꼭 이해해야 한다. 망가진 사람들은 항상 네,라고 말할 준비가 되어 있지 않거나 바로 앞에 대단한 것이 있어도 그것을 선택하지 못하기도 한다는 사실을. 우리가 이고 사는 것은 부끄러움이다. 좋은 것을 원한다는 사실에서 생겨나는 부끄러움. 좋은 것을 느끼는 데서 생겨나는 부끄러움. 자신에겐 존경하는 사람들과 같은 방식으로 같은 공간에 서 있을 만한 가치가 없다는 생각에서 생겨나는 부끄러움. 우리 가슴 위의 커다란 주홍 글자.

나는 자라면서 변호사가 되리라는 생각은 한 번도 한 적이 없다. 우주비행사가 되겠다는 생각도. 대통령도. 과학자도. 건축가도.

심지어 작가가 되겠다는 생각도 하지 않았다.

어떤 사람들의 열망은 속에서 갇혀버린다. 한번 해보자고 생각하기가 힘들다. 꿈꾸기도 힘들다. 싸우거나 도망쳐야겠다는 직감뿐일 때는.

다시 그때로 돌아갈 수 있다면 내게 가르쳐줄 것이다. 나는 내게 일어서는 법, 원하는 법, 원하는 것을 요구하는 법을 가르쳐주는 여자가 될 것이다. 네 마음, 상상력, 전부 대단해,라고 말해주는 여자가 될 것이다. 봐, 정말 아름답지. 네게도 저 테이블에 앉을 가치가 있어. 빛은 우리 모두를 비춰주니까.

서부로 돌아오는 비행기 창밖으로 나의 도시에 보슬비가 내리고 있었고, 비 사이로 상록수와 강이 보이기 시작했다. 그때 내가 여성 작가가 된다면, 일종의 망가진 여성 작가가 되리라는 것을 깨달았다. 자기 연민에 빠져 자그마한 비행기용 술을 몇 병이나 마셨다. 오리건으로 돌아온 나는 책 계약도 하지 못했고 에이전트도 없었으며, 그저 작가의 삶은 어떤 것일지에 관한 아름다운 기억만 머리와 가슴속에 가득 품고 있었다. 작가들과 식사도 했고 즐거운 시간도 보냈으니까. 그것이 내게 허락할 수 있는 유일한 상이었다.

하지만 내 안에서 무언가가 태어났다, 죽지 않은 채.

여자들 속에서 꿈꾸기

가끔 영혼은 파도를 뚫고 오느라 느지막이 도착하고, 그래서 더 늦게 태어난다. 결국, 당신은 한 번도 혼자인 적이 없었다. 축복 아닌가, 외로움 속에서 태어나는 새 생명은.

마르그리트 뒤라스와 함께하려면 이국에—당신에게 이국인 곳에—있는 아파트의 침대 위에 누워야 한다. 그곳은 당신이 이방인으로 느껴질 수 있을 만큼 충분히 이질적인 곳이어야 한다. 이름과 언어를 놓아버려라. 당신을 붙들어주는 정체성도 버려라. 생각도 버려라. 조금 열린 긴 창문에는 덧문이 붙어 있어야 한다. 방은 파랑이어야 한다. 바닥은 석재여야 한다. 당신은 발가벗어야 한다. 그 여자의 숨결이 당신의 살결에 속삭임으로 닿고, 몸을 타고 위로 흐른다. 그리고 아래로. 당신 주위로 움직이는 도시의 소리를 들어야 한다. 그 너머에 있는 소리도, 모든 인간의 움직임 너머에 있는 바다와 바람의 소리도 들어야 한다. 그리고 그 너머에 있는 소리도, 귓속에서 흐르는 피와 두근거리는 심장과 당신의 몸 위에 기록되는 연인의 살결 이야기도 들어야 한다. 밤이 오면 비가 내릴 것이다. 창문을 열어라. 욕망이 촉촉하게 젖는다. 안팎은 없고 오직 몸이 존재한다. 죽을 때까지 사랑을.

거트루드 스타인과 함께하면 음식과 종이가 있을 것이다. 그리고 찻잎과 돈이. 그 여자는 우아하게 이야기할 것이다. 아이스크림을 먹으며 이야기할 것이다. 음식 그리고 종이. 육체가 완성한 사이클. 아주 친절하다. 그리고 그것은 반복되고 또 반복된다.

침묵하라, 에밀리 디킨슨을 위해. 폭풍우가 휘몰아치다 잦아들면 부드럽게 찬가를 부를 것. 머리 꼭대기가 열리도록 둘 것. 이제 알겠는가? 사물 사이에는 공간이 있다. 당신이 생각하던 것은 자신의 생을 지고 가는 무無였을 뿐이다.

옆방은 H. D.가 벽을 허물어놓았다. 그렇지만 바닥에서 춤추는 빛의 움직임이 전과 얼마나 다른지 보라. 당신의 발조차 새롭다.

엘렌 식수와 함께하려면 눈을 감고 입을 벌려야 한다. 더 크게. 목구멍도 활짝 열어야 한다. 식도도. 폐도. 더 활짝. 척추를 활짝 열어 잡음을 소거하라. 골반이 이완되어 헤엄친다. 포궁은 그 자체로 세계가 된다. 더 활짝. 성性의 우물을 열어라. 이제 다른 입으로 당신의 몸을 말하라. 몸의 기도를 외쳐라. 이것이 글쓰기다.

진 리스는 협곡을 깎아내는 물줄기처럼 문학의 광대한 말뭉치를 뚫고 도래했다.

에이드리언 리치는 당신에 앞서 저 깊은 곳으로 들어갔다. 그가 밑으로 뛰어들었기 때문에 언어의 가능성이 당신이 있는 표면까지 떠오를 수 있었다. 호흡할 것. 그리고 높은 허공에 가 닿기 위해 당신이 딛고 선 넓은 어깨를 인식할 것. 그 사물들을 취하라.

마거릿 애트우드와 도리스 레싱을 통해 척추를 똑바로 세우는 법을 배우고, 언제 웃고 언제 술잔을 돌려줘야 하는지, 언제 누구와 울어야 하는지, 언제 소총을 집어 들어야 하는지 배우게 될 것이다.

지넷 윈터슨은 작은 것도 우주처럼 거대하게 만들 것이다.

토니 모리슨은 눈물로 집을 통로를 세울 것이다.

레슬리 마몬 실코는 이야기란 긴 것이라고 속삭인다. 아니, 더 길다고. 그보다도 더 길다고. 그 무엇보다도 길다고.

앤 섹스턴 그리고 실비아 플라스와는 바에서 한잔할 것. 어두운 빛 속에서 어두운 웃음을 띄워라. 남자들의 어둡고 술 취한 노래를 불러라. 끈적한 토스트를 만들어라. 몸을 앞뒤로 흔들고, 어둠을 마시고, 여자들이 아는 것을 아는 여자들의 탐닉을 즐겨라. 하룻밤만.

당신이 자기 삶의 지반과 세상의 심장을 느끼고자 할 때는, 밤하늘 아래 협곡의 가장자리에 있는 장작불 옆에서 조이 하조가 당신의 뼈에 새겨진 노래를 불러줄 것이다.

떠나라, 앤 카슨과. 삶의 잔해를 하나씩 다시 쌓아 올려라. 이때 문화의 콧노래를 지속시키는 문법과 형식을 무시할 것. 언어의 전쟁을 일으키고 담판을 짓고 끝을 보라. 오래된 의미를 찢어 잘게 잘린 종이 인형 조각처럼 흩뿌려라. 남겨진 문장들이… 잠에서 깨어 으르렁거린다.

버지니아 울프와 함께하면 정원이나 해안을 따라 긴 산책을, 어쩌면 하루 내내 이어지는 산책을 하게 될 것이다. 그는 당신과 팔짱을 끼고 멀리 응시할 것이다. 두 사람의 뒤에는 역사가 있을 것이다. 앞에는 그저 평범한 하루가 있을 것인데, 물론 평범한 하루란 당신의 삶 전체다. 언어처럼. 단어들의 작은 등허리. 수평선도 무시하고 펼쳐진다.

나는 짙은 밤을 닮은 암청색 방에 있다. 작업실. 피처럼 빨간 책상이 있다. 안식처와 의식이 있는 공간. 나 자신을 위해 만든 공간이다. 수년이 걸렸다. 나는 책상 밑으로 손을 뻗어 스카치 위스키를 한 병 꺼낸다. 발베니. 30년산. 호박색 액체를 한 샷 따른다. 마신다. 따뜻한 입술, 목구멍. 눈을 감는다. 나는 버지니아 울프가 아니다. 하지만 나를 다잡아주는 울프의 문장이 있다. "당신의 길에서 마주하는 모든 조각을 배열할 것."

나는 혼자가 아니다. 그 외에 무엇이 존재했거나 존재하든, 글쓰기가 지금 내 옆에 있다.

V

역사의 이면

충돌

오늘은 당신의 두 번째 전남편, 누군지 알지?, 한 명도 아니고 수억 명의 여자들과 바람을 피워서 이혼하게 된 그 전남편의 생일이고 그가 새벽 두 시에 잔뜩 취해서는 파리에서 전화를 걸었는데 파리는 두 사람이 아파트를 빌려 함께 창작했던 곳이고 전화를 건 이유는 오늘이 그의 생일이기 때문이고 그는 당신의 스물세 살 때 모습을 연상시키는 여자와 사랑에 빠졌다고 말한다. 잠깐, 여기서 '당신'이라고 이인칭을 사용하는 이유는, 내가 '나'라고 하는 순간 당신은 머릿속으로 헤더 로클리어* 같은 여자를 상상할 것이기 때문이다. 그러니까, 당신. 당신은 서른일곱 살이고 곧 공포의 40대로 진입한다. 슬프고 슬프게도 두 번 이혼했다. 캘리포니아 남부에 있다. 혼자 산다. 금발이 계

* 머틀리 크루의 드러머 토미 리, 본조비의 기타리스트 리치 샘보라 등의 스타들과 연애, 결혼 생활을 했던 것으로 유명한 배우. 오랫동안 우울증을 앓았고, 최근에는 잇달아 음주 운전과 자살 시도를 했다.

속 금발일 수 있도록 손쓰고 있다. 왁싱도 한다.

그래서 당신의 두 번째 전남편이 생일에 전화해서는 당신의 스물세 살 때 모습을 연상시키는 여자와 사랑에 빠졌다고 말하고 약지에 커플 타투를 했다고 말하고 그 여자의 외모가 스물세 살 당신과 너무나도 닮았고 행동도 너무나도 닮았고 향기도 너무나도 닮았다고 말하자 당신은 침착하게 전화를 끊은 뒤 손을 덮은 서른일곱 살의 피부를 흘낏 살펴보고 글 쓰는 책상으로 가서 술 서랍을 열고 스카치위스키를 한 병 꺼내 통째로 비우고 한밤중에 차를 끌고 나와 캘리포니아 남부의 북쪽 방향 6차선 고속도로를 달리고 당신이 캘리포니아 남부에 사는 이유는 '객원 작가'로서 새 직장을 얻었기 때문이고 마음을 굳게 먹고 전남편을 떠났기 때문이고 그의 나쁜 짓들을 부추기고 싶지 않았기 때문이고 그 밖에 다른 이유도 있었고 당신은 그 상황을 벗어나 계속 살아가고 싶었고 그래서 까만 원피스와 스틸레토 힐 차림으로 빨간 자동차를 타고 그곳 캘리포니아 남부의 고속도로를 달리며 금발을 휘날리며 아직 자신의 외모가 좆같은 블랙 벨벳 위스키 광고에 나오는 여자들처럼 매력적이라고 증명하려 하는 중인데 잠깐, 저기 반짝이는 게 뭐지 당신 오른쪽에서 예쁜 불빛이 반짝거리고 반짝반짝 작은 별 그리고 쉬익 당신은 시속 300킬로미터로 달리며 차선을 넘고 남쪽 방향 도로와 북쪽 방향 도로 사이의 채송화를 관통해 꽃 위에 흉터를 남기고 흉터는 몇 주 동안 지워지지 않아 뉴스에도 나올 것이고 차는 빙글빙글 돌고 연기가 나며 정지하는데—기적적으로—남쪽 방향 도로 위에서 정방향으로 멈춰 선다.

당신은 어떻게 해야 할지 알고 있다. 그대로 전속력으로 달리는 거다. 서른일곱 살 이혼녀, 죽어야 했지만 죽지 않은 여자의 광적인 웃음을 웃으며.

머릿속에서 작고 힘없는 목소리가 말하길 다음 출구로 빠져나가 술 취한 몸뚱이를 끌고 집으로 가 그런데 출구는 마치 물속에 있는 듯하고 당신의 손은 두둥실 떠오르듯 운전대를 놓아버리고 쾅 소리와 함께 다른 차를 정면으로 들이박고 에어백이 커다랗고 물렁하고 처진 가슴처럼 부풀어 오르고 경찰이 도착하고 당신은 믿을 수 없을 지경으로 술에 취한 상태고 모든 것에서 살짝 화약과 스카치위스키 냄새가 나고 선생님 차에서 내리십시오 선생님 한 발로 서보십시오 눈 감고 100부터 거꾸로 세어보십시오 이것을 똥구멍에 넣고 세어보십시오 왼쪽 가슴 위에 달걀을 올려놓고 균형을 잡아보십시오 그리고 또 무슨 일이 있었지?

당신은 수갑이 채워진 채 음주 측정을 받는다. 당신이 불어넣은 숨은 측정 한도를 넘어간다. 애쓸 필요도 없다. 법적 기준을 훌쩍 뛰어넘은 당신 몸속의 알코올로 차도 굴러갈 수 있을 지경이다. 외쳐라, 음, 주, 운, 전. 경찰서로 가는 차 안에서 당신은 애원하는 듯한 시선으로 룸미러에 비치는 젊은 남자 경찰관을 바라보며, 저기, 그냥 집으로 보내주면 안 될까요? 하고 말하는 동시에 입술을 삐죽거리고 헝클어진 금색 머리털을 의식하는데, 그의 눈빛에서—당신은 눈치챘겠지—이 불쌍한 아줌마 나이도 먹을 만큼 먹고 왜 이래, 같은 말이 느껴지고, 당신 뼛속에 남아 있던 일말의 따스함은 그렇게 사라진다.

유치장 안에서는 재방송이 시작된다. 가장 먼저 일어난 이미 일어난 적 있는 일은 유치장 안에 갇히는 것이다. 당신은 전에도 이곳에 와본 적 있다. 전과가 있다. 많은 사람이 알고 있는 사실은 아니다. 당신은 정말 '객원 작가'처럼 생겼고 언제나 옷을 잘 입는 편이었으니까.

두 번째로 일어난 이미 일어난 적 있는 일은 그곳에 헤로인 금단 증상을 보이는 여자가 있다는 것이다. 그는 침을 흘리고 있고 팔로 꽉 끌어안은 무릎은 질식할 듯하다. 벽에 머리를 찧고 있고 약 8초에 한 번씩 침을 뱉는다. 당신의 왼팔이 아프다. 발에 감각이 없다. 그 옆에 가서 앉는다. 겉보기에 당신은 약간 순교자 같은 몰골에 너무 백인 같고 자애로운 객원 작가 같지만, 눈에 보이지 않는 사실은 오랫동안 완전히 마약을 끊지 못했다는 것이고, 그 오랜 세월은 갑자기 사람 머리만 한 크기로 줄어든다. 당신이 조금 우쭐했던 것도 사실이지 않은가. 멋지게 마약중독을 극복했다고, 당신의 이야기에서 벗어났다고.

이제 다시금 반복되는 세 번째 사건이 일어나는데, 도움이 필요한 한심한 패배자는 누구보다 당신임에도 당신은 '모든 사람의 보호자' 역할을 자처하고 나선다. 보조금으로 살아가는 흑인 여자에게 양말을 주고 실제로는 스물여덟 살일 통통한 쉰 살 여자의 손을 잡아준다. 당신은 앨리스 쿠퍼처럼 마스카라가 번진 마약 여왕의 애인에게 전화를 건다. 아니, 당신은 그의 목에 누군가 조른 듯한 멍이 있음에도 공중전화로 전화를 걸고, 여자가 제발 그 남자에게 전화를 걸어달라고 간청하니 전화를 걸고, 그들의 일에 개입하고, 객관적인 외부인이 되고, 그 남자에게 전화해서 그가 여자를 학대한 것이 명백하니 나중에 고소당하고 싶지 않으면 여자가 풀려날 수 있도록 신고를 취소하라고 하고, 여자가 고소하면 당신은 분명 증인으로 나설 것이니 조심하라고 하고, 게다가 당신은 여성학 강의도 하는 사람이고, 전화 속 목소리는 그 여자가 자기 집 거실과 고양이에게 무슨 짓을 했는지 말하고 야구방망이로 오토바이를 어떻게 했는지 말하고 집에 불을 질렀다고 말하고 당신을 씨발년 창녀 멍청한 개년이라고 부르고 끊는다.

거기서 멈추지 않고 당신은 경관을 불러 뚱뚱한 여자에게 타이레놀을 가져다달라고 말하고 옆에서 실크 스카프를 두른 나사 빠진 기독교인 여자가 호텔에서 만난 남자에 관해 독백하는 것을 듣는데, 그 남자가 '얼음 위의 예수' 컨벤션을 위해 호텔 바에 왔다고 한다. 이 모든 일이 당신에게 심리적 영향을 주고 그 영향이 신체 증상으로 나타나 다음 날 아침에는 초록색 토사물이 들어찬 배가 콕콕 아프고 척추 밑에 벽돌이 누르는 것 같은 느낌이 느껴져 엄청난 양의 스카치위스키 똥이 기다리고 있음을 깨닫는다. 물론 그 똥은 다른 범죄자들처럼 사람들이 전부 지켜보는 앞에서 싸게 된다. 얼마나 비싼 옷을 입고 있든, 얼마나 순교자처럼 아름다운 모습이든, 이름 옆에 새겨진 '박사'라는 글씨가 얼마나 근사하다 한들, 당신은 관중 앞에서 똥을 싸야 한다.

이상하지 않은가.

당신은 눈을 감는다.

호흡한다.

그렇지만 아직은 자신이 저지른 일을 후회하지 않는다.

당신은 그저 유치장에 갇힌 여자일 뿐이다.

후회, 그 여자는 나중에 왔다. 다시 이야기의 시작점으로 돌아가야겠다.

내가 누구 차를 들이받았는지 말해주겠다.

은유로서의 충돌

내가 정면으로 들이받았던 차 안에는 키 150센티미터에 피부가 갈색인 여자가 있었다.

당시 나는 이 사실에 개의치 않았다. 잔뜩 취한 상태여서 그 밤의 모든 것이 슬로모션처럼, 바셀린을 발라놓은 것처럼 보였다. 나는 내 마음과 내 마음속의 목소리로부터 너무나도 먼 곳에 있었다. 중독자들은 사건의 중대함을 잘 이해하지 못한다. 중독자의 눈에는 모든 것이 그저 뿌옇게만 보인다.

에어백이 부풀어 올랐다. 펑. 겪어보지 못한 사람들에게 설명하자면, 그것은 정말 굉장한 경험이다. 우선 시끄럽다. 총을 쏠 때처럼. 그리고 다이너마이트 같은 냄새가 난다. 에어백이 터질 때 두 손으로 운전대를 잡고 있었다면 팔 안쪽에 열과 마찰로 인한 화상을 입게 된다. 머리는 창문을 들이박는 대신 미쉐린 맨 캐릭터 같은 에어백에 정면으로 충돌하고, 뒤로 튕겨나간 다음에는 머리 받침대에 부딪힌다. 그후에는 그냥 가만히 앉아서 먼지가 잦아들고 뇌가 사고를 재개할 수 있을 때까지 기다린다. 눈을 감고 모든 것이 움직임을 멈출 때까지 기다리면 더 낫다.

내가 정면으로 들이받았던 차 안에는 키 150센티미터에 피부가 갈색인 영어를 할 줄 모르는 여자가 있었다.

여자가 영어를 할 줄 모른다는 사실은, 차 안에 앉아 어디 부러지거나 심각하게 아픈 곳이 없는지 살펴본 후—아픈 곳은 없었는데, 무엇보다 전에 마신 스카치위스키 한 병이 마취제 역할을 해줬기 때문이다—차 문을 열고 나가 주변을 둘러보고 알게 되었다. 내 차, 빨간색 도요타 코롤라는 앞부분이 으스러진 채 이상한 각도로 틀어져 있었다. 여자의 차, 흰색… 차종은 정확히 모르겠는데—구형 그렘린처럼 생기긴 했다—어쨌든 여자의 차는 왼편이 창문 있는 곳까지 부서져 있었다. 입안에서 따스한 쇠 냄새가 퍼졌다. 혀를 깨물었던 것이다. 나는 여자가 가드레일에 앉아 울면서 내가 이해하지 못할 말을 하는 모습을 봤다. 여자의 머리카락은 우리를 둘러싼 어둠보다 더 어두웠다. 이마에 골프공만 한 혹이 있었다. 에어백이 없었던 것이다. 여자의 흰색 치마가 가끔 바람에 부풀어 올랐다.

내가 정면으로 들이받았던 차 안에는 키 150센티미터에 피부가 갈색인 영어를 할 줄 모르는 임산부가 있었다.

여자가 몸에 생명을 품고 있다는 사실은 여자의 배에 틀림없는 아기 언덕이 솟아 있어서 알게 되었다. 여섯 달, 어쩌면 일곱 달 된 아기 언덕이었다. 그때는 이 사실에 불안해하지 않았다.

이미 말했다시피, 나는 술에 취해 둔감했다. 내 뱃속 깊고 깊은 곳이 따끔거리긴 했지만. 나는 여자 옆에 앉았다. 그는 흐느끼며 배를 끌어안았다. 나는 말했다. "어디 아프신가요?" 여자는 나를 바라보지도, 내 말에 대답하지도 않았다. 나는 바보같이 팔로 그의 어깨를 감쌌다. 어째서 내가 팔을 두르도록 내버려 뒀는지 모르겠다. 여자는 몸을 앞뒤로 흔들었다. 위로할 수 없었다.

나는 아무것도 느낄 수 없었다. 아니, 말 그대로 아무것도 느낄 수 없었다. 손에도, 발에도, 엉덩이에도 감각이 없었다. 심지어 얼굴에도 감각이 없었다.

여자가 치마 주머니를 뒤적이더니 핸드폰을 꺼냈다. 구급차를 부르려나 싶었는데 아니었다. 누군가의 전화번호를 누르려 애쓰고 있었다. 아는 사람의 전화번호. 자신을 도와줄 사람. 나는 전화기를 쓸 수 없었다. 손에 들린 핸드폰이 보이긴 했다. 그렇지만 숫자가 보이지 않았고 어떻게 사용하는지도 생각나지 않았다. 핸드폰은 죽은 쥐처럼 내 손에 들려 있었다. 내 몸에서 희미하게 오줌 냄새가 났다.

우리가 그곳에 얼마나 오래 앉아 있었는지 모르겠다. 쉭쉭거리며 지나가는 차 소리가 나를 위로해줬다. 얼마 후 경찰차 세 대와 구급차가 나타났다. 사이렌 소리가 서로 겨루기라도 하듯 굉장했던 기억이 난다. 경찰은 우리가 있는 곳, 남북 방향 도로 사이의 고가도로 일부를 막았다. 나는 손으로 귀를 감쌌다. 사위에 빨갛고 하얗고 파란 불빛이 번쩍이던 것을 기억한다. 색색의 소용돌이 때문에 왠지 우리가 물속에 있는 것처럼 느껴졌다.

경찰은 우리 두 사람을 즉시 떼어놓았고, 여자를 구급차로 데려갔다. 괜찮냐고 물어봐서 나는 누가 들어도 기운 없는 목소리로 괜찮다고 대답했다. 구급대원을 불러 "내 상태를 확인"하게 했지만 나는 걷기도 했고 말도 했기 때문에 아무도 걱정하지 않았다. 멍이나 혹이나 베인 상처도 없었고, 팔 안쪽에 생긴 에어백 화상이 전부였다. 나를 보면 바로 알게 되는 사실, 내가 고주망태라는 것. 사람들의 감정은 임산부와 뱃속의 아이 쪽을 향했다. 내 감정만 빼고. 내 감정은 공허 쪽을 향해 부유했다.

경찰은 내게 이런저런 동작을 시켰고 내가 마신 술의 양을 고려하면 당연한 일이지만 나는 거의 모든 테스트에 실패했다. 그동안 어머니를 생각했다. 정말 그랬다. 경찰이 내게 눈을 감으라고 하고 손가락을 코끝에 갖다 대는 테스트를 시키는 동안? 나는 어머니의 얼굴을 봤다. 술로 부석부석한, 슬픔이 잔뜩 묻은… 그것은 어머니의 슬픔이 아닌, 성모 마리아의 슬픔이었다. 시간이 흐름에 따라 조금씩 기쁨이 뜯겨나가는 삶을 살아야 했던 사람의 슬픔.

내겐 어머니의 소녀 시절 사진이 있다. 다리와 골반 수술을 받으러 병원에 다니던 시기였다. 그 사진 속 어머니는 몸에 붕대를 감고 있지 않다. 아마 외할머니가 외할아버지와 이혼하기 몇 년 전에 찍은 사진일 것이다. 할아버지가 이모들을 추행했기 때문에 이혼했다. 사진 속 어머니는 열세 살쯤 된 것 같다. 어디서도 본 적 없을 사랑스러운 소녀의 얼굴이지만, 살짝 기울어진 머리의 각도에서, 아래로 내리깐 시선에서, 내면에 있는 슬픔이 보일 것만 같다.

사실이 아니라는 것을 알지만, 왠지 그 사진 속에서는, 보드카 병을 들고 절대 내려놓지 않을 여자가 보인다. 수면제 통이 보인다. 끔찍하게 엇나간 결혼이, 그럼에도 떠나지 못한 여자의 모습이 보인다. 놓아준 물고기처럼 금세 자식들이 떠나가 버린 어머니가 보인다. 여자를 구해주러 올 암도 보이는데, 여자가 죽기 얼마 전 그의 자매는 내게 말했다. "도로시는 평생을 고통 속에 살았어. 이런 고통, 저런 고통에 시달렸지. 적어도 이젠 평온할 거야."

몸속의 억눌린 고통과 분노는 어디로 가게 될까? 딸의 상처를 보살피지 않고 내버려두면 다른 것으로 변하게 될까? 그것은 뱃속에서 아기와 정반대인 무언가로 꽃피게 될까? 마치 갈 곳 없는 감정이 뒤엉켜 형성된 유기체 덩어리처럼? 여자 안에 자리 잡은 분노로 인한 고통은 뭐라고 이름 붙여야 할까? 어머니라고?

나는 사진 속 소녀의 얼굴에서 아이를 통해 기쁨을 느낄 여자를 볼 수 없다. 그렇지만 어머니는 죽기 일주일 전 내게 아이들로 인해 기뻤다고 말했고, 나는 어머니의 우유처럼 하얗고 쪼그라든 몸, 거의 소녀에 가까운 몸을 바라보며 생각했다. 어떻게?

경찰이 내게 수갑을 채운 다음 경찰차 뒷좌석에 앉으라고 했을 때 나는 기뻤다. 경찰차 안은 조용했다. 방향제와 가죽 냄새가 났다. 나는 눈을 감았다. 어딘가, 내 몸속의 아주 먼 곳에서, 내가 들이받은 여자와 여자 안의 아기가 느낄 작고 팽팽한 고통이 느껴졌다. 그렇지만 그 고통은 내가 감당하기엔 너무 강했기에 나는 눈을 뜨고 경찰이 작은 클립보드에 무언가를 적는 모습을 바라봤다.

잠시 죽고 싶다고 생각했다. 조용히 떠오른 생각이었다. 죽고 싶다는 생각에는 다른 감정이나 생각이 수반되지 않았다. 그 바람은 나와 똑같이 경찰차 뒷좌석에, 납작하고 단순하고 변함없이 앉아 있었다. 그때 경찰이 음주 측정을 위해 경찰서로 운전하기 시작했다.

머리의 가장 아랫부분, 척추뼈 꼭대기 근처에서는 일부러 그런 건 아닌데 일부러 그런 건 아닌데 일부러 그런 건 아닌데 일부러 그런 건 아닌데 일부러 그런 건 아닌데 일부러 그런 건, 아닌가?

일부러 그랬나?

당신이 사고를 치는 밤이 으레 그렇듯, 그날 밤도 늘여낸 듯 길었다. 하룻밤이 1년 동안 계속되는 듯이. 혹은 살아온 모든 나날이 갑자기 당신 무릎 위로 모여들어 보채는 어린아이들처럼 울고 있는 듯이. 당신은 그 아이들을 전부 돌봐줄 수 없다.

그러고 싶지도 않다. 아이들을 하나씩 길가에 버리고 도망가고 싶다. 난 너희들 어머니가 아니라고.

내 딸아이를 부검했던 의사는 진료실에 앉아 이렇게 말했다. "사인을 정확히 집어낼 수가 없습니다. 목에 탯줄이 감겨 있었던 것도 아니고, 확인 가능한 신체적 문제가 있었던 것도 아니에요. 여기 부검 결과서입니다. 정말 유감입니다. 가끔 이런 일이 일어나곤 해요. 설명할 수 없는 일들이." 나는 의사의 머리 뒤에 있는 흰색 벽을 바라봤다. 의사가 서류를 하나 줬는데, 아기를 잃은 부모들을 위한 집단 심리 치료에 참여하면 좋을 거라고 적혀 있었다.

나는 진료실을 나선 뒤 화장실로 갔다. 바지를 내리고 오줌을 쌌다. 계속 변기에 앉아 있었다. 그러다가 의사가 준 하얀 서류를 작은 조각으로 잘게 찢은 뒤 종잇조각을 먹으며 소리 없이 울었다.

내가 들이받은 사람은 피부가 갈색이고 영어를 할 줄 모르는 임산부였다. 여자는 더러운 회색 가드레일에 앉아 울었다. 나는 여자의 어깨가 흔들리는 모습을 바라봤다. 여자는 손에 얼굴을 묻고 있었다. 자기 손바닥에 대고 내가 알아들을 수 없는 말들을 했다. 배를 안고 몸을 흔들며 울었다. 경찰에게 끌려갔을 때 나는 어찌나 마음이 놓이던지 고맙다고 할 뻔했다. 이상한 구원자였다. 나는 머릿속으로 빌었다. 나를 다른 곳으로 데려가주세요. 이 여자 옆에 못 있겠어요. 바라보지도 못하겠어요. 이 여자가 존재한다는 걸 받아들이지도 못하겠어요. 상실의 슬픔에 잠긴 어머니의 모습은 나를 죽일 수도 있었다.

돌아가신 어머니를 사랑하는 방법

내가 처음으로 어머니를 만났을 때 어머니는 한쪽 다리가 다른 쪽보다 약 15센티미터 짧은 상태로 세상에 태어났다. 흉터는 아이의 눈높이에 있었고 아이의 다리 길이만큼 길었다. 무릎부터 골반까지 이어졌다. 진줏빛의 창백한 흔적이 위쪽으로 퍼져나갔다. 아이의 시선은 집요한 법이다. 어머니가 옷을 갈아입는 아침이면 나는 흉터에 얼굴을 바짝 갖다 댔고 눈에서 떨림이 느껴졌다.

내가 처음으로 어머니를 만났을 때 나는 제왕절개로 태어났다. 아기가 어머니의 기울어진 골반과 산도를 통해 밖으로 나오려면 머리가 뭉개질 것이었다. 의사가 손을 뻗어 큰그물막을—어머니의 몸과 내 몸 사이에 있는 양막을—잘라냈을 때 나는 이미 눈을 뜬 상태였다.

내가 처음으로 어머니를 만났을 때 어머니는 어린아이였다. 수술실과 병원은 오랫동안 어머니의 집이었다. 온몸을 휘감은 붕대 안에서. 도깨비 같은 꼬마들의 놀림 옆에서. 10센티미터짜리 나무 블록이 붙어 있는 신발 위에서 절뚝거렸다.

내가 처음으로 어머니를 만났을 때 아버지는 어머니 머리를 향해 주먹을 날렸고 주먹은 아슬아슬하게 광대뼈를 빗나가 부엌 벽에 쫙 벌린 입을 하나 뚫었고 몇 년 동안 벽에는 그렇게 입이 뻥 뚫려 있었다.

내가 처음으로 어머니를 만났을 때 아버지의 어머니는 어머니가 있는 데서 말했다. "나는 네가 왜 다리병신이랑 결혼했는지 도무지 이해할 수가 없구나."

내가 처음으로 어머니를 만났을 때 어머니는 자신에게 온당한 사랑을 준 유일한 사람은 게이였다고 말했고, 그 사람은 "몸에 찌꺼기를 싸놓는 병으로 죽었단다, 벨." 에이즈가 어떤 병인지 알려지기 전이었다.

내가 처음으로 어머니를 만났을 때 어머니는 존재하지 않는 것, 하지만 실제로는 존재하는 것들이 보인다고 말했다. 이를테면 밤에 고속도로를 행진하는 군인들, 금문교 옆쪽에 붙어 있는 바다뱀, 텍사스주 포트아서의 고향 집 위에 떠 있던 UFO, 스틴슨 비치에 있던 우리 집 배나무 위의 광견병 걸린 푸들. 그때 나는 열두 살이었다.

내가 처음으로 어머니를 만났을 때 그 밤에 나는 미시시피주 빌럭시에 있는 카지노의 바닥에서 쉰다섯 살 먹은 어머니의 흔적을 지워내야 했다. 어머니의 얼굴은 아기 머리처럼 부드럽고 보송보송했다.

내가 처음으로 어머니를 만났을 때 그 밤은 총 세 번 결혼한 나의 첫 번째 결혼식 전날이었다. 어머니는 나를 돌아보더니 말하길, 나 로데오 하는 남자랑 결혼할 뻔했잖니. 그 사람 이름이 J. T.였어. 다음 날 아침 코퍼스크리스티 해변에서 열린 결혼식에서, 갱년기라 월경 주기가 엉망이었던 어머니는 피를 흘렸고, 마치 엉덩이에 총이라도 맞은 듯 커다랗고 빨간 피가 피어났다.

내가 처음으로 어머니를 만났을 때 우리는 미칠 듯이 싸우고 있었고, 내 사춘기와 어머니의 중년기 내내 우리는 서로 분노를 견줬다. 정말 이상하고 대단했다. 어머니는 절대 물러서지 않았고, 그 누구도 절대 이기는 법 없었고, 두 여자의 목소리가 천둥처럼 울리며 세상을 물에 잠기게 할 뿐이었다.

내가 처음으로 어머니를 만났을 때 그 만남은 어머니의 인생 내내 계속된 다리와 골반 통증을 통해서 가능했다. 팔길이만 한 흉터 밑에는 뼈처럼 생긴 철판이 자리 잡고 있었다. 사는 동안 늘 고통에 시달렸던 몸. 존재하는 모든 순간에.

내가 처음으로 어머니를 만났을 때 어머니는 장학금 서류에 서명함으로써 나를 자유롭게 해줬다.

내가 처음으로 어머니를 만났을 때 어머니는 노래했다. 달이 보여요, 달도 나를 바라보고, 내가 보고 싶은 모든 이를 바라보아요, 달에게 신의 축복을, 내게 신의 축복을, 보고 싶은 모든 이에게 신의 축복을. 어머니의 목소리가 나를 꿈속으로 이끌어줬다. 나를 누르는 아버지의 중압감이 약해지고, 약해졌다.

눈을 감으면 어머니가 보인다.

처음으로 수영하는 어머니를 봤던 때를 기억한다. 어머니는 깊은 물속에 있는 내게로 헤엄쳐 왔고, 아버지는 물이 가슴 높이인 곳에서 힘없이 서 있었다. 어머니의 횡영이 어찌나 힘차던지. 어머니 얼굴에 기쁨이 피어나고. 어머니의 팔 살결이 뽀얗게 빛나 어찌나 아름답던지. 어머니의 움직임은 미끄러지듯 길고. 물이 어머니의 고통을, 결혼을, 다리를 집어삼켰다.

어머니는 내가 아는 그 누구보다 수영을 좋아했다.

백조.

당신의 세금은 이렇게 쓰이고 있습니다

에르네스토

알레호

앙헬

마누엘

릭

리카르도

소니

르브론

페드로

지마커스

리디아

이 이름들을 알아보겠는가?

멕시코인 여섯 명, 이탈리아인 한 명, 아프리카계 미국인 한 명, 자메이카인 한 명, 해군에서 불명예 제대한 다이너마이트보다 위험한 백인 남자 한 명, 그리고 나. 캘리포니아주가 마련한 선물이다.

한 무리의 범죄자. 우리는 오렌지색 형광 조끼를 입고 끝에 집게가 달린 막대기를 들고 고속도로 옆에서 당신이 버리고 간 쓰레기를 주웠다. 쓰레기 줍기는 그 주의 여러 과제 중 하나였다. 가장 쉽고 창피함도 가장 적다. 서류상으로 우리는 이런 사람들이었다.

무단 침입(하지만 절도는 안 함)
마약 소지
마약 소지
음주 운전
가정 폭력
음주 운전
마약 소지
무면허 혹은 미등록 차량 운전
범죄 현장에서 도주 및 신분증 미제시
공공장소 주취 및 과다 노출
그리고 사고뭉치 금발의
음
주
운

전

들끓는 아스팔트와 선탠로션의 세상, 샌디에이고의 거리에서 사회봉사를 하다 보면 영화 「폭력 탈옥」*의 후진 리메이크 속으로 들어온 듯하다. 피부를 햇볕에 태운 아름다운 사람들이—돈 내고 얻은 하얗고 예쁜 미소와 돈 내고 얻은 탈색한 금색 붙임머리와 돈 내고 시술받은 레이저 제모와 돈 내고 성형한 몸이—당신 옆을 지나친다. 마치 채송화나 협죽도 같은, 쉭쉭거리는 고속도로 한가운데에 심긴 식물 옆을 지나듯. 옆으로 차가 쉭 지나가면 뜨거운 바람이 얼굴을 스치고 머리카락이 휘날린다. 수많은 자동차와 껍데기 같은 사회생활이 만들어내는 소리에 미쳐버릴 수도 있다.

이곳에 권위에 도전하는 폴 뉴먼은 없다. 당신은 똥 같은 비닐봉지에 쓰레기를 주워 담다가 봉지가 다 차면 묶어서 도로 옆에 버려둔 다음 새 봉지를 꺼낸다. 멍하니 서 있을 여유는 없다. 멍하니 서 있으면 카일이라는 담당자가 와서 언어적 질책을 한다. 질책에 반항했다가는 더도 말고 유치장에 갇히게 된다. 그렇지만 요령도 생기는데… 최대한 천천히 움직이는 것이다. 서두를 일이 뭐 있나? 쓰레기는 언제나 더 있다. 쓰레기는

* 1967년 개봉한 폴 뉴먼 주연의 영화. 단순한 기물 파손으로 중노동형을 선고받은 주인공이 감옥에서 부조리한 제도에 반항하는 모습이 묘사된 반영웅물.

끝없이 생겨난다. 그리고 당신도 쓰레기의 일부다. 당신은 쓰레기를 광고한다.

군대에서 불명예 제대한 릭의 눈빛은 누구든 말 걸면 존나 *패버린다*,라고 말하는 것 같았지만, 그를 제외한 나머지 사람들과 나는 느리되 확실히 친해졌다. 당신은 그럴 수 없으리라 예상했을 것이다. 아닌가? 중년의 부르주아 여자, 금발에 가슴 처진 여자가 남부 캘리포니아 깡패들과 어울릴 수는 없다고 생각했겠지? 현실은 그 반대였다.

유치장을 두 번 이상 들락거린 사람들은 서로에게서 동족의 냄새를 맡아낼 수 있다.

남자들 여럿이 모이면 그들만의 규칙이 작동한다. 손동작과 시선. 자세. 주고받는 말들과 말 속에 담긴 다중적 의미. 사소한 도전과 눈에 보이지 않는 싸움, 그렇게 형성되는 위계. 그래서 나는 최대한 말을 아꼈고 헐렁한 바지만 입었으며 화장도 하지 않았고 내 노동이 여자의 노동으로 인식되지 않도록 기를 썼다. 다행히도 내겐 수영선수의 어깨와 근력이 있었다.

둘째 주에는 큼지막한 철로 토막을 혼자서 들어 올렸다. 한 걸음 내디딜 때마다 척추뼈가 한 마디씩 종잇장처럼 우그러지고 있다는 사실을 알면서도 철로를 들어 어깨에 짊어졌고, 그때 내가 얼마나 강해 보였냐면… 뭐라고 표현해야 할까. 나는 신뢰할 수 있는 몸처럼 보였다.

살면서 그때만큼 여자 대우를 못 받은 적이 없다. 한번은 동료에게 이런 이야기를 했다. 그 동료는 내가 낮에는 범죄자 무리와 사회봉사를 하고 밤에는 객원 작가로서 작가 지망생들에게 더 아름다운 언어를 구사하는 법을 가르친다는 사실을 아는 몇 안 되는 사람 중 하나였는데, 이렇게 말했다. "그 사람들이 추접스러운 말을 하기도 해요? 뭔가… 이상하게 행동한다거나? 리디아 주변에서, 아니면 직접 말이에요. 그 사람들 옆에 있으면 무섭진 않나요?" 나는 동료의 얼굴을 빤히 바라봤다. 그가 상상하는 것을 나도 상상해보려 했다. 그들은 주로 소수자이자 남성이자 경범죄자고, 나는 금발 여자에… 나를 어떻게 묘사해야 할까? 내 동료는 나를 어떤 사람으로 생각하고 있었을까? 그는 세계 문학을 가르치고 BMW를 타는 여자였다.

나는 누구였을까. 나는 영어를 잘하는 범죄자였다. 지마커스가 내게 무슨 일을 하는지 물어봤던 날, 샌디에이고주립대에서 영어를 가르친다고 답하자 그는 웃었다.

"여러분! 내 말 좀 들어봐. 우리 중에 교수님이 있었어." 어느 날 카운티 선거사무소 벽에 붙은 것들을 긁어내고 있는데 지마커스가 말했다.

느릿느릿한 웃음이 사람들의 마음을 훑고 지나갔다. 그리고 미소도. 그들은 당신이 한 번도 본 적 없을 미소를 짓곤 했다. 활짝 열리는 어두운 피부. 그들은 내 등을 툭 치거나 어깨 위에 손을 올리거나 머리를 가로저으며 웃고 또 웃었다. 왠지 모르게 기분이 좋아지는 웃음을 웃었다. "그런데도 우리랑 같은 신세잖아?" 지마커스는 풍성한 레게 머리를 흔들며 말하곤 했다. 그다음부터 다들 나를 "박사"라고 부르기 시작했다. 그들이 내게 뭘 원했는지 알려줄까? 다른 사람처럼 말하는 방법을 배우고 싶어 했다. 영어에 관해 더 알고 싶어 했다.

사회봉사 때문에 손에 잔뜩 물집이 생겼다. 씨 월드 테마파크 주변에서 날이 무딘 커다란 가위로 해초를 잘라내느라 생겼는데, 커피 컵도 들 수 없을 지경이었다.

사회봉사 때문에 무거운 것을 들어야 하는 날이면 척추 옆굽음증이 있는 망할 허리가 너무나 아파서 저녁에 집에 오자마자 욕조 안에 누워 울곤 했다.

사회봉사 때문에 벽에 물을 뿌려 그라피티를 닦아냈고 그 위에 밋밋한 회색 페인트를 발랐다. 타르를 발랐다. 철거된 건물에서 콘크리트와 목재와 유리를 가지고 나왔다. 어느 날 릭은 자기 팔에 자상을 입히고 벽을 주먹으로 쳤다. 그 일로 인해 봉사 기간이 며칠 늘어났다. 나는 릭도 분노 조절 교실에 다니겠거니 짐작했다.

우리가 하는 일은 주로 세상을 깨끗하게 치우는 것, 그럼으로써 사람들이 세상은 더럽고 혼란스럽고 통제할 수 없는 거대한 쓰레기 더미가 아니라고 현실을 부정할 수 있도록 돕는 것이었다.

한번은 낮에만 개방하는 공원 화장실을 청소했다. 변기에서 탐폰과 주삿바늘과 콘돔과 담배꽁초를 꺼내 보기 전까지는 진짜 살아봤다고 할 수 없다. 노란 고무장갑을 껴도 마음이 편해지진 않았다.

나는 에르네스토와 가장 친해졌다. 에르네스토는 클래식 기타를 연주했다. 기타 치는 것을 직접 듣거나 보진 못했지만, 그 이야기를 할 때 기타 치는 흉내를 내는 모습은 봤다. 쉬는 시간이나 점심시간에 내가 기타 이야기를 꺼내면, 그는 스페인어와 영어를 섞어 설명해줬다. 음악에 관해 이야기하는 그의 모습이 얼마나 아름다웠는지는 말할 것도 없다. 혹은 그의 손이 얼마나 아름다웠는지도. 시간이 지나자 그는 내게 스페인어를 영어로 번역해달라고 했다. 한 번에 한 어구씩. "리디아 박사님. 메테르세 엔 리오스는 영어로 뭐야? 운 야마미엔토 아 라 콤파시온은 뭐야?" 전자는 '곤경에 빠지다', 후자는 '동정심에 호소하다'라는 뜻이었다.

오랫동안 우리는 노동했다. 땀을 흘렸다. 그후로 나는 '우리'라는 말을 그때와 같은 방식으로 써보지 못했다. 그때 같은 경험은 다시는 없었다.

사회봉사 8주 차에 우리는 발보아 공원 주변에 있는 고가도로 아래서 여러 팀으로 나뉘어 작업했다. 나무와 덤불이 울창하게 우거져 있어서 그늘의 자비를 누릴 수 있었다. 주변에서 물 냄새가 났는데, 아마도 발보아 공원을 반짝이는 녹색으로, 관광객들에게 안성맞춤인 장소로 유지해줄 고도의 스프링클러 시스템에서 나는 냄새였을 것이다.

나, 지마커스, 통통한 이탈리아인 소니, 에르네스토는 막대기로 쓰레기를 뒤적이고 있었다. 그런데 지마커스가 이봐, 하고 소리 지르더니 덤불 사이로 난 작은 길을 가리켰다. 그래서 우리는 그 뒤를 따라갔다. 일과가 끝난 뒤 담당자 카일이 우리를 주차장에 버려두고 떠나면 지마커스가 기분이 좋아지는 담배를 나눠주어 함께 피우곤 했다. 아직도 나는 그 담배에 뭐가 있었는지 모른다. 그래서 우리는 지마커스를 따라갔다. 그는 하루가 저물어갈 때 우리에게 위안을 주는 사람이었으니까.

덤불 속에 있는 길을 따라 걸어가는데, 지마커스가 갑자기 발걸음을 멈추고 그래서 에르네스토도 멈추고 나도 멈추고 마지막에 뒤따르던 통통한 소니도 멈추며 내게 부딪혔다. 우리 앞에 있는 것은, 더할 나위 없이 평화로워 보이는 잠자는 거지였다.

사람들은 그런 사람을 거지라고 부르는 것 같다. 아닌가?

딱 맞는 단어가 뭔지 모르겠다. 그렇지만 어떤 사람들은 분명 그를 '거지'라고 부를 것이다. 그의 외모 때문에. 그리고 냄새 때문에. 우리의 거지에겐 그리즐리 애덤스19세기 미국의 야생동물 조련사 같은 굉장한 수염이 있었다. 지저분한 머리카락은 잔뜩 부풀려져 있었는데, 안에 벌레가, 어쩌면 벌레보다 역겨운 것이 있을 듯했다. 거지의 피부는 빨갛고 반점이 있었고 술을 마셔서 부석부석했다. 코의 굴곡이 달 표면을 연상시켰다. 그리고 일주일은 됐을 들큼하고 톡 쏘는 사과 오줌 냄새가 났다. 콧구멍이 얼얼해지고 눈에 눈물이 고일 만큼 강한 냄새였다. 키는 약 175센티미터에 몸무게는 95킬로그램쯤 될 것 같았다. 배는 악취가 풍기는 언덕 같았다.

그렇지만 거지의 가장 큰 특징은, 소니가 그 자리에서 바로 토할 뻔했던 이유는, 바지를 발목까지 내리고 있던 거지의 잔뜩 부풀어 오른 성기였다. 정말 거대했다. 엘리펀트 맨 같았다. 불알은 보라색에 게이트볼 공만 한 크기였다. 좆은 흐느적거리는 파충류 같았다. 그리고 하이라이트는? 거지 옆에 45센티미터쯤 되는 거대한 똥이 있었다. 그는 미소를 머금은 채 자고 있었다. 코도 골았다. 소니가 구역질을 했다.

지마커스는 씨발,이라고 말하고 에르네스토는 웃고 소니는 고개를 숙인 채 곧 토할 것처럼 웩웩거리는 와중에 내가 말했다. “쉬이이이이이이잇! 그러다가 저 새끼 깨겠어!” 그래서 우리는 봐서는 안 될 것을 봐버린 아이들처럼 뒷걸음질 쳤다. 거지? 그는 아기 강아지처럼 깊은 잠에 빠져 있었다.

일행에 합류한 우리는 거지에 관해 입도 벙긋하지 않았다. 릭이 거지에 관해 알게 되었다간 거지의 머리통에서 나사가 튀어나오도록 흠씬 두들겨 팼을 것이다. 그리고 깔끔하게 면도한 담당자 카일에게도 이야기할 수 없었다. 카일이라면 거지를 경찰서로 끌고 갔을 테니까. 우리는 경찰서에 끌려가면 어떤 기분인지 잘 알고 있었다. 여러 번 끌려갔으니까. 우리는 인생을 조지면 어떤 기분인지도 잘 알았다. 술에 취해 기절하면 어떤

지도 알았다. 몸에서 악취를 풍기면 어떤 기분인지도. 살고 싶지 않은 기분이 어떤 것인지도. 정신을 차려보니 길에 얼굴을 처박은 상태일 때 어떤 기분인지도. 말을 해보지만 다시 되감기는 문장에 배신당할 때 어떤 기분인지도. TV에서 경찰이 지역을 수색할 계획이라는 말을 듣고 일주일 동안 호텔에 숨어 있으면 어떤 기분인지도. 아무도 나를 이해하지 못하면 어떤 기분인지도. 은밀하게 이중생활을 꾸리고 살면 어떤 기분인지도. 성기가 텍사스만큼 부풀어 오르면 어떤 느낌일지는 몰랐지만, 은유적으로는—몸 일부가 통제 불가능한 상태가 되거나, 내 일부가 이상해진 느낌은—우리도 알고 있는 셈이었다.

그래서 거지를 그 자리에 내버려두었다. 일종의 평화 속에. 자신의 똥 옆에.

떠돌이 거지.

사회봉사 마지막 주에 우리는 언덕 위에 있는 번지르르한 건물 앞으로 이어지는 도로를 따라가며 잡초를 뽑아야 했다. 멕시코나 필리핀에서 온 가정부를 두고 사는 부자 백인들 동네였다. 대로변을 따라 쭉 서 있는 '나무'는 너무 작아서 그늘이 얼굴 일부에만, 가끔은 어깨까지 닿는 정도였다. 우리는 시작하고 두 시간 동안 연거푸 커다란 노란색 물병에서 물을 따라 마셨다. 그날 기온이 37도까지 올라갔던 것 같다. 젠장맞을 종이컵이 너무 작았다.

마지막 주가 되자 내 몸은 노동에 익숙해져 있었다. 이제 손에 물집도 잡히지 않고 팔목도 아프지 않고 진통제를 잔뜩 먹어서 허리도 아프지 않았다. 햇빛 때문에 어지럽지도 않았고 점심도 충분히 챙겨 다녔으며 지마커스의 담배도 피웠고 쉬는 시간이면 에르네스토와 함께 영어 공부를 했다. 나는 불행하지 않았다. 피부도 햇볕에 그을려 보기 좋았다.

나는 봉사가 끝나면 집으로, 안락한 부르주아의 삶으로 돌아갈 수 있었다. 반면 그들 중 절반은 감옥으로 갔다. 에르네스토는 9주 차에 사라져버렸다. 그러니 내가 썼던 '우리'라는 말은? 글쎄. 그냥 말일 뿐이다.

우리는 언덕 위에 올라가서 쉬었다. 우산처럼 가지를 펼친 커다란 소나무가 그늘을 만들어 우리를 품어줬고, 우리는 선선한 바람을 만끽했다. 물을 마셨다. 갈색 봉투에 담긴 처량한 점심을 먹었다. 나는 기타 치는 에르네스토 생각을 했지만, 그때 그는 기타를 치고 있지 않았을 것이다.

그날 나는 이제 끝이라는 생각도 했다. 하지만 사실은 영영 만날 일 없을 사람들과 그저 사회봉사를 같이했을 뿐이었다. 그런 생각을 하자 돌이킬 수 없을 정도로 슬퍼졌다. 하지만 나는 내 죗값을 '다 치러낼' 생각에 즐거웠다. 눈을 감고 유리병에 담긴 콜라를 마셨다. 그토록 단순했다. 바람이 있다면 에르네스토가 옆에 있는 것이었다. 함께 콜라를 마시는 것. 눈을 뜨고 내 손을 바라봤는데, 내 손은 전혀 멕시코 사람 같지 않았다. 내 손은, 그저… 멍청해 보였다.

그리고 언덕을 올려다봤다. 우리가 낑낑대며 올라온 길의 끝에 거대한 콘크리트와 나무로 된 간판이 있었다.

세리토스 올림픽 수영 센터.

나는 열네 살 때 거기서 열린 수영 대회에 참가했다. 평영 100미터 경기였고, 우승했다. 가끔은 내가 세상 모든 곳에 가봤다는 생각이 든다.

개종

이런 생각을 했다. 천주교에 빠졌다가 회복 중인 사람들은 구원을 얻기 위해 영화를 보는 것일지도 모른다는 생각을. 그러니까, 최근에 개인적으로 한 설문 조사에 의하면, 과거에 천주교 신자였던 사람들은 영화로부터 이상할 정도로 큰 영향을 받는 것 같다. 영화는 웅장하고 장엄할수록 좋다. 그리고 우리는 아직도 어둠 속에 앉아 있기를 좋아한다. 세상에서 영화관이 사라진다면 죄를 저지른 천주교 신자들이 잔뜩 거리로 몰려나와, 앉아 있으면 카타르시스를 느낄 수 있는 어두운 방을 찾아 헤맬 것이다….

이때 무대 왼쪽에서 밍고 등장.

똥차 이스즈 트루퍼를 타고 있는 앤디 밍고. 정면충돌 사고 이후, 샌디에이고주립대학에서 내 수업을 듣던 문예창작과 학생 하나가 배우처럼 내 삶으로 걸어 들어와 자기 자동차를 빌려주겠다고 했다. 샌디에이고에서 그 학생을 만났을 때쯤 나는 차를 부숴야 직성이 풀리는 여자였다.

처음 앤디를 만난 것은 면접에서였다. 말런 브랜도 같은 모습으로 앉아 있는 앤디 때문에 면접에서 죽을 쑬 뻔했다. 내가 논리적이고 영민해 보이려고 애쓰며 대학교에서 고용할 만한 자격이 있는 사람처럼 포스트모더니즘에 관해 씨부렁거리고 있는데, 앤디가 나를 노려보며 도톰한 입술로 공격을 퍼부었다. 지금 저 사람, 콧대 위쪽이 영화 「워터프런트」에 나오는 말런 브랜도처럼 반듯한데? 신에게 맹세하건대 "난 타이틀에 도전할 수도 있었어"라는 브랜도의 대사가 내 머릿속을 돌아다녔다. 분명 이런 생각을 했다. 세상에, 이 남자 골칫거리군.

면접 질의 시간이 되자, 앤디 밍고가 손을 들더니 질문했다. "문예창작과 학생들이 읽어야 하는 작품에 관해, 교수로서 어떤 철학을 가지고 있습니까?" 대학원 학생들이 전부 내 쪽으로 몸을 기울였다.

나는 답했다. "뭐든 읽어야 합니다. 손에 닿는 것은 전부 읽어야죠. 좋아하는 것이든, 싫어하는 것이든, 전부 다요. 텅 빈 수영장에 뛰어들고 싶진 않잖아요? 문학은 매체입니다. 그 안에서 헤엄칠 수 있어야 해요."

앤디는 가슴 앞에서 팔짱을 꼈다. 그러고는 나를 노려봤다. 화가 나 있었다. 그가 원하는 답이 아닌 것이 분명했다.

나는 생각했다. 엿 먹어라, 밍고. 책을 몇 권이나 썼길래 그딴 식이야? 덩치 크고 잘생기면 다야? 책 읽는 게 싫어? 그럼 여기서 꺼지라구.

기적적이게도, 나는 일자리를 얻었다.

나는 매일 대학원 작문 워크숍에서 앤디를 만났고, 앤디가 어찌나 강렬하게 나를 바라보던지 머리통에 균열이 생길 것 같았다. 머리통이 아니라면 내 안의 다른 무언가에.

파리에서 문제의 전화가 걸려 오고 세심하게 계획한 음주 운전 사고가 터진 다음, 앤디는 소설을 하나 들고 내 연구실로 어슬렁어슬렁 걸어왔다. 글은 훌륭했다. 앤디는 자기 자동차 중 하나를 빌려주겠다고 했다. 내 차는 완전히 박살 난 참이었다. 내 인생처럼.

나는 앤디의 차를 빌렸다.

앤디의 차를 타고 돌아다니면 그의 체취를, 그의 존재를 느낄 수 있었다. 좌석과 운전대에서. 좌석 사이에 있는 거치대에서. 거기에는 앤디가 듣는 카세트테이프가 있었다. 밥 딜런과 더 큐어와 서브라임의 테이프. 앞좌석에는 라이터와 담배를 말 때 쓰는 종이가 있었다. 열심히 청소한 것이 분명한 바닥에도 있었다. 엔진이 뜨겁게 돌아갔다.

내가 어떤 선생이었냐 하면, 나는 대학원 학생들과 글에 관한 이야기를 나눌 때는 연구실이 아닌 다른 곳으로 갔다. 나는 교육기관의 권위 같은 것은 믿지 않았다. 그래서 학생들이 원하는 곳으로—학생들에게 자기 자신일 수 있는 편안한 공간을 선택하라고 했다—가서 글쓰기에 관해 대화를 나눴다. 앤디와 만난 곳은 인적이 드문 지중해풍의 카페로, 우리는 테라스로 가서 오렌지꽃과 부겐빌레아 밑에 자리 잡고 글쓰기에 관해 이야기했다.

조금 전의 문장을 쓰며 웃음이 터졌다. 글쓰기는 금방 주제에서 밀려났으니까. 욕망은 여자를 망쳐놓는 법이다.

우리는 선글라스를 쓰고 있었다. 둘 다 선글라스를 벗지 않았으니, 나는 무승부라고 생각했다. 우리는 가시 돋친 허풍을 몇 번 뱉어냈다. 둘 다 꿈쩍도 하지 않았다. 저급하고 성적인 말들을 몇 번 주고받았다. 역시 완벽한 무승부. 앤디의 소설에 이탈리아 이야기가 나와서 그에 관해 물어봤더니 그는 자기 인생 이야기를 읊기 시작했다. 나도 내 이야기로 받아쳤다.

앤디는 리노에서 자랐다. 앤디의 입에서 뒤이어 나온 말들은, 글쎄, 들어볼 만한 성장기였다.

"홀어머니 밑에서 자랐어요. 어머니는 수학 교사였죠. 난 항상 수학이 싫었는데. 어린 시절 내내 아버지 대타들이 오고 갔어요… '피지' 같은 이름의 남자들."

나는 반격했다. "우리 어머니는 알코올중독자에 병적인 거짓말쟁이였어. 그런데 글 쓰는 재주는 좋았지."

"열아홉 살 때 폴 리비어 킥스 나이트클럽에서 가드로 일했어요."

"폴 리비어 앤드 더 레이더스 말하는 거야?" 나는 물었다. 머릿속으로는 몬티의 지하실에 있던 열아홉 살의 나를 떠올리며.

"같은 거예요." 그가 답했다.

"난 캐시 애커랑 수영한 적도 있어." 나는 앤디를 놀라게 하려고 안달 나서 말했다.

"캐시 애커가 누군데요?"

무효였다. 대체 왜 그런 말을 했지?

"아버지는 CIA에서 일했어요. 내가 세 살 때 심장마비로 죽었대요. 다들 그렇게 입을 맞췄더군요. 아버지는 서른세 살이었으니, 왜 죽었는지 누가 알겠어요."

굉장한 한 방이었다. 나는 잠시 말을 멈추고 라테를 마시는 척했다. "서른셋. 예수가 죽은 나이네." 왜 그런 말을 했는지 모르겠다. 대체 왜 예수 이야기를 꺼냈을까? 바보 같으니. 나는 말했다. "우리 아버지… 우리 아버지는…."

"어땠는데요?"

"나를 학대했어."

"아, 정말 안됐네요. 무슨 짓을 했죠?"

말할 것인가, 말하지 않을 것인가. 어쩌다 이렇게 빨리 내 상처의 한복판에 도달하게 된 걸까? 무슨 일이 있었던 거지?

"성적 학대." 내가 할 수 있는 말은 이것이 전부였다. 내가 차라리 식탁보나 관목이면 좋겠다고 생각했다. 바보바보바보바보. 그냥 무지개송어처럼 배를 째서 탁자 위에 죄다 쏟아내지 그래, 멍청이.

"최악이네요." 앤디가 말했다. 그러고는 덧붙였다. "그 인간한테 인과응보라고 할 만한 좆같은 일이 있었겠죠?"

적절한 대답이었다. 나는 웃었다. 꽤 심하게 웃었다. "그런 셈이지." 나는 대답했고, 우리는 내가 우리 사이에 던져뒀던 핏덩어리를 뒤로할 수 있었다.

"잘됐네요."

우리는 음료를 라테에서 포도주로 바꿨다.

단지 앤디의 남자다운 면에 깊은 인상을 받은 것은 아니었다. 대단한 것은 그의 이야기였다. 그는 고향 리노에서 도망쳐 스페인 산세바스티안으로 갔고, 그곳에서 바스크의 분리 독립을 주장하는 무장 단체 ETA의 활동을 지켜봤다고 이야기했다. 그 뒤에는 이탈리아에서 살며 마우로 사살리고와 우고 스페라, 자카모 피레두 같은 사람들이 속한 썩 훌륭하진 않은 미식축구팀의 코치 자리를 맡았다고 했다. '지구해방전선'의 운동가들을 인터뷰했고, 마이크로소프트의 도메인을 무단으로 점유했다. 그 뒤에는 작가가 되기 위해 미국으로—정확히는 미국 북서부로—돌아왔다. 그리고 굉장한 말을 했다.

"이탈리아에 있을 때, 켄 키지가 오리건대학에서 강의한다는 기사를 읽었어요. 그래서 오리건대학 문예창작과 프로그램에 지원해 합격했죠. 유진으로 이사 갔어요. 그런데 이사 가서 보니까 켄 키지 워크숍은 이미 끝난 거예요. 그래도 다른 좋은 선생님을 많이 만났어요."

"그랬구나." 세상에? 나는 속으로 한껏 기분이 들떴지만, 별일 아니라는 듯 자연스럽게 굴었다. 이제 내가 한 방 날릴 차례였다. 에헴. "있지, 나도 그 켄 키지 워크숍에 참가했었어. 재밌네, 그렇지?"

"네." 앤디가 답했다. "알아요. 그 워크숍 끝난 다음에 문예창작과 복도에서 봤던 것 같은데. 그때 머리 한쪽을 밀고 다니지 않았어요?"

"뭐?" 나는 즉시 포도주를 더 마시고 싶어졌다.

"그때 선생님… 머리 스타일이 특이하지 않았나요?" 앤디는 내 머리카락을 쳐다보고 있었다.

이게 웬일이야. 세상에 이런 일이 있을까? "음, 맞아. 머리가 특이했지." 나는 남은 메를로 포도주를 한 모금 삼켰다.

"물어봐도 괜찮을지 모르겠지만, 대체 왜 머리에 그런 짓을 했어요?"

"참 상냥한 질문이네." 나는 웃으며 말했다.

"아뇨, 기분 나쁘게 하려는 건 아니에요. 선생님 머리카락은 정말 아름다워요. 그땐, 뭐랄까…."

"괴로워 보였다고?"

"괴로워 보였어요."

왜 그런 짓을 했을까. 왜 그랬을까. 나도 답을 모르는 질문이었다. 그런데 내 입에서 대답이 흘러나왔다. "마음이 아파서 그랬던 것 같아. 그 아픔을 겉으로 표현하고 싶었던 것 같고. 다른 사람이 되고 싶었나 봐. 그렇지만 어떤 사람이 되고 싶은지는 몰랐어." 현명한 대답 같았다.

"그렇군요. 지금은 어떤 사람인데요?"

젠장, 바로 달려드네. 이 나이대의 남자들은 무심하고 생각도 짧고 거만해야 하는 것 아닌가? 그래서 나는 답했다. "네 선생이지." 우리는 신나게 웃었다. 이 웃음이 드러낸 것은 트럭이 빠질 정도로 깊이 갈라진 땅이었다.

그후에 말도 안 되는 일이 벌어졌다. 나는 앤디의 입술이 움직이는 모습에서 눈을 뗄 수가 없었고 내 척추를 타고 올라오는 찌릿함을 막아낼 수 없었다. 앤디가 잠시 선글라스를 벗었을 때 나도 내 선글라스를 벗었고, 맹세하건대 그때 앤디가 내게 말런 브랜도 같은, 그가 「욕망이라는 이름의 전차」에서 선보인 것 같은 음흉한 마법을 거는 바람에 더 이상 선생과 제자인 척하기가 불가능해졌다. 그래도 나는 프로답게 앤디의 소설에 관한 조언을 적어준 뒤 그를 집으로 보냈다. 그렇지만 그는 이미 내 약점을 알고 있었다.

"음, 리디아 교수님? 집까지 데려다줄 사람 필요하죠?"

아마 당신은 여자가 이런 말을 하는 데 익숙지 않겠지만, 그때 나는 앤디가 돌진해서 나를 산 채로 잡아먹기를 바랐다.

무아지경

우리의 첫 '데이트'에서 앤디는 나와 수영하러 가고 싶다고 했다. 앤디는 내 글을 읽고 수영선수였던 나에 관해 알게 되었는데, 분명 그날 밤 집에 가서 내 글을 찾아본 것 같았다. 전에 여기저기서 들은 이야기도 있었을 것이다. 지금 돌이켜 보면 과감한 제안이었다. 앤디는 수영을 못 했으니까. 다른 장기는 많았으나 수영은 못 했다. 그러니 그런 제안에는 배짱이 필요했을 것이다. 게다가 앤디는 수영장 소독약에 경미한 알레르기가 있었다. 소독약 섞인 물에 오랫동안 몸을 담그고 있으면 콧물이 흘렀다. 멈추지 않고. 그래도 내게 수영하러 가자고 했다. 아무도 내게 수영하러 가자고 한 적 없었다.

아무도.

그래서 우리는 수영했다. 나의 침실 하나짜리 임대주택은 바다에서 한 블록 떨어진 오션 비치라는 동네에 있었는데, 그 근처에 YMCA 수영장이 있었다. 수영장에서 앤디는 온 힘을 다해 물과 싸웠다. 키 190센티미터에 나무같이 단단한 그의 몸은 육지에 어울렸다. 그래도 앤디는 나와 수영했다. 한 바퀴, 또 한 바퀴 돌았다. 나는 열 바퀴도 넘게 앤디를 앞질렀다. 그래도 앤디는 계속 헤엄쳤다. 콧물이 흘렀다. 그는 줄곧 내 곁에, 물속에 있었다. 내가 수영을 멈추자 그는 나를 정면으로 바라봤다. 우리 사이를 건너가는 소독약 냄새. 수경을 쓰지 않은 앤디의 눈은 충혈된 상태였다. 살면서 그렇게 생생한 존재감이 느껴지는 사람은 겪어본 적 없었다. 앤디가 미소 지었다. 콧물이 입을 타고 흘러내리고 있었다. 나도 미소 지었다. 가슴속에서 두려움이 움텄다. 수영장에서는 아무리 흥분을 가라앉히고 싶어도 하이볼을 주문할 수 없는 법이다.

두 번째 데이트에서는 오션 비치에 있는 쥐구멍 같은 체육관에 갔다. 앤디는 샌드백을 치고 한 번도 본 적 없는 무술 같은 것을 해 보였는데, 나는 입고 있던 청바지에 잔뜩 지리고 기절할 뻔했다. 나도 안다. 방금 이 말이 얼마나 야만인 같은지. 페미니스트, 박사 학위까지 받은 교수와는 얼마나 어울리지 않는지. 그냥 그랬다는 것이다. 그때 나는 물 한 번 뿌려서 들것에 싣고 가면 딱 좋을 상태였다.

앤디는 내 손에 붕대를 감고 감고 또 감더니 빨간 글러브를 씌워준 다음 자기 것보다 더 작고 호리호리한 샌드백 앞으로 데려가 펀치 하는 법을 알려줬다. 사방에서 남자와 땀과 가죽과 양말 냄새가 났다. 그곳에 여자는 나밖에 없었고, 나는 어리지도 예쁘지도 않았다. 나는 서른여덟 살이고 앤디는 스물여덟 살이었으며, 보기에도 딱 그랬다. 그렇지만 주먹을 들어 올렸다. 앤디를 위해. 앤디를 위해, 나는 즐겨보려고 애썼다. 그럭저럭 잘 해내고 있었지만, 꼬마처럼 빈약한 펀치를 날릴 때가 많았다. 더 세게 칠 힘이 없어서가 아니었다. 어쨌든 왕년에 운동선수였으니까. 그렇지만 나는 *정말이지 참말이지 바보같이 멍청이같이 다른 사람의 시선을 의식하고 있었다.* 나는 잘생긴 남자와 체육관에 온 중년 여자일 뿐이었다.

내게 제대로 잽 날리는 법을 알려주고 싶었던 앤디가 글러브 낀 손을 얼굴 앞으로 들어 올리라고 했다. 나는 얼굴을 보호해야 한다는 사실도 깨치지 못한 채, 멍하니 앤디의 얼굴을 바라보며 그런 내 모습이 조금이라도 섹시하기를 바라고 있었다. 그랬으니, 앤디가 내 빨간색 작은 주먹에 잽을 날렸을 때? 나는 맥없이 주먹으로 내 얼굴을 치고 말았다. 눈물이 핑 돌고 잠깐 코가 얼얼했다. 그렇지만 버텼다. 샌드백을 세게, 더 세게 쳤다. 샌드백을 있는 힘껏 치고 나면? 기분이 좋았다. 음, 정말 좋았다. 나는 치고 또 치고 또 쳤다. 내 과거를 때려눕히듯 샌드백을 때렸다. 앤디는 샌드백을 너무 세게 치다가 금속 고리를 망가뜨렸다.

그렇게 되었다. 혹시 삽화가 있는 『카마수트라』 책을 본 적 있는가? 짧게 설명해주겠다. 그 책에는 욕망을 자극하는 법, 각종 포옹과 애무와 키스, 손톱으로 자국 내기, 깨물고 치아로 자국 내기, 손으로 때리기와 신음 주고받기, 각종 체위, 여성의 정력적인 행동, 더 좋은 성행위와 구강성교, 사랑이란 게임의 전주와 결론이 나온다. 아, 그리고 (10장에 걸쳐) 예순네 가지 성행위 종류를 설명한다.

앤디의 집에는 카펫이 깔린 작은 다락방이 있었다. 그리고 앤디가. 그리고 내가. 그리고 포도주 한 병이. 그리고 대마초가. 옷은 없었다. 이웃들이 무슨 소리를 들었는지 모르겠지만, 저녁 시간의 평범한 TV 프로그램 사이로 들려오는 소리는 분명 놀랄 만했을 것이다. 첫날밤에 수천 개의 밤이 녹아들었고 그의 입이 내 입에 내 입이 그의 성기에 그의 손가락이 내 촉촉함 속으로 내 엉덩이로 내 손가락이 그의 두근거리는 성기를 감싸고 그의 엉덩이로 내 다리는 그의 어깨 위로 내 발은 머리 위로 그리고 가위처럼 옆으로 나는 기는 자세로 그는 내 밑으로 나는 그의 몸을 타고 또 타고 그는 나를 내 몸을 들어 올리고 내 등과 그의 배와 가슴이 맞붙고 그의 몸 위에 내 등을 대고 올라타고 그의 손이 내 가슴에 닿고 그의 손이 내 클리토리스에 닿고 내 등이 구부러지고 그의 성기가 내 깊은 곳까지 닿아 척추 끝이 흩어지는 것 같고 내 다리가 떨리고 나는 소리 지르고 또 소리 지르고 그의 목을 깨물고 그의 살에 나를 할퀴어 새기고 나는 그의 몸 위로 나를 던지고 침대만 한 바다를 만들었다. 그리고 연인들의 잠.

그리고 다시 시작되었다.

끝나지 않는 파도처럼.

무슨 생각을 하고 있었는지 모르겠다. 내가 아는 것은, 살면서 처음으로 몸의 모든 것을 느꼈다는 사실이다. 매일이 그랬다. 우리가 하지 않은 것이 없었고, 나는 살이 떨리는 쾌락 속에서 매 순간을 실감했다. 멍청한 종양 같았던 내 삶이 조금씩, 조금씩 깎여나갔다.

어느 날 밤 앤디가 바닥에 담요를 깔더니 기다리라고 했다. 다시 돌아온 그는 첼로를 든 열 살 연하의 아름다운 남자였다.

"세상에. 첼로도 켤 줄 알아?"

그는 바흐의 곡을 연주했다. 무반주 첼로 모음곡 6번이었다.

나는 울었다. 아마 이건 내가 쓴 것 중 가장 초라한 문장일 것이다.

첼로 현 위를 넘나드는 손가락의 지극히 부드러운 움직임에 그의 몸이 발휘하는 힘과 영향력이 깃드는 모습을 보고 나는 울었다. 악기에 가해지는 위력이 음정을 품은 진동으로 낙하했고, 나는 그 힘을 느끼며 울었다. 앤디라는 남자를 위해 울었다. 내 아버지와 비슷한 크기와 모양, 무자비한 근육과 예술적인 성향이 합해져 그런 아름다움의 끝에 도달한 것이다. 바흐. 그렇지만 나는 무엇보다도 무언가를 느낄 수 있다는 사실에 울었다. 온몸으로 느낄 수 있었다. 갑자기 살갗에서 신경 말단이 생겨나고 시냅스 자극이 일어나고… 맥박이 느껴졌다.

내 생일날 앤디는 지름 9밀리미터짜리 베레타 FS 권총을 사줬다. 그리고 나를 데리고 사막으로 사격하러 갔다. 살면서 처음으로 '환희'라는 것을 맛보게 되었다. 사격, 정말 마음에 들었다. 팔과 어깨가 뒤로 밀려나는 느낌이 좋았다. 생각을 비워내는 총소리도 좋았다. 조준하는 것도 좋았다. 무엇이든 조준점이 될 수 있었다. 나는 총을 쏘고 또 쐈다.

앤디 밍고가 내 삶에 들어온 후, 나는 직장이나 마트나 해변이나 술집이나 파티에 다니다가도 누군가의 셔츠 자락을 끌어당기며 이렇게 말해주고 싶어졌다. "음, 남자들에 관해 할 말이 있는데요. 알고 보니 말이죠? 제가 틀렸더군요. 뭔가 있어요… 정확히 짚을 수는 없지만, 남자들에겐 어떤… 에너지 같은 것이 있어요. 결국엔 그게 가장 중요하지 않겠어요?" 아니면 강의 도중에 혹은 입에 음식을 잔뜩 문 채 혹은 수영장에서 헤엄치다가 이렇게 말하고 싶어졌다. "이봐요, 거기 들리나요. 내가 무언가를 느끼고 있다는 사실을 알려주고 싶어서요. 심장이 부서지는 것 같답니다. 부서져서 활짝 열리는 것 같아요. 병원에 가봐야 하는 걸까요? 이런 증상에 약이 있어요? 어떻게 해야 하죠?" 아니면 거두절미하고 사랑을 나누는 도중에, 그러니까 마치… 마치 다른 행성에서 온 듯한 이 생명체와 정신이 쏙 빠지는 사랑의 물결 속으로 빠져들고 나면, 이렇게 말하고 싶어졌다. "나 진짜, 진짜, 가서 다른 학위를 하나 따든지 해야 이 상호 존중과 공감과 몸심장마음의 허기를 이해할 수 있을 것 같아요. 박사 학위까지 해야겠어요. 만족스럽지가 않아요. 분명 교육이 부족해서 이해가 안 되는 거겠죠. 담당자와 이야기할 수 있을까요?"

절대 하지 않았던 생각은? 술을 마시고 싶다는 생각이었다. 내가 저항해낸 생각 중에 그렇게 강력한 것은 없으리라.

이것이 내가 새로운 신을 만났다고 하지 않는 이유다. 책과 음악과 예술과 아름다움에서 찾은 모든 사랑이 인간의 몸으로, 샌드백을 치고 첼로를 연주하는 인간의 몸으로 응집되었기 때문에.

그후로 우리는 동네 여기저기서 데이트를 했다. 허기진 채. 약간 미친 상태로.

앤디가 결혼한 상태였다는 말을 했던가?

그렇다. 그런 것이다. 뭘 기대했는가? 어쨌든, 나는 여전히 나다.

우리는 샌디에이고 부두 끝자락에 있는 벤치에서 만났고 앤디는 내 바지에 손을 넣어 손가락으로 나를 절정에 이르게 했고 그곳 부두 끝자락에는 우리 뒤쪽으로 관광객과 갈매기와 어부가 널려 있었다. 우리는 파도가 거센 해변과 해가 지는 절벽에서 만났고, 어느 날 밤 나의 오르가슴이 끝난 뒤 사이렌 같은 노래도 끝나자 절벽의 그림자 속에 있던 히피들이 마리화나를 내려놓고는 기립박수를 했다. 우리는 술집에서 만났고 나란히 빨간 가죽 스툴에 앉아 무릎과 어깨와 입을 맞대고 있었다. 그 힘이 어찌나 셌던지 다음 날 아침에 보면 멍든 자국이 보이기도 했다. 내가 멋진 직장에서 번 돈으로 포틀랜드나 샌프란시

스코에 있는 부자들 호텔로 주말여행을 갔고 룸서비스를 시켰고 포르노 채널을 봤고 300수 시트를 더럽히고 더럽혔다. 앤디가 말했다. "사랑은 더러울 때도 있어."

앤디의 조금만 있으면 아내가 아닐 아내가 O. J. 심슨*이 타던 흰색 포드 브롱코를 타고 나를 미행한 것은 사실이다. 그렇지만 우리의 사랑 이야기는 단 하나의 이야기가 아니다. 우리의 사랑이 굉장했던 것은 사실이지만. 비도덕적이기도 했다. 그것은 글쓰기와 열정의 공통점이다.

그 밑에는 또 하나의 이야기가 있다.

앤디는 내게 차를 빌려주기만 한 것이 아니다. 그는 8주 동안 매일 밤 공산당 같은 음주 운전자 재교육 코스에 나를 데려다주고 데려왔다. 데리러 올 때는 차 바닥에 포도주나 보드카를 가져왔다. 좋은 친구가 할 만한 행동이었다. 친절하고, 꾀 많은 친구가.

그리고 8주 동안 이어진 진 빠지는 봉사 활동에도 데려다주고 데려왔다. 내게 팔을 들어 올릴 힘이 없을 때는 파스타를 만들어주기도 했다. 검은색 가죽 재킷 차림으로 나의 의무 알코올중독자 모임에 가서 함께 있어줬고, 치료 12단계에 관한 설

* 1970~80년대의 유명한 미식축구 선수로, 아내를 살해한 혐의를 받아 큰 화젯거리가 되었다. 당시 흰색 포드 브롱코를 타고 도주하는 심슨을 경찰이 추격하는 장면이 실시간으로 방송되었다.

명을 견뎌내며 고개를 끄덕이고 미소 지었다. 나는 집에 오면 신과 아버지들과 남성 권력을 향한 울분 울분 울분을 터뜨렸고 그는 예수와 원숭이에 관한 웃긴 농담으로 내 울분을 허물어뜨렸다.

앤디는 내가 저지른 일들을—음주 운전 사고, 죽은 아기, 파국을 맞은 결혼들, 마약중독 재활원, 내 쇄골에 있는 작은 흉터들, 내 보드카, 더럽게 상처 많은 내 과거와 몸을—손에 들고 끝까지 읽고 싶은 책 속의 이야기들이라고 생각했다.

그렇지만 그보다도 깊은 곳에 또 하나의 이야기가 있다. 앤디가 아내가 있는 집에서 나와, 해가 지는 절벽에서 한 블록 떨어진 곳에 있는 나의 침실 한 칸짜리 작은 바닷가 집으로 이사 온 다음, 앤디가 문예창작과를 졸업하고 내가 이혼 서류를 접수하고 앤디도 이혼 서류를 접수한 다음, 앤디의 아내가 학교에 와 더러운 이야기를 잔뜩 쏟아놓는 바람에 영문학과장에게 불려 가서 러그처럼 바닥에 납작 엎드린 다음, 앤디와 내가 이를 악물고 '사랑'이라는 단어를 말한 다음, 성적 감정적 절정 이상의 사건이 발생했다. 그런 일이 가능할 거라곤 생각도 하지 못했다.

밤. 바닷소리. 나의 작은 바닷가 집. 소파 위에서. 우리 두 사람의 손에는 스카치위스키 잔이. 밤새 밤새 밤새 매지 스타의 음악이 흐르고. 우리는 앤디의 『카마수트라』 책에 감탄했고 앤디는 내게 『티베트 사자의 서』에 관해 설명해줬다. 섹슈얼리티와 죽음. 홈런이었다.

앤디가 내 가슴 위에 손을 얹었다. 나는 그의 살결이 품은 열기가 내 안의 우물 속으로 빠져드는 것을 느낄 수 있었다. 앤디의 시선이 깊이 내 안으로 침투해 숨쉬기가 버거웠다. 몸이 떨렸다. 그 동작만으로도. 그때 앤디가, 내가 나에 관해 말해준 모든 것을 들어 알고 있는 앤디가, 갑자기 이렇게 말했다. "당신과 아이를 갖고 싶어."

.

?

.

글쎄, 내가 얼마나 다양한 방법으로 "싫어"라고 했을지 상상할 수 있을 것이다. 나는 전화를 걸고 싶었다. "음, 여보세요? 온 인류가 들어주세요. 끔찍한 연애를 담당하는 부서로 연결해줄 분? 할 말이 있어요. 여기 남자 한 명이 있는데, 그러니까, 가엽게도 정신이 오락가락하는 것 같아요. 나를 다른 사람으로 착각하는 게 분명하니 다른 곳으로 연결해주셔야 해요. 다른 지역 번호로. 다른 주소로. 다른 여자에게. 어디다 전화해서 알아봐야 하죠? 알아요. 정말 미치겠어요. 이 사람은 자기가 가족을 원한다고 생각해요. 네. 나랑요. 돌았죠, 그렇죠? 그러니까 그냥, 아시잖아요. 그 사람에게 연결해줄 다른 전화번호를 주시겠어요? 처방 약이 필요할 수도 있어요. 내가 잠깐 시간을 끌어볼 수는 있을 것 같은데, 누구든 보내주셔야 할 거예요."

나는 펄쩍 뛰며 싫다고 했고, 그의 반박은? 한 문장이었다. 젠장맞을 내 망한 인생의 난장판에 대고 한 딱 하나의 문장.

"당신 안에서 어머니가 보여. 당신에겐 당신이 생각하는 것보다 더 많은 이야기가 있다고."

주홍 글자

객원 작가로 일하던 샌디에이고주립대에서 해고당하기 전 6개월 동안, 나의 배가 자라났다.

들어보시라. 행복? 나 같은 사람에겐 행복도 다른 형태를 취한다.

나의 배가 자라났다, 영문학과 복도에서. 동료들은 나의 어느 때보다 거대한 가슴과 불룩한 배를 바라보거나 그 냄새를 맡지 않으려고 애쓰며 문화학이나 젠더학이나 여성학에 관해 이야기했다. 그러다가 다들 내게 말을 걸지 않았고, 그저 고개를 끄덕이거나 짓다 만 미소를 보이며 내 옆을 지나갔다. 음매, 하고 우는 젖소 옆을 지나갈 때처럼.

나의 배가 자라났다, 학과장이 서류에 서명했을 때. 그것은 내가 더 이상 그곳에서 일할 수 없다는 내용의 서류였고, 나 역시 서명했고, 서명하면서 서류를 보는 대신 그 여자의 빌어먹을 눈을 똑바로 바라봤다. 재수 없는 여자라고 생각했다. 학과장은 에헴, 했다.

나의 배가 자라났다, 내가 담당하던 모든 수업 시간에. 학부생들은 히죽거리고 서로를 쿡쿡 찌르며 수군거렸지만, 그런 다음에는 이상하게도 내게 충성했다. 권력자에게 맞서는 작고 아름다운 혁명가들처럼. 나의 배가 자라났다, 매주 열리던 대학원생 소설 창작 세미나에서. 학생들이 미소 지을 때까지 한 명씩 바라보는 나, 누가 뭐라고 하든 학생들이 자기 언어의 색깔로 멋진 태피스트리를 엮어낼 수 있도록 도와주는 나, 용서를 바라지 않는 나의 광채 앞에서 경멸을 감추지 못하는 그들.

나의 배가 자라났다, 옷이 맞지 않을 정도로. 욕조가 너무 작았다. 침대도. 집도. 과거의 나, 그 여자의 애처로운 야단법석도 너무 작았다. 더 크게, 더 크게. 나의 배가 자라났다.

매일 밤 앤디는 내 배 위의 언덕에 손을 올려놓고 작은 아이물고기에게, 자기 자신의 이야기 외에는 모든 것을 거부하는 아이물고기에게 비밀을 속삭였다. 내 몸의 물—내가 줄 수 있는 최고의 선물—속에 있는 사랑스럽고 비밀스러운 생명. 아기는 모유의 세상을 빨아먹을 것이었다. 우리가 나누는 사랑이 내 몸과 함께 점차 부풀었다, 우리의 깨져버린 규칙과 깨져버린 관습과 깨져버린 법률에서 태어난 사랑과 함께. 매일 밤 우리의 몸은 우리가 살았던 삶보다 더 큰 노래이야기를 만들어냈다. 나의 배가 자라날수록 우리는 더 많은 사랑을 나눴다.

나는 임신 8개월에 접어들었고, 내 거대해진 몸에 전에는 몰랐던 자부심을 느꼈다. 그것은 사람들이 생각하는 평범한 어머니 서사에 맞지 않는 배부른 어머니들의 자부심이었다. 그때 내게서 광채가 났다면, 그것은 생명을 품어 부풀어 오른 여자들 속으로 잠자러 가는 욕망에서 피어나는 열기와 붉음이었다. 우리의 몸은 카마수트라에 그려진 것보다 더 다양한 자세로 사랑을 나눴다. 내게서 모성애가 느껴졌다면, 그것은 칼리 여신의 어머니다운 찡그린 얼굴과 화염을 닮은 것이었다. 누군가가 나를 거역한다면 나는 그의 목을 쳐서 내 목에 걸 것이었다. 나는 얼굴에 경멸이 묻어나는 동료들이 가득한 엘리베이터에 굳이 끼어 탔다. 머릿속으로 생각하길, 당신이 가르치는 문학 속의 여자가 바로 나다. 그렇지만 이번에는 나를 목소리 없는 사람으로 길러내지 말라. 이번에는, 내가 소리 지를 것이다. 나는 당신보다 크다. 미안한 마음도 없다. 어디 한번 해봐. 나는 학과 회의에 앉아서 종신교수이자 시인인 여자들을 내려다보며 그들만의 페미니즘에 침을 뱉었다. 여기저기 집적거리는 늙은 종신 남교수들의 흘끗거리는 시선을 눈치채면, 부끄러운 줄 알라는 눈빛으로 그들을 노려봤다. 그들이 대학 문밖에서 수많은 여자들과 무슨 짓을 하고 무슨 변명을 하든 나는 받아줬음에도 그들은 나를 공격했으니까.

나의 배가 자라났다.

나의 배가 나를 싣고 다녔다.

나의 배가 우리의 사랑을 싣고 다녔고, 사랑에 취해 히죽거리는 우리의 얼굴 사이에서 불룩 튀어나왔다. 삶과 기쁨의 미소가 드디어 당신에게 온다, 알고 있는 거라곤 고통받는 법뿐이었는데.

예정일이 가까워졌고, 나는 아기를 낳으러 간 날까지도 글쓰기를 가르쳤다. 앞으로는 나를 고용하지 않겠다며 이미 오래전에 해고를 통보한 멍청하고 위선적인 곳에서, 아들이 태어난 지 이틀 만에 또 강의했다. 육아휴직 대신 글쓰기 강의를 했다. 아기를 바구니에 담아 대학원 세미나에 데려갔다. 다들 보는 앞에서 수유했다. 글쓰기를 가르쳤다. 잘 가르쳤다. 졸업한 학생에게 물어보라. 졸업생 중 몇몇은 취직에 성공했다. 책도 썼다. 가끔은 아기의 작은 사람 목소리가 우리의 진을 쏙 빼놨다. 나는 어머니들의 웃음을 웃었다.

나를 마비시키고 싶다는 욕망이 내 몸을 떠나기 시작했다.

임신 8개월에 나는 법원에서 앤디 밍고와 결혼했다. 아시아풍의 진한 빨간색 빈티지 드레스를 입었는데, 배가 남산만 했지만 그래도 멋졌다. 내 결혼식 중 사진을 남기지 않은 것은 이때가 유일하다. 그렇지만.

부부의 연을 맺은 날 밤에는? 집에 가서 사진 촬영을 했다. 나는 목에 까만 새틴 리본을 묶고 까만 새틴 팬티를 입고 진한 빨간색 벨벳 커튼 앞에서 접시에 있는 우유를 핥아 먹었다. 왜 그랬는지 모르겠다. 그냥 그렇게 했다.

그 사진을 찍고 한 섹스는, 하느님 맙소사. 커다란 배로 했던 그 섹스.

그것은, 여성들이여, 정말 해볼 만하다.

나 같은 여자에게 사랑이 도래하면? 그 모든 블랙홀 후에? 무슨 일이 있어도 그 사랑을 쟁취하고 만다. 나를 망가진 여자라고 할 수는 있겠지만, 바보라고 할 수는 없다.

그리고, 뭐 하나 말해줄까. 난 헤스터 프린*도 아니다.

* 소설 『주홍 글자』의 주인공. 사생아를 낳은 벌로 간통한 여성(Adulteress)을 상징하는 글자 'A'를 주홍색으로 옷에 새기고 산다.

태양

빛.

생명.

살아 있는 아름다운 남자아이.

나의 아들 마일스가 세상에 나오기로 결심한 밤에 뇌우가 쏟아졌다. 4월의 샌디에이고에 뇌우는 선물이다. 태양이 끝없이 빛나는 나날 속에서 영혼이 잠시나마 촉촉이 젖을 수 있다.

양수가 터지자 나는 맨발에 잠옷만 입고 거리로 나가 한 블록 너머에 있는 바다로 갔다. 앤디는 침대에서 자고 있었다. 언니 브리지드도 집에서 자고 있었다. 나는 눈물을 흘렸고 내 안에 있는 바다가 이 아이를 위해 길을 내주고 있었고 내 앞에 바다가 펼쳐졌다. 물에 도달했을 때 나는 말했다. "릴리. 그 아이가 왔어." 그러고는 다시 집으로 왔다. 잠든 내 사랑의 옆자리에서 나는 시간을 쟀다. 새벽 다섯 시였다. 진통은 아직 태어나지 않은 문장들 같았다. 살면서 그렇게 맑은 행복감을 느낀 적이 없었다. 머릿속에서 나에 관한 생각이 텅 비워졌기 때문에.

그 공간에 내 삶과 연관된 것은 아무것도 없었다. 번개가 어둠을 밝혀줬다. 사위가 물이었다.

제대로 태어나지 못했거나 아예 태어나지 못한 아이를 가졌던 어머니들을 많이 만나봤다. 우리는 이 세상과 좀처럼 어울리지 않는 무언가를 이고 다니는 여자들, 비밀스러운 부족이다.

한 일본인 친구의 아들은 태어난 지 이레 만에 죽었다. 이유를 알 수 없었고, 호흡이 희미해지더니 완전히 사라져버렸다. 그 친구가 말하길 일본에는 '미즈고みずご'라는 단어가 있는데 대충 번역해보면 '물아이水子'라는 뜻이라고 한다. 물아이는 우리만큼 이 세상에 오래 머물 수 없었던 아이를 의미한다.

일본에는 어머니와 가족을 위한 의식, 물아이를 기리기 위한 풍습과 기도가 있다. 사당도 있어서, 사람들은 그곳을 방문해 물아이에게 이야기와 사랑과 선물을 줄 수 있다.

서양에는 물아이를 위한 의식이 없다. 나는 신을 믿지 않는 미국 여자다. 그렇지만 물은 믿는다.

마일스가 태어나던 날, 앤디는 내 몸을 안고 그 고난을 함께 이겨냈다. 언니 브리지드는 아름다운 실로 사랑을 꿰매어 우리가 있는 곳 주변에 놓았다. 아무것도 언니가 꿰매놓은 강한 세계 안으로 침범할 수 없었다. 마일스가 태어나자, 나는 뱃속에서 기르고 배 아파 낳은 아이를 위해 우는 어머니들이 그러듯 목 놓아 울었다. 하지만 나의 울음은 그 노래 안에 또 다른 영혼을 품고 있었다. 의사가 마일스의 긴 몸을 내게 안겨줬고, 뿌연 회색 탯줄은 나선으로 감기며 여전히 우리를 이어줬다.

아기가 움직였다.

나는 아기 몸의 온기를 느꼈다.

아기의 작은 입은 나의 둥근 가슴과 젖꼭지를 위해 만들어진 것이었다.

그래, 이게 생명이구나.

처음으로 눈을 뜬 마일스 앞에는, 내가 들어본 적 없는 소리를 내는 아버지가 있었다. 아버지의 우주처럼 커다란 울음소리. 두 팔을 활짝 벌리고 자신의 아이를 기다리는 아버지, 평생 아이를 지켜줄, 무엇보다 아이를 사랑할, 아이 앞에서 한 남자의 길을 보여주고 그 아이가 어른으로 자랄 때까지 손을 잡아줄 준비가 된 아버지. 자신은 아버지 없이 살아온, 이야기를 다시 쓰고 있는 아버지.

언니가 우리 쪽으로 와서 세 사람의 붙어 있는 몸을 안아줬다. 언니가 어떤 기분이었는지 정확히 알 수는 없으나 얼굴에서 마음이 느껴졌다.

내 뱃속에서, 아직 태어나기 전에, 마일스는 헤엄쳤다. 앞으로 뒤로 한 바퀴 돌고 몸을 뒤집고 발을 구르는 그런 몸동작을—생명이 넘쳐흘렀다—이미 모든 것을 겪어본 내 배의 피부를 통해 보고 있자니 조금 두려웠다. 아기의 힘에 숨이 턱 막힐 것 같았다. 그렇지만 우리를 떼어놓을 수는 없었다. 아기의 몸은 내 몸은 아기의 몸은 내 몸이었다. 마일스를 임신했을 때 자주 수영하러 갔는데, 수영하러 가면 사람들은 내 속도에 깜짝 놀라곤 했다. 그렇게 크고, 그렇게 둥글고, 그렇게 가슴이 무거운데, 그렇게 빠르다니. 그렇지만 나는 그들이 모르는 비밀을 알고 있었다. 산소와 땅이 태어나기 전 우리는 모두 헤엄을 친다. 우리는 모두 호흡할 수 있는 파란 과거의 기억을 짊어지고 산다.

한 문장에 생명과 죽음을 함께 담아내는 것은 가능한 일이다. 한 몸에 담아내는 것도. 사랑과 고통을 모두 끌어안는 것은 가능한 일이다. 물속에서, 내가 갖게 된 이 몸은 과거를 꼬리에 매단 채 촉촉함 속으로 미끄러진다. 뭐 어쩌겠나, 그 속에 희망이 있다면.

남자들과 함께

여자는 아버지를 닮은 사람과 결혼하게 된다고들 한다. 내 아버지는 분노로 우리 집 여자들의 마음을 찢어버렸다. 그러니 내가 사랑했던 남자들 혹은 사랑한다고 생각했던 남자들을 돌이킬 때는, 찢어져 벌어진 마음으로 그들을 기억하는 것이다. 내가 가족의 사랑이 어떤 것인지 조금이라도 이해할 수 있다면, 가족의 마음이 무엇인지 조금이라도 느낄 수 있다면, 그것은 내가 결혼하지 않은 남자에게서 배운 것이다.

케네디 대통령이 암살당한 날에 당신이 어디 있었는지 기억하는가? 나는 기억 못 한다. 나는 케네디가 암살당한 해에 태어났으니까. 그래서 그 사건에 관해 아무것도 기억하지 못한다. 그렇지만 마이클은 기억한다. 내 삶의 중요한 자리마다 함께했던 마이클.

처음 마이클을 만났을 때, 그는 텍사스테크대학 회화실에서 필립과 함께 서 있었다. 늦은 밤이었다. 나는 천장부터 바닥까지 이어진 창문으로 다가가 안에 있는 두 사람을 바라봤다. 키가 크고 마른, 아름답고 젊은 남자 둘이 나란히 서서 캔버스에 그림을 그리고 있었다. 숨을 쉴 수가 없었다. 두 사람을 바라보고 있는데… 마음속에서 무언가 생겨났다. 그림을 그리는 두 남자를 바라보는 내 안에서 그것이 펄떡거렸다. 눈이 따끔따끔하고 목구멍이 조였다. 하지만 술병을 꺼내 보드카를 한 모금 마신 후 창문에 가까이 다가가서 티셔츠를 들어 올렸다. 맨가슴을 그대로 유리에 밀어붙이고는 창문을 똑똑 두드렸다. 고개를 돌린 필립이 웃었고, 손가락으로 나를 가리켰다. 마이클도 고개를 돌렸고, 웃었고, 우리의 시선이 마주쳤다.

마이클. 아버지의 이름.

나는 생각했다. 아버지도 20대 초반에는 이런 모습이었을까? 큰 키에 마르고 아름다운 몸, 캔버스 위에서 춤추는 손이 아버지에게도 있었을까?

기존의 지식으로는 남자를 사랑하는 법을 깨칠 수 없었다. 나는 마이클을 사랑하면서 남자를 사랑하는 법을 깨쳤다.

여자가 많은 집에서 딸로 살면서 배우지 못한 것들이 너무 많았다.

명절을 사랑하는 법도 가족에게서 배운 것이 아니다. 마이클과 딘의 집에 식사하러 가서 배웠다. 두 사람의 집은 아름답게 꾸며져 있었고—어렸을 때 상상하던 마법의 세계만큼 아름다웠다—따뜻한 호박색 방과 촛불과 리본과 향료와 맛있는 냄새가 가득했다. 그리고 그것들을 부숴버릴 아버지는 없었다.

요리하는 법도 여느 어머니에게서 배운 것이 아니다. 마이클을 바라보면서 배웠다. 마이클의 손, 인내심, 기교, 정성, 사랑이 가득한 무언가를 입에 넣는 즐거움은 음식을 씹는 나를 울게 했다.

나를 꾸미는 법도 여느 여자에게서 배운 것이 아니다. 내게 전투화를 벗어 던지고 삐뚤빼뚤한 머리를 빗는 법을 가르쳐준 것은 딘이 오랜 세월에 걸쳐 찍어준 내 사진들이다. 그 사진들로 딘은 나 같은 사람도… 예쁠 수 있다는 것을 보여줬다.

마이클은 코퍼스크리스티의 해변에서 열린 내 첫 번째 결혼식에 참석했고, 내가 백사장 위에서 필립에게 평생 사랑하겠다고 맹세하는 모습을 봤다. 마이클과 딘은 타호호의 하비스 카지노 옥상에서 열린 데빈과의 두 번째 결혼식에서도 내 옆을 지켰다. 레코드처럼 머리가 새까만 괴괴한 카지노 목사가 호피족 기도를 읊었고 어머니는 술 마시고 도박할 시간을 기다리고 있었다. 내가 샌디에이고의 치안판사 앞에서 앤디와 결혼했을 때 마이클은 내 옆에 없었지만, 내 커다란 배가 나와 함께였고, 그 안에는 마이클의 일부도 있었다.

한번은 필립과 내가 아직 유진에 살던 시절에 마이클이 놀러 왔다. 아기를 사산한 후였다. 필립과 나는 서로에게 아무런 감정도 없었다. 나는 데빈과 함께 도시 건너편에서 이미 새로운 삶을 시작한 후였다. 필립은 낮에는 스미스 패밀리 서점에서 일했고, 밤에는 다른 곳에 있는 원룸에서 그림을 그렸다. 계획에 의하면 마이클은 필립의 집에서 며칠 있다가 나와 이삼일 같이 있어야 했다. 그런데 마이클은 둘째 날 새벽 세 시에 우리 집 문을 두드렸다. 나는 문을 열었다. 꼴이 말이 아니었다. 손에는 여행 가방이 들려 있었다. 마이클이 말했다. "그 망할 원룸엔 못 있겠어. 냄새가 장난 아니야. 사방이 고양이 똥오줌에 유화물감투성이야. 어떻게 사람이 그러고 살아." 나는 마이클을 안으로 들였다.

그때 나는 우리 둘 다 필립을 사랑했었다는 사실을 알게 되었다. 함께. 깊이. 그리고 우리 둘 다 필립을 떠났다. 함께 이혼한 것이었다. 영원히. 그의 천재적이고 수동적인 손과 어떻게 살아야 할지 알 수 없어서. 그것은 마이클과 나 사이에 남은 신성한 진실이었다.

데빈과 내가 이혼한 후, 데빈은 시애틀에 있는 마이클과 딘의 집에 놀러 갔다. 두 사람이 아직 자기 친구라는 것을 확인하고 싶었던 듯하다. 나는 데빈이 그곳에 있다는 사실이 거슬렸다. 마이클과 딘은 내 친구인데 말이다. 이 망할 놈, 데빈. 하지만 마이클이 내게 전화해 말했다. "데빈이 하는 이야기라곤 하루에 몇 번이나 어린애들이랑 떡치는지뿐이야. 애들이랑 몇 번을 하든 말든 내 알 바 아니라고. 짜증 나! 너무 유치해." 다음 날 또 전화해서는 이렇게 말했다. "우리가 일하러 간 사이에 데빈이 집에 있는 술을 전부 다 마셨어. 우리 냄비도 훔친 것 같아. 딘의 CD도. 다시는 여기 못 오게 할 거야."

나도 한심하다는 것을 안다. 바보 같지. 그렇지만 마이클이 그렇게 말해줘서 너무 사랑스러웠다.

앤디와 시작한 연애는 호락호락하지 않았다. 그가 아직 결혼한 상태였기 때문에 우리는 두어 번 샌디에이고 밖에서 만났다. 한번은 마이클과 딘이 사는 시애틀에 갔다. 내가 사산한 뒤 댈러스에 살던 두 사람은 시애틀로 이사 왔다. 물론 직장 때문에 한 이사였다. 둘 다 기가 막힐 정도로 재능 있는 그래픽 디자이너였으니까. 하지만 왠지 내가 보기엔 마이클이 나와 가까운 곳에 살기 위해 시애틀로 온 것 같았다. 내 바람이 그랬다는 말이다. 마이클이 "우린 가까운 곳에 살아야 해"라고 말했던, 유진에 있는 우리 집에서 맥주를 연속으로 열두 캔이나 비웠던 어느 오후가 그가 나와 가까운 곳으로 이사 온 이유이기를 바랐다. 아이 같은 바람이었다.

샌디에이고에 있던 나는 시애틀에 있는 마이클에게 전화해 연애 현황에 관해 털어놓았다. 어머니나 언니, 아버지, 동성 친구에게 전화하지 않았다. 마이클에게 했다. 전화기를 붙들고는 망가지고 엉킨 결혼 생활에서 아직 빠져나오지 못한 남자와 사랑에 빠진 것 같다고 말했다. 그 남자가 나보다 어리다는 말도 했다. 한참 어리다고. 그 남자는 덩치가 크고 아름다우며 첼로를 켤 줄 알고 때려눕히지 못할 상대가 없다고. 스페인에 살았고 ETA도 봤고 지구해방전선 활동가들을 인터뷰했고 티후아나에서는 내게 어찌나 세게 키스하는지 이를 쏙 빼서 삼켜버리는 줄 알았다고. 그런 사람이 내 학생이라고. 다른 친구에게 이런 이야기를 했다면 그 친구는 리디아, 그런 짓을 하면 어떡해, 라고 했을 것이다. 마이클이 뭐라고 했는지 말해줄까? "세상에. 드디어 너만큼 사연 많은 사람을 만났구나. 하느님께 감사할 일이네!" 그러고는 덧붙였다. "우리, 일주일 정도 집 비울 거야. 와서 집 봐줘. 그 남자도 데려오고."

그래서 데려갔다.

내 아들 마일스, 살아 숨 쉬는 나의 아름다운 남자아이는 마이클의 집에서 생겼다. 마이클과 딘의 침대에서. 600수 능직 시트 위에서. 강아지 제이크가 충직하게 우리의 사랑을 지키는 가운데. 마이크가 사는 집, '집'이라는 단어를 마음으로 느낄 수 있었던 유일한 장소에서 아기가 생겼다.

내 머리와 마음 안에는 마이클과 딘의 이미지가 너무도 많다. 한밤중 침례교회 바닥에 앉은 나와 마이클, 교회 오르간으로 바흐를 연주하는 딘. 속옷만 입고 오리건 해안의 바다로 뛰어드는 나와 마이클과 딘. 12월이었다. 앤디와 마이클이 요리한, 올리브와 케이퍼를 곁들인 크리스마스 토끼 고기 요리를 먹는—우리는 이탈리아 한구석에 오손도손 모여 있었다—나와 딘, 음식 이상의 무언가로 입을 채우는 우리. 내가 마이클과 딘에게 언니를 보내자—언니는 종신교수직을 잃어버리고 신경쇠약이 생겼다—문을 열고 "들어와요"라고 말했던 두 사람. 언니의 자아가 회복될 때까지 자기들의 집에 머무르게 해준 두 사람. 스페이스 니들 꼭대기에 있는 마일스와 마이클과 댄과 앤디. 세상에. 남자들을 사랑하는 데 얼마나 많은 방법이 있는 걸까? 닫힌 마음을 찢어 열어낼 수 있을 정도로 많다.

내 머리와 마음 안에 있는 이미지들. 나는 그것들이 무엇인지 안다. 정말이다. 그것은 바로 가족사진 앨범이다. 자신이 원하는 대로 가족을 꾸리는 것은 가능한 일이다. 분노 없이 남자를 사랑하는 것도 가능한 일이다. 남자를 사랑하는 방법은 수없이 많다.

보금자리

우리가 달려온 수백 마일에 관해 말해주고 싶은 것이 있다.

마일스가 태어난 후 우리는 샌디에이고에서 차를 타고 오리건주 포틀랜드 근처로 갔다. 나는 샌디에이고에서 일자리를 잃었지만, 기적처럼 오리건에서 일하게 되었다. 그렇게 내가 알던 곳이자 앤디가 알던 곳으로, 북서부로 돌아가게 되었다. 앤디는 트럭을 몰았고, 나의 소중한 친구 버지니아와 나는 중고 사브 뒷좌석에 까르륵거리고 바지에 똥을 싸는 마일스를 태운 채 도로 위의 전사들처럼 이동했다.

버지니아. 내게 중요한 것들은 전부 하나의 단어다. 나는 버지니아가 천천히 자라나는 모습을 지켜봤다. 시간이 지나며 변해가는, 물기 머금어 아름다운 돌. 처음에 버지니아는 내 학생이었고, 그러다가 친구가 되었고, 그러다가 내 삶에 둘도 없는 존재가 되었다. 버지니아는 친구로서 내 곁을 지켜줬다. 친밀함이란 단어는 성욕과 별개라는 사실을 보여줬다. 조건 없이, 나는 그것을 들이마셨다.

사브는 위드—그렇다, 위드*—에서 고장이 났고, 버지니아와 나는 갓길을 서성거리며 고민했다. 앤디가 룸미러를 보고 우리가 없어진 것을 눈치챌까? 아니면 혼자 오리건으로 가버릴까? 망할 휴대폰에는 수신 막대기가 하나도 뜨지 않았다. 무섭지는 않았다. 왜냐하면 우리 같은 여자들은? 그런 일에 겁먹지 않는다. 우리는 용맹한 개척자들이니까. 베키 분처럼.

앤디는 눈치챘다. 그는 세심한 남자니까. 20분도 지나지 않아 고속도로에서 우리 쪽으로 달려오는 앤디의 트럭이 보였다. 우리는 트럭의 비좁은 앞좌석에 끼어 탔다. 좌석 사이, 담배와 기어가 있는 좁다란 자리에 아기를 놓아두고 아무렇지도 않은 척했다. 버지니아와 나는 조수석에 함께 앉았고, 엉덩이 부분에 얼룩덜룩한 땀자국이 남았다. 사브는 갓길에 그대로 버려두었다. 흉터처럼 남은 탈출의 흔적.

오리건에 도착한 후 마일스와 나는 홀리데이 인 호텔에서 목욕했다. 마일스는 내 옆에 누웠는데, 등이 내 가슴과 배에 닿았고 작고 귀여운 얼굴은 침방울을 날리다가 미소를 지었다. 마일스는 아무런 어려움 없이 팔다리를 물에 띄웠다. 그런 우리의 모습이 사진으로 남아 있다. 내 가슴이 사람 머리만큼이나 부풀어서 언뜻 보면 머리가 세 개 달린 생물처럼 보이지만, 곧 마일스의 눈코입을 식별할 수 있다. 그다음에 나는 마일스의

* 캘리포니아에 있는 도시 위드(Weed)를 뜻하는데, 'weed'라는 단어에는 대마초라는 뜻도 있다.

작은 양동이처럼 가벼운 몸을 돌려서 얼굴을 마주 봤다. 마일스는 푸, 하고 입으로 방귀 뀌는 소리를 냈고, 웃었고, 진짜로 방귀를 뀌었고, 나는 배꼽이 빠져라 웃다가 마일스를 꼭 끌어안았다.

마일스의 머리를 품에 꼭 끌어안은 나는 문득 마일스의 생명력을 느꼈다. 아기들의 생명력이 아닌, 밤하늘보다 거대한 생명력이었다. 번개가 우리를 관통하는 것 같았다, 진통이 시작됐던 뇌우 치던 밤처럼. 딸이 태어나고 죽던 날 느꼈던 심장박동과는 정반대였다. 물속에 있는 우리 둘, 번개 같은 심장.

그날 밤 우리가 머문 홀리데이 인 호텔 방의 작은 베란다로 나갔더니, 버지니아가 자기 베란다에서 담배를 피우고 있었다. 나는 얼굴을 돌려 버지니아를 바라봤다. 세상에. 풋풋한 소녀였던 버지니아는 내가 지켜보는 앞에서 무럭무럭 자라 이제 아름다운 전사의 모습이었다. 나는 숨이 멎을 것 같았다. 이 말을 직접 한 적은 없지만, 그때 내 머릿속에 떠오른 생각은… 딸. 가슴이 벅차 숨을 쉴 수 없었다.

"그 막대기 계속 빼끔거리다간 죽을지도 몰라, 알지?"

"응." 버지니아가 답했다.

"사랑해, 알지?"

"응. 알아요. 나도 사랑해요." 저 멀리 보이는 버지니아의 눈에 눈물이 차오르고 있었다.

우리는 앤디가 인터넷에서 찾아 세낸 집으로 가는 중이었다.

사이버공간에서 새로운 삶의 공간을 찾다니, 정말 위험한 짓이다. 하지만 위험하면서도 굉장했다. 앤디는 해커였으니까. 마이크로소프트 도메인을 사이버스쿼팅 한 장본인. 앤디가 컴퓨터 앞에 앉으면, 눈앞에 생각지도 못한 새로운 지평이 열렸다.

인터넷에 올라온 사진을 보면 그 집에는 빛이 가득하고 공간이 널찍했다. 나는 빛과 공간의 가치를 아는 사람이다. 그리고 사진 속에는 나무들도 있었다. 사방이 나무였다. 집은 오리건 샌디에 있는 '불 런 삼림지대'라고 불리는 곳에 있었다. 나는 앤디에게 물었다. "왜 이 집이 좋아? 내 직장이랑 가까워?" 앤디가 답했다. "아니, 안 가까워. 하지만 여긴 보금자리야." 그때 나는 그 말이 무슨 뜻인지 몰랐다. 그러나 내 몸속의 무언가가 앤디를 믿고 있었다.

그 집으로 가는 길인 84번 주간고속도로는 샌디강과 함께 숲속에 숨어든 채 구불구불 이어졌다. 튜브를 끼고 강물에 몸을 맡긴 사람들이 보였다. 플라이낚시를 하는 사람들도 있었다. 카약을 타는 사람들도. 오르락내리락하는 지형은 전형적인 오리건의 삼림지대였다. 오리나무. 참나무. 단풍나무. 소나무. 그 모든 것은 영원히 푸를 것 같았다. 나는 잠시 아버지 생각을 했다. 북서부를 그토록 사랑했던 아버지. 그런 아버지의 북서부를 향한 사랑만은 아직도 애틋한 기억으로 우리 사이에 남아 있었다. 그후 아버지란 단어는 완전히 떠나버렸다. 내 미래와는 상관없는 단어니까. 북부로 우리는 계속 운전했다. 그 집에 도착했을 때 나는 울기 시작했다. 가슴이 미어져 눈물이 솟았다. 분명 오랜 시간 동안 축적되었을 울음이 저 깊은 곳에서 끌려 나왔다.

집은 팔각형으로 된 건물 두 채로 이루어져 있었다. 첫 번째 팔각형에는 큰 방이 있었고, 장인이 만든 나무 계단을 오르면 침실용 다락방이 나왔다. 다락방은 사방이 모두 창문이라, 침대에 누워 있으면 시야가 온통 나무로 가득했다. 두 번째 팔각형에는 찬장이 딸린 부엌이 있었는데, 도시라면 거금을 치러야 했을 공간이었다. 진한 체리목과 밝은 색깔 원목을 쓴 부엌에서 있으면 꼭 나무 안으로 들어간 것 같았다.

집 밖에는 숲 말고 아무것도 없었다. 불 린 삼림지대는 엘크와 사슴과 보브캣의 은신처다. 야생 꿩과 코요테와 수리와 왜가리도 있다. 시냇물이 집터를 지나 길게 흘렀다. 집 옆쪽에는 집주인이 목공 작업소로 쓰던 커다란 창고가 우뚝 서 있었다. 집주인은 음악 소리만큼 아름다운 소리를 내는 나무 마림바를 만들었다. 우리에게도 악기를 보여줬다. 악기에서 삶의 향기가 났다. 집은 집주인이 직접 지은 것이었다. 예술가의 열정으로 다듬은 나무들이었다. 창고 안에는 거대한 난로가 있었다. 창고 안에 있으면 내 안에서 무언가가 뒤척였다. 자아와 관련된 무언가가. 창작의 자유와 관련된 무언가가. 그 무언가는 나 자신보다도 오래된 듯했다. 집 안에 있으면 안전함이 느껴졌다. 우리를 보호하는 사방의 나무들. 우리 주변으로 굽이치는 강.

그전까지는 물속에서만 느낄 수 있던 감정이었다.

앤디와 나와 버지니아와 마일스가 집 앞에 앉자, 멀리 있는 나비와 잠자리와 벌새가 우리에게 노랫소리를 보내줬다. 집에 온 걸 환영해,라고 말하려는 것 같았다.

집에서 25분 거리인 도시에 내 직장이 있었다. 사람들도. 45분 거리에는 포틀랜드가 있었다. 문화 공동체, 그리고 동지들도. 버지니아는 저쪽으로 담배 피우러 갔다. 그래서 나와 앤디, 마일스만 남았다. "앤디, 이렇게 아름다운 곳에 왔다니 믿어지지 않아. 숨이 막힐 정도야." 나는 앤디에게서 고개를 돌렸다. 내가 작아진 느낌이었다. 어쩌면 아이만큼. "이 고마움을 어떻게 전해야 할지 모르겠어."

"벌써 고마워할 필요 없어." 작은 조수라도 되는 양 마일스를 어깨에 얹은 앤디가 내 뒤쪽에서 말했다. "더 기다려보라고." 앤디는 불가능한 일도 아무것도 아닌 것처럼 말하는 특이한 재주가 있었다.

그 숲속에 있는 집에서 보낸 처음 며칠은 밤 속으로 달려갔다가 다시 낮으로 달려 나왔다. 그 나날들은 내가 아는 셰익스피어의 '녹색 세계green world'란 개념과 유사했다. 정말이다. 셰익스피어 희곡 중에는, 처음 시작했을 때는 실제 세상에서 극이 전개되다가 곧 배경이 녹색 세계라는 마법 같은 변신이 일어나는 장소로 바뀌는 것들이 있다. 『한여름 밤의 꿈』을 생각해보라. 나는 항상 그 연극에 나오는 것처럼 당나귀 머리를 쓴 채 숲속에서 벌거벗고 뛰어다니고 싶었다. 사실 녹색 세계란 용어는 비평가 노스럽 프라이가 만들어낸 것이다. 미안하다. 내 안에 있는 망할 놈의 학자 기질 때문에 쓸데없는 말을 했네.

그렇지만 녹색 세계에서 앤디, 마일스와 함께하며 내 삶은 정말 마법처럼 모든 것이 달라졌다. 예를 들자면. 크리스마스? 크리스마스가 다가왔지만, 나무를 구하기 위해 어깨까지 쌓인 눈을 헤치며 신도 저버린 산 위로 올라가는 일은 없었다. 머리통이 흔들릴 정도로 고함치는 사람도 없었다. 눈알이 빠질 정도로 우는 사람도 없었다. 우리는 그저 가게에 가서 3.5미터쯤 되는 지랄같이 커다란 나무를 산 다음 차에 묶어 우리의 보금자리로 가져왔고 기뻐서 오줌을 지렸을 뿐이다. 팔각형 건물의 탁 트인 공간에 전나무와 기쁨의 향기가 가득했다.

밤늦도록 담배 연기와 분노가 쏟아져 나오는 건축가의 서재도 없었고, 자기 방에 숨어 두려움에 떠느라 잠들지도 꿈꾸지도 못하는 아이들도 없었다. 맞붙여놓은 앤디와 나의 널찍한 글쓰기용 책상에서 3미터 떨어진 곳에 마일스의 잠자리가 있었다. 그래서 부모가 글을 쓰는 동안 아이는 잠잤고, 예술이 우리를 지켜주고 공간도 우리를 지켜주고 나무도 우리를 보살펴주어 꿈이 태어날 수 있었다.

건물을 팔려고 밖을 배회하거나, 술병을 들고 화장실에 들어가 문을 걸어 잠그는 바람에 온데간데없이 집에서 사라져버린 어머니는 없었다.

늦은 밤 마일스가 젖을 먹다 잠들면, 나는 그 모습을 바라보곤 했다. 아마 모든 어머니가 그럴 것이다. 그렇지만 모든 어머니가 젖에 취한 아기가 잠 속으로 흘러드는 모습을 보며 셰익스피어의 문장 구조에 관해 고민하지는 않을 것이다. 나도 안다. 아들이 젖을 빠는 모습을 바라보는 것은 겉보기에 딱히 셰익스피어적이지 않다는 것을. 그렇지만 마일스가 어머니의 젖에서 트림으로, 그리고 거품 섞인 꿈속으로 이동하는 모습을 보며, 내 무릎 위에 놓인 몸의 무게감과 우리 두 사람 위에 내려앉은 파랗고 까만 밤하늘을 느끼며, 나는 셰익스피어의 키아스무스chiasmus, 즉 교차대구법을 떠올렸다. 교차대구법이란 비슷한 어구 두 개의 단어 순서를 바꿔 배열하는 방법이다. 한 문장을 뒤에서부터 다시 쓰는 것. 두 가지 의미를 제시하는 것. 내가 가장 좋아하는 예를 들자면, '사랑의 불이 데우는 물, 물이 식힐 수 없는 사랑'.

모티프로서 교차대구법은 변신 가능한 세상 안의 세상, 즉 녹색 세계를 의미한다. 녹색 세계에서 사건과 행동은 그 맥락을 잃어버린다. 꿈속과 마찬가지로. 시간도 사라진다. 불가능한 사건이 아무렇지도 않게 일어난다. 첫 어구의 의미는 두 번째 어구에 의해 철회되고 다시 구성된다.

숲속의 집으로 이사한 후 2년 동안 항상 잠이 부족했다. 마일스는—그 굶주린 작은 아기에게 신의 축복을—이 세상 누구보다 젖을 많이 먹었다. 밤새. 나는 어머니를 떠올렸고, 나의 만족을 모르던 젖이 부족한 입을 떠올렸다. 이 아이가 젖을 원하면, 나는 줄 것이었다. 어쩌면 우리 모두가 숲속에서 다시 태어나고 있었는지도 모른다.

내 피로는 물론 엄청났지만, 다른 사람들보다 피곤한 정도는 아니었다. 나는 종신교수직을 노리며 전일제로 일했다. 우리의 삶에도 기회가 주어질 수 있도록. 앤디도 피로에 허덕였다. 우리는 파도처럼 번갈아 밤낮으로 일했고, 마일스를 축구공처럼 서로에게 패스하며 육아했다. 유축기와 아기 흔들의자가 있어서 너무나 다행이었다.

갓난아기를 둔 부모의 피로는 말도 안 될 정도다. 사실 말이 안 되는 정도를 넘어선다. 그렇지만 그에 관해 이러쿵저러쿵 설교하진 않을 것이다. 사실 내가 하고 싶은 이야기는 전혀 다른 것이다. 내 생각에 녹색 세계에서 겪은 우리의 피로 덕에 우리는 자신의 가장 훌륭한 면을 끌어낼 수 있었다. 들어보시라. 마일스가 두 돌이 되기까지? 지쳐 널브러져 있어야 했던 나는? 장편소설 하나에 단편소설 일곱 개를 썼다. 앤디는 장편소설 하나에 각본 세 개를 썼다. 다시 읽어보시라. 시간도 에너지도 바닥이었음에도 어떻게 그렇게 많은 글을 쓸 수 있었을까?

녹색 세계.

우리는 시간이 없었다. 에너지도 없었다. 돈도 없었다. 우리에겐 나무에 둘러싸여 만드는 예술뿐이었다. 그래서 스카치위스키를 마시던 어느 밤 앤디가 내 쪽으로 고개를 돌리더니 “젠장맞을 노숙림老熟林이니 연어 이야기 좀 안 하는 북서부 출판사를 만들어야겠어"라고 말했을 때, 나는 배꼽이 빠져라 웃고 난 후 이렇게 답했다. "그래, 그러자." 그리고 그냥… 만들었다. 그렇게, 절정에 이른 우리의 피로는 창작활동의 절정으로 이어졌다. 앤디와 나, 우리는 또 다른 아이를 낳았다. 반항적인 문학 전문 출판사였고, 이름은 '키아스무스'였다. 알고 보니 북서부에는 노숙림과 연어 이야기에 질린 작가들이 많았다. 우리가 처음으로 출판한 책은 『북서부 끝자락: 현실의 끝』이라는 선집이었다. 왜냐하면, 정말 그곳은 현실의 끝이었으니까. 지금의 우리가 되기 전에 우리였던 모든 것이 완전히 바뀌었으니까.

셰익스피어.

숲속에서 삶에 예술을 준 우리, 우리를 만들어 예술에 준 삶.

협심증

나도 안다. 내 이야기를 들으면 앤디가 마치 환상 속의 구세주처럼 들린다는 것을. 그래도 나를 용서해야 한다. 그것은 나와 비슷한 사람을 만나서 생긴 효과니까. 놀라운 사실, 그러니까 내가 남자를 사랑한다는 놀라운 사실이 만들어낸 효과다.

앤디와 나의 관계는 영화에 나오는 연인들 같지는 않다. 예를 들어, 초반에 우리는 많이 싸웠다. 하느님 맙소사, 소리가 나올 정도로. 나는 아버지에게 배신당하고 어머니에게 버림받은 여자로서 싸웠다. 앤디는 얼굴도 모르는 아버지와 절대 속을 터놓지 않았던 어머니를 둔 남자로서 싸웠다. 우리는 어린 시절의 상처를 서로에게서 풀어냈다. 왜냐하면… 왜냐하면, 견뎌낼 수 있었으니까. 반대쪽에 무언가가 있었으니까.

사람들은—커플들을 말하는 것이다—싸우는 이야기를 꺼린다. 예쁘지 않으니까. 싸운다고 인정하거나 싸움을 묘사하거나 연인은 싸울 권리가 있다고 이야기하기 싫어한다. 우리는 연인과 자신의 사랑이… 무해하고 예쁘장한 경탄의 대상이 되기를 원한다. 폭발하는 분노는 추하다. 그렇지만, 내 생각에 그런 관점은 사기다. 추하지 않은 싸움도 있다. 분노를 분출하고 해방하면 사라져버릴 에너지로 처리할 수도 있다. 여기서 중요한 점은 분노에 형태를 부여하는 것, 인간을 분노의 과녁으로 삼지 않는 것이다. 분노를 변형시키는 것이다.

앤디가 샌드백을 후려치거나 이종격투기를 하려고 몸을 단련하는 모습을 보면, 분노가 해방되어 형태를 부여받은 에너지로서 어딘가로—저 멀리 몸 밖으로—날아갈 수도 있다는 것을 깨닫게 된다. 내 안의 폐기물들이 예술로 분출되는 것처럼.

그렇지만 다른 사람들과 마찬가지로 우리의 싸움도 서툴고 멍청하고 예술과는 거리가 멀다. 우리는 다른 사람들과 마찬가지로 만화에 나오는 어른들처럼 싸운다. 한번은 앤디가 우리 집 거실 가구들을 전부 잔디밭에 내다 놓았다. 한번은 내가 앤디의 마우스를 낚아채서 선을 물어뜯어 끊어버렸다. 그래. 세련됐지. 그렇지만 이 말은 해야겠다. 나는 절대 화내지 않는 사람들이 두렵다.

앤드루라는 이름은 전사라는 뜻이다. 그리스어에서 유래한 이름이다.

리디아라는 이름에는 의미가 개뿔도 없다. 그럴 줄 알았지.

그리고 작은 고통들은 사랑만큼 단단하게 관계를 다져낸다.

내가 서른여덟 살이었던 어느 밤, 앤디가 잠에서 깨어 오줌을 싸러 갔다. 나는 아내들이 으레 그러듯 반쯤 잠에서 깨어 앤디가 움직이는 소리를 들었다. 잠들기 전에는 켄 키지의 죽음을 기리는 NPR 방송을 들었다. 나는 눈물을 흘렸다. 앤디도. 그러고는 잠자리에 들었다. 소변을 보러 일어선 앤디는 화장실 불을 켜고 문을 닫았다.

그때 지붕 위로 나무가 쓰러지듯 앤디가 쓰러지는 소리를 들었다. 나는 화장실로 달려갔고 정신을 잃은 앤디를 발견했다. 하얀 타일 바닥에 등을 대고 누웠는데, 눈을 크게 뜨고 있었고, 입은 일그러졌고, 질식하는 듯한 이상한 소리를 냈고, 죽음처럼 창백했다. 발작을 일으키고 있었다.

나는 앤디의 얼굴에 대고 이름을 외쳤다. 앤디의 발을 욕조 위에 올려놓고 머리를 내 무릎 위에 올려 혈액을 순환시키려 했다. 앤디는 약간 정신이 들었고, 멍한 상태였다. 나는 911에 전화한 후 앤디를 이불로 감쌌다. 구급대원이 가득한 소방차가 도착했다. 나는 아들에게 옷을 입힌 후 우리 차로 이동했다. 구급차는 고속도로로 갔다. 나는 지름길로 갔다. 12분이나 먼저 도착했다. 병원에 도착한 앤디는 살아났다. 우리는 우리를 깜짝 놀라게 한 중성지방협심증을 유발하는 요인이라는 골칫거리에 관해 알게 되었다.

그다음 주에 차를 타고 일하러 가는데 갑자기 귀가 아팠다. 머리통도 벼락을 맞아 깨져버린 것처럼 아프기 시작했다.

아버지의 목소리가 둥그런 내 머릿속을 가득 메우며, 뇌엽과 회백질 관들을 통해 굽이쳤다. 목소리가 내 시야를 차단하고 턱을 꽉 조였다.

아버지의 목소리가 들리기 시작했을 뿐만 아니라, 물에 빠져 죽어가던 아버지의 얼굴이 앞에 서 있는 남편이나 아내의 얼굴처럼 선명하게 보였다. 아버지는 등을 대고 누웠는데, 눈을 크게 뜨고 있었고, 입이 일그러졌고, 질식하는 듯한 이상한 소리를 냈다. 발작을 일으키고 있었다.

나는 두 번이나 사고를 낼 뻔했다. 길도, 그 어떤 것도 보이지 않았고, 귀에서 광란이 일어났으며, 아버지의 낮은 바리톤 목소리에 뇌가 지끈거렸다.

숨 참는 법

꼬마들의 이야기.

우리 모두 한때는 물속에서 작고 슬픈 머리를 까딱거렸지.

여기, 작고 처량한 아이의 이미지가 있다. 두 살이었던 나는 모자 달린 하늘색 외투에 빨간 쫄쫄이바지를 입고 워싱턴 호수에 있는 부두에서 뛰어내리며 소리친다. "야호."

사람들의 이야기를 들어보면—이 이야기는 이젠 죽고 없는 나의 괴짜 부모들이 해준 것이다—나는 물만 보면 뛰어들었다. 수영장. 강. 호수. 잉어가 가득한 쇼지타 정원 연못. 나는 물에 홀려 있었고, 아이들 특유의 바보처럼 기쁨에 겨운 미소를 만면에 띤 채 물로 달려가 뛰어들었고, 돌처럼 가라앉았다.

누군가가, 보통은 또 시작이냐며 눈을 굴리고 있던 언니가, 매번 물에 뛰어들어 식식거리는 나를 구해내야 했다.

그래서 어머니는 내가 세 살이었을 때 수영 강습에 등록했다. 그렇지만 나를 차에 태워 워싱턴 호수로 데려간 다음 조그마한 옷을 벗겨 호수에 집어넣은 사람은 아버지였다.

11월이었다.

나는 그곳에 있는 아이들 중에서 가장 어렸다.

이때의 기억이 생생하다고는 말할 수 없지만, 내 피부가 얼음장처럼 차가운 물속에서 파랗게 질려가는 모습은 똑똑히 기억해낼 수 있다. 그리고 확신하건대, 추운 아이의 이가 덜덜 떨리다가 거의 부서질 뻔했던 것을 내 입의 근육이 기억하고 있다. 그해에 수영하는 법을 배웠다면, 그것은 얼어붙은 좀비가 배운 것이다. 내가 울면서 뛰쳐나올 때마다 분노한 신처럼 차창 밖으로 팔을 쭉 빼고 호수를 가리키는 아버지의 육중한 무게에 짓눌린 채.

이 이야기에 다른 내용이 더 있다고 해도, 그것은 내가 가까이 다가서면 저 멀리 떠내려간다. 내게서 너무 멀거나 너무 깊은 곳에 있다.

이 글을 쓰기 시작했을 때 내 아들 마일스는 일곱 살이었다. 그 말은 나도 가끔은 일곱 살이라는 뜻이다. 그러니까 일곱 살 시절의 내 모습이 자꾸만 일상의 흐름을 타고 헤엄쳐 온다는 뜻이다. 내가 준비됐든 안 됐든. 마일스는 수영장을 굉장히 좋아한다. 하지만 수영을… 못한다. 수영장에 들어간 마일스를 묘사할 수 있는 단어는 이것뿐이다. 바보. 게다가 자질구레한 장비들을 심해로 내려가는 잠수부보다 더 많이 갖춰 입는다. 고글이니 구명조끼 같은 것들을. 그런 다음에는 물속으로 들어가서, 그 어떤 수중의 위험에도 대비된 상태로, 물속의 괴짜가 되어 한껏 즐거운 시간을 보낸다. 마일스는 물속에 있으면 웃고 또 웃는다. 자기가 물속에서 할 수 있는 모든 것을 선보이는데, 물을 튀기며 작은 원을 그리거나 물벌레처럼 수영장 건너편을 향해 물을 밀치고 나아가면서 이렇게 말한다. "엄마, 봐. 나 수영하고 있어." 팔을 빙빙 돌리고 발을 마구잡이로 차면서 머리는 학처럼 이상하게 쳐들고 있다. 물 근처에도 가지 않은 입에는 작은 미소가 걸려 있고, 고글을 쓴 눈은 나를 바라본다. 그러면 내 심장이 가라앉는다.

나는 일곱 살 때 트로피 열세 개를 받았다. 트로피 윗부분에는 다이빙하려고 몸을 구부린 가짜 금으로 된 소녀가 달려 있었다. 만약 일곱 살의 내가 일곱 살의 마일스와 같은 수영장에 있다면? 장비를 주렁주렁 달고 있는 마일스와? 글쎄, 일단 나의 꼬마 수영선수 패거리는 마일스 근처에 얼씬도 하지 않을 것이다. 그 아이들은 이럴 것이다. 허어얼! 쟤 왜 저래? 특수학교 다녀? 그렇지만 내 안의 나는 마일스가 좋을 것이다. 분명 그쪽으로 헤엄쳐서 마일스의 멋진 장비를 걸쳐보고 싶어 할 것이다. 내 연봉도 걸 수 있다.

수영장에서 마일스와 함께 있을 때, 빌어먹을 새끼 물개라도 되는 것처럼 수영을 잘하는 꼬마가 있어서 그 꼬마가 마일스를 흘깃 보기라도 하면, 나는 죽여버릴 듯이 쏘아본다. 그 시선이 어찌나 날카로운지 아이의 머리카락이 뒤로 싹 넘어가버리고, 잘난 체하는 작은 얼굴이 달아오르고… 뭐, 그렇다. 뇌에 물이 차는 것보다 더 심한 일이 일어날 거라고만 말해두겠다. 그런 시선을 받고도 머리가 멀쩡하다면 운이 좋은 거다. 내 아버지가 물려준 눈빛이니까.

어쨌든 나는 내 아들 나이였을 때 쏜살같이 헤엄칠 수 있었다. 욕조에 풀어놓는 플라스틱 태엽 장난감을 본 적 있나? 안에 있는 고무 밴드에 작은 물갈퀴나 팔다리가 달려서, 태엽을 감고 물 위에 올려놓으면 미친 듯이 돌아가는 장난감 말이다. 욕조 반대편으로 돌진하는 작은 돌고래나 배나 상어, 본 적 있겠지? 일곱 살짜리 수영선수들은 딱 그렇게 생겼다. 고개를 처박은 채. 25미터를. 어쩌면 한 번의 들숨으로. 어쩌면. 우리가 육지에서 어떤 아이인들, 일단 물속에 풀어놓으면 위험할 정도로 생생해졌다.

아들은 초급반 수영 강습을 세 번째 반복해서 듣고 있다. 마지막 수업 시간이 되면 선생님들은 내게 초록색 카드를 준다. 카드에는 마일스 어머니, 아드님은 간신히 물에 뜨는 정도로, 물 밖에서만 숨을 참을 수 있고, 감독 없이 물속에 들어갔다간 타이어처럼 바닥으로 가라앉을 거예요,라고 쓰여 있다. 선생님들은 카드를 건넨 후 미소를 짓고, 나도 미소를 짓고, 마일스에게서 빛이 나고, 우리는 집에 가서 함께 오레오 쿠키를 먹고 나는 마일스에게 내 트로피 중 하나를 준다.

내가 같이 물속에 들어가 수영을 가르쳐주려고 하면, 마일스는 작은 원숭이처럼 내게 착 달라붙어서 수중 장비를 입게 해줄 때까지 버틴다.

문제는 머리다.

머리를 물속에 집어넣기 싫단다. 왜 그러냐고 물어보니, 마일스는 의심쩍은 얼굴로 대답한다. “물이 코랑 귀로 들어가고 뇌 속까지 들어가잖아. 그것도 몰라?”

나는 오래도록 마일스를 바라본다. 마일스는 눈을 피하지 않는다.

“그렇구나. 그런 건 어디서 배웠어?”

마일스는 자신만만하게 말한다. “해리 포터.”

해리 포터.

그 빌어먹을 안경잡이 꼬맹이 놈.

나는 마일스가 해리 포터의 어떤 장면을 말하는 것인지 바로 안다. 『해리 포터와 불의 잔』에 마법학교 학생 다섯 명이 트라이위저드 대회에 참여하는 장면이 나온다. 시합 중 하나는 호수에 들어가 삼지창을 든 무시무시한 인어에게서 잡혀 있는 친구와 연인을 구해내는 것이다. 학생들은 물속에서 호흡할 방법을 알아내야 하는데, 그러지 못하면 자신도 죽고 물속에 있는 사랑하는 사람들도 죽게 된다. 특별한 수중 장비를 착용하지 않은 이상 코와 귀에 물이 가득 차고 뇌도 물에 잠기게 된다. 물속에서 숨 쉬는 법을 깨우치지 못한 아이들은 전부 제삿날을 맞는 것이다. 해리 포터는 동물과 식물과 어류학에 관심 많은 네빌 롱보텀이라는 빼드렁니 괴짜 아이에게서 아가미풀을 받는다. 그래서 해리의 몸과 손발에 임시로 아가미와 물갈퀴가 돋아난다.

맙소사. 여자들은 어떻게 엄마가 될 결심을 하는 걸까?

나는 마일스를 바라본다. 그리고 말한다. "마일스, 엄마가 수영장에서 수영하는 모습 본 적 있지?"

"응." 마일스가 대답하며 침통한 얼굴로 바닥을 바라본다.

"내 뇌에는 한 번도 물이 들어간 적 없어. 단 한 번도."

나를 바라보는 마일스의 시선이 꽤 진지하다. 눈을 보니 골똘히 생각 중인 듯하다. 마일스는 생각이 많은 아이라, 분명 굉장한 대답을 생각해낼 것이다. 머릿속으로 호그와트를 구석구석 탐방하고 왔을 것이다.

"무슨 생각 하는지 들어볼까?"

"엄마는 분명 워터호스전설 속 호수 괴물가 있었을 거야. 엄마는 어렸을 때 물을 무서워했는데 워터호스가 엄마를 등에 업고 물속을 헤엄쳤고 수영도 가르쳐줬어. 워터호스는 엄마를 사랑했고 엄마도 워터호스를 사랑했고 마법이 일어났으니까." 마일스는 그렇게 이야기를 마친다. 허리에 손을 얹은 채.

잘도 그랬겠다. 영화「워터호스」에서 본 내용이잖아.

염병할 미국 어린이 영화들.

내가 일곱 살이었을 때는「아리스토캣」,「말괄량이 삐삐—가자! 해적 섬으로」,「회색곰들의 왕」 같은 어린이 영화가 있었다. 그런 영화에는 뇌에 물이 들어가서 죽은 사람이 나오지 않는다. 잠깐. 1972년에 개봉한 「포세이돈 어드벤처」가 있었지. 셸리 윈터스가 나오는 영화 말이다. 세상에. 그 영화를 생각하면 아직도 마음이 안 좋다. 더럽게 슬픈 영화거든. 가족이 다 같이 그 영화를 보러 갔는데, 내가 한 시간쯤 목이 터져라 울었던 것 같다. 그래서 다들 영화관에서 나와야 했다. 아버지가 이렇게 말했던 것 같다. "애처럼 질질 짤 거면 앞으로 다시는 영화관 못 와. 징징이들은 집에만 있어야 하는 거라고. 우라질." 그러고는 손으로 운전대를 내리쳤다. 어머니는 계속 창밖만 바라보며 현실을 부정했다. 언니의 마음은 반쯤 나를 가여워하고 반쯤 아버지에게 다른 공격 대상이 생겨 기뻐했다.

돌이켜 보면 나는 수영 말고는 정말 많디많은 일에 젬병이었다. 일단 나는 사람 많은 곳에 있는 법을 전혀 몰랐다. 다른 것도 못 했다. 예를 들면, 자전거 타기. 구제 불능이었다. 지금도 아버지의 목소리가 생생하다. "지랄! 이 동네 사는 애들 전부 자전거 탈 줄 알아. 너만 모른다고. 대체 뭐야, 저능아야?" 페달을 밟고 또 밟는 나는 공기 중에서 무게도 없고 생각도 없었다. 아무것도 아닌 여자아이.

마일스와 나는 수영장에서 많은 시간을 보낸다.

마일스는 물속에 머리를 집어넣지 않고.

나는 한때 그랬듯 선수다운 빠른 헤엄을 치고.

그래도 우리는 나름대로 첫 진전을 보였다. 내가 워터호스 역할을 맡기로 하면 마일스는 내 목을 조를 것처럼 팔로 감싸고 숨을 헐떡인다. 나는 여기저기로 헤엄치다가 말한다. "자, 이제 잠수한다." 그러면 우리는 공용 수영장의 위험하고 깊은 물 밑으로 들어간다. 마일스는 코를 잡아 뽑을 것처럼 세게 잡고 있다.

그리고 우리는 색색의 꿈틀이 젤리를 먹는다. 그게 끝이다. 물속에 들어갔다 나왔는데 꿈틀이 젤리를 안 먹는다는 것은 있을 수 없는 일이다.

아버지는 수영하는 법을 몰랐다.

물

오리건 해안에는 관광 도시인 링컨시티와 뉴포트 사이에 글렌든 비치라는 해변이 있다. 글렌든 비치는 살리샨이라는 꽤 이름난 리조트가 있는 것으로 유명하다.

살리샨 리조트는 바다 만과 강어귀 옆쪽에 자리 잡고 있다. 그 너머에는 바다가 펼쳐져 있다. 유명한 골프 코스도 있는데, 나도 여기서 골프를 쳐봤다. 어렸을 때였다. 아버지가 가족 여행으로 우리를 데리고 갔다. 가족이 함께한 여행 중 유일하게 성공적이었다.

왜 그랬는지는 모르겠다. 나는 아버지를 바라봤고, 아버지는 고급스러운 호텔 방 베란다에 앉아 바다 풍경을 내다봤다. 리조트의 명물, 바람 받아 휘어진 나무가 보였다. 새와 물 위에서 변화하는 빛이 보였다. 아버지는 평화로운 모습이었다.

리조트에는 근사한 수영장과 온수 욕조가 있었다. 어머니와 아버지, 언니, 나, 온 가족이 함께 오래도록 물속에서 놀았다. 어머니는 갑자기 무게가 사라져버린 백조 같은 몸으로 횡영을 해서 수영장을 가로질렀고, 어린아이처럼 미소 지었다. 언니와 나는 아이들이 으레 그러는 것처럼 장난스레 헤엄쳤다. 물속으로 잠수했다가 올라왔다가 물을 튀기다가 경주를 하다가 물속에서 성큼성큼 걷다가 동전을 주우려고 잠수했다. 우리의 나이 차이에 개의치 않고. 아버지도 물속으로 들어와 허리까지, 가슴까지, 가끔은 턱까지 담그고 있었다. 바닥에 발이 닿으니 안전함을 느꼈다. 아버지는 수영장 끄트머리의 수심 깊은 곳을 피하느라 중간 지점까지만 어슬렁거렸지만, 그래도 행복해 보였다. 그후로 5년 동안 살리샨 리조트로 가족 여행을 갔다. 그러다가 언니가 집을 떠났다.

물론, 살리샨이라는 단어가 리조트 이름에만 쓰이는 것은 아니다. 살리샨은 태평양 연안 북서부 원주민의 언어들을 일컫는 말이기도 하다. 살리샨 언어의 특징은 굴절어적인 속성과 놀라운 자음군이다. 그리고 모든 살리샨 언어가 멸종되었거나 멸종 위기다. 어렸을 때는 이런 것들을 몰랐다. 그렇지만 살리샨이라는 단어는 어찌 된 일인지 다른 단어들과 다른 방식으로 내 머리와 가슴속에 자리매김했고, 그렇게 그 단어에는 일상적인 언어 이상의 비밀스러운 의미가 생겼다. 어린 시절에 아프거나 화가 나거나 무서울 때면 눈을 감고 이렇게 속삭이곤 했다. "살리샨. 살리샨." 그 주문이 가족이라는 두려운 존재에게 어떤 마법을 부려주길 바라며.

오리건으로 다시 이사한 후, 아들이 다섯 살이었을 무렵, 나는 마일스와 앤디를 데리고 살리샨에 갔다. 무슨 일이 일어날 지 예상할 수 없었다. 우리는 내 어린 시절의 바다로 향하는 중이었고, 그런 식으로 추억의 장소에 돌아가봤자 슬픔밖에는 느낄 수 없을지도 몰랐다. 그렇지만 나는 나를 잡아끄는 바다의 힘을 믿었다. 리조트에 거의 도착했을 때쯤, 강어귀를 지나 소나무 숲 중심부에 있는 살리샨 리조트가 보이자 내 심장이 쿵쾅거렸다. 리조트 때문이 아니었다. 살리샨이라는 단어 때문이었다. 한 아이에게 색다른 방식으로 희망을 심어준 바다 혹은 평화의 공간 때문이었다. 나는 창문을 내렸고 소금기 섞인 공기가 내 얼굴을 씻겨줬다. 아들은 이유도 모른 채 들떠 있었다.

남편 앤디가 말했다. "여기야?"

"응." 나는 답했다. "여기가 그곳이야."

아들은 그런 고급스러운 곳에 한 번도 가본 적이 없었기 때문에 방에 들어서자 10분 동안 신이 난 아이들의 춤을 추며 뛰어다녔다. 그러다가 옷장에서 수건 소재로 된 하얀 가운을 찾아냈고, 옷을 홀딱 벗더니 가운을 입고 베란다로 나가 말했다. "이런 게 인생이지."

그후 우리는 다 함께 수영장에 갔다. 내 어린 시절의 희망이 담긴 수영장. 마일스는 계속 살리샨이라는 단어를 반복했다. 단어들은 그 작은 등허리에 바다를 짊어지고 있다.

기쁨.

단어. 상상하는 행위. 나, 앤디, 마일스. 수영장에 들어간 우리는 마일스에게 수영을 알려준다. 남편은 헤엄치다가 물에 떠 있다가 웃음을 터뜨리다가 아이처럼 물 밑으로 잠수한다. 수영장 소독약 때문에 콧물이 줄줄 흐른다. 신경 쓰지 않는다. 앤디는 수영장 끄트머리의 수심 깊은 곳에서도 수영한다.

마일스와 나는 살리샨 리조트 수영장에서 즐겁게 놀 뿐이다. 보통은 마일스가 생각해낸 수중 게임을 하는데, 전부 마일스가 물속에 머리를 집어넣지 않아도 상관없는 게임들이다. 그런데 이번에는 내게 아주 중요한 게임을 만들었다고 말한다.

"좋아. 뭔데?"

"물속에 머리를 쏙 담가볼 거야."

!

나는 고개를 끄덕이고 조용히 있는다. 초 치지 않으려 애쓴다. 그쪽으로 다가가 마일스를 안고, 같이 빠르게 잠수할 수 있도록 준비한다. 아프지 않도록.

"아냐." 마일스가 말한다. "엄마는 저기 가서 해. 난 여기서 할 거야. 물속에서 서로 바라보면서 할 수 있는 만큼 숨을 참아보자."

!

"그러자."

내 심장.

마일스가 수경을 쓴다. 한 손으로 코를 잡고, 다른 손으로는 숫자를 센다.

하나.

둘.

셋.

그러고는 있는 힘껏 깊이 숨을 들이마신다. 그리고 머리를 물속에 집어넣는다. 끝까지. 나도 머리를 집어넣는다. 파랑을 뚫고 마일스가 보인다. 물속에 있는 아름다운 마일스의 머리. 생전 처음으로. 숨을 참고 있다. 마법.

숨이 차서 물 밖으로 나온 뒤 우리는 함께 웃고 나는 마일스가 자랑스럽다고 이야기하고 마일스는 여기저기로 물을 튀기고 앤디가 우리 쪽으로 와서 우리는 다 같이 끌어안는다. 그려질 것이다, 휴가를 즐기는 사람들의 여유로운 모습이.

"한 번 더!" 마일스가 말한다.

한 번 더 한다. 한 번 더 하고 또 한다.

두 사람, 아이와 남편과 물속에서 함께. 숨쉬기도 벅차다. 전에는 몰랐다. 이것은 가족이다. 나의 가족이다.

작지만 참 애틋한 것이다, 이런 단순한 사랑이란.

나는 육지에서 사는 법을 배우고 있다.

익사의 이면

궁금하다. 누가 나를 응원해줬을까?

수영하는 내 모습이 담긴 슈퍼 8 필름 영상을 보는 것은, 아마 내가 열네 살이었을 때 이후로 지금이 처음일 것이다. 영상 속의 나는 경기 중이다. 아버지가 경기 영상을 찍었다. 많이, 아주 많이. 2003년에 아버지가 죽은 뒤로—어머니가 가고 2년이 흘렀을 때였다—필름들은 상자에 담겨 조용히, 가만히 존재했다. 나는 필름이 있다는 것을 알고 있었다. 필름은 차고에 보관되어 있었다. 그저 한 번도… 그 깊은 곳에서 꺼낸 적이 없었을 뿐이다. 지금까지는.

작은 소녀가 목숨을 걸고 수영하는 모습을 보고 있자면 어떤 느낌인지, 어떻게 설명해야 할까. 어른이 된 내가 느끼는 기분 말이다. 앞으로 나아가는 저 아이를 보라. 무언가에서 도망치려고 헤엄치는 걸까? 아니면 무언가를 향해?

수영하는 내 모습이 담긴 영상의 표면적 플롯은 경기에서 이기느냐 지느냐, 승리 여부이지만, 그 깊은 곳에는 당신이 볼 수 없을 무언가가 담겨 있다.

당신이 볼 수 없을 그것은 거리다. 내가 얼마나 먼 거리를 헤엄쳐 돌아와야 했는지. 소독약 섞인 평범한 수영장에서 그저… 나 자신으로 존재할 수 있기까지.

요즘은 일주일에 세 번, 가끔은 네 번 정도 수영장에 간다. 집 근처에 있는 클래커머스 수영장. 그곳은… 그곳은 내게 집이란 개념에 가장 가까운 장소다.

그 수영장에 가면, 내 옆 레인에 있는 사람들은 선수들이 아니다. 가끔 선수가 나타나서 내 안의 승부욕이 다시 움트기는 한다. 어쩔 수가 없더라. 그러면 나는 상대가 떠날 때까지 시합을 벌이곤 한다. 대화는 하지 않는 것이 보통이다. 시합이 끝나면 그저 고개를 까닥일 뿐이다, 서로 내밀한 무언가를 공유했던 것처럼.

그렇지만 평범한 사람들과 함께하는 경우가 더 많다. 아쿠아로빅을 하는 아름다운 나이 든 여성들은—어머니이자 할머니이자 증조할머니인 그들은—가슴과 배가 거대해서, 그 모습을 보면 여자는 안에 세계를 품고 있음을 다시금 되새기게 된다. 그들 옆을 헤엄쳐 지날 때면 물에 잠긴 그들의 다리와 몸을 보며 어머니의 혈통을 따라 전해지는 기이한 친밀감을 느낀다. 물속에서도 미소 지을 수 있다는 것을 아는가. 웃을 수도 있다.

옆에서 수영하는 사람이 알비노였던 적이 두 번 있다. 왠지 운이 좋다는 생각이 들었다. 좋은 물을 찾은 것만 같았다.

집 근처에 있는 수영장에는 한쪽 다리가 없는 여자도 있다. 그 여자는 끝에 오리발이 달린 의족을 끼고 수영한다. 최첨단이다. 내가 목격한 바에 의하면, 그 여자의 수영 실력은 굉장하다. 나는 그의 의족이 마음에 든다. 그 옆에서 수영하면 기분이 좋다.

가끔은 꼬마들이나 10대들이 한 레인을 차지하기도 한다. 화려한 팔놀림, 특유의 수영복과 수영모와 수경으로 보아 분명 수영선수들이다. 그 아이들은 달콤한 희망에 젖어 있다. 별다른 노력도 없이.

나이 든 남자들도 수영장에 오는데, 항상 내게 다정함을 얹어준다. 그들의 주근깨 박힌 창백한 피부는 주름진 채 등 위에 축 늘어져 있다. 그 피부를 지탱하기엔 다리가 너무 가늘어 보인다. 그리고 나이 든 남자들은 대부분 비슷한 모양의 흰색이나 베이지색 반바지를 입고 있다. 가끔 너무 얇은 천으로 된 바지를 입은 노인도 등장한다. 그렇지만 그들은 몸이 어떻게 생겼든, 덩치가 얼마나 크든 상관없이 각자 자기만의 수영법으로 물을 버텨낸다. 한번은 수영하다가 쉬고 있는데, 나이 든 남자 둘이 나를 바라보았다. 한 사람이 다른 사람에게, "저이 대단한데?"라고 했다. 그러자 다른 사람이 답하길, "그러게, 세상에." 그러고는 같이 손뼉 쳤다. 나는 웃음이 터졌다. 요즘도 가끔 그들을 만난다. 그러면 인사하길, 안녕하세요, 들어가세요, 열심히 하세요.

내 또래 중년 여자들도 수영장에 온다. 대부분이 선수 같은 팔놀림을 구사하진 못하지만, 그래도 나는 그들을 보면 경이감에 사로잡힌다. 그들은 나와 같은 방식으로 물속에 몸을 담그고 헤엄친다. 어쩌면 살을 빼려고 수영하는 것일 수도 있다. 어쩌면 스트레스를 덜어내려고. 어쩌면 삶을. 어쩌면 그저 혼자 물속에 있는 기분을 즐기는 것일 수도 있다. 보채는 아이도 없고, 뒤치다꺼리할 남편도 없고, 그 누구에게도, 그 무엇에도 대답하지 않아도 되니까. 그 여자들은 수영장에 자리가 없으면 내게 가장 먼저 와서 같은 레인에서 수영해도 되냐고 묻는다. 내가 한 바퀴, 두 바퀴 앞지를 거라고 예상되나 보다. 그렇지만 그들이 내게 오는 데는 더 중요한 이유가 있을 것이다. 내 생각엔, 아니 내 바람은, 내가 있는 물이 안전해서.

게이들도 수영장에 온다. 알아볼 수 있다. 다리가 털 없이 매끈하거나 귀걸이를 했거나, 글쎄, 수영선수 말고 삼각 수영팬티를 입는 사람은 게이밖에 없으니까. 가끔 나는 레인을 가로질러 그들이 있는 곳으로 가서 그들을 안아주고 싶은 이상한 충동과 싸우게 된다. 자기 자신으로 살아줘서 고맙다고, 내 인생의 중요한 순간마다 사랑과 공감을 보여주어 고맙다고 표현하고 싶어진다. 비록 우리는 모르는 사이지만.

수영 코치가 나타날 때도 있다. 나는 항상 같은 질문을 받는다. "선수였어요?" 나는 고개를 끄덕이고 재빨리 물속으로 잠수한다. 그건 더 이상 이어가고 싶지 않은 대화다. 그들은 가끔

고급반에 들어올 생각은 없냐고 묻기도 한다. 나는 고급반에 들어가고 싶지 않다. 그냥 물속에 있고 싶을 뿐이다.

목소리 없는 파랑 속에. 무게 없는 촉촉함 속에.

잃어버린 시간을 찾아서

가끔 나는 우승했던 경기 기록을 기준으로 세상일을 생각해 본다. 200미터 접영 기록, 2분 18초 04. 차에서 내려 연구실까지 가는 데 걸리는 시간. 100미터 평영 기록, 1분 11초 02. 양치하는 데 걸리는 시간. 수영선수들은 이런 식이다. 근육에 남은 기억 때문에.

나는 과거의 사건들을 제대로 기억하지 못한다. 지난 일을 돌이켜 보면 기억은 물속에 잠겨버린다. 기억을 집어 들고 수면으로 헤엄치기 위해, 물 밖으로 끌어내기 위해 바보같이 버둥거려도, 그것은 아랑곳하지 않고 둥둥 떠내려갈 뿐이다. 그나저나 기억이란 정확히 뭘까, 궁금하다. 기억의 문을 두드리는 작가들은 결국 무엇을 하고 있는 걸까. 이런 생각을 하면 보통 프루스트가 떠오른다. 기억에 관한 문장을 하나 써보려고 했다가 과거를 향한 그리움에 관한 일곱 권짜리 작품을 쓰게 된 작가.

심리학에서 기억이란 생명체가 정보를 저장, 유지해놓은 뒤 나중에 되찾아내는 능력을 말한다. 기억은 머릿속에 살다가 시냅스 자극으로 활성화되고, 신경계의 물을 타고 이동한다.

400미터 개인 혼영, 4분 55초 01. 전자레인지에 냉동식품을 넣고 해동하는 데 걸리는 시간.

최근에 이루어진 신경과학계 연구에 의하면, 어떤 사건을 기억하는 행위는 실제로 그 사건을 경험할 때와 거의 똑같은 두뇌 활동을 일으킨다고 한다. 쥐와 여우원숭이를 대상으로 한 실험에서 밝혀낸 사실이다. 동물들 머리에 새싹 같은 전선을 연결해놓고.

그렇지만 기억을 이야기로 엮어 누군가에게 말하면 완전히 다른 효과가 생긴다. 기억은 되새기면 되새길수록 변하고 만다. 기억을 언어로 전환할 때마다 변하고 만다. 기억을 설명하면 설명할수록 결국에는 자신의 삶에 들어맞는 이야기를 만들고 과거의 앙금을 해소하며 견뎌낼 수 있는 허구를 창조하게 된다. 이는 작가들이 하는 짓이다. 입을 여는 순간, 사건의 진실에서 멀어지게 된다. 신경과학에 의하면.

가장 안전한 기억은 기억을 잃은 사람들의 뇌 속에 봉인되어 있다. 그들의 기억은 실제 사건에 가장 가까운 복제품이다. 그렇게 물속에 잠긴다. 영원히.

아버지가 바다에 빠졌을 때, 100미터 평영 우승 기록만큼의 시간이 소요되었다. 내가 아버지에게 갈 때까지. 내가 아버지를 끌고 물 밖으로 나왔을 때쯤에는 200미터 접영에서 우승한 후였다. 구급차가 도착했을 때쯤에는 400미터 개인 혼영에서 우승한 후였다. 물에 빠지고 그 정도 시간이 흐르면 뇌세포가 죽기 시작한다. 심부전이 생긴다. 기억이 떠나간다. 저산소증.

자신이 우리에게 무슨 짓을 했는지 아버지는 전부 잊어버린 채, 여생이 흘렀다. 딸이 옛날에 어땠고 지금은 어떤지 전부 잊어버렸다. 어머니, 그리고 어머니와의 연애에 관한 기억은 이미지로 남았다. 무한 반복되는 이미지로. 영화처럼. 아버지가 건축가로서 이뤄낸 가장 큰 성취인 트리니다드섬의 쇼핑 플라자, 그곳의 스틸드럼 연주와 따뜻하고 촉촉한 공기와 하얀 모래사장과 아버지의 분노와 실망감을 다독여주던 까무잡잡한 여자들에 관한 기억도 사라졌다.

아버지는 수영선수인 딸의 품 안에서 기억을 잃었다.

어머니는 플로리다에 살며 아버지를 돌봐주다가 암에 걸려 돌아가셨다. 그래서 2001년에 아버지는 알아보지도 못하는 집에 혼자 덩그러니 남겨졌다. 자신을 책임지려는 정부의 손에 맡겨져 평생 요양원에 갇히게 될 운명이었다.

플로리다 게인즈빌에 있는 요양원에 가본 적 있나? 나는 가봤다. 이렇게 설명하겠다. 그곳의 문을 열고 들어가는 순간 누가 목을 쥐어짜기라도 하는 듯 토악질이 나올 것이다. 요양원은 오줌과 시체와 라이솔 소독약 냄새가 난다. 생명체들은 휠체어를 타고 돌아다니거나 정신 나간 얼굴로 복도를 '걸어' 다닌다. 등이 굽은 좀비처럼. 식당에 가면 머리와 립스틱이 삐뚤

빼뚤한 여자들과 바지에 오줌을 지린 남자들이 묽은 귀리죽을 입에 집어넣고 있다. 그렇지만 요양원이 플로리다에 있어서 특히 끔찍한 이유는 열기다. 그리고 습기. 제대로 작동하지 않는 에어컨. 벽 여기저기에 피어 있는 곰팡이. 바퀴벌레. 죽음을 향해 축 처진 늙은 고깃덩어리는 가끔 침대에 묶이기도 한다.

내가 누구든, 그런 곳에 사람을 썩게 두는 여자는 아니다. 아무리 그 사람이라 하더라도.

어머니의 죽음으로 인한 슬픔은 내 몸속에 들어앉아 꿈쩍도 하지 않았다. 마치 야구공 같은 것을 통째로 집어삼킨 듯했다. 앤디와 마일스와 사는 보금자리 나무집 안에서, 나는 매일 밤 어머니 꿈을 꾸었다. 매일 아침 일어나보면 희미한 울음의 잔상이 느껴졌다. 그렇지만 다른 무언가가 나와 나의 새로운 삶 사이에 끼어 있었다. 단어 한 개가. 아버지.

내 손으로 바다에서 끌어내 생명을 불어넣었던 남자.

기억을 잃어버린 남자.

그래서 나는 두 번째로 그의 인생을 구했다. 아니면 앤디가 그랬다, 억누를 수 없는 동정심과 영웅 같은 용기로. 앤디는 아버지를 데리러 플로리다로 갔다. 함께 비행기를 타고 오리건까지 왔다. 잠시 공항 보안 검색대에 붙들려 있었는데, 아버지가 어머니의 재가 담긴 철제 상자를 가져오려고 했기 때문이다. 휠체어에 앉아 상자를 움켜잡고 머리를 저으며 안 된다고 버텼다. 결국 공항 직원들은 노인이 아내의 흔적을 간직할 수 있도록 허락했다.

앤디가 아버지를 데려왔을 때, 내 자아는 두 명의 리디아로 쪼개졌다. 하나는 딸, 고통받아 망가진 소녀였다. 다른 하나는 막 새로운 삶을 시작한 여성이자 어머니, 작가였다.

앤디와 나는 보금자리에서 20분 거리에 있는 노인 시설을 발견했다. 그 시설에 있는 방들은 지하 감옥보다는 아파트에 가까웠다. 아버지의 방에는 커다란 창문이 있어서 전나무와 단풍나무와 오리나무를, 북서부를 볼 수 있었다. 아버지에게 주어도 마음이 아프지 않은 선물이었다.

아버지는 그곳에서 조용한 삶을 살다가 2년 후에 돌아가셨다. 아침이면 TV를 봤고 오후에도 봤다. 가끔은 창문 밖의 나무를 바라보다가 미소 짓기도 했다. 과거의 아버지를 대체한 이 남자는 다정하고 온순하고 친절했다. 심지어 눈에도 친절함이 있었다. 가끔은 아버지에게 마일스를 보여줬다. 마일스와 있을 때 아버지 얼굴에 피어나던 행복은, 아버지와 함께 살던 시절에는 한 번도 목격한 적 없는 것이었다. 아버지에게 마일스를 안겨주는 일은 거의 없었지만, 안겨주면 아버지의 얼굴은 기적이 일어난 것처럼 변했다. 소년처럼.

앤디와 나는 몇 번 아버지를 숲속에 있는 우리 집으로 데려왔다. 아버지는 집을 보고 감탄했다. 건축가 시절의 기억이 근육에 남은 거겠지. 아버지는 수작업한 나무 계단을 따라 빛이 흘러 내려오는 광경을 꽤 유창하게 묘사했다. 숲을 보면서도 경탄했다. "여기 정말 대단하구나. 여기서 죽었으면 좋겠다." 내 생각엔 여기서 '살고' 싶다는 말을 하려던 것 같았지만, 그냥 내버려두었다. 어차피 살게 하지도 않을 테니까.

나는 아버지를 차에 태우고 일을 보러 다니거나 점심을 먹으러 가면서 이것저것 물어봤다. 이런 식이었다. "아빠. 옛날에 아빠는 건축가였는데, 기억나세요?"

"내가 건축가였다고? 아냐, 그럴 리가 없어. 정말이냐?"

아니면 그 시절을 기억하시냐고 물어본 다음에… 뭔가 행복한 기억을 이야기했다. 예를 들면, 아버지가 어머니와 나를 데리고 트리니다드섬에 가서 자신의 가장 큰 건축적 성과를 보여줬던 것. 스틸드럼 음악. 하얀 모래사장에 알을 낳던 거북이. 아니면 스틴슨 비치에서 살던 나날들. 우리 집 마당에 있던 과일나무. 미풍에 실려 온 바다 내음. '노래하는 천사들' 성가대에서 노래하던 언니. 클래식 음악. 야구. 이런 이야기를 하면 아버지는 미소 지었고 때로는 크게 웃으며 머리를 끄덕이기도 했다. 짧게나마 무언가를 기억하는 듯했다. 하지만 주로 아버지는 조용히 앉아 창밖만 바라봤다. 한번은 운전하고 있는 내 쪽을 바라보더니 물어봤다. "너, 마릴루니?" 마릴루는 고모 이름이다.

그러면 나는 대답했다. "아뇨, 아빠. 전 리디아예요."

"알아." 아버지는 이렇게 말하고, 웃었다.

아버지의 몇 안 되는 소지품에는—오래된 사진과 잡다한 '서류', 스케치북, 고급 연필과 펜 컬렉션—나의 첫 번째 책도 있었다. 어느 날 아버지 방에서 그 책을 발견한 나는 책을 집어 들고 아버지에게 물어봤다. "흠, 아빠, 이건 뭐예요?" 책 표지가 약간 닳아 있었다.

"아, 내가 몇 번이나 읽었던 책이란다."

"정말이에요? 누가 썼는지 아세요?"

"네가 썼잖아." 아버지가 내 눈과 쌍둥이처럼 닮은 투명한 파랑 눈동자로 나를 바라봤다.

"네, 아빠. 제가 썼어요. 전부 다 읽었어요?"

"그런 것 같은데. 기억이 나질 않네."

"괜찮아요. 별거 아니니까."

"수영에 관한 이야기도 있었어."

나는 아버지를 똑바로 바라봤다. 때때로—이런 나를 막을 수가 없었다—아버지 안에 다른 사람이 있는 건지 궁금해졌다. 내 말에 공감할 사람이 있을 것이다. 그럴 리가 없을 텐데도 아버지가 많은 것을 기억하고 있다는 느낌을 받는 순간들이 있었다. 그런 순간이 오면, 나는 거의… 거의 아버지를 되찾고 싶어졌다. 나의 아버지는 내가 만난 사람 중 가장 똑똑했다. 나의 아버지는 예술가였다. 나의 아버지는 예술을, 자연을, 정신적인 세계를 사랑했다. 내게 그런 사랑을 물려줬다.

그때 아버지는 내가 쓴 단편소설 「물의 연대기」에 관해 말한 것이었다. 그 소설에는 자기 자식을 학대하다가 나중에 기억을 잃어버리는 아버지가 등장한다. 물에 빠진 아버지를 딸이 구해낸다. 수영선수의 이야기다.

"마음에 들었어. 정말 좋은 소설이야."

"고마워요." 나는 더 이상 무슨 말을 해야 할지 알 수 없었다.

"그런데 내가 멋진 사람으로 나오진 않더라고."

나는 미소 짓고 바닥을 보고 팔짱을 꼈다. "맞는 말이에요. 그 소설로 상도 탔어요. 초대받아서 뉴욕도 다녀오고."

"대단한 일이지 뭐냐." 아버지는 휘파람을 불더니 창밖의 나무들을 바라봤다.

과거의 일에 관해 아버지와 나눴던 대화는 그것이 전부다.

아버지. 딸.

회상에 잠긴.

그 시절의 아버지 모습은 이미지로 남아 있다. 아버지는 앤디가 그 소설을 바탕으로 만든 단편영화에 출연했다. 아버지는 자신을 촬영해 영화에 써도 된다고 허락했다. 아버지가 등장하는 영상은 흑백이다. 화면으로는 아버지가 정신이 나갔거나 기억을 잃어버린 사람이라는 사실을 알 수 없다. 강인한 턱과 넓은 어깨와 강렬한 시선으로는 그가 아내와 딸들을 학대했다는 사실을 알 수 없다. 그가 상까지 탄 건축가였고, 그전에는 예술가의 부드러운 손을 지니고 있었다는 사실을 알 수 없다. 화면 위의 강렬한 인물 말고 어떤 사람이었는지 알 수 없다.

나도 그 영화에 등장한다. 내가 등장하는 영상도 흑백이다. 나는 오리건 해안의 바다에서 걸어 나온다. 11월이다. 허리 높이의 물속에서 걷다가, 파도가 밀려올 때 그 속으로 다이빙해 헤엄쳐 간다. 어찌나 멀리 가던지.

아버지는 어머니가 죽고 채 2년이 안 되어 돌아가셨다. 아버지의 재는 식빵 봉지만 한 비닐봉지에 담겼다. 재는 흰색이었다. 내가 장례식장에 가서 재를 달라고 했는데, 재 말고 다른 것도 받아왔다. 아버지의 심장박동 조절 장치와 제세동기였다. 물에 빠졌던 아버지의 삶을 연장해준 두 개의 기계 장치. 몸에 매달려 있지 않으니 어찌나 이상하던지. 결국에는 앤디의 도움을 받아 차고 바닥에 장치들을 놓고 나무망치로 깨부쉈다.

나는 아버지의 재를 받자마자 바로 시애틀로 갔는데, 가지고 있기 싫었기 때문이다. 내 집에도, 내 정원에도, 나와 내 아들 주변에 있는 어떤 물길에도 뿌리기 싫었다.

언니와 나는 형부의 보트 창고 옆에 있는 강에 재를 뿌렸다. 창고는 다리 밑에 있었다. 그 다리는 한쪽 끝에 시멘트로 만든 괴물 동상이 있는 프리먼트 다리였다. 우리는 주차한 후 재를 가지고 나와 봉지를 열고 강가에 버렸다. 강의 쓰레기와 새똥과 지나가는 배에서 흘러나온 기름이 섞여 있는 곳이었다. 하얀 재가 언니와 내 손에 묻었는데, 그러다가 언니가 재채기했다. 언니는 아무 생각 없이 손으로 코와 입을 문질렀다. 흰 재가 얼굴에 묻었다. 아마 입에도 들어갔겠지. 우리는 서로를 빤히 바라봤다. 그때 언니의 눈이 휘둥그레지더니 소리쳤다. "*닦아줘!*" 그래서 나는 더러운 강물을 언니 머리가 다 젖게 뿌렸고 언니는 푸푸, 하다가 웃음을 터뜨렸다.

차로 돌아오는 길에 어찌나 웃었는지 둘 다 숨도 못 쉴 지경이었다.

어찌나 웃었는지 옆구리가 아팠다.

우리의 웃음은, 마침내 자신의 뿌리에서 해방된 여자들의 웃음이었다.

작은 바다

아침이다. 나는 차 안에 앉아 집에서 가장 가까운 수영장의 개장 시간을 기다리고 있다. 오랜 선수 시절이 내 DNA에 녹아들어 강처럼 몸속을 흐르고 있다. 새벽 다섯 시면 훈련을 시작했던 수많은 나날들. 그때, 눈앞에 어머니가 보인다. 나처럼 차 안에 앉아 있는 어머니는 옷깃에 가짜 너구리 털이 달린 긴 회색 코트 차림이고, 지난밤의 보드카 냄새와 하루 지난 에스티로더 향기를 어렴풋이 풍긴다. 내가 운전하기에 너무 어렸던 시절, 어머니는 매일 아침 나를 기다려줬다. 조용히 차 안에 앉아 있었고, 엔진은 중년에 접어든 어머니의 끔찍한 삶과 함께 부르릉거렸다. 어둠 속에서 어머니는 무슨 생각을 했을까? 수영선수의 어머니이자 개자식의 아내 말고, 그 여자는 어떤 사람이었을까?

어머니의 고향인 텍사스 포트아서로 가보면, 나무들은 작달막해서 땅과 엇비슷한 높이다. 그곳에서는 하늘이 핵심이라, 넓고 넓은 땅 위에 하늘이 무겁고 파랗고 뜨겁게 펼쳐져 있다. 열기는 열병처럼 당신의 몸속에서 노래를 부른다. 물, 그리고 호흡할 수 있는 파랑 과거에 관한 기억을 지워버린다. 남부의 노래가 자신을 위한 노래라는 생각이 들고, 비음 섞인 진한 남부 억양이 시럽처럼 척추를 감고 올라와 당신을 레몬 사탕이라도 되는 양 집어삼킨다. 현관 앞 포치. 지하실 타일의 서늘함. 냉동고에 넣어놓은 속옷. 기도 소리 같은 밤의 실바람. 그리고 땅에는 흙 위에서 길을 개척하고 있는 석유 굴착기의 오르락내리락하는 까만 강철 머리가 가득하다.

내가 태어난 곳에서는 나무에서 과일이 자라고 바다가 뭍을 껴안아, 바다뱀이니 인어니 디즈니랜드 같은 것들을 믿게 했다. 내가 다섯 살이었을 때, 캘리포니아에는 특유의 향기가 있었다. 윤기 나는 나뭇잎과 왕관 같은 열매가 달린 오렌지나무. 마린 카운티. 스틴슨 비치. 따스함이 내 살결을 맴돌며 속삭였고, 나는 그 온기를 들이마실 수 있었다, 아이들의 피부가 타듯 내 피부가 탔다. 하늘과 대비되는 내 백금색 머리카락. 청금석처럼 파란 내 눈. 우리 집 앞마당에는 오렌지나무와 자두나무, 사과나무가 있었다. 집은 마당에 비밀을 보관하고 있었다. 아이의 손이 문지르던 나무껍질이나 풀, 흙. 아이의 게임. 그렇지만 집 뒤쪽으로 가면 바다가, 세계의 모서리가 나타났다. 여자아이의 생각은 파도처럼 솟구치고 낙하했고, 오렌지의 꽃향기처럼 창문과 문을 통과해 밖으로 나가 바다를 건너 시야 너머로, 딸 너머로 흘러갔다. 그 집은 한 남자의 손에 쥐여 있었고,

나는 아직 수영선수가 아니었다.

어쩌면 나의 텍사스행에는 대학교로 도망가겠다는 생각 말고 다른 이유가 있었을지도 모른다. 어쩌면 어떤 단서를, 어머니에 관한 단서를 찾고 있었을지도 모른다. 어머니는 그 흙 어디에서 온 것일까? 땅속 깊은 축축한 곳, 죽은 것들이 분해되는 곳에서 왔을까? 목 뒤의 촉촉함에서, 여자가 눈을 감고 닦아낸 땀이 맺힌 곳에서 왔을까? 아니면 어머니는 남부의 열기 속에 존재해, 건조한 바람의 속삭임이 모든 것을 멀리 밀어내고… 여자의 상상력은 밖으로 나가기 위해 머리통에 불로 구멍을 낸 것일까? 어머니는 기다리다가 죽을 지경이었을까? 아니면 원하다가? 어머니는 여자의 입에서 나오는 질질 끄는 남부 억양 속에, 그 저음과 '아'하는 소리 때문에 기이하고 아름다워진 단어들 속에 있었을까?

내 어머니는 알코올중독자 조울증 환자 경계성 인격장애 사례 자살 시도자였다. 전부 사실이다.

2001년에 호흡이 불편해진 어머니는 병원에 갔다. 나는 임신 9개월에 접어들었으며 샌디에이고에 살고 있었다. 그때 어머니는 기억 없는 아버지를 15년째 보살피는 중이었다. 나는 병 수발이 사람에게 어떤 악영향을 끼치는지 알고 있다. 분명 어머니는 자신의 마지막 한 방울까지 다 소진했을 것이다. 어머니는 병원에 자주 가는 사람은 아니었다. 몸에 붕대를 감은 채 병원을 들락날락하며 어린 시절을 보냈기 때문이다. 그래서 초기 증상을 전부 무시해버렸다. 암이 어머니의 폐와 가슴을 모조리 점령해버렸다.

진통이 시작되기 하루 전, 어머니는 당신이 죽어간다는 소식을 전하기 위해 샌디에이고에 있는 내게 전화했다. 기적처럼 앤디가 전화를 받았고, 끊었고, 거짓말을 했다. 내게 이렇게 말했다. "어머니가 사랑한다고 전해달래." 앤디는 아들이 태어날 때까지 기다렸다. 그러고도 조금 더 기다렸다. 마일스가 태어나고 일주일이 지난 후 앤디는 언니와 나를 거실에 불러놓고 소식을 전했다. 나의 작은 바닷가 집에서 우리 셋은 울었다. 마일스는 내 품 안에서 잠들어 있었다.

여섯 달 동안 계속되었다. 어머니의 여생은. 어머니의 병원 생활에서 특히 힘들었던 것은 알코올 금단 증상이었다. 내가 이런 말을 하면 분명 언짢을 테지만, 그래도 사실이니 말해야겠다. 마일스만 없었다면, 나는 어머니가 사는 고통의 집으로 이사했을 것이다. 술병을 가져가 어머니의 고통을, 어머니의 남은 여정을 위로했을 것이다. 필요하다면 매일 그렇게 했을 것이다. 그렇지만 마일스가 있었다. 죽음의 어머니가 있었고, 아들의 생이 있었다.

그게 전부다.

어머니가 돌아가셨을 때 나는 그 옆에 없었다. 어머니가 앓는 동안 도와주려고 했지만, 그때쯤 어머니는 자기 몸을 완전히 조져놓은 상태라 내가 해줄 수 있는 것이 없었다. 앤디와 나는 플로리다로 가서 어머니를 만났다. 어머니를 위로했다. 어머니에게 마일스를 보여드렸다. 어머니는 뇌우보다 강한 생명력을 지닌 작은 아기를 보고 너무나 기뻐했다. 어머니는 말했다. "벨, 아기를 데려가. 아기 안는 방법도 잊어버렸구나." 어머니는 말했다. "남자아이라니! 우리 가족은 남자아이가 없었는데!" 손뼉 치며 눈물을 흘렸다. 그렇지만 어머니 안에는 남은 생이 거의 없었다.

한번은 병실에 둘만 남았을 때 질문을 하나 했다. 어머니는 너무나도 작고 뻣뻣했다. 얼굴은 쪼그라들고 주름졌으며, 몸은 창백하고 가냘팠다. 거의 소녀 같은 모습이었다. 주름을, 얼굴 위의 슬픈 지도를 제외하면. 나는 어머니에게 물어봤다. "엄마 인생 최고의 사건이 뭐예요?"

옛날에 켄 키지가 내게 한 질문이었다. 내가 생각해낼 수 있는 질문은 그것이었다.

어머니가 답했다. "오. 이런, 벨. 너무 쉬운 질문인데. 내 자식들이지."

어떻게 그럴 수 있었는지 모르겠지만, 나는 어머니 말을 믿었다.

어머니의 피부가 잿빛이 되고 눈꺼풀이 떨리기 시작하자 플로리다 호스피스의 간호사가 저 멀리 오리건에 있는 내게 전화했다. 전화기를 어머니 얼굴에 갖다 댔다. 어머니는 밥도 못 먹고 힘이라곤 하나도 없어서 말을 할 수 없었다. 간호사의 이야기를 들어보니, 전화기 너머의 내 목소리를 듣고 난 어머니의 눈이 휘둥그레지고 호흡이 거칠어지고 급해졌다고 한다. 간호사는 전화를 바꿔서 어머니가 돌아가셨다고, 평화로운 모습이었다고, 어머니가 내 목소리를 알아들은 것 같다고 말했다.

내가 어머니에게 무슨 말을 했는지 궁금하겠지. 내 어머니는 좋은 어머니가 아니었다. 아버지에게서 우리 자매를 구하지 못했고, 우리는 어머니가 가르쳐준 것들을 지워내느라 평생을 노력해야 했다. 그렇지만 가끔은 아무리 과거를 복기해도 내가 세 번째 임신중절 수술을 받으러 갈 때 옆에 있었던 어머니의 모습밖에 떠오르지 않는다. 뱃속을 싹 빨아들인 다음 그것을 시술이라고 부르는 사람들의 방, 작은 생명이 유리통으로 사라져버리는 방에 앉아 있던 어머니의 모습밖에. 더 구체적으로는, 내가 집에도, 그 어디에도 갈 준비가 되지 않아서 그냥 데니스 레스토랑 주차장에 앉아 있을 때 봤던 어머니의 얼굴밖에. 어머니는 아무 말도 하지 않았다. 주차장 뒤쪽, 커다란 양철 쓰레기통 옆에 차를 세워놓았다. 내 손을 쓰다듬었다. 눈물을 조금 흘렸다. 하루 지난 보드카와 에스티로더 향이 풍겼다. 차 트렁크에는 부동산 일에 쓰는 표지판이 있었다. 어머니는 내게 아무것도 묻지 않았고, 아무 말도 하지 않았고, 아무 일도 없었고, 시간이 지나자 나는 움직일 준비가 되었다.

아니면 어머니가 수영 연습에 데려다줬던 모든 새벽 다섯 시의 아침이 생각난다. 아니면 달이 보여요,라고 노래하던 어머니의 목소리. 아니면 신발 상자를 꺼내 자신이 쓴 소설과 아버지가 그린 홍관조 그림을, 두 사람이 살 수도 있었을 삶을 보여주던 날. 아니면 아버지에게 내 장학금 서류에 서명했다고, 내가 대학에 갈 거라고, 떠날 거라고 말하던 어머니의 얼굴.

아니면 이스라엘 분과 베키 분이 생각난다.

그러니 내가 어머니에게 무슨 말을 했는지 밝히면, 분명 정신 나간 소리나 진부한 소리처럼 들릴 것이다. 어머니는 내 문제의 시발점이니까, 우리 자매에게 너무도 큰 실망을 안겨줬고, 우리에게 용서를 모르는 어둠을 불어넣어 그것은 영원히 사라지지 않을 테니까.

나는 말했다. "고마워요, 엄마. 사랑해요."

그리고 어머니는 돌아가셨다.

그때는 2001년, 내 아들이 태어난 해다. 어머니의 유골함은 커피포트만 한 가짜 금으로 된 상자였다. 아버지는 상자를 넘겨줄 생각이 전혀 없었기에—그때 아버지는 정신이 나간 상태였다—나는 어떻게 해볼 생각도 하지 못했고, 결국에는 아버지가 돌아가셨다. 그제야 나는 상자를 가져다가 2년 동안 우리 집 차고 선반에 두었다. 쳐다보지도 않았고, 말을 걸지도 않았고, 떠올리는 일도 거의 없었다. 유골함은 못과 페인트 캔, 여름에 쓸 물건들, 원예 도구와 함께 선반에 머물렀다.

그러던 어느 날 그림을 넣을 액자를 만들 생각으로 차고에서 도구를 찾고 있는데, 선반 위에 유골함이… 반듯이 놓여 있었다. 나는 언니에게 전화를 걸어 물어봤다. "음, 어머니 유골함 같이 치울래?" 언니는 열여섯 살 때부터 어머니와 소원한 사이였다.

의아하게도 언니는 "그러지 뭐"라고 했다. 그래서 나는 상자에 담긴 어머니를 차에 태워 시애틀로 운전했다. 어머니는 조수석에 앉았다.

언니 거실에 있는 갈색 가죽 소파에서는 희미하게 고양이 오줌 냄새가 났다. 우리는 소파에 앉아 우리 사이에 놓인 어머니 상자를 봤다.

언니가 말했다. "열어보고 싶어?"

"응." 나는 상자 모서리를 살펴봤고, 연결 부위에 손톱을 집어넣었고, 그렇게는 상자를 열 수 없다는 사실을 깨달았다. 그래서 물어봤다. "칼 있어?"

언니는 자리에서 일어나 부엌으로 갔고, 버터용 칼을 가지고 돌아왔다. 나는 언니 손에 들린 칼을 바라봤다. 그 칼을 받아 들고 어머니상자를 비집어 열기 시작했다.

실패.

"일자 드라이버 있어?"

"그럴걸." 언니는 답한 후 차고 쪽으로 갔다.

"망치도!" 나는 언니 뒤에 대고 소리쳤다.

나는 거실 바닥에 상자를 놓았다. 언니는 내 옆에 무릎 꿇고 앉았다.

"밑을 잡아봐."

"망치로 나 때리면 안 돼." 언니가 말했다.

"머리 치워."

나는 상자의 모서리가 만나는 지점에 일자 드라이버를 대고 망치로 내려쳤다. 상자가 단단한 나무 바닥으로 튀어 나갔다. "홈런이다!" 나도 모르게 이 말이 튀어나왔다. 우리는 아이들처럼 바닥을 구르며 깔깔대고 웃느라 숨이 넘어갈 뻔했다.

신에게 맹세하건대, 그 상자를 열려고 별짓을 다 했다. 한번은 언니의 집 지붕으로 올라가 상자를 떨어뜨리기도 했다. 그렇게 하면 땅에 부딪혀 열릴 거라고 생각했는데, 아니었다. 차로 치면 열리지 않을까, 잠깐 고민하기도 했다. 재가 담긴 어머니상자를 열 방법은 없었다.

내가 떠난 후, 언니는 상자를 뒷마당에 묻었다고 한다. 그렇지만 한 달 후 다시 언니 집에 갔을 때, 언니의 미니쿠퍼 뒷좌석에 온갖 잡동사니와 개털과 쓰레기 속에 상자가 있는 것을 봤다. 왜 거짓말을 했냐고 묻지는 않았다. 하지만 그후로 그 상자를 다시는 보지 못했다. 상자는 언니 집 뒷마당에 묻혀 있을 수도 있다.

아니면 다른 곳에 있을 수도.

어린 시절의 내가 수영 연습을 끝내고 나올 때마다 봤던 모습, 자동차에 앉아 있던 어머니의 모습이 아직도 눈에 선하다. 히터가 돌아가고 있었다. 어머니가 어떤 사람이었든, 어머니는 항상 같은 자리에 있어줬다.

아침이다. 나는 차 안에 앉아 수영장 개장 시간을 기다리고 있다. 수영장 문이 열리고 나는 안으로 들어간다. 옷을 벗는다. 물은 내 눈동자 색깔이다. 소독약 냄새는 내가 아는 그 어떤 것보다 익숙하다. 물속으로 다이빙하면 모든 소리가, 무게가, 생각이 떠나간다. 나는 물속에 있는 하나의 몸이 된다. 또다시.

어머니, 쉬세요. 난 집에 왔어요.

지혜는 좆까라고 합시다

당신은 내가 평범한 결혼과 가족 이야기로 이 책을 끝낼 거라고 생각하진 않았겠지, 설마?

들어보라, 나는 가족을 사랑한다. 미칠 듯이. 앤디와 마일스가 내게 새 생명을 줬다는 말도 분명 사실이다. 맞다. 나는 결혼했다. 가족과.

그리고 나는 여자들을 사랑한다. 고소할 테면 하든지.

그렇지만 세상에는 다른 지혜도 있다.

불행하게도 나는 지혜롭지 못하다. 내겐 삶을 돌아볼 줄 아는 사람들 특유의 지혜로운 목소리가 없다. 종종 지혜로운 척, 잘난 척을 해보기도 하지만, 사람들은 그런 말에 금방 질린다. 장담할 수 있다. 그렇지만 아름다운 글이 필요할 때 몇 토막쯤은 꽤 능숙하게 써낼 수 있다.

임신한 여자의 차를 들이받고 앤디 밍고를 만나기 전에는, 모든 이야기의 주제가 나라고 생각했다. 나의 드라마라고. 이 모든 것이 리디아에게 일어났다고.

하지만 당신의 과거를 거슬러 헤엄치다 보면 벽에 부딪히게 된다. 내게 그 벽은 어머니와 죽은 딸이었다. 나는 내 살갗을 보고 그 사실을 알게 되었고, 이제 그 사실은 고통과 기쁨의 의식을 통해 내 몸에 남아 있다.

그러니까 중요한 사실은 다음과 같다. 당신은 당신만의 가족을 꾸려야 한다. 정말이다. 내가 아는 멋진 독신 여자들 몇몇은 아이들을 가족 삼아 살아간다. 게이들과 여자들도 자식을 키우며 가족으로 살아간다. 바이와 트랜스젠더가 가족이 되어 살아가는 모습도 여기저기서 봤다. 파트너가 없는 사람들은 자기 손에 닿는 모든 사람과 가족을 형성해낸다. 다양한 성적 지향을 가진 여자들과 남자들이 자식 없이 가족을 형성해서 남들처럼 할 일을 미루며 자신의 삶을 살아가고 있다. 어머니와 아버지, 자식으로 이루어진 이성애적 삼위일체는 그저 수많은 이야기 중 하나일 뿐이다.

결혼 생활이 파탄 나면, 새로운 자신을 창조하라. 성장기를 보낸 가족이 별로였다면 새로운 가족을 만들어내라. 세상에 얼마나 사람이 많은가. 거기서 고르면 된다. 지금 같이 사는 가족이 상처를 준다면, 짐을 챙겨 떠나라. 지금 당장.

내 말은, '관계'니 '결혼'이니 '가족' 같은 단어들을 깨부수고 벽을 허물어야 한다는 뜻이다. *결혼해 살다 보니 사랑에 빠졌다*는 미친 사람들 이야기는 꺼내지도 말라. 그러면 총을 꺼낼 것이다. 맙소사. 어쨌든. 중요한 점은, 뭐든 만들라는 것이다.

살아낼 수 있는 이야기를 발견할 때까지 계속 이야기를 만들어라.

나는 그것을 글쓰기를 통해 배웠다.

글쓰기는 그런 것도 할 수 있다.

글쓰기로 단어 끝에 섬세한 꿈을 불어넣을 수 있고, 거기에 입 맞출 수 있고, 그 위에 뺨을 올려놓을 수 있다. 글쓰기로 입을 벌려 몸과 몸을 맞댄 채 숨을 불어넣고 자아를 소생시킬 수 있다.

살아낼 수 있는 이야기를 발견할 때까지 계속 이야기를 만들어라.

생사가 걸린 것처럼 이야기를 만들어라.

나의 부활과 변신이 조금 이상했다는 것은 인정하지만, 이제는 한 문장으로 설명할 수 있다. 어머니는 나를 보호하지 않았다. 여자아이로서, 나는 죽었다.

그러니 내 아기가 포궁에서 죽었을 때, 나는 어머니의 과오를 반복한 것이나 다름없었다. 내가 사랑해야 했던 아기를 죽였다.

문장을 써내는 것은 대단한 작업이다.

삶과 죽음 사이의 한 줄.

죽은 딸이라는 슬픔에서 솟아오르기까지 10년이라는 세월이 걸렸다. 당신은 나 같은 여자들을 용서해야 한다. 우리는 그냥 몸을 던져보는 것 말고는 다른 삶의 방식을 알지 못한다. 나는 수류탄 같은 사랑을 했던 여자, 연쇄 추돌 사고 같은 삶을 살았던 여자다. 나라는 여자아이와 내가 가진 여자아이를, 작은 인형 같은 딸들을 이 세상으로부터 지키기 위해.

맞다, 나도 안다. 내가 엮어놓은 인생 이야기는 때때로 분노로 가득하고 자기 파괴적이고 지저분하고 심지어 망상처럼 읽힌다는 것을. 그렇지만 아름다운 것들. 우아한 것들. 희망찬 것들은 때때로 어두운 곳에서 생겨난다. 게다가, 나 같은 여자의 '진실'을 보여주는 것이 내 목적이니까.

우리에게 일어나는 일들은 진실하다.

그 일들을 이야기로 풀어내면, 그것이 글쓰기다. 우리에게서 멀어진 몸이다. 글쓰기, 글쓰기의 형식과 왜곡, 저항과 거짓말, 끝없는 욕망, 이어지고 이어지는 문장.

들어보라, 내 눈에 당신이 보인다. 당신이 나 같은 사람이라면. 당신이 살면서 겪은, 앞으로 겪을 일 대부분은 부당하다. 하지만 당신에게 알려줄 것이 있다. 당신이 누구든, 어디에 있든, 얼마나 외롭든, 당신은 혼자가 아니다. 세상에는 다른 종류의 사랑이 있다.

그것은 예술의 사랑이다. 나는 다른 사람들이 신을 믿듯 예술의 힘을 믿으니까.

예술 안에서 나는 나의 동족을 만났다. 그들은 내 옆을 지켜주고 내게 용기와 희망을 줬다. 책과 그림과 음악과 영화 속에서. 이 책? 이것은 당신을 위한 책이다. 내가 길을 뚫어 흘려보낸 물이다. 내가 다음과 같이 말하면, 이것은 그저 헛소리가 아니다.

안으로 들어오기를. 이 물이 당신을 잡아줄 것이다.

옮긴이의 말

처음 리디아 유크나비치를 만난 것은 「부적응자로 사는 삶의 아름다움The beauty of being a misfit」이라는 테드 강연을 통해서였다. 온 세상의 햇빛을 반사해내는 계곡물 같은 긴 금발과 서늘한 물속의 자갈 같은 눈동자, 무엇보다 겨울 아침에 진하게 우려낸 홍차 같은 목소리 때문에 단단해진 집중을 좀처럼 풀어낼 수 없었다. 끈끈한 꿀을 한 수저 떠넣고 휘저은 것처럼 목소리는 녹진했고 뜨겁게 떨리고 있었다.

그 강연은 이 책의 「세속적인 기적」에 묘사된, 뉴욕에서 보낸 황송하고 아름답고 슬픈 며칠에 관한 기억을 '부적응자'라는 테마로 풀어낸 것이었다. 세상과 불화하는 부적응자, 자기 자신의 욕망과 불화하는 부적응자. 친절과 관심의 손길을 내미는 사람들에게 네, 그럴게요, 고마워요,라는 말을 할 수 없도록 리디아를 가로막았던 "작고 슬픈 목구멍 속의 돌"은 내게도 있던 것이었기에 나는 당장 그의 이름을 검색했고, 가장 먼저 이 회고록을 읽기 시작했다. 그렇게 첫 장을 넘기고부터 지금까지 나를 지배한 문장은,

'한 여자가 자기 삶의 진실을 말한다면 어떤 일이 일어날까? 세계는 터져버릴 것이다.'

이것은 뮤리얼 루카이저의 시구로, 그야말로 리디아 유크나비치를 위해 존재하는 듯했다. 학대당하고, 보호받지 못하고, 꿈을 박탈당하고, 남편을 잃고, 아이를 잃고, 술과 마약에 기댈 수밖에 없었던 인생을 뒤로하고 언어와 사랑의 힘으로 인생을 다시 일으킨 여자. 그 여자의 이야기가 그런 폭발적인 힘을 얻게 되기까지 여자의 세상은, 몸은 수백 번이고 찢어졌을 것이다. 그동안 여자 밖의 세상은 잠잠했을 것이고, 여자는 자신의 몸을 꿰매고 세상을 재건한 다음 그 누구보다 강한 존재가 되어 세상을 터뜨릴 이야기를 들고 돌아온 것이다.

하지만 리디아의 기구하고 아름다운 인생 이야기는 세상을 박살 내는 것 외에도 다른 목적이 있다. 바로 이 책을 앞에 둔 우리 목구멍 속의 돌을 부수는 것이고, 모든 것은 정해졌으며 이제 내 삶은 어쩔 수 없다고 체념해버린 얼어붙은 마음을 녹여내는 것이다. 어린 시절의 상처와 뒤틀려버린 세계관을 버려야겠다고 마음먹지 못한 사람들을 진창 속에서 끌어내는 것이다.

사실 내게도 사랑 없고 절망적인 생이 숙명이라고 생각하던 시기가 있었다. 대통령이 올림픽을 보이콧한 방식은 아니었지만 나도 꿈을 잊어야 했고, 마약은 아니었지만 술과 모멸 속에 나를 담가 모든 감정을 지워내려 하던 때였다. 그때 나는 엠마 보바리나 잔느 딜망(더 야망을 가져보자면, 샹탈 아케르망) 같은 여자들의 이야기를 적극적으로 오독하며, 물론 이런 오독은 이 땅의 여성들에게 적극적으로 장려되는 것이지마는, 그런 불운이 토씨 하나 다르지 않은 똑같은 문장으로 내 삶을 써낼 거라고 생각했고, 그런 불운으로 가는 길을 타박타박 차분히 걸어가며 그들의 대사를 읽고 그들의 표정과 몸짓을 연기하고 그 달콤한 체념의 맛에 도취했다.

그러니까, 다시 말하자면, 이 책은 그런 유독한 마음을 부정하는 책이다. 그런 얼어버린 마음을 녹여 물로 흐르게 하는 책이다. 나도 리디아가 그랬던 것처럼 어느 순간 가던 길에서 탈선해 내 이야기를 추구하기 시작했고, 그때 『물의 연대기』 같은 책이 큰 힘이 되어줬다. 엇비슷한 불행이 간헐적으로 뒤통수를 두드리는, 그래서 평범하고 그래도 견디기 힘든 일상 속에서도 다시 마음이 꽁꽁 얼어붙지 않았던 건 이 책의 공이 크다.

이 책을 어떤 감상으로 읽었든, 이 두 가지 메시지는 꼭 기억해줬으면 하는 바람을 품어본다. 첫째, 자신에게 주어진 대본을 거부하라는 것. 즉, 마땅히 권장되는 삶을 거부하고 자신만의 행복과 욕망을 추구하라는 것. 누구에게든, 그중에서도 특히 자신에게 자신의 존재에 관해 거짓말하지 말라는 것. 둘째, 자기만의 이야기를 찾아낼 때까지 계속 이야기를 만들라는 것. 출생과 어린 시절과 상처와 실패와 상실의 후유증을 평생 짊어지고 살아가는 대신, 그것들을 삼키고 소화해 새로운 이야기로 써낸 다음 바로 그 이야기를 안고 살아가라는 것. 물론 쉽지 않을 것이다. 온 세상이 당신을 공격할지도 모른다. 생각만큼 빨리 해치울 수도 없을 것이다. 온 인생을 쏟아부어야 할 수도 있다. 그렇지만 삶은 용기를 내볼 만한, 위험을 감수할 만한 가치가 있는 것이다.

그러니 이제 해야 할 일은 이것뿐이다. 안으로 들어오기를. 이 물이 당신을 잡아줄 것이다.

애틋한 이국의 책을 모국어로 옮기고 그 원고가 또 한 권의 책으로 거듭나는 과정을 멀고 또 가까운 자리에서 지켜보는 나의 업에는 늘 감동이 있지만, 『물의 연대기』가 얽힌 모든 순간이 소중한 연유는 이 책이 여러 번 '처음'이라는 낱말을 함께해줬기 때문이리라. 2019년에 처음 일을 시작한 뒤 가장 먼저 출간까지 지켜본 책이었고, 2025년에는 첫 복간이라는 못지않게 벅차오르는 경험까지 함께하게 되어 감회가 새롭다.

수십 번은 읽었을 원고를 6년 만에 다시 읽으며 가장 강하게 느낀 감정은 고마움이었다. 글과 외국어와 이국의 문학을 애호해서 책 만지는 일을 업으로 삼아 이 책을 옮기게 된 행운이 고마웠고, 이 업을 함께하며 감동을 나누는 이들이 고마웠고, 매일 미친 듯이 읽어야 하기에 머릿속에 한 텍스트를 위한 자리가 좁을 수밖에 없는 업의 특성이 고마웠다. 덕분에 한 번 더 감동할 수 있었고, 그새 나도 모르게 단단해진 내 목구멍 속의 돌을 감각할 수 있었다. 줄곧 나를 잡아주려고 기다리고 있던 물의 찬란함도. 리디아가 옳다. 생은 과거, 현재, 미래로 이루어진 선형적 시간관과 무관하다. 어쩌면 생이란, 사회의 잡음 속에서 자꾸만 잦아드는 나만의 목소리를 구하고 찾기를 반복하는 상실과 재회의 순환인지도 모른다. 진창을 빙빙 돌며 길을 뚫고 넓히고 더 많은 물을 흘려보내 자기만의 이야기라는 바다를, 대양을 이루는 일인지도.

모든 이가 주어진 대본을 거부하고 자기만의 이야기를 추구하기를, 자기 이야기를 추구하는 모든 이가 이 책을 집어 들기를, 이 책을 읽는 모든 이가 자기 목구멍 속의 돌을 부수고 자기만의 목소리로 자기만의 이야기를 해내기를 바라는 마음이다. 물은 언제나 우리를 잡아줄 것이다.

2025년 봄

임슬애

물의 연대기

1판 1쇄 펴낸날 2025년 5월 22일

지은이 리디아 유크나비치
옮긴이 임슬애

펴낸이 임지현
펴낸곳 (주)문학사상
주소 경기도 파주시 회동길 363-8, 201호 (10881)
등록 1973년 3월 21일 제1-137호

전화 031)946-8503
팩스 031)955-9912
홈페이지 www.munsa.co.kr
이메일 munsa@munsa.co.kr

ISBN 978-89-7012-066-9 03840

■ 잘못 만들어진 책은 구입처에서 교환해 드립니다.
■ 가격은 뒤표지에 표시되어 있습니다.